本书系国家社科基金重大项目"中国当代作家写作发生与社会主义文学生产关系研究"（项目批准号：22ZD273）阶段性成果

新时代文学批评丛书

吴义勤　主编

是星辰，还是萤火

张学昕　著

山东文艺出版社

图书在版编目（CIP）数据

是星辰，还是萤火 / 张学昕著. -- 济南：山东文艺出版社，2024.10
（新时代文学批评丛书 / 吴义勤主编）
ISBN 978-7-5329-7150-3

Ⅰ．①是… Ⅱ．①张… Ⅲ．①中国文学－当代文学－文学评论－文集 Ⅳ．①I206.7-53

中国国家版本馆 CIP 数据核字(2024)第 066559 号

是星辰，还是萤火
SHI XINGCHEN, HAISHI YINGHUO
张学昕　著

主管单位	山东出版传媒股份有限公司
出版发行	山东文艺出版社
社　　址	山东省济南市英雄山路 189 号
邮　　编	250002
网　　址	www.sdwypress.com
读者服务	0531-82098776（总编室）
	0531-82098775（市场营销部）
电子邮箱	sdwy@sdpress.com.cn
印　　刷	山东华立印务有限公司
开　　本	710 毫米 ×1000 毫米　1/16
印　　张	17.5
字　　数	225 千
版　　次	2024 年 10 月第 1 版
印　　次	2024 年 10 月第 1 次印刷
书　　号	ISBN 978-7-5329-7150-3
定　　价	69.00 元

版权专有，侵权必究。如有图书质量问题，请与出版社联系调换。

开辟文学批评的新时代
——"新时代文学批评丛书"总序

吴义勤

党的十八大以来,中国特色社会主义进入新时代,中国文学也翻开了崭新的一页。置身新时代新征程,面对丰富的史诗性伟大实践,广大作家胸怀"国之大者",牢记初心使命,深入生活,扎根人民,与时代共振,与人民共情,用心用情用功书写新时代的中国故事,展现中国人民昂扬的精神风貌,谱写了新时代文学的辉煌篇章。

文学批评与文学创作是文学发展的车之两轮、鸟之两翼,一个时代的文学发展既需要广大作家的笔耕不辍、创新创造,也需要批评家的积极呼应、理论引领。在新时代文学不断攀登高峰的历史进程中,新时代文学批评也发挥了至关重要的作用,取得了丰硕的发展成果,形成了独特的新时代文学批评景观。习近平总书记高度重视文学批评工作,近年来就繁荣新时代文学批评发表了一系列重要讲话,做出了一系列重要指示批示。我们策划这套"新时代文学批评丛书",就是要全面学习贯彻落实总书记关于文学批评的讲话与指示批示精神,一方面旨在呈现新时代文学批评的基本样貌、发展成果,另一方面也希望从中获得推动文学批评发展的经验和启示,为推动新时代文学理论批评建设和新时代文学繁荣提供有益的镜鉴。

本丛书遴选的作者都是长期持续坚守在新时代文学批评现场并卓有成就的优秀批评家。从年龄结构上，他们涵盖了"60后""70后""80后"，这也是当下文学批评的主力军；从批评对象的文学门类上，覆盖了小说、诗歌、散文等多个当下最具影响力的艺术门类，可以说是对新时代文学的全面阐释和研究。通过这套批评丛书，读者一方面可以深入了解新时代文学批评的丰富实践，同时可以通过文学批评了解新时代文学发展的基本风貌和历史特征。

在内容上，本丛书侧重于遴选研究新时代文学的评论文章，以对新时代十年来具有代表性的作家作品、有广泛影响的新文学现象、引人关注的文学热点事件以及文学发展中存在的症候性问题为主要研究对象，是对围绕新时代文学展开的文学批评成果的一次全面梳理和集中展示。我们希望以出版批评丛书的方式，深入总结文学批评发展的历史经验，同时吸引更多研究力量来增强对新时代文学研究的力度和深度。

本丛书的出版要感谢山东出版传媒股份有限公司副总经理李运才、山东文艺出版社社长徐迪南，他们提供了非常多的支持和帮助，也提出了许多富有建设性的意见和建议。新世纪之初，我曾和山东文艺出版社共同策划出版了一套"e批评丛书"，在学术界产生了良好的反响。今年，又再次在山东文艺出版社出版这套"新时代文学批评丛书"，可谓是一种极为特殊也极为难得的缘分，也体现了山东文艺出版社多年来一直积极参与、支持中国当代文学批评事业发展的出版精神。在此，我代表丛书编委会向山东文艺出版社表示衷心的感谢并致以崇高的敬意。

两套丛书虽然出版时间不同，但在内容上又有着一种延续性和整体性。"e批评丛书"着力呈现的是二十世纪九十年代文学批评的发展成果，也是当时年轻的"60后"批评家的一次集体亮相。"新时代文学批评丛书"更侧重于展现新世纪尤其是新时代以来的文学批评成果，参与作者既包括了"e批评丛书"中的部分作者，又吸纳了"70后""80后"等新生批评力量。两套丛书虽然侧重点不同，但形成了一种巧妙的呼应，构成了一种互补关系，具有了批评史意义上的"整体性"，某种意义上，它们就是一种特殊形态的近三十年来中国文学批评的发展史。

当然，对于新时代文学批评成果的总结展示并不意味着我们回避当下文学批评存在的问题。新时代以来，随着时代语境和文学生态的不断变化，文学批评面临着更为复杂严峻的形势和挑战，文学批评如何更好地发挥作用，真正成为助推文学发展的"磨刀石"和"利器"？这是所有文学批评者面临的共同课题和任务。出版这套丛书，我们一方面意在梳理总结这一时段文学批评发展的成果和经验，同时也希望能够从中析出当下文学批评发展存在的一些问题，以史为镜，为未来更好地推动中国文学批评发展，更好地发挥文学批评引导创作、推出精品、提高审美、引领风尚的作用提供启示和帮助。

新征程是充满光荣与梦想的远征，新时代文学正在我们面前浩浩荡荡地展开，作为文学发展的重要一翼，中国文学批评也正在砥砺前行，积极开辟一个文学批评的新时代。

是为序。

是星辰，还是萤火

目　录

001　第一辑

002　让理论的光芒照亮文学和生活
　　　　——与南帆的文学对谈

012　是星辰，还是萤火？
　　　　——与迟子建的文学对谈

021　建构中国当代文学的"高山大河"
　　　　——关于短篇小说、唯美叙述与文学地理的对谈

033　历史、人性与自然的镜像
　　　　——贾平凹的"世纪写作"论纲

045　小说家及其文本可能会有的宿命
　　　　——兼及阿来、迟子建1980—1990年代的写作

061	**第二辑**
062	小说的"倒立",或荒诞美学
	——读莫言的短篇小说
077	存在的悖谬和小说的宿命
	——读朱辉的短篇小说
096	短篇小说的"隐秘花园"
	——读王啸峰的短篇小说
110	短篇小说的"剑笈"
	——读邱华栋的短篇小说
126	短篇小说的"棋语"
	——读储福金的短篇小说
142	短篇小说的"饶舌"
	——读李洱的短篇小说

159　第三辑

160　时代变局中人性与命运之殇
　　　　——贾平凹长篇小说《河山传》读札

174　素朴的诗,或感伤的歌
　　　　——王尧长篇小说《民谣》读札

195　"家山"之重,重于泰山
　　　　——王跃文长篇小说《家山》读札

207　生命中不能承受之轻
　　　　——迟子建长篇小说《候鸟的勇敢》读札

第四辑

217

218 灵魂的备忘与救赎
　　　　　——读任白的长诗《情诗与备忘录》

240 皓月当空的时候，我在哪里
　　　　　——读李皓的诗

253 "内心花园"的读法
　　　　　——读哑地的诗

263 "命运是废墟的倒影"
　　　　　——读班宇的诗

266 唯有大海不沧桑
　　　　　——读马强的诗

是星辰,还是萤火

第一辑

让理论的光芒照亮文学和生活
——与南帆的文学对谈

张学昕：南帆老师好！非常高兴能有机会与您做一次访谈，可以较为深入地进行坦诚交流。我期待就您的文学研究、文学批评、散文创作以及您广泛的个人生活情趣和爱好，展开深入的对话和讨论。首先，我们还是从文学研究和文学批评开始吧。我知道，作为1950年代后期出生的卓有建树的文学理论家，您是在1980年代初期，也就是在您非常年轻的时候，就已经深深地"介入""新时期文学"的潮流之中，并且以自己的理论研究和批评实践，始终"活跃"在中国当代文学发生的"现场"。您是1980年代以来文学发展的见证者和阐释者，作为一位优秀的理论家，您以突出的才华和个性品格，不仅关注、参与到当代文学理论的发展中，还通过对文学批评、文化批评、知识分子、大众、革命、乡土、后现代等重要、敏锐甚至敏感的问题的探究，深入透视、审视当代文学创作的具体实践。2008年，《当代作家评论》授予您首届"当代中国文学批评家奖"，该奖的授奖词对您做出了非常高的评价："南帆的文学批评从80年代始即显示了他作为一个杰出理论家的优势和特点，是当代少数最具理论思维的批评家之一。他对转型时期的当代中国文化现象、文学思潮与作家作品等有独到的发现和深入的阐释，在中国社会的总体结构中对当代文学进行了有效的话语分析和谱系研究，为诸多重要问题的研究提供了理论资源和分析路径。既宏观着眼，又微观落笔，论述周详而深刻。在长期的批评实践中，南帆重视创造性地运用西方理论研究'中国问题'，以鲜明的个人修辞风格和理论创新品格，促进了当代文学批评范式的转型。"我认为，这是一个非常中肯的评价，基本表述出您理论批评的良好状态。现在，时间又推进了十几年，我特别想知道，回顾四十余年的研究和评论写作，您对这些年自己的理论研究和文学批评，整体上有怎样的体悟、判断和自我反思呢？还有，重新审视您最初的文学研究理想的建立，您对自己的文学观、生活观和价值观有哪些新的认识？

南帆：不知不觉间，从事文学工作已经四十多年。1980 年代开始活跃的作家与批评家有一个共同特点，即拥有特殊的生活经验。这是一代人的精神特征，当然，利弊共存。1990 年代乃至 21 世纪登场的作家与批评家具有相对稳定的生活条件和正规的学术训练，"生活经验"没有在他们的文学工作之中占有那么大的分量。我曾经与一个年轻的画家聊天，她对于动漫或者科幻作品的兴趣让我深为不解。想象力不是艺术的重要品质吗？年轻的画家试图说服我。我立即明白，我所接受的艺术想象必须与生活经验相关，她的二次元偶像或者发生在太空的宇宙飞船大战与我熟悉的生活气息相距太远。

所谓的"生活经验"，并非仅仅指经历了什么，见识了哪些人物，走过多少地方，而且指接收到外部世界制造的种种精神震荡。1980 年代的作家与批评家多半经历过 1950 年代至 1970 年代的种种历史波澜。这一切并非舞台上的演出，而是生活本身，我们都是剧中的角色。许多作家和批评家借助文学与生活对话，表达对于生活的理解、批判、愤怒或者激情。周围的许多事情仍存未定之数，思索和努力可能改变自己的道路和精神结构。文学介入了这个过程。文学当然是工作，是职业，但也是一种生活方式。生活在 1980 年代，可以从文学之中察觉生活的灼热激荡。种种争论此起彼伏。人们之所以那么投入，恰恰因为与自己的生活有关——尽管现在看来，许多争论的学术深度存在不足。那时对于"学术"不敏感，重要的是思想的活力。1980 年代的学院尚未启动，文学杂志成为文学的组织轴心。

"中国问题"显然与这种状况密切相关。特殊的生活经验无疑发生在这一块土地之上。我时常觉得，"中国问题"甚至比西方文化的许多问题复杂。地域辽阔，各民族文化存在种种差别，文化梯度多，城市与乡村的社会、经济、文化形成很大鸿沟，近代以来的历史线索错综交叉，这种状况往往不是某种单一的"主义"——例如现代主义或者后现代主义——所能完整概括的。我曾经感兴趣的一个课题是，考察现代性制造的共时空间，多种文化元素的交织如何形成多向的冲突。我借助文学描述前现代、现代、后现代三种价值观念的纠缠与对立。这些是"中国问题"的特殊之处。

1980年代同时是一个风起云涌的理论年代。一批沉寂已久的中国古代文学理论命题开始复活，全球的"理论旅行"同时送来一批西方文学理论术语概念。从概念命题的原义考辨、漫长的演变路径到不同语种之间的转换，许多学者做了很好的学术考察。我更感兴趣的是这些概念命题的"思想方位"。它们如何为我们的视野增添了新的坐标？这是我个人从中获得的主要理论收获。

生活经验、"中国问题"、思想方位，这三个关键词的结合大约可以说明我的文学工作模式，说明我聚焦什么以及为什么如此聚焦。

张学昕：一般来说，做一位纯理论研究的学者，所关注的问题、研究的视域或聚焦点，都是基础理论、传统理论或具有前沿性的理论。很早的时候，你的基础理论研究就呈现出理论观念的多元化、多层次状态，不仅强调文学基本理论的整饬、建构，包括文学批评观念、方法的梳理，还重视当代文论中重要问题的重新探讨，突破以往理论范畴的规约，在新的理论和逻辑起点上，对许多问题进行新的阐释、辨析和挖掘。像《文学理论》《文学批评手册》《五种形象》《无名的能量》等著述，对当代的文学基础理论教育和文学批评的方法论，都有着极其重要的实践性价值和理论应用的意义。但是，这里我特别想提及的是您常常"轻松地"越出理论的边界，直接"接驳"或者说是"焊接""介入"当代叙事文学文本的肌理，在诸多方面实现理论和创作之间的"互证"。从最早的几本论著《文学的维度》《隐蔽的成规》到《后革命的转移》《关系与结构》，及至近几年的一些重要论文，关于知识分子、农民、大众、乡村形象、全球化和文体、文学接受、文化幻象、娱乐主题等，都将理论的锋芒辐射到具体作家的文本中。我猜想是否您始终认为，理论的意义和价值不仅在于理论的自觉和自明，更在于它的应用性和实践性？数年来，您对理论研究最终的理想和期待是什么？对中国当代文艺理论的自身建构，您有何期待？您觉得，您对当代叙事性文本所做的理论阐释，是否真的契合作家写作主体的内在诉求？您对当代文学批评有怎样的期待？理论与创作两者之间的关系，这个"古老的"话题是否需要重新理解和认识？

南帆：理论的价值和意义体现于应用性和实践性，这种观点仿佛不言而喻。然而，我猜想另一些理论家不以为然。柏拉图认为文艺与真理相隔三层，他不会让哲学俯就文艺。这是哲学的傲慢吗？柏拉图试图让哲学家掌控所有社会权力，即哲学家为王（哲学王）。美学源于哲学，康德等哲学家仅仅有兴趣分析少许的美学范畴。对于千姿百态的文艺作品来说，这些分析相当有限。但是，哲学家很快就转向他们的理论构造，转向形而上学体系。

我充分尊重这些哲学家的工作，但是，对于形而上学以及单纯的理论思辨缺乏足够的兴趣。我的理论思考止步于形而上学门前。形而上学是一种什么样的知识？这种知识与现代以来的众多科学知识如何兼容？这或许是一个有趣的也无法回避的问题。

尽管如此，那些哲学家的思考方式以及分析问题的深度给我留下深刻的印象。我很快意识到，当代文学乃至我们身边的社会文化具有很高的"理论含量"。这些对象完全可以承受深度理论分析。一些人模糊觉得，当代文学与社会文化是一些喧闹不定的现象涌动于我们的四周，晦涩而抽象的理论在另一个遥远的地方。如果不是老师要求按照某种理论解题，二者不会联系在一起。这甚至成为学科之间的鸿沟——文学理论与文学史仿佛泾渭分明，谁也无意拜访对方。然而，我时常发现当代文学与社会文化隐藏的理论结构。解除对象的原始秩序，描述隐藏的理论结构，这是十分吸引人的工作。

发现理论结构的洞察能力，很大程度上借助于种种概念命题的架构。概念命题赋予特殊的理论视觉。显然，这不是生吞活剥地背诵若干概念的定义，或者公式化地复述某些命题。正如我前面所说的那样，真正的理解必须体现为特定的"思想方位"。这时，理论成为能力。

必须补充的是，理论视觉不可避免地与作家的文学想象以及写作构思存在距离或者视角的差异。二者之间构成特殊的张力。世界因此显现不同的"面相"，不同"面相"之间的博弈是另一个重要的理论问题。

张学昕： 我们说，理论的光芒可以照亮文学、照亮生活，是否也可以说，在很大的程度上，理论本身的力量和魅力，同样可以照亮一位有精神追求的作家的写作，使理论与文学文本构成相互辉映的互文？

南帆： 你说得非常正确。理论与文学文本的差异并非统一到某一个标准答案之上。你使用"相互辉映"给予形容，这是一种"美学式"的理论肯定。

张学昕： 您最近在《论文学批评与"历史"概念》一文中提出文学批评中的"历史"概念，讨论"历史"在文学研究与批评中作为一个"轴心"或维度，在不同语境里所衍生的不同观点，造成的文学话语和历史话语之间的复杂关系。其实，在文学理论研究过程中，这是您很早就关注的一个重要问题。这也让我想起十几年前，您在评论贾平凹的长篇小说《秦腔》《古炉》时，先后写的那两篇《找不到历史》和《剩余的细节》。我感到，这些触及"历史本质""生活的本质""还原生活"等存在性的问题，在文本阐释方面，打开了抵达历史的一条新的通道。"历史"这个极其特殊而重要的概念，在时代和文学的变迁与发展中，的确已经成为绕不开的课题。这些年来，您为何对"历史"情有独钟，执着地思考它，并将其与文学文本的阐释紧密联系在一起？"历史"究竟是怎样如此深入地进入您的内心？

南帆： 我们是一个高度重视历史的民族，"历史"一词在我们的用语之中出现的频率非常高。存在主义哲学聚焦于单独的个人，然而，我们强调个人背后深厚的历史感。许多时候，民族、国家、文化或者风俗民情、地域特征、家族姓氏无不或显或隐地与"历史"联系起来。尽管如此，我必须指出，不同的场合或者不同的语境，人们心目中"历史"一词的语义存在不同程度的区别。《论文学批评与"历史"概念》一文试图做一个理论梳理：文学批评究竟在几种意义上使用"历史"一词，各自的理论谱系是什么。

为什么文学批评可以借助"历史"一词考察文学？我曾经分辨过一个问题：历史可以解释为过往发生的一切，历史著作是处理这些素材的一种话语方式，人们称之为"历史话语"。但是，作为另一种话语方式，文学也可以处理这些素材。文学话语的处理产生了什么效果？与历史话语的异同是什么？历史话语已然存在，为什么还需要文学话语？文学话语仅仅是历史话语的补白吗？这些问题具有很大的思考空间。"剩余的细节"也罢，"找不到历史"也罢，这些命题显示了文学话语多出历史话语的那一部分内容。当然，这种表述已经暗示二者的二元对立关系——二者互为"他者"，彼此参照。"过往发生的一切""历史话语""文学话语"三者的角逐之中，"历史本质""生活的本质""还原生活"这些命题的理论含义远比想象的复杂。尽管如此，可以肯定的是，如果文学话语与历史话语不存在这些缠绕，文学批评就没有理由将"历史"视为一个轴心范畴。譬如，文学批评对于化学、生物学、天文学等学科并未表现出超常的兴趣——至少在目前。

我不是在纯粹知识的意义上对于"历史"发生兴趣。一些历史学家可能耗费大量精力精确地还原某一个历史事件，搜集大量资料，复制种种细节。但是，愈是精确的还原，这个历史事件的个别性愈强。我更愿意注意历史事件之中的普遍意义。普遍意义包含历史与现今的某种联系。对于历史学来说，普遍意义与"真"的个别性之间的辩证是一个重要问题，甚至涉及这个学科的基本意义。

认可历史事件的普遍意义隐含的设想是，现今社会在某种程度上坐落在历史的基础之上。历史的部分内容织入现今社会，形成密切的互动，决定现今社会之所以如此。这是渺小的个体关注遥远历史的原因。如果二者不存在任何联系，如果历史仅仅是一种孤立的知识，那么，这种知识的持续积累不再具有急迫性。

张学昕：您近期发表的《"历史化"的构想与矛盾》涉及文学史编撰的诸多问题。文学史汇聚了众多文学经典。文学经典的一个重要价值在于它的"再生性"，这在很大程度上取决于对经典文本的阐释、延展，甚至"重构"。传统的文学史框架会不会成为一种限制，束缚文学经典与多种意义的关联？

南帆：文学史是史学的一个微小局部。《"历史化"的构想与矛盾》不太赞同将文学史视为一种固定的神龛，仿佛文学史的任务就是安排每一个作家的座次，继而让这种安排成为一种稳定的结论、一种陈陈相因的知识，以供学生在考试之中不断地重复使用。如您所言，文学经典包含极为丰富、活跃的内容，这些内容可能与不同时期的社会文化形成种种化合，造就新的话题。许多文学经典的意义并非它们的赫赫声望，而是因为它们可能产生和孵化种种主题。文学史具有多种阐述文学经典的方式。我期待一部分文学史可以借鉴文学批评的犀利、机智、锐利，不断开拓文学经典的内涵。我的一个观点是，避免"学科"的名义使文学史老气横秋，黯然失色。这也将辜负了文学的活跃天性。

张学昕：我注意到，您是"鲁迅文学奖"这个奖项中，唯一在不同的年份里既获得理论评论奖也获得散文杂文奖的评论家和作家。近些年，我觉得作家这个身份的影响力，已经丝毫不逊色您作为理论家、评论家的影响力。您在研究和文学创作两个维度上，都已经取得很大的成就。具体地说，近二十年来，在理论研究和文学评论的同时，您始终在从事着散文、随笔的写作。您出版了大量的散文作品：《与山海为伍》《马江半小时》《辛亥年的枪声》《关于我父母的一切》《泥土哪去了》《一个人的地图》《村庄笔记》等。我想知道，在理论研究和散文写作两方面，您的原动力究竟是什么呢？您认为，您的散文写作实践是否会影响，甚至调整、修改您以往对文学创作、文体、叙事、修辞等理论问题的重新理解？

南帆：一种观点认为，理论思维与文学想象是迥然不同的两种思考方式，不仅无法重叠，甚至还互相干扰。因此，理论家的文学作品往往流露出理论组装的明显痕迹。对我来说，这种状况不太明显。理论思维与文学想象之间的过渡光滑均匀。一个物理学家阅读半小时侦探小说，然后开始实验室工作——两个领域如同两块不同的大陆，各有各的逻辑。我的理论思考与种种文学具象之间存在梯度的差异，但不存在坚硬的隔阂。这让我想到了一柄折扇，折扇的左右两根扇骨各司其职，但是，二者之间既可以打开，也可以折叠在一起，而且二者具有共同的轴心。

我的理论学术大约占用了百分之八十的工作时间，散文写作大约占用百分之二十。散文写作晚于理论学术很多。我曾经多次提到法国理论家罗兰·巴特带给我的触动。他的一本小书《神话集》分析了诸多日常生活现象隐藏的文化密码。这是一个重要启示。身边的许多日常生活现象同样进入了我的分析区域，从个人的姓名、证件、寓所、玩具到名声、化妆、舞厅、宠物。我写了一批小文章，获得了许多有趣的发现。"有趣"这个词可以推敲一下——"趣"是一个重要的美学范畴，尤其是对于散文。我近期的两篇论文讨论了这个问题。理论分析之中"趣"的成分愈来愈多的时候，散文就愈来愈靠近了。

有时，我会开玩笑地说，我的散文是处理理论学术无法消化的边角料。事实上，那些引经据典的学位论文对付不了许多现象。这种论文只能在一个狭窄的区域以特殊的学术方法处理某些问题。尽管坊间流传种种怪异的博士论文题目，但是，大部分日常生活与博士们的思考对不上号。我曾经对博士们说，写一篇学位论文是必要的，但是，没有必要将所有的文章都写成学位论文，不是还存在散文吗？宇宙之大，蝼蚁之微，散文细大不捐。由于"趣"的加入，我从散文写作获得的快乐远远超过论文。

张学昕：在您的大量的散文创作中，《关于我父母的一切》《一个人的地图》《与山海为伍》和最新出版的散文集《村庄笔记》是我最喜欢的几部作品。我想，《关于我父母的一切》就是您的家族史、个人史志，这种"历史"与大时代的风云际会息息相关，是重拾时代和个人历史记忆、反抗遗忘的珍贵篇章，我们在阅读中深切地感受到历史、时代、人性和情感的真实的"绒面"和"糙面"；《一个人的地图》和《与山海为伍》就是个人生活史的数个片段，也是对生命富于诗性、哲性的玄思，其中充满了理性思辨和美学的感悟力量；新近出版的这部《村庄笔记》更是一部重新理解乡村、理解生活，重新认识人自身的文化沉思录。这也是您对乡村的观察实录，对历史、现实和自身的多重体悟。我觉得，这些叙述真的是从"一个人的地图"辐射到整个社会、历史和人生的维度上，您在"古旧"的历史斑驳中洞悉"诗意的过往和变化的现实"。您是否觉得，这也是您作为一位理论家和作家，倾情地让理论的光芒照亮文学和生活的美好的选择？

南帆：您提到了散文《一个人的地图》。那一天我站在家里的窗口，看到了流过窗下的闽江，想到我要写一篇这样的散文。我同时还看到了一个熙熙攘攘的城市，我正生活在这里。这个世界存在各种生活组织的方式。"城市"与"乡村"，这是一种生活组织的社会学方式，我们要么是城市人，要么是乡下人；书法爱好者与科幻文学爱好者，这是另一种生活组织的方式，你可能是他们之中的一员，也可能不是。一个人拥有多种身份，这些身份分别意味着他与某种生活组织方式的联系：儿子、丈夫与家庭生活组织方式相关，教授、研究生与学术生活组织方式相关，还有古董收藏者、每天要抽半包烟的人、官员、移民、旅行者、超市的消费者、公园里散步的人、音乐会听众，如此等等。商业、文化、政治与经济、风俗民情、科学与技术、语言体系、艺术，众多生活组织方式重重叠叠，构成一张巨大的网络，并且配上种种代码。我们栖身的那个角落，肯定是这一张巨大网络之中的某一个网结。

理论工作的一个重要目的是，认清各种生活组织方式的来龙去脉，考察它们之间的联系，分析隐藏其中的秘密。我对于文学的期待更多一些。我的意思是，文学是否可能贡献一种令人向往的生活组织方式？从个人嗜好、社会关系到人与自然的相处方式，文学能否提供一种积极的能量？文学能否以生活组织方式嵌入历史？在更为根本的意义上，这也是我对于美学的期待。相对于政治经济学或者社会学，美学指向了另外的层面。我希望美学的意义不仅是制造一阵特殊的内心波动，还能形成现实可触的生活方式。

"让理论的光芒照亮文学和生活"，我喜欢这句话。当然，我更向往的是，这三者互相照亮。

张学昕： 其实，从一定程度上讲，您的理论研究是非常"接地气"的，都是特别富有现实意义的思考。您将许多深刻、艰深的理论命题，直面、直击当代社会现实和文化、文学的发展进程，诸如影像、网络、广告、消费、娱乐、弹幕文化、"浪漫精神"的兴衰等，这些都是极其敏感的"当下"问题，真正体现出理论的光芒和现实穿透性力量。而且，您在散文、随笔中对现实、生命、人性、伦理、友情、亲情的表现，更令人感动和沉思。在一些篇章里，您写到亲人、老师、朋友，写到了您的个人志趣，有关围棋、书法和家庭宠物——猫和小狗。我能感到，这里面都寄寓着无尽的、真切的人间情怀。那么，在理论研究、文学写作与生活之间，您是怎样把握它们之间关系的？或者说，在这几者间，是什么不断地激发起您写作和研究的冲动？

南帆： 与那些物质生产者不同，我们在观念领域工作，倡导某些观念，论证某些观念，或者分析各种现象背后隐藏的意义——尤其是分析文学显现的故事情节、良辰美景或者人物性格。在某些场合，这种工作可以称为观念的生产和意义的生产。城市、街道、房屋给我们提供了栖居的物质架构，事实上，我们的意识同样安置于观念和意义构造的各种城堡和街区之间。否则，我们的精神只能空无所依地游荡。我对于这一份工作的预期是，由于这些观念和意义的引导，这个世界会更好一些，更有意思一些。所以，这是一份我喜欢的工作。数十年的时间里，我从未谋求改换一个工种。

然而，无论是理论学术还是散文写作，这种劳动往往以个人化的方式进行——孤独地思考与书写。理论家或者作家的传统形象往往是蹙着眉头，独自关在密室里奋笔疾书。经济学、社会学的研究时常以团队的方式进行，许多工科的研究更是如此。然而，文史哲这些传统的人文学科目前还是以个人化工作为主，保持清晰的个人风格。但是，我想指出的是，要避免独特的个人风格与自以为是相互混淆。

尽量不要将个人化的劳动夸大为故作孤独的生活方式。念念有词地背诵某些深奥的哲学概念，仿佛沉溺于一个高深莫测的领域，知道怎么开洗衣机、如何挑选西瓜或者火车站在哪儿简直太俗气了，好似脱离日常生活才是专家必须拥有的风度。我愿意独自思考，可是不愿意生活在人工的玻璃房里。《无名的能量》表述的一个观点是，文学从日常生活内部发现强大的能量，尽量避免脱离日常生活。如果深奥的哲学概念与我们的日常生活没有任何接口，它们的意义可能不如想象的那么大。文学更是如此。文学真的能贡献一种令人向往的生活组织方式吗？那么，可以试着从自己的身边开始。生活在别处，同时，生活在脚下。不要满足于纸上谈兵，至少可以想一想怎么提高一丈之内生活的温度。我生活在若干亲人、师友之间，喜欢围棋、书法、乒乓球，还养过猫和狗。尽管没有多少传奇经历，只有各种庸常的乐趣与烦恼，但是，这一切仍然可以托付给文学。如果可能，以文学为半径，重新规划和构建身边的生活环境，显然是一件意味深长的事情。

（2021年3月）

是星辰，还是萤火？
——与迟子建的文学对谈

张学昕：近二十几年来，我都是你忠实的读者。不能说我始终在"跟踪"你的写作，但在中国当代作家中，我对你的作品有着极大的关注度和情感度，这是一种喜爱，更有一种由衷的敬重。我从黑龙江这块黑土地走出来，能够在你的大量文本中，深深地感受到你对东北大地所保有的热情、激情和挚爱。从你二十岁时写作《北极村童话》开始，到几年前的长篇小说《群山之巅》，你写了三十几年，已经有六七百万字的作品，我很惊异，你能有如此大的文本体量，而且一直保持着极高的艺术水准、活力和创造力。而你的目光和笔触，从未离开过这片土地和山川河流，我想，这里一定埋藏着你有关这块土地的理想和梦想，可是我还是想知道，早年的时候，到底是什么促使你写作？究竟又是什么样的动力或"玄机"支撑着你，推动着你，让你静安一隅，平静地写作且保持这种旺盛的、不竭的写作欲望和冲动？

迟子建：漠河是中国的"北极"，我出生在那里，又是元宵节生人，等于一落地就扑入了人生的长冬，而我的个人命运与寒流也真是息息相关，在我幸福的时刻，寒流往往不期而至，让我感受苍凉。如果问我为什么早年拿起笔来开始了写作，可能就是因为那里的四季太过绮丽，大自然凋零与重生的乐章，每时每刻都在奏响，而生长在那片土地的人，多是有故事的人，于是我想要表达。无论如何，我感恩命运，因为我从温暖的母体降生人世，户外的风雪没有侵蚀到我，冻土地上早已有一座泥屋，做了我温暖的巢。父母的爱、元宵的灯火、燃烧的火炉，是我生命和写作的泉水,也是我能够一路流淌到今天而不枯竭的一个缘由吧。当然更重要的是,我在人生中遭遇寒流时,虽觉委屈,但看众生,谁人不经历生离死别?而能超然地看待一切,使我的作品起码在看待生死的平等上能够做到公允,而这是文学一个重要的母题。

张学昕:你写作这么多年,无论是长篇、中篇、短篇,还是散文、随笔,在文体方面始终保持一种"均衡"发展的态势,总是不断有许多引人瞩目的佳作出现。不能不说这种"可持续写作"的状态,在当代作家的写作中并不多见。文体选择的不同,可能取决于题材和具体表达的需要,但就文体本身而言,你更喜欢哪一种文体呢?去年的那部中篇小说《候鸟的勇敢》,你一口气写了七八万字,我以为你完全可以把它写成一个"小长篇",其中的许多线索、情节、故事和人物性格,都可以进一步扩充、延展,可是你没有那么做,而是让它拥有属于它自己的内在结构,这样做,是否也是在写作中有意地尊重小说本身的"智慧"?

迟子建:小说与散文随笔,确实都是我喜欢的文体。比较而言,我更喜欢小说,因为在虚构的世界中,一个作家的笔纵横驰骋的空间更大,散文、随笔有一定的束缚性。写作三十多年,我同意你说的,我的写作是"均衡"的,也就是长、中、短篇交叉并进,大概三五年一部长篇,中短篇的写作则从未间断过。写小说是需要在心中对要驾驭的题材"称重"的,像《伪满洲国》和《额尔古纳河右岸》这样的题材,都不用掂量,从资料准备时就知道这是长篇的胚子。而像《雾月牛栏》《亲亲土豆》《逝川》,故事本身决定了万把字就可以呈现出来。而《候鸟的勇敢》确实像你在那篇评论中说的,在写作过程中,它有点波涛翻滚,往长篇上涌流,但我在写作之初,觉得以中篇篇幅可以实现我的文学表达,所以,还是仔细用力、下笔,没有让它奔向长篇。因为在中篇的江河里,小说中的人物、动物和风景,并无拘束感,游得比较自如,这样我就不会在意喧嚣的水花,而把它们推到长篇的海洋之中。

张学昕:我知道,你早已无法离开写作,写作对于你,已经不是一种职业,而是终身的事业和追求,是你生命及其存在的最重要的一部分。那么，面对今天我们所处的这样一个高度工业化、商业化时代，直面当代生活、自然环境、人性、人文生态的极端复杂性和多变性，你认为一位作家应该扮演什么样的角色？什么因素会直接或间接地影响你的写作？也就是，你所坚守的写作、叙事伦理是什么？

迟子建：一个内心世界丰富和强大的作家，对世俗的顺境不但不会夸耀，反而会常怀忧思和警觉，还可能把所有的逆境看作财富，这样才会在坎坷时有直面生活的勇气，看到人性的真相。有的作家是天上的星辰，广泛地照耀大地，但因为人们所处的时区不同，所以也有它照耀不到的黑暗之处。而有的作家则是大地的萤火虫，照耀极少一部分人。所以哪怕一部名著，都不会拥有百分之百的拥戴者。由此可以看出文学的魅力来自何方——它的多元、多样，是多么重要。写作者要与被写的材料培养"情感"，做到"两情相悦"再动笔，不然就会影响文本的质地。还有，就是现在的"60后"作家，都不可抗拒地从中年步向老年，年龄的增长直接带来体力上的弱势，而创作是需要体力保障的。2019年初，我和格非在南京参加活动时还聊起这个话题，都说到了一定的年龄，真觉得体力有时会跟不上自己的写作。我还记得青春年少的时候，我就有这个警觉，曾在一篇文章中说到类似的话：当你的思维还无比活跃的时候，你的躯壳却走向衰朽，没有比这更悲哀的了。

张学昕：是啊，尤其是写作长篇小说，那真是一场测量体能的"马拉松"，它既是对作家信念的考验，也要求作家努力克服身心俱有的疲乏，它是一位作家的才情、灵感、体能与焦虑、懈怠的漫长的博弈，也是对作家意志和品质的考验。苏童就曾说过，写作长篇小说是一个令人恐惧的过程，就像是在修建一座巨大的宫殿。但看得出来，你与格非都依然保持着良好的写作状态和文本形态，这一点，完全可以从你们的作品中感受到。我也在想，杰出的作家和作品，无论他们是天上的星辰，还是大地的萤火，都一定会以自己的存在，穿越时空，照亮人间的道路，给不同的人群以温暖和力量。最近，我读到哈佛大学王德威教授关于倡导深入研究东北文化、文学的一篇文章《文学东北与中国现代性》，其中有这样一段表述："'东北'作为地理名词和文学表征，同时迸发在上个世纪之初，因此任何叙事必须把握其所代表的时代意义。'东北学'的论述必须有文学的情怀。文学不是简单的'再现''模拟'工具,以文字或其他传媒形式复印视为当然的历史,甚至揣摩人云亦云的真理。文学参与也遮蔽历史的辩证过程;文学这一形式本身已经是种创造意义的动能。"王德威教授还特别提及你的《北极村童话》《晚安玫瑰》《世界上所有的夜晚》《额尔古纳河右岸》《伪满洲国》等作品,阐释、论及其价值和意义。他认为,你将叙事置于"家族""国族""民族"的场域之中,是一种"跨界叙事的眼光",是"从东北视角对内与外、华与夷、我者与他者不断变迁的反省"。他指出,你的"文学东北"所承载的历史力量和现代性诉求,打开了一个充分而饱满、深邃而旷达的审美空间。无疑,你的"东北故事"的文字背后,蕴藉着广阔、复杂、变动不羁的大历史的积淀和沧桑。他强调研究东北问题,一定离不开文学"情怀"。我最近刚刚重读了《伪满洲国》,我在想,当时三十几岁的你,何以建立起驾驭这部七十余万字的长篇小说的勇气?二十余年来,你自己重新打量、反思过这部作品吗?现在看自己的这部作品,对它还满意吗?处理这么大的历史题材,当时都做了哪些文学的、心理的准备?你又如何认识、理解那个时代人性的变异?

迟子建:我很欣赏你引述的王德威教授的这几句话:文学参与也遮蔽历史的辩证过程;文学这一形式本身已经是种创造意义的动能。刚好我也读到最新一期《上海文学》上莫言的一组短篇新作,其中在《老汤》那篇的结尾处,一个旅游局局长在旅游交流会上说"发展旅游,经验两条。一是造景,二是造谣",读之莞尔。但此语实在精辟,招徕游客的地方史可以虚构,谁又能保证我们读到的以史学面目出现的历史没有杜撰的成分呢?文学以它特有的情感深度介入方式,可以使历史变得鲜活、具体、有情,也就是王德威教授强调的"情怀"吧,文学是有情的历史,所以这样的历史才活色生香,源远流长。仅从呈现战争来说,我们熟悉的名著就有《静静的顿河》《战争与和平》《这里的黎明静悄悄》《丧钟为谁而鸣》《九三年》《飘》等,读这样的名著,因为有了人物的爱恨情仇,战争比历史本身更具有穿透力和警示作用。从某种意义上说,历史有时可能蒙着一层淡淡的轻纱,而文学以它对人性的深度开掘,却能拨开轻纱,洞见真相。说起《伪满洲国》的写作,那确实不是简单的一个念头,它要动用的材料太庞杂了，所以，写它对于三十多岁的我来说，是个巨大挑战，其中所付出的艰辛，至今历历在目。光是资料，就查阅了无数。因为里面涉及的人和事太纷杂了，相比而言，处理虚构的人物，那些开当铺的、弹棉花的、开酱菜园的、做店小二的、当劳工的，相对还容易些，而对那段历史中绕不过去的真实人物，比如溥仪、婉容、谭玉玲、杨靖宇、郑孝胥、吉冈安直、甘粕正彦、川岛芳子、李香兰等，不管出场多少，哪怕是在别人的叙述中惊鸿一闪，我都要贴近人物，尽可能叙述得准确到位，这就需要大量阅读伪满时期的人物传记，而且做出自己对人物的判断。同时，怎样把历史事件融入作品，也是难题。最终采用编年体的结构来写，是最好的选择。因为它可以截取历史片段呈现动荡，也可以在演绎人物时，给他们适时隐匿的机会。至于如何理解那个年代人性的变异，我想你从其中之一的交通工具——火车，就能看出人是如何被战争异化的。火车运载着战马、慰安妇、开拓团成员，同时火车也是溥仪来做傀儡皇帝和逃亡的交通工具。从这条运输线上，能看出战争的轨迹、人的命运轨迹。因为准备充分，所以完成它不到两年的时间。我至今保留着六个大笔记本的《伪满洲国》手稿，密密麻麻，双面书写，但很干净，改动极小，可以想见那时"气"是足的，当然这并不能说它没有缺憾，但我对它总体是满意的。去年年底，译林出版社推出新版《伪满洲国》，读者对它抱有的热情超出我的预料，毕竟近七十万字，是我个人写作历程中的"大部头"，这对阅读来说也是个不小的挑战。

张学昕：一位当代作家的一部大部头作品，在二十年以后仍然能够被重读，实在是可喜可贺。这是对这部作品本身的精神、艺术魅力和价值的肯定，也是文本生命力的体现。我想，《伪满洲国》这部小说，二十年来历经读者的阅读，依然能产生如此强大的阅读动力，不容置疑，体现了这部小说坚实的历史、文化、精神和心理积淀，证明其自身所具有的丰富的"可阐释性"。也许，这正是一部作品逼近经典的标志。一个好的作家，永远都会怀揣梦想，心怀善良、美好的愿望和灵魂诉求，深怀敬畏之心，向生活致敬，向自然致敬。你在哈尔滨，或者常常回到遥远的家乡，静安一隅，默默写作，坚守着自己的文学底线，我相信，没有什么力量可以改变你对生命和文学的敬畏之心。但我也在想，有什么人或事物对你的写作产生一定的影响吗？究竟是什么让你成为这样一位有信念、有信仰、不卑不亢的作家？

迟子建：作家首先是生活中的人，生活中的我热爱世俗的烟火气，所以有眼尖的读者发现我早年发表的一些日记片段，很多是对吃的记录。写作疲惫时，我热衷于厨房菜品的创新。我喜欢用瓜果的壳做一次性容器，伊丽莎白瓜的壳用于泡茶，西瓜壳用于拌水果或蔬菜沙拉，柚子皮用来蒸糯米鸭，火龙果的壳用来盛酸奶，这也算是寻找生活的诗意吧。我出生在一个普通家庭，父亲懂得诗文，爱好音乐，母亲坚韧勤劳，忠贞善良，他们的志趣和人格影响着我，而我与母亲的命运又是惊人的相似，我父亲去世时母亲43岁，而我爱人去世时我只有38岁。我永远记得母亲当时因为心疼我，而无意间发出一声慨叹："你爸还陪我过了40岁啊。"我母亲在厄运面前的刚强和勇敢，当然也影响到我。我们都懂得，人的一生，重要的是爱。爱自己的亲人，哪怕他们跟我们永别了。爱钟爱的艺术，矢志不渝。我不可能摆脱孤独的命运，那么书写就是最好的陪伴。

张学昕：写作，可以让曾有的爱永远保持它的温度，只要这些爱仍在你的心中，它就会始终陪伴着你的写作旅程，你就永远也不会孤独。我相信，这种生命体验也是你的文本力量滋生的重要源泉。我注意到，许多人在评论和研究你的作品时，常常喜欢谈论两个问题：一是童年经验对你日后写作的影响；二是有人不断地将你与现代东北女作家萧红做一些比较。特别是后者，我个人觉得，这实在是不好比较，一时代有一时代之文学，每个作家所处的写作时代、语境、现实都有很大的差异性。你究竟是怎么看待这两个问题的？

迟子建：童年经验对我写作确实有影响，因为那是一个作家认知世界的开始，但真正踏上文学之旅后，你会自然懂得，童年经验要不断"反刍"，否则它给你天籁的神经，也可能限制你的视野。至于萧红，我多次说过，她是中国现代文学史的一座丰碑，不可比拟，无可逾越。我所努力和希冀的，只是在署名迟子建的作品中，在自己的创作范围内，尽可能不浪费笔墨，做到少些缺憾。

张学昕：我相信，作为一个作家都会向大师致敬，而走自己的写作之路。那么，在写作中一定存在着灵感、自制力、平衡感的问题，它直接决定着作家的写作状态和写作结果。这些年，你每一部作品的写作都是有计划的吗？是否有灵感全无的时候呢？写作环境对你有影响吗？你的写作是否都有严格的时间表？

迟子建：有些作家是天才，捉笔成华章，我可没那么聪明。我写作一般是有计划的，尤其是长篇，总要经过反复酝酿。哪怕是一个短篇，也要心中有了大体雏形，方敢动笔。所以，我的写作是有计划的，你从我的长、中、短篇小说的交替发表的时间表中，应该能发现我的写作是有准备的。只要进入写作状态，我不太挑剔环境，《伪满洲国》有几小节是我在回乡列车中写的，因为那时大兴安岭还不是旅游热点城市，列车包厢常常只有我一个人，旅途漫长，我会翻看《伪满洲国》的手稿，顺手写几笔。但有一部作品我是挑剔写作环境的，那就是《额尔古纳河右岸》，我在故乡写了一部分，回到哈尔滨后试图接续，但感到"气不相接"，所以赶紧折回，完成了这部长篇。我只给自己设置写作开始的时间表，但不设置完成的时间表，因为太强的计划性也会束缚自己和作品。所以我常常在写长篇的过程中，给自己放个三五天的"小长假"，这也有助于作品的成长。

张学昕：写作发生学确实是一件有趣而神秘的事情，一部作品的诞生，一定与作家的内心和环境息息相关。苏童也曾有类似的情况，他写作长篇小说《河岸》时，其中有五六万字是在德国写的，他回到南京后，却感觉无论如何也接续不上，只好废掉，再重新来过。没想到，一部小说与环境和内心竟然有着如此奇妙的机缘。那么，一部作品写完以后，无论是长篇还是短篇，你修改的幅度有多大？动笔写作的时候都是非常快乐的吗？最喜欢什么时候写作？写作的速度是根据什么决定的？在写作过程中，尤其是创作一部长篇小说时，是否会在写作的途中改变人物的命运和遭遇？或者，会不会突然改变已有的设计或故事的走向？

迟子建：我的小说修改幅度不是很大，这从我作品的手稿中能够清晰看出。动笔写作的时候不能称之为快乐，但也不能说不快乐，就是很平常的心态。所以你看怀孕的母亲，表情大都是平静的，就是这个道理。改变人物最初的设计走向，在小说写作的历程中不是没有，但是不多。特别疲惫的时候，我会暂停三五日，相当于足球比赛的中场休息吧。

张学昕： 看来，掌握好写作的节奏，拥有自己叙事的信心和耐心，是写出好作品的关键。最近，我又读到你发表在今年《钟山》第一期上的短篇小说《炖马靴》。这真是一篇非常棒的短篇小说。一个抗联的"老故事"，竟然被你写出如此深邃的生命哲理和人生感悟，它聚集了那么大的容量。而且，你把历史、战争、自然、生命和人性都埋藏在这个短篇里了！生命之间都是可以交流的，善良和感恩应该是灵魂的伴侣，我想，一个杰出的短篇才会有这样坚硬的精神内核。我可能永远也忘不掉那位抗联战士与那只瞎狼之间的故事，有时作为高等动物的人会丧失人性，低等动物却柔情备至，实在是令人惊诧和不可思议。人与狼、人与自然的这种"对话"就是要让人类反省自己，重新审视自己、审视人性的变异。那么，这个短篇小说的写作初衷是什么？为什么会突然想起写作这样一篇小说？还有最后一个问题，你近期或未来的写作计划是怎样安排的？

迟子建： 炖马靴就是炖战靴。现实中有两个让我忘不掉的真实细节与《炖马靴》有关。我们这儿有位著名的画家——于志学先生，他是冰雪画派的代表性人物，今年八十多岁了，但创作力仍然旺盛。六七年前，读到他送我的一本个人传记，其中就写到他少年时遇见过一条瞎眼狼，聪明的瞎眼狼就是叼着小狼的尾巴求生存的，这个细节非常感人，我对于志学先生说，有朝一日我要把它写进小说里。还有就是我做《伪满洲国》的资料时，读到过抗联战士在陷入被动时，食物短缺，他们会煮食皮带、皮靴等。但仅有这两个细节，小说是无法营造的，《炖马靴》是我在五十多岁，有了人生历练和写作历练后，才能客观驾驭的作品。哪怕陷入绝境——无论是饥饿的狼还是人，都不能碰敌手的尸首，这是写作之初就明确了的，所以我只让人和狼在陷入饥饿的绝境时，分享了战利品"马靴"。而他们依赖马靴和当年自己丢下的骨头的"馈赠"，走出迷途。人生的巨大后路，很多时候是埋藏在善念中的。但小说表达的又不单单是这个，所以我也不想自己过多阐释这个文本。我只能说，我对它总体满意。至于未来的写作计划，只能说一个孤独的人，以笔为伴，在生命和写作的长河中，作品是不会断流的。

张学昕：谢谢子建！我相信，你永远也不会孤独，你永远都会有写作陪伴，更会有许许多多深爱你和你作品的读者陪伴！这是人生最美好、最真实的生命旅程。

（2019年6月）

建构中国当代文学的"高山大河"

——关于短篇小说、唯美叙述与文学地理的对谈

一

徐可：张老师，综观您近些年的文学批评和研究，可以发现您对短篇小说情有独钟。不仅在《长城》杂志写作"短篇的艺术"专栏，还出版了《穿越叙述的窄门》《简洁与浩瀚》《小说的魔术师——当代短篇小说文本细读》几部著作。今年，您又主持编选了《百年百部短篇正典》。从批评、研究到编选，您对短篇小说可谓"念兹在兹"，能否谈谈您研究短篇小说的文学初心，您的研究和批评是如何与短篇小说相遇的？很多人在直觉上认为，与长篇小说相比，短篇小说在艺术上降低了"难度"，您是否同意这种看法？短篇小说的艺术难度都表现在哪些地方？您在阅读和研究短篇小说时，一般会从哪些方面去触摸、感悟和分析一部作品？

张学昕：是的，我格外喜爱短篇小说这种文体。我觉得短篇小说对一位作家的叙事技术，以及叙述中穿透生活、呈现人与世界的能力，都有更高的要求，这种文体对作家的审美表现力，永远是一个巨大的挑战。说到短篇小说，我在十几年前曾撰文分析短篇小说的魅力和写作发生："从短篇小说写作意义和方法的角度考虑，我们可能会将形而上的东西转变成形而下的东西，把内在的东西变成外在的东西，把心灵的探寻转化为审美的表达。而短篇小说这种文体，或者说，这种叙事艺术面对世界的时候，对一个写作者的精神性和技术性的双重要求会更加严谨。同时，一部优秀短篇小说的诞生，还是一种宿命般的机缘，它是现实或存在世界在作家心智、

心性和精神坐标系的一次灵动，其中，蕴藉着这个作家的经历、经验、情感、时空感、艺术感受力，以及全部的虔诚与激情，当他将这一切交付给一个故事和人物的时候，他命定般地不可避免地建立起一种全新的有关世界的结构，也一定是精神境界和文体变化的一次集大成。一个作家写出一篇小说，就是对既有的小说观念和写作惯性的一个更新、一次颠覆，甚至可以说，像契诃夫、卡夫卡、博尔赫斯和雷蒙德·卡佛那样，完全是在不断地开创短篇小说的新纪元。他们不但是在世界范围内使'小说观'发生着很大的变化，而且，从重情节、虚构故事发展为依照生活或存在世界已有的生态，自然地叙事，巧合和真实，叙述和'空白'，情绪和节奏，精妙绝伦。进而，从戏剧化的结构发展、衍化为散文化的结构，深入地凸显真正的具有现代意义的现代短篇小说。"这些，应该是我对短篇小说基本的理解和思考，也是我阅读和阐释短篇小说的审美切入点。特别是近几十年来，中国当代作家对短篇小说文体的探索，已经抵达相当高的层次，像苏童、刘庆邦、莫言、王安忆、王祥夫、迟子建、范小青等作家的许多短篇小说，写得可谓炉火纯青。可以说，我对短篇小说的喜爱近乎是一种迷恋。二十多年前，《当代作家评论》的老主编林建法老师，就曾建议并支持我深入做好短篇小说的研究。因此，从那时起，我从苏童的短篇小说研究入手，对苏童小说的文体、意蕴，以及苏童与中国当代短篇小说的发展等问题，都做了许多探讨。此后，关于短篇小说的文章一发而不可收。二十余年来，我先后撰写了五十多位中外作家的短篇小说论。从文本细读开始，继而探究短篇小说艺术的"高度"和"难度"。这些文章大多发表在《长城》杂志为我开设的"短篇的艺术"和"短篇大师"的专栏上。去年，我为春风文艺出版社编选的五卷本《百年百部短篇正典》，算是我对中国百年短篇小说成就的一次"巡礼"，并向短篇小说文体的致敬吧。

徐可：小说是语言的艺术，每一位作家创作的过程都是铺排、腾挪、思忖语言的过程。无论是天赋使然，还是匠心独运，就短篇小说而言，作家对语言的驾驭显然面临更多的挑战，由于篇幅的原因，语言的节奏、气韵、意蕴从阅读接受的角度被放大，就像是电影中的聚焦和加强景深。您是苏童研究的专家，二十余年来对苏童小说进行了深入系统的研究。苏童在短篇小说写作上造诣如此之深，令人尊敬。现在，我有一个可能有点奇怪的问题想请教您，您是由苏童研究而发现了短篇小说的无穷魅力，还是由对短篇小说的喜爱而发现了苏童短篇写作的瑰丽？您常常对作家的"写作发生"有深入的阐释，我的问题则是，您对短篇小说和苏童的批评兴趣是如何发生的？这两者之间是否有某种内在的关联？

张学昕：你这个问题很有意思，充满文学的兴味。不错，我对苏童创作"追踪式"的研究和评论，已经持续近三十年。1980年代末，我在读研究生的时候就喜欢苏童的小说。后来我从行政部门调到高校工作之后，也就是1990年代中期，我开始系统研究苏童的小说创作。我的博士学位论文也是选择写的《苏童论》。这次写作，我的导师刘中树先生给了我极大的鼓励、支持和帮助。除了对苏童的创作进行整体性的观照、研究和思考，我更多的是研究和阐释苏童大量的短篇小说，尤其关注苏童小说的写作发生学。我在苏童的短篇小说里，感受到苏童叙述的唯美品质。应该说，苏童的短篇小说在当代小说史上具有特殊的意义，他的文本既承续中国古代话本对故事、叙事的传统，也重视叙事结构和事物深层意蕴的发掘。苏童对短篇小说的精心结撰，对短篇小说形式感的追求，早已远远地超出"表现生活"的主题学意义和范畴，而沉潜于意味深远的存在性语境和情境。苏童的短篇小说具有自己独有的丰富、奇诡的个性品格。文本构思奇特，想象力丰富，质量上乘，体现了与1980年代以来种种"潮流"迥异的气度、风貌。苏童短篇小说的写作，后来渐渐成为他自觉的意识和选择，苏童似乎竭力要通过短篇小说来表达他的叙事美学和艺术哲学。不夸张地说，苏童是当代最杰出的短篇小说大师。那么，再回到你的问题，确切地说，我应该是从苏童的短篇小说阅读和阐释中，获得对于短篇小说这种文体的挚爱和迷恋。而且，我相信，小说语言的背后是艺术修辞，在一定程度上来说，修辞能够看出一个作家审美的表现力及对文本细部的把握能力，对文本细部修辞的精微处理，从简洁的语言流淌出浩瀚的意蕴，在作品肌理处透射出诗学价值，这些都值得我们反复琢磨、玩味。面对无孔不入的网络时代，碎片化的信息和文字奔涌而来，许多"新生代"作家的作品，往往出现短句愈来愈多、故事情节黏稠于日常生活本身的趋势，这在很大程度上削弱了文学作品的审美内涵和语言魅力。现在，我们如何抵挡这种忧心的情势，就需要作家回到叙述，回到文本，回到文学审美的初衷。所以，像苏童、余华、格非、孙甘露等这一代作家，在小说叙述、语言、结构层面所表现出的艺术追求，颇值得新一代写作者用心去体悟和思考。

徐可：那么，进一步说，因为对于短篇小说的喜爱和重视，是否直接影响了您后来对包括长篇小说在内的小说文体、叙事、形式美学的重视？这是否也触动您在后来大量的作家文本解读中，更加看重对小说叙事张力及其文本内部构造特征等方面的思考？

张学昕：对的，正是由此出发，我后来的评论写作和研究，愈发开始重视小说文体方面的探索和思考，在阐释当代作家小说创作时，更多地沉潜文本的细部修辞和结构美学，并满怀激情地投入对小说叙事美学的探索中。二十多年来，我写作了《20世纪中国作家的形式感论纲》《当代小说创作中的寓言诗性特征》《当代小说文体的变化和发展》《90年代小说文体的新变》《女性写作与文体的创造》等多篇文章，不断地探讨小说的文体问题，从这个视角挖掘包括长篇小说、短篇小说文体在内的小说"形式美学"，讨论近几十年来作家的小说文体形式探索对当代小说艺术的丰富和推进。无疑，1980年代中后期，作家叙事的文体追求，带来当代小说审美表现方式和阅读的革命性变化，对传统的、旧的文体秩序的调整和改变，突破了以往小说的文体规约，促成了小说新的审美模式的诞生。寓言性、象征性、隐喻性叙事结构这样具有艺术新质的文体形式，使文本生成浓郁的文化诗学特征。我感觉，从一定程度上讲，唯有进入叙事的美学层面，才能充分感受、体味到文本自身的内在张力和丰富性，才能在诗学的层次实现对小说艺术的审美考量。

二

徐可：从一定程度上讲，您是"学院批评"的重要建构者和参与者。2009年，您曾主编了一套20卷本的"学院批评文库"丛书，无疑，这套丛书是"学院批评"的一次集体亮相，它展示出较为鲜明的学院批评品格，整体上都讲究学理分析与逻辑推演，重视文本阐释及其文学史意义。这套书在当时也产生过很大的影响。但与此同时，我们发现您的批评话语，始终有一种不被学院概念所"规训"的美学意蕴，您十分重视自己的审美直觉，通过对语言、叙述、结构、意象等的诗性阐释，达成一种唯美的语言风格。您是在有意追求这样一种平衡感吗？你如何看待批评的理性与感性？

张学昕：十几年过去了，但筹划、编辑这套书的过程，实在是令人难忘且充满愉悦。2008年的春天，我去长春拜望我的导师刘中树先生，闲聊时谈起1980年代以来的当代文学批评，我们师徒几乎形成极其相近的看法。那时文学批评的话语方式、话语背景和学术空间已经获得较大的拓展，文学批评显示出的影响力，彰显出文学批评在当代文学学科的意义和学术价值。但是，文学批评进入1990年代后，渐渐失去其整体活跃的态势，一度出现"批评缺席""批评有无存在的必要"的诘责和质疑之声，学术研究的僵化，导致批评的学术活力和思想力量渐显"疲惫"和乏力。显然，这与学院批评应该具有的"有学术的思想"和"有思想的学术"境界相去甚远。对于批评而言，置身于"学院语境"的学者型批评家，如何面对鲜活的文学现场，重新考虑文学批评的责任和使命，就显得非常重要。而位列这套丛书的二十位批评家，以他们的文学批评实绩和影响力、清醒的判断力和特有的活力，展示着一种新的批评风范和批评秩序，努力建构起批评的权威性和公信力，对时代和文学的发问能力，成为学院批评家的重要担当。我们在这些文集里，看到了他们直面文本和现实的目光。在那时，我与这些有影响力的评论家都有较为深入的交流，但是我更重视自己的审美直觉，尤其看重作家的语言、叙述、结构、意象呈现，试图对其做出富有诗性的文本阐释，而且对文本的唯美性有格外的偏爱。我始终认为，"唯美的叙述"是小说文本和批评文本都应该具有的艺术形态，是审美主客体都要具有的品质。我喜欢并敬畏巴赫金、李健吾式的文学批评，他们的批评是理性和感性的结合，而这种蕴含着哲理的诗性的感悟性批评，在对那些杰出的小说文本的阐释中，产生出文字的魅力和光芒。它照亮了文本，也照亮了我们的内心。

徐可: 我注意到，"唯美"的确是您批评话语中的重要关键词。一般而言，"唯美"指向一种纯艺术的审美愉悦，而非道德和情感上的表现或负载。在您的批评实践中，我们常常感受到在形式分析背后包含着对历史、现实、生命、人性和伦理的关怀，这似乎产生了一种形式与其意蕴间的张力，你是如何理解这种张力的？

张学昕: 我第一次在自己的文学批评中使用"唯美"这个概念，就是关于苏童短篇小说创作的文章《"唯美"的叙述——苏童短篇小说论》。那个时期，我在阅读、审视文学作品时，开始对那些重视叙事技术、有强烈美学倾向、讲究形式感和艺术性强的文本，表现出极大的兴致。说到"唯美"，有些人可能立即将其与"颓废"一词联系在一起，学术界对"唯美—颓废"的话题也始终保持谨慎和低调，其实不然。"唯美主义"这种有些偏执的美学倾向，在进入当代的时候，我们已经能够科学而客观地面对它，分析其利弊得失，就是说，"谈美色变"的时代真正结束了。而我的理解是，"唯美"和"唯美主义"具有不同的内涵，"唯美"所强调的是叙事情调、语言张力、结构形式、情感、意绪以及强烈的"美文"意识。确切地说，它更是一种具有实践性的文学审美精神和态度。文本叙述中"句子和段落都构成多层多角的空间"，让汉语闪烁其不可思议的光芒，情感和心境像水一样，词汇改变了以往世俗的感觉和印象，"浸泡"在一派新鲜的含义里。而且，当代作家即使在处理带有颓废倾向的题材时，也大多能够将"颓美"引向艺术感觉上的"审美"，表现存在世界的奇诡和哲思。像苏童、格非和王朔等作家的写作，都充满唯美的元素和形式美学的因子。因此，这就触及你说到的，追求唯美叙述的品质与历史、现实、生命、人性和伦理关怀，以及形式和文本意蕴之间的张力关系。也就是说，这样的艺术审美姿态和呈现策略，势必在语言、结构、语境、意蕴层面生发成"有意味的形式"，必然会酝酿出"美文"的诞生。因此，发现"美文"，也就成为我多年以来文学阅读的深切期待。

徐可: 可以看到，您近年的文学批评在保持一贯的诗性、唯美风格的同时，也在不断寻求方法论的革新。您的《视角的政治学——中国当代小说中的疾病隐喻》《细部修辞的力量：当代小说叙事研究之一》等文章，就显示了一种不同于您以往文字的理论上的自我革新。再比如,《苏童的"小说地理"》《永远的商洛:平凹写作的"原点"》《孤独"机村"的存在维度——阿来〈空山〉论》《阿来的植物学》《迟子建的"文学东北"》,您仿佛都是在以一种"文学地理学"的视角,透视当代作家的创作。2019年,"东北文学与文化国际研讨会"在大连召开,作为重要的策划和主办人,哈佛大学的王德威教授和您都对"东北学"的建构提出了自己的看法。看得出,这次会议既是关于文学的,也是关于文化的,当然更多的还是从文学的视角透视、审视东北的文化特质。但是在您最近的《盘锦豹子、冬泳、逍遥游——班宇的短篇小说,兼及"东北文学"》中,您却对"以出生地背景的相近"考量作家的相似性,保持了十足的警惕。您能否就此谈谈您对"文学地理"的看法,它在您的批评实践中扮演着什么样的角色?

张学昕: 你说得对。对于中国当代文学而言,每一位作家的写作及其"发生学",都是构成当代文学地形图和文学坐标的前提,或者说是叙事的精神逻辑起点。说到所谓的"文学地理",实际上,古今中外许多作家都迷恋在自己的文学创作中构建有着自己故乡风貌背景的文学地理,如苏童的"香椿树街"、阿来的"机村"、迟子建的"北极村"、贾平凹的"商州"、莫言的"高密东北乡",等等。无论是再现或是重构,他们的作品都或多或少被浸染了生养自己的故乡底色和乡愁气息。再往前追溯到现代文学,还可以看到鲁迅的"鲁镇",而外国作家里最经典的就是福克纳笔下"邮票大"的叙事背景地"约克纳帕塔法"。这样,我们就会思考这些作家的文学地理,考量其对作家写作发生和写作个性有着怎样的影响。还有,作家的生活、经历与写作空间的变化和限制之间存在怎样的关系。从地域性的角度看,作家极可能普遍会不同程度地掉入地缘性的"陷阱"之中。他们在写作中沉潜于"故乡"难以自拔,原生态的故乡情结永远都挥之不去,它就像影子一样跟随着作家。无论你是想逃离它,还是想亲近它,那种隐藏在血液里的因子如影随形。在这里,这个"地理"已经不再仅仅是一个叙述的"背景",它构成写作的原始驱动力。我最近在评论青年作家班宇的这篇文章里,涉及有关班宇、双雪涛、郑执几位作家创作的地域性,以及"东北文学"的现状。有些文学机构和评论人士,试图沿用以往"命名"的老套路,肆意地将具有不同创作个性和艺术风格的作家进行"归纳""分类",不负责任地将同是生长于"铁西区"的三位作家命名为"铁西三剑客",并且统而论之。本质上讲,三位年轻作家的写作,叙事的年代、背景、主题意蕴多有大相径庭之处,不好以"文学地理"一概而论。就是说,文学批评和研究对作家创作及其文本的把握,需要从审美层面去发现和洞悉小说世界里人与存在的隐喻关系,以及情感、伦理、人性的象征和指涉。因此,作家的叙事,最终就是要超越包括地域性、地理、地缘在内的外部事物认知,建构起属于审美重构的极其自我的"文学地理"。那么,批评的使命不是按图索骥式的"索隐",而是通过文本中时间、空间的移动性、不确定性,甄别出叙事所要呈现的内在意蕴。

三

徐可:从去年开始,您在《钟山》的"河汉观星"专栏中,陆续发表当代作家的多篇专论。苏童、格非、迟子建、贾平凹、阿来、麦家、余华等,他们都是当代中国最具影响力的作家,您以往的批评对他们也多有涉猎,其中的许多人,您也都写过专门的论述。是什么样的动机和意愿支持您对这些作家不断地"深描"?这些作家论的写作,在您整个的研究和批评图谱中占有什么样的位置?您做评论这么多年,内心的诉求是什么?

张学昕:其实,过去很多年,我一直特别关注的作家也不过十几位,除了你提到的上述作家外,还有像莫言、东西、艾伟、刘庆邦、王祥夫、叶弥、范小青、汪曾祺、林斤澜等,都在我的研究和评论范畴之内。重视、聚焦中国当代优秀作家的写作,始终是我阅读、评论和研究最重要的审美选择。只有选择当代最优秀的作家作为研究、评论的对象,才能体现出研究视域、研究纵深度的自我期待和诉求。上述作家以及更多杰出作家,构成中国当代文学的"高山大河",他们的写作及其文本存在形态,代表着当代文学的景观和创作格局。20世纪以来的中国文学,走到21世纪第三个十年,如何进行"历时性""共时性"的"深描",呈示其原初真实的状态、水平和价值,是评论家、文学史家共同的责任。所以,文学批评的工作,可能需要有更早的对作家、文本的第一阅读和"预判"。在这里,我做一些也许不太恰切的比喻,评论家第一时间面对作品的时候,可能需要进行大胆的"淘洗""排雷"或"清扫"。尽管最初的审美判断具有一定的冒险性,第一时间的审美也有"不识庐山真面目"的近距离"盲区",所以需要经过第二层面"文学史"写作的丰富、完善、修正,甚至更改。当然,这些还涉及文学与现实、时代的审美关系。无论怎样讲,我们都有责任保护我们时代的那些好作家、重要作家,应时刻做好"发现经典"的工作。我相信,文学批评会"助力"优秀的作家、作品"走向经典"。在复杂的历史空间和现实维度里,我们去不断地在作品中、在文学视阈下找寻、发掘那些可以被定义为"经典"的文学元素和可能性。接下来,我要完成的就是近期评论写作计划的另一篇作家论——《莫言论》。

徐可:如果讨论我们时代文学的"生产和消费",讨论作家和评论家、读者的状态,也就是关于中国作家的当代写作,谈及我们读者、学者、评论家们的文学接受、文学阐释,您认为其中最需要重视的品质是什么?作家、评论家最需要坚守、坚持的是什么?

张学昕:我认为,对于作家的写作而言,作家应该具有写作的耐心,特别是要有对文学深层的敬畏之心,这无疑是最重要的素质和内功。而我们则要有阅读的耐心。2005年,贾平凹的长篇小说《秦腔》发表后,我从贾平凹的文本里,体会到这位作家巨大的叙事耐心。因此,我提出,我们时代的作家应该超越社会和现实的浮躁之气,清醒地坚持对历史、现实、存在世界的审美判断,洞悉时代生活的焦点和痛点,并对此做出耐心的呈现。在那篇《"猜测上帝的诗学"——关于张清华的文学批评》一文中,我谈到张清华教授作为一位评论家具备这样一份阅读的耐心,他对作家余华的信任,令我们感到一个优秀批评家的气度和胸怀。在批评家对作家长期关注和追踪的过程中,可以看到,有些作家会保持着写作的稳定,有些作家可能会出现"转向",有些被满怀期待的作家,也可能多年不发表作品,暂时中断写作,甚至有些具有重大影响力的作家,在写作上出现"滑行"的状态。但是,这或许就是一种沉潜、一种等待、一种反方向上的试探,同时,也可能意味着作家对自我的挑战。面对这些现象,我们就要对作家保持一种耐心的期待。而且,对读者、学者、评论家们,也要保持某种耐心,都要怀有更多的期待,期待他们对作家及其文本具有审慎的、接近文本品质的认知。就是说,作家需要有作家的耐力和引力,读者和评论家也要有阅读的耐心和对文学的虔诚之心。

徐可: 如果说文学的作用是发现心灵的秘密,那么文学批评的作用就是发现文学叙事的秘密。这样的发现,需要我们的审美独具慧眼。陈晓明教授曾评价您"有着相当敏锐的文学史的眼光","当人们普遍质疑90年代中国文学运行轨迹的合法性时",您则是"怀着热情肯定这一历史变化趋势",而且您对1990年代文学变动的探讨不做空泛的理论表述,而是落到具体问题及文本阐释上。对此,我想,这一定是因为您有着独特的发现问题、提出问题的学术眼光和审美感受力。那么,在您看来,我们的时代,或者我们的阅读和写作,终究应该如何建立我们的文学判断力?

张学昕: 我觉得,在这里,首先我应该说清楚我对中国当代文学、中国当代作家所持有的基本判断。也就是说,近些年来,我在不断地调整或坚守我的文学观、美学观,包括文学批评的审美立场。也就是说,我必须要对我们时代文学的基本状态和价值有一个鲜明的、独立的判断。从1990年代开始迄今,我从事当代文学研究、文学批评已经有二十多年,我对于文学写作和批评的理解,也完全是在那种动态的变化中,从自主到自觉逐渐深入下去的。文学批评之于我,的确是一个十分漫长的磨砺过程。我对文学的理解、对批评本身的认识,也是在一个不断摸索、否定、肯定的状态下渐行渐远。可以这样讲,任何一个时代、任何一位作家的写作,无不追求以一种独到的文学叙述,表达历史和现实、人生与世界的存在及相互联系。也就是说,作家们无不努力以历史的、美学的呈现,"说"出他们所处时代的生活、现实、人性的丰富性、复杂性,包括一个时代的精神性存在状态。在当代,当我们面对一个时代复杂的精神状况、一个时代的灵魂状况时,必然涉及如何面对存在世界形而下和形而上的种种问题,如何去表现和把握,其中最重要的就是作家怎样才能摆脱和超越以往文学表达、文学想象的局限性,以及传统艺术模式、惯性的束缚和制约。那么,就文学写作、文学批评而言,都要从当代生活和现实出发,即要使自己的文学表达洞穿具体的生活表象,直抵人性和心灵深处,对一个国家和民族的隐秘和现实,做出作家、批评家各自的发现和判断。发现存在世界和人性的隐秘，应成为一代代作家努力追求的方向，而且，作家还要以叙事文本内在的力量、蕴含，呈现出我们民族的希望和存在的力量。只有这样，才能构筑起当代文学的精神性支配力量，实现文学自身的文化、历史和美学价值。从这个角度讲，现在的我们，恰恰正处于"准备经典"的文学状态和重要时期。前年，我与评论家林喦对谈时，谈及我对作家的期待："中国作家面对复杂开放的国际文化背景和当下中国社会现实，如何坚持文学的本性，选择文学表现形式，不断地探索与寻找一种最契合主体表现个性的形式，使形式风格的选择与探索真正能够使艺术成为艺术，已经成为不容忽视的问题。怎样才能既表现作家对生活与时代的人文关怀，又保持文学的审美本性，从个体生命的自我体验、自我沉醉中摆脱出来，让自己的文学实践扩展到对整个民族生活与历史的审美观照。同时，还要走出个人狭隘的、绝对的人本困境，走出视艺术为奢侈游戏的'象牙之塔'。因此，我们要处理好功利与审美这个'二律背反'的哲学、文学命题，获得艺术创造的新的可能性，获得真正自由的写作空间，这些，也都将成为我们一代代作家努力的目标。"

徐可：您曾在许多场合和不同文章中，多次谈到王国维的《人间词话》、胡河清的《灵地的缅想》、王德威的《想象中国的方法》、刘小枫的《诗化哲学》、乔治·桑塔耶纳的《美感》、艾布拉姆斯的《镜与灯》、巴赫金的《巴赫金全集》等，谈及这些著作对您文学评论工作的重要性，它们甚至被您奉为"枕边书""案头书"。您唯美的评论语言风格和气质，是否源于这些美学著作的启迪？您对于叙事学、美学理论所倡导的批评理路是怎样理解的呢？

张学昕：是的，这些著作是我 1990 年代做文学评论以来最喜欢的理论著作。它们对我的评论写作有着决定性的指导意义和不可低估的学术引领价值。可以说，从最初学习写作评论文章起，这些中外理论大师的文字和思想，就始终照耀着我的学习之路，它们还直接影响着我对于叙事、叙述、小说文体等审美、小说艺术层面的兴趣和喜爱。在很大程度上，甚至影响到评论的审美趋向。我想，它们还将伴随并影响着我在文学评论的道路上不断地前行。

徐可：最后，我想问您，您在那篇《南极在哪里？——克莱尔·吉根的短篇小说〈南极〉》评论文章中，对小说的结局和细节，竟然做了大胆的设想和充满兴味的"改写"。这不仅让我们感到您对于这部短篇小说特殊的喜爱，同时也让我们看到了您作为一位评论家对于写作的极度热情以及您丰沛的想象力。那么，您未来会尝试进行一些小说创作吗？

张学昕：其实，我从小就梦想成为一个作家，可是，我缺少作家应有的那种天分和才情，于是只好走上文学评论的道路，并且我感到非常欣慰，也很满意自己的这种文学选择。

（2021 年 12 月）

历史、人性与自然的镜像
——贾平凹的"世纪写作"论纲

一

在一个时代或者不同时期,一位重要作家的创作及其变化,常常与这个时代的审美方式、想象方式之间存在着密切的关系,甚至会影响一个时代的审美方向,同时,它也一定呼应着这个时代特定的生活方式、精神、语境和心理状态。对一个时代有影响的作家,才是杰出的作家;有可能对后世产生重要影响的作家,才是伟大的作家。我们期待并相信,贾平凹就是这样的作家。

如果梳理贾平凹四十余年的写作史,我想,在这里姑且可以将他的写作划分成三个阶段:以《废都》为界,之前可称为"前《废都》时期"的写作;《废都》到《秦腔》之前,可以称为"后《废都》时期"的写作;而自《秦腔》《古炉》到《带灯》《老生》,完全可以视为贾平凹创作新的爆发期和转型期,若执意要为这个阶段命名的话,我觉得不妨称作贾平凹写作的"后《秦腔》时期"。而他在这几个不同阶段之间的变化和腾挪,不但构成贾平凹自身写作的发展史,而且构成了中国当代小说创作的风向标和转捩点。这也正是近二十多年来,贾平凹被视为中国当代文学主干的重要原因。

2014年出版的长篇小说《老生》,是他的第15部长篇,我们能够在这部作品的文字里,明显感受到贾平凹叙述上的新变化。文本里沉淀着古老中国近百年社会生活、时代所发生的重大变化,尤其是,我们更能体味到贾平凹在文字中丝丝缕缕渗透出的一个个时代的波澜万状。从《带灯》开始，到这部《老生》，贾平凹的写作或者说叙述，无疑已经达到了非常高、非常自由、纵横捭阖的文本境界，我觉得这是他创作的一个最为重要的时期。虽然，我非常喜欢扎实、朴素而富于变化、灵动的《带灯》的叙述，但更喜欢这部简洁、干净、平易而厚重的《老生》。虽然面对的是一百年的历史，但贾平凹这一次好像是真正地松了一口气，释然而洒脱，无论是表现历史还是切入当代现实，他叙述以及结构文本的心态更加朴素、从容，笔法更加纯熟、老道，境界也更加旷达、空灵；他将苦涩、忧愤和沉重淡化，弥散在机敏、幽默的寓言里。可以说，在这个充分自足的文本里，他创造了一个新的语境，一种历尽沧桑的"老生"的叙事情境，在几个时代游走的唱"阴歌"的老生，以沉郁而悠远的语气和从容、宽厚的气度，呈现世间的苍生。苍生，以及"问苍生"，这是一个何其旷远的视界，其中，需要怎样的胸怀、情怀才能包容藏污纳垢的世间之万物？看得出，在这里贾平凹就是要用心来讲一个有关生命、命运和死亡的故事。可以说，贾平凹的创作真的跃出了既往略有"野狐禅"式的绵密而空灵的叙事，呈现性情内敛之后创作主体的文体自觉，他开始与历史和现实中的灵魂对话。不夸张地说，贾平凹的写作的确正逐渐达到炉火纯青、自由而悠远的叙事境界。这个时候，我甚至还会有些疑虑：他源源不断的创作力、他想象力的神奇、他写实的功力，是否已成为中国当代文学的一个神话？我猜想，写到《老生》，贾平凹的内心是否正涌动着一种旷世的"世纪情怀"？

我之所以要梳理贾平凹创作的这几个阶段，而且切入《老生》这部长篇，是因为我觉得在这条轨迹里面，我看到了贾平凹创作的清晰的文学地形图。其实，从《废都》开始，他前瞻般地将20世纪90年代初中国当代知识分子和中国文化那种颓败感表现得淋漓尽致，这是他对90年代初社会转型和变化做出的一次非常有力量的透视。此后的《高老庄》《土门》和《怀念狼》则处在一个相对平稳、摸索、滑行的状态，但是到了《秦腔》，一切都不一样了，拿起这部长篇，读到四五十页的时候已经令我无法放手。我们猛然意识到贾平凹要做什么了——他真切地发现了中国传统的乡土世界在当代的破碎。写作《废都》的时代，在20世纪90年代的社会转型期，他一下子抓住了文化在历史节点上的动荡，知识分子在转型过程中，在各种社会情势下，在各种文化力量的相互挤压和冲突下，他们灵魂的骚动不宁和无处安放。贾平凹在《废都》的后记，曾用"安妥我破碎了的灵魂"来表达他写作这部长篇时复杂的心态。现在看过去，1990年代初，可以说是一个"《废都》时代"，也许文学最能准确地概述和描述一个时代的特征。那么，21世纪初始的几年，则可以称为"《秦腔》时代"，在贾平凹那种散文似的笔法中，在神韵埋藏的字里行间，中国当代的乡土世界的生活，就像是很难切断的生活流，汩汩流淌。这时，贾平凹又发现了这个时代所发生的重大变化，这种变化非常令人恐惧——中国传统乡土社会的瓦解和破碎，以及纠缠在其间的文化、人性的被消解、被掩抑。当所有的现代性扑面而来时，人在这个时代里感到巨大的眩晕。而贾平凹回到他熟悉的生活，回到乡土，他写的是那些他所熟悉的生活，他把它们细腻地呈现出来，这种细腻可能就是大音希声、大道至简、大象无形的表达。

接下来的长篇《古炉》基本上是《秦腔》叙述的延续，整部作品的叙事极其自由，开阖有度。六年前的那部《秦腔》写当代、当下中国乡村的裂变，他敏感、敏锐地洞悉了中国社会整体性、实质性的转变，《古炉》则选择追溯到20世纪60年代的中国乡村，回到当代史最激烈、最动荡的那个历史时期。这一次，从叙述方式上讲，与《秦腔》没有更大的不同，但这一次，我感觉作家更像是从自己内心出发来写历史、写记忆、写自己、写命运。说到底，作家写作最重要的动力和初衷，就是源于对自己所经历和面对的世界的不满意，他要以自己的文字建立起自己的世界和图像。《古炉》就是通过回到历史、回到另一个时间的原点，书写贾平凹记忆的经验，表现大到民族国家、小到个人命运之间的种种。我感到，《古炉》所要表达的是中国人的命运。这是一部表达命运的最杰出的作品。贾平凹想找到或想找回的是"世道人心"。他的文字依然细致、精细，像流水般一样，是流淌出来的。半个世纪前的中国形象、民族形象，在一个古老村落的形态变迁中，淋漓尽致地被呈现出来。贾平凹刻意地写"众生相"，写出"世心"的变化，写人的存在生态的变化。最初，古炉村与所有的地方一样，都保有一种很好的生态，完全是有秩序的存在形态，恪守三纲五常，最基本的伦理、道德千百年来在帮助统治阶级，帮助各种体制，针对人心做着一个基本的规范，维持、支撑着起码的秩序。这部小说写出了乡村最基本的亘古不变的东西，无论历史怎样动荡，人心深处都应该有这种不变的伦常。这可能是整个人类的积淀，或者是人类文明的支撑点。但是，"文革"改变了这里的一切，社会政治、无事生非的阴谋，改变了人生活和生存的基本格局。准确地说，"文革"的动荡剧烈地改变了天地的灵魂——世心。于是，一代人，一个民族，在这个时段里，宿命般地改变了命运，改变了一切。人心的正气、惯性、常态，都突然坍塌了。能够维持世道的人心变形了、扭曲了、脱轨了，并且被逐渐颠覆，良心不在，人成为一种符号或傀儡。

贾平凹在《古炉》封面上使用英文 CHINA 的寓意，像古炉村的瓷器一样，一个民族、国家最重要的、最美好的东西，恰恰也是最容易破碎的东西。所以，《古炉》的目的或叙事野心，根本就不是所谓一段"文革"记忆，而是一部中国人命运、人心的变迁史。他写的也不只是历史，而是今天中国的现在进行时态。我们今天的世心，也就是精神、心理、伦理、道德，在某些方面已经跌到历史的冰点。无疑，《古炉》是中国当下生活的一面镜子，它也是关于中国的一个巨大隐喻。

我们看到，贾平凹已将叙述推向了 20 世纪 60 年代。这时，他已经衍生出"清理""整饬""盘点"一个世纪中国百年沧桑的叙事雄心和耐性。"《废都》是斜着翅膀飞翔的"①，《秦腔》《古炉》却依然是贴着地在飞，他要逆风飞翔。在《秦腔》和《古炉》里，有许许多多的细部令人难忘。特别是《秦腔》的细部，写到了一条街、一个村庄的生活状貌，细腻地、不厌其烦地叙述一年中日复一日琐碎的日子，有许许多多对引生、丁霸槽、武林、陈亮等弱小人物的描绘，有对清风街生老病死、婚丧嫁娶"还原式"的记叙。生活细节的洪流和溪水都尽收眼底。没有高潮，没有结局，没有主要人物，无须情节推动，只有若干大大小小的情节、细节呈现，繁杂而黏稠，张弛自然，有条不紊，严丝合缝，越来越少人工雕饰。我认为，贾平凹在这个时候，已经彻底地建立起自己新的话语修辞学或叙述美学。

---

① 贾平凹：《关于小说》，生活·读书·新知三联书店 2015 年版，第 144 页。

二

但是,贾平凹没有忘记现实,他在进入历史之后,又不断重新回到当下现实。在《古炉》之后,他渐渐触摸到一个叫樱镇的地方,开始写一个叫带灯的女性,开始审视到一个具体的中国社会最基层、最普通的女性在社会变革年代的内心镜像。

初读这部作品的时候,我最担心的是《带灯》的题材和叙事如此逼近现实,贾平凹的叙述或许会被当代现实的破碎、臃肿和零乱所吞没。但他采取直面当下的叙事姿态、创作主体统摄的谋篇布局、"流水般"地自然复现现实的动态流程和全景式的叙事视角,并以彻头彻尾的貌似非虚构的"真实",对抗虚构,对抗想象。那么,这些究竟能够在多大程度上梳理清楚生活本身的结构和品质呢?这是否会被一种压迫式的真实所限制,从而丧失由无边的想象所带来的富于超越感的另一种虚伪的"真实"?从根本上讲,文学叙事的最大效率和弹性张力,来自想象留下的空间和距离所产生的猜想、悬疑以及存在可能性。以文人的才情和奇诡的想象见长的贾平凹,不遗余力地让自己陷入无边无际、遍布迷津的生活大泽,写出的是否只是一部当代中国乡村的"上访总汇""病相报告"或者"乡村民情备忘录"?在这里,"写实"的确是考察作家铺排、敷陈生活能力的重要因素。但是,担心是多余的,贾平凹不会顾忌理论上的种种考虑和规约,他一头扎进生活的泥土,踩着泥泞出发,这些已经成为他叙述最大的自信和勇气。这部《带灯》的写作发生和写作动力,似乎也与以往大有不同,他没有像以往那样,独自将叙述肆意地抛给读者,恍兮惚兮、奇异纷呈地荡漾开来,而是小心翼翼地呈现,没有任何隔膜、虚幻、矫情的描摹,而是超越意识形态的惯性,坚执地表达现实的宿命、无奈和命运的归属,以及现实的冷峻和人性的危机。

贾平凹似乎已经将地球视为一个村落,或者他就将这个樱镇当成了当代乡村生活、乡村社会的缩影,坦然地将这些村镇聚焦为苍穹下的一幅影像。这幅影像,是一个时显喧嚣热闹、时现寂寞荒寒的存在体,这个巨大的存在体之内,有世俗文化的怪影,有人性的冲撞,有生存空间里人们的不幸和暗影。这部《带灯》直面现实，原生态地透视现实，可以肯定，贾平凹没有像以往那样乐于沉浸在乡村灰色的记忆里，而是返身走进潜伏着种种危机的现实。早些年我在读贾平凹作品的时候，在《鸡窝洼的人家》《小月前本》《白夜》《商州》，甚至《废都》里，我都会感觉到贾平凹的字里行间有一种野气，多少有点儿"野狐禅"的味道，叙述自顾自般地行文抛句，起伏不定，无拘无束。那时，我猜测他即便没有沿袭民国的遗韵，也定然从野史、笔记和稗抄、小品类的文体中，吸纳了不少的养分和精华，粗茶淡饭，乡情故里，在乡土、乡村的厚实和粗鄙的两面性中，与无数人的灵魂默默地交流着。文体和面貌颇显乖舛、荒蛮，甚至有些晦暗和暮气沉沉。但是，近年来，我持续地读到《秦腔》《高兴》和《古炉》，他的格局开始变得更加阔大，行文更是洒脱不羁，人物个性、谋篇布局肆意挥洒，不再一味沉浸在自己的乡土"幻象"之中。尤其是，无论切入当下现实，还是发掘并不久远的"文革"历史，在文本的背后都凝聚着一种深厚的目光，这目光似乎要穿透沉郁的迷茫，洞悉艰涩、混沌的存在，每当我们感到他的叙述贴近地面的时候，随即又会体会到它已经开始超越和飞翔。就是说，整体气韵和笔势的风貌，已经挡不住面对现实时所产生的精神气度和巨大冲击力。而与以往的《秦腔》和《古炉》更加不同，这部《带灯》似乎向现实的内里扎得更深，地气仿佛不断地从大地上的庄稼、草木和房屋中丝丝缕缕渗出来，与人的呼吸相应和。渐渐地脱离了对乡村"幻象"的迷恋之后，贾平凹已经卸下了所有的包袱，彻底剥离了乡村社会的非自然性质的"苔衣"，而以"凛然"的不折不扣的现实主义精神，照亮这里的山川草木、乡土风情和生命存在实况。带灯，同样也是贾平凹寄寓乡村理想、理想人格和期待温润人性的载体。进一步讲，《带灯》承载着贾平凹新的叙事理想和文化诉求。贾平凹开始从现实的视角，或者从现实本身，思考中国的文化和现实的困境与出路。我感觉到，贾平凹在这里真的是要"表达出自己对社会人生的一份态度，这态度不仅是自己的，也表达了更多的人乃至人类的东西"[1]。

只要仔细回顾贾平凹的写作，就会发现他真正是一位当代从未离开过

---

[1] 贾平凹：《五十大话》，人民文学出版社2008年版，第145页。

书写中国现实的作家，也许，正是因为他所深嵌其中的乡土太过殷实，他对中国乡村生活和文化的体验和呈现，都富有沉郁、细腻和寥廓之感。怎样有力量地表现出一个时代生活的鲜活一面，怎样表达一个民族的"世纪情结"，需要作家精确地把握和呈现细部。一般来说，用文字来描绘具体的形象以及形象性场面，已经很不容易，要靠它来表现抽象的情绪和情感就会更加困难。好的真正的形象性文字，就要打破、超越文字既有的逻辑组织关系，打破日常性、约定俗成的明确限定，运用理智将最初的感受、朦胧的意念具体化为细节、细部的场面和人物。这是最考验一个作家内功的时候，当然，这也需要作家有一种强烈的、勇敢的担当意识。

还有一个问题，足以令我们认真地思索。中国当代作家和现代作家创作的整体水平和个体水平处在一个什么层面上？我们的精神内涵、我们的技术、我们的叙述能力、我们的发问能力，在我们把历史和生活经验转化成文字、变成符号般的情感模式的时候，这个水准相差究竟有多少？中国现代一辈作家与当代作家的历史感、使命感究竟有什么不同？

那么，我们还需要回到《老生》。

读过《老生》之后的人都会感受到，其中的叙述者背后是贾平凹诠释历史的勇气和信心。他穿行在这些生灵亡魂之间，游走在峡谷缝隙当中，所有人间的欲望、人性，扭曲的、端正的，在一个历史的陀螺里旋转，然后逐渐消失，文字中有无数灵魂的呼号。

"为天地立心，为生民立命，为往圣继绝学，为万世开太平"，贾平凹在更大的胸襟和气度里，想寻找的是个人和历史之间的关系，这个民族在一个世纪里的尘埃。几个小村落，并不庞大的人群，看似简单的叙事结构，是一种对历史的钩沉，它是立体的、家国的、时代的。其实历史是一个怪兽，历史这个怪兽所制造的阴影，使《山海经》能够和文本互相呼应，这种呼应并不是说哪一段对应哪一段，其实它是对历史时空的一个梳理和把握。他要写出众生相，叙述一个世纪。历史和人性、必然和偶然、逻辑和无序、简洁与浩瀚、悖论与诡谲，都交织在文字里。关键是贾平凹在叙述的时候举重若轻，又灵动，又纠缠。可以不夸张地说，《老生》是贾平凹"世纪写作"的提纲挈领。

在《老生》里，贾平凹无意解构中国现代史，如果认为是解构，那就将贾平凹的写作简单化了。他的写作初衷是试问苍生的寻根之旅，包括叙事中呈现的暴力，他用激进撞击腐朽，用脆弱挤压黑暗，他把历史所有的力量和各种因素纠缠在一起，这就是举重若轻。历史是怎么长出来的，在小说里有着含蓄、悠远的表达。所以，当历史和生活的必然性表现得异常复杂的时候，一切要么分崩离析，要么筋疲力尽，要么重现生机。所以，贾平凹是在用最简单的东西对付复杂，复杂自然就变得不复杂了。面对历史的怪兽，贾平凹是举重若轻，这种文学叙述主要是表现人类心理状态，演绎人的精神、灵魂图像。

在当代，很少有人像贾平凹这样，以"我有使命不敢怠，站高山兮深谷行"的谦卑姿态，来整理历史这个幽灵，再现历史的两难。历史是什么？文学怎么表现历史？这个惯常又普通的问题对于作家来讲是一个很纠结的问题，也就是说文学的逻辑、文学的叙述要不要对历史负责？包括如何诠释历史？所以我觉得《老生》不是一个戏说的问题。在这个长篇小说里，作为一个杰出的作家，他不会拘泥于一时一处的纠缠，也不会轻易否定存在的合理性，包括人的原始欲望、原始冲动，包括人的苟活。那些生灵，一朵花、一根草、一只小狗都是一个个鲜活的生命，所以战争、暴力、死亡、饥馑、贫穷，包括政治运动和阶级斗争等那些人为的变故，在自然面前、在《山海经》面前都显得不可理喻、拘谨和无奈。贾平凹依然试图发掘善的力量，呈现历史的流程和潜在动力。他觉得历史是一条河，贾平凹恪守的是"与天为徒"。其实做"天徒"是心高气傲的一种姿态，可以说，想做一个好的作家一定是想做一个"天徒"。无疑，《老生》对近一个世纪的历史做了一次很好的整理。他在整理自己的时候，也整理了中国20世纪的风风雨雨。我觉得他仍然一直在往前面"顶"，让时间在文本的河床里逆流而上。

三

每一位杰出作家都有自己与世界、与生活、与文字建立一种默契关系的方式和途径。平凹的方式和途径，与其他作家有相似的地方，也有更多不同之处。一个作家选择什么样的方式介入生活，他拥有多少属于自己的写作秘密，似乎也是一种命运，"命运决定了我们是这样的文学品种"。

20世纪70年代，贾平凹从自己土生土长的故乡——商洛的丹凤棣花镇出发，从自己生活了19年的老宅出发，开始他至今长达几十年的文学叙述之旅。对于贾平凹来说，他此后的千百万文字的作品，无一不有故乡商洛的影子和痕迹。就是说，他一踏上写作的路途，就从未忘却和遗失回家的路。这不仅是出自他生命和个性的本能，更是他愿将其视为文学立身之全部的选择。早年的《山地笔记》《商州三录》和《浮躁》，后来的《废都》《妊娠》《高老庄》《怀念狼》，以及《秦腔》《高兴》《古炉》《带灯》《老生》，还有刚刚写就和发表的《极花》，十几部长篇小说，还有大量的中短篇小说、散文、随笔，几乎全部都是文学的商洛。这也不奇怪，莫言的大部分作品，也是离不开"高密东北乡"的；苏童的叙述，看上去千变万化，但永远是环绕着他从小就熟悉的江南苏州"城北地带""香椿树街"和那条古老运河；余华的故事里，虽然常常有意遮蔽许多外在的环境形态和地域风貌，但是，我们依然很容易就辨别出，他的叙述里弥漫的是江南小镇荫翳而潮湿的气息，无疑，他的文学白日梦是从他熟悉的小镇延伸出来的。也许，世上就有这样的一类作家，他们的写作和文学的呼吸，都是依靠故乡所给予的神示来供养的。难道这就是所谓"凤栖常近日，鹤梦不离云"吗？

近年来，我曾遍访阿来、苏童和贾平凹这三位中国当代作家的写作"出发地"，或者说是写作"发生地"，这些都让我更加深入地意识到，他们写作的精神起源和物质"原型"之间存在着一个无法分割的精神"气场"。苏童的苏州"城北地带"和"香椿树街"，阿来的阿坝州马尔康的"梭磨河"，贾平凹的商洛丹凤的"棣花镇"，它们尽管在文本中仅只是一个叙事的背景，或者虚拟的叙述平台，但凡是有过这种体验的人，都会觉得这个实际的存在与文本之间，存有一种"神以知来，知以藏往"的默契和神光。我感觉，一个杰出作家的写作一定是有一个"原点"的，这个"原点"决定着他想象的半径大小，而他们不同于常人的个性和"异秉"，则使他们从历史或现实中获得重要的精神解码。苏童仰仗江南诗意、诡谲的氤氲、温湿的气息，生发出神秘的幽暗和飘忽；阿来的马尔康，那条整日整夜奔腾不息的"梭磨河",源头是苍莽的雪域高原,其旷世的险峻滋生出的雄浑,依然透射出浩渺的气息。那么,贾平凹的商洛呢?并不高耸但奇崛的秦岭,有股扑面而来的鬼斧神工之妙,而几十年来贯穿贾平凹文字里的"势",游弋其间,山岭上的奇石怪坡培育了他行文的奇崛和沉郁,面对贫瘠和荒寒的时候,他表达出的却是另一种沉重和沧桑。所以,一个作家早年生活的环境会"无可救药"地伴随他的一生!地域环境与相应的人文状况,构成了作家挥之不去的独特气息,潜移默化地渗透在文字里,与写作者的志趣浑然一体,也就铸就了文本的个性和独特风貌。我十分赞同早逝的天才评论家胡河清以"全息"论的思维,审视作家的写作和阐释文本。他当年所倡导的以"全息主义"视角阐释作家文本的文化学密码,现在看来是颇有道理的。特定的写作发生的场域,或者作家很长时期的叙述背景,在很大程度上决定着一个作家对于人类生命景观的描述能力。从全息的角度感知生命,可以扫除某些附丽于生命本体之外的虚假表象,而直接接近人性、人的灵魂的核心层次。我们这样来揣度写作的发生,并不是要将作家的写作局限在"地域决定论"的樊篱之中,而是为了强调因地域性因素而生成的作家感悟生活和透视生命心史及其秘境的能力,中国作家的这种感悟,显然具有东方神秘主义的通灵性质。也许,好作家、杰出作家,都是通灵的,他一定是以一颗少有世故、没有功利和算计的心,体验、辑录并呈现生活及其存在世界的可能性。进入历史时的轻逸,把握历史时的沉郁和智慧,作家在文本里面所呈现的世界,也许就是在生活中与他的"貌离神合"之处。对于贾平凹,这就是宿命般的选择和必然。

有一点我坚信,很少有人像贾平凹那样,在离开生活了19年的商洛去了西安之后,还曾若干次大规模地游历陕西各县,几乎走遍所有大小村镇,更是在此后几十年每年多次往返商洛。"自从去了西安,有了西安的角度,我更了解和理解了商洛,而始终站在商洛这个点上,去观察和认知着中国,这就是我人生的秘密,也就是我文学的秘密。"[①] 也就是说,贾

---

① 贾平凹:《站在商洛观察和认知中国是我文学的秘密》,2014年11月6日在"贾平凹与中国当代文学"学术研讨会上的发言。

平凹写作的"出发地"和"回返地",都是商洛。他说:"我是商洛的一棵草木,一块石头,一只鸟,一只兔,一个萝卜,一个红薯,是商洛的品种,是商洛制造。"①看得出来,在贾平凹的小说文本中,所有的原始具象都来自商洛。但是,贾平凹从故乡所汲取的,不是简单的历史记忆,不是现实景观,更不是叙述背景,而是深陷其中所获得的生命体悟,是潜隐在文字深处的灵魂的包浆。他小说中每一个故事、每一个人物、每一个场景,以及一部作品的结构形态,都被故乡的雨水淋湿过,都被秦腔的韵律撞击过,也许,还曾像幽灵一样飘荡在八百里秦川。从一定角度讲,莫言、苏童、余华这几位作家,更愿意或倾向于"以虚入实"的表现方式,而贾平凹更喜爱和迷恋直面经验,耐心发酵历史与现实,"以实务虚",在个人经验的丛林中删繁就简,重新整饬现实和生活,最终,文本和叙述以神示的意蕴敷衍着表象,叙述在悄然生变中超越现实,在历史的间隙也能峰回路转、绝处逢生。这一切,看上去竟然是那样的举重若轻。

在商洛的棣花镇,在凛冽的朔风中,作家贾平凹在前面疾走的时候,我感觉,他正在自己文字的密林里踽踽独行。他从一个小小的村落走出去,又不断地一次次走回来,以小见大,感知大地的苍凉浩荡与人世间的有血有肉。纷纷扰扰、酣畅淋漓的万象,在他的穷形尽相的叙述中毫发毕现。他对历史、现实、人性的叙述充满了张力,逻辑与无序、悖论与诡谲、简洁与浩瀚、偶然与必然,都从他小说的结构和故事里呈现或隐逸着。而商洛、丹凤和棣花,就像是贾平凹写作的母体,他一刻也离不开这个母体,也一刻不曾离开这个母体。在这个巨大的母体里,他自己也像一个孕妇,不断地孕育出作品。棣花,如同是贾平凹写作的坐标或中轴线,当年这里的每一个人、每一个物象,都不断与他的文本发生新的关联,滋生出新的生机与活气。他说过:"人和物进入作品都是符号化的,通过象,阐述一种非人物的东西。但具体的物象是毫无意义的,现实生活中琐琐碎碎的事情都是毫无意义的。这样一切都成了符号,只有经过符号化才能象征,才

---

① 贾平凹:《站在商洛观察和认知中国是我文学的秘密》,2014年11月6日在"贾平凹与中国当代文学"学术研讨会上的发言。

能变成象。"① 如此说来,在贾平凹的记忆深处,已经有许多符号般的物存在着,但都处于一种没有"场"的静物存在状态,它们一旦进入贾平凹的审视视域,一切就都变得富有生命力了。所谓"仰观象于玄表,俯察式于群形",对于写作而言,就是一个作家选择一个什么样的角度,重新看待生命、生活和存在世界。"整合"生活和记忆,重新注解生活世界和人心世界的隐秘而复杂的关系,是作家创造新的世界结构的途径和方式。贾平凹一口气写了四十多年,我坚信,像《秦腔》《古炉》《商州》以及《黑氏》《人极》《油月亮》这类作品,倘若不是像他这种对生活有过切身体验的作家,是无法写出来的。也可以从另一个角度说,许许多多曾经有过这种体验的人,因为缺乏这种特别的想象力,也无法将这种体验转换到陌生的文本领域,重新构建丰富的细节和生活的结构。这个结构,是文本的结构,是历史的结构,是一个世纪的结构,也许还是叙述所产生的新的世界的存在秩序。贾平凹的写作,之所以能够始终保持长盛不衰的状态,主要是因为他在构建一种人伦关系的时候,既不背离生活本身的逻辑,不随波逐流,同时又不忘记在写作中反思人的处境和人性的变化。尤其是,他对于人性、欲望在社会发生变革时期所发生的裂变和错位,所做出的超越社会学、政治学和文化的思索。

现在,贾平凹又在写作一部叫作《秦岭记》的新的长篇小说,这部长篇小说已经将叙述的时间向前推至 20 世纪二三十年代。由此,我们越来越清楚,贾平凹的"世纪写作"所试探和勘查的,原来是这个民族一百年的秘史,以及其中的民族兴衰、时间轮转、人性变异、沧桑岁月。

那么,究竟谁又是那位见证了历史风云的"老生"呢?

---

① 贾平凹、韩鲁华:《关于小说创作的问答》,《当代作家评论》1993 年第 1 期。

小说家及其文本可能会有的宿命
——兼及阿来、迟子建 1980—1990 年代的写作

一

谈到当代小说家及其文本可能会有的宿命，1980—1990 年代是一个无法绕过的重要文学节点。不妨说，许多持续性写作三十几年的作家，他们的写作大都从 1980 年代"逶迤"而来。他们都有自己的写作发生、叙事资源、文学书写的来龙去脉。这些延续、构成了中国当代文学半个多世纪生动起伏的文学图景和内在精神文化价值。现代文学研究界一度流行"没有晚清，何来五四"的说法，在这里，表面上看似乎在强调某种继承性，实质上，我们都是在寻找重要的历史节点。这个"节点"不仅决定文学叙事的审美伦理选择，更会影响到作家对个人性经验所做出的精神、文化突围。从一定意义上讲，文学是"偏见"的产物，写作是对作家个人判断力、想象力和表现力的挑战，文本所呈现、涉及的，定然是一个时代的精神和文化、人们的心理和灵魂的状况。毋庸置疑，1970 年代末到 1980 年代初的时候，我们尚且处于一个"集体主义"尚未退场的状态，一些文学的"发生"，都还带有坚硬的固化思维的特征，以至文学不断呈现出阶段性、"潮流化"的审美形态整体性的"趋同"。即使是 1985 年之后，中国当代文化与文学的深层价值取向，已经渐渐发生具有史诗性意义的转向和迁移，但是，那种观念或理念上的调整，我认为还仍然只是表层意义上的震荡，并未构成当代文学写作与批评的历史性深度改变。不过，我们也应看到，文学发生与文学生产的相关制度与机制之间的关系，已经悄然在作家的写

作中以不同的文本形态开始"发酵"。也许有人会发问："九十年代"真的那么重要，那么不可复制、不可或缺、不可替代吗？就是说，在"八十年代"与"九十年代"之间，抑或在"九十年代"与"二十一世纪"之间，究竟存在着怎样隐形的血脉联系？对于文学、对于作家及其文本而言，文学叙事的时间、空间维度，处于怎样的辩证、发展或纠结之中？复杂的、冲动的、发散的、全方位跃动的"八十年代"，又是怎样"衔接"并延展出"九十年代"的多重性和可能性？我们看到，"八十年代"出道的作家，有很多人的写作在"九十年代"发生着强烈的个性化的转变，呈现出叙事的"新状态"。这种所谓"新状态"，看上去主要体现在叙事语言、叙事结构即文本的文体层面，实际上，已然是叙事学层面的又一次"革命"的发生。文体的变化，任何时候都与时代、社会的征候密切相关。说到底，文体的革命就是作家意识到的生活、经验、表达欲望等溢出既有文体的边界，不同文体的元素发生重组、编码，呈现文体的模糊状态的多元品质。新文体的形成是自然的，又是"人为"的，是时代发生历史性转变使然，而且这个问题是无法忽视的。其实，"文体实验"早在1980年代就已经被反复提及，但还仅仅停留在文学如何向本体回归。"革命总是发生在事件的第二天"，"一般说来，在一个思想相对解放的时代，文体的表现形态要相对活跃一些，文体的界限也相对模糊一些，而在一个思想沉闷、观念闭锁的年代里，文体的自由度要受到限制，文体的格局也要更单调一些"。① 因此，我们从文体层面考察作家的写作发生和文本宿命，恰恰是符合文学写作本性的，反趋同同样是非常重要的文学审美维度。

那么，现在回头看，在中国当代文学的"时间表"和"地形图"上，"八十年代"与"九十年代"，的确是两个最具革命性和历史性变化的时期。这两个特定的时间概念及其丰富内涵的生成，在很大程度上，深化着我们对于一个时代及其文学的理解。或者说，哪怕是对于今天的写作者来说，无论是否从这两个时期出发，对一个正在急遽发生变化的"百年未有之历史大变局"时代的理解和表现，都无法绕开对"八十年代"和"九十年代"

---

① 王干：《边缘与暧昧》，云南人民出版社2001年版，第43页。

的再度认知。因此，回顾"八十年代""九十年代"的社会、时代、生活、文学的环境、氛围和文化生态，对于作家、作品研究和重新考量1980年代以来的中国当代文学，具有重要意义和参照价值。我们会清晰地看到，1985年之后的"先锋""实验"和"现代主义"潮涌，一度对此前受到意识形态"规约"、高度统一的文化律令引导下的文学叙事，构成审美理念上的冲击。个人性话语系统开始纷纷进入建构的状态，封闭的系统逐渐被打破，充满活力的开放系统，在尚属含混模糊的所谓"实验文学"的旗帜下惊艳出场。查建英在访谈作家阿城时曾经谈到："现在回头看八十年代的好多讨论啊、话题啊，其实它是一个特别短暂的现象，有点虚幻，一个更现实的年代已经就在拐角了，但当时没有人预料到。那时，大家充满一种解冻期的热情，生活上还有国家给托着，是个有理想也有很多幻想的年代。很多艺术家、作家就觉得没准儿很快就能赶上西方，我们天天在创新嘛。记得黄子平有句俏皮话：小说家们被创新之狗追得连在路边撒泡尿都来不及。王蒙也说作家们'各领风骚三五天'。总之，三五年就把西方作家一个世纪各种流派都给过了一遍，然后不就是拿诺贝尔奖啊、出大师啊、传世之作啊什么的。那时真的气儿挺足的，并没有感觉后边有这么多问题呢。"[①] 查建英所谈及的"短暂的"虚幻，实质上尚属作家、批评家当时"非个人化"地感受、理解文学和写作的真实状态，他们大多数人还在沿着既有的框架、用半模仿的"套路"发出"众声喧哗"的复调声音。王尧在探讨、考察"新时期"文学"源头"的时候，将1970年代末到1980年代初的"八十年代"文学及其发生，命名为矛盾重重的"过渡状态"。许多人在特殊的历史时期与"新时期"的创作判若两人："他们是怎样发生变化的？"但他认为文学在跨时代的转型中，自身的演进是有迹可循的。另外，考量写作者有没有对生活、现实进行审美化的能力，也是审视作家认知力高下和自身调整的重要因素。王尧还特别提到："正是因为有了部分知识分子的觉醒和私人话语的产生，民间社会和民间话语

---

① 查建英：《八十年代访谈录》，生活·读书·新知三联书店2006年版，第31页。

才出现了分层的现象。我觉得我们不能不顾及这种分层。"①在这篇文章里，王尧主要是强调作家在大时代的转型期，新的叙事话语产生的困难、矛盾和文本形态之间的内在关系。这一点，也增加了"八十年代"文学生态的变化性和复杂性。就是说，时代、社会、政治和经济的变化、发展，甚至震荡，直接或间接地影响和决定了作家的写作发生及其文本的命运。当然，作家叙事方式的调整、新的文化元素的植入，也让其写作面貌发生新变。在那个年代，求新、求变，不但成为一种"时尚"，而且成为作家避免自己被抛出"主流"轨道而被边缘化的重要选择。不能不承认，这个时候，几代中国作家的写作，都各自开始发生宿命般的变化，并逐渐走向进一步的分化，即价值观、审美方式正日益转向、进入到个性化、个人化语境中。

"九十年代"以降，全球化来了，因此局面就比"八十年代"还要复杂得多，作家更大的"焦虑"也不可避免地随之而来。所以，最难梳理、最难判断的"九十年代"的整体文化形态，在多维元素"互动"的状态中呈现出"新状态"。从一定角度看，这个阶段已经很难再有"新的美学原则在崛起""理一理我们的根""文明与愚昧的冲突""向内转""审美和审丑"等更纷繁的文学新概念、新思维频出，作家作为审美主体的自觉，尤其是不同叙事话语的构成，依旧存在极大的"趋同性"而少有"异质性"的。或许，我们可以用"板块状"、类型化、潮流化等来厘定、概括、描述这一时期文学写作的基本状态。如果说，"八十年代"的文学、人文生态是不可复制的，那么，"九十年代"的文学叙事语境就显得更加纷繁复杂和多维。尽管，"入主流"曾经一度是作家为避免成为动态发展中的文学的"局外人"，在"八十年代"所选择的重要写作趋向，但是，在"九十年代"，作家自觉或不自觉的审美选择，相互之间话语与话语的对冲、交织、对峙或平衡，对于能否生发出新的话语源、话语场，生发出各自写作及其文本新的话语空间，构筑出新的思想、精神载体，难免不形成种种困惑、矛盾、悖论的情境。

---

① 王尧：《矛盾重重的"过渡状态"——关于新时期文学"源头"考察之一》，《当代作家评论》2000 年第 5 期。

实际上，在"八十年代"末期，一个不容忽视的现象曾经悄然出现：像"先锋三剑客"——余华、苏童、格非，分别从《现实一种》《飞越我的枫杨树故乡》《褐色鸟群》的语境、语义层里走出，宿命般回到写实主义的道路上。苏童的《妻妾成群》和《米》、余华的《活着》和《许三观卖血记》、格非的《欲望的旗帜》，使他们几乎成功地完成一次叙事的跳转，连同马原的"叙事圈套"、孙甘露的"语言游戏"一起，终结了狂欢式的语言之象和灵魂之象。不消说他们以一次"革命性"肇始，又以一次不曾有的方式"回归"到现实的大地之上。是否可以说，最"极端"的几位"先锋作家"一定是忽然意识到了什么，或者说，他们的"先锋"性已经渐显羸弱，感觉乏力，力不从心，于是毅然决然地无奈转场。尽管吴亮那句"真正的先锋一如既往"仿佛依然响亮，但是，那个"先锋"的、充满诱惑的语言空间所暴露出来的问题，至今仍值得我们深刻反思。不可否定的是，1980—1990年代初中国"先锋文学"短暂的历史，显然已经超越了修辞学的"小说革命"。它让我们重新思考叙事语言、叙事策略，竭力消除现代汉语的无根性，整合、辨析出语言与世界、事物、生活的边界，语言穿越现象、表层而进入被遮蔽的事实本身。同时，这也是一次审美思维层面的拓展，充分地体现出作家审美的自觉程度。或许可以说，"先锋文学"囿于经验的准备和整合方式，适时地宿命般消隐，仿佛在"八十年代"至"九十年代"完成了一次形式美学的终结，并且成为一个遥远而美丽的传说。

我们看到，此后几代中国作家在经历十余年的喧嚣之后，也开始逐步发生写作学意义上的"裂变"。

二

前文提及苏童、余华和格非在"九十年代"初的"突变"。我们可以将其视为一次对被"归类""标签化"的激情的、自觉的反拨。在这里，最重要的是，叙事方式、文本结构和审美取向的调整，意味着作家该如何重新架构历史、现实、人性和自然，预示着当代小说发展的自我整饬，文本价值的重新体认，或者也可以视为是"先锋作家"群体的再出发。

我们看到，也有像阿来、迟子建这样的作家，无论是"八十年代"，还是"九十年代"，从未追求过潮涌或新变以进入"主流"，当然也就无须去"类型化""标签化"——从"清流"般登上文学舞台伊始，他们就与生活同行，从未被潮流化，而是保持着鲜明的、无法被模仿的个人风格，并不断超越自我，进阶发展。那么，勘察他们写作发生与文学生产环境的顺应与博弈，对探究作家写作及文本的宿命，无疑具有与以上整体思考不同的、个案研究维度的重要意义。虽然，对于阿来和迟子建这样的作家，我们早已经无须再发问：阿来是谁？迟子建何许人也？即使仅仅从文本的层面考量，他们也毫无争议地被认定为扎实稳健而睿智的作家。在这里，这种"睿智"，指的就是他们各自对写作本身，对事物那种超强的感悟力、结构力，以及他们面对存在世界和事物时所具备的"佛性"。

应该说，阿来的写作是从1980年代写作诗歌《梭磨河》开始的。这时的阿来，就已经显示出他对事物充满诗性的感悟力和表现力。特别是，他个性化的审美策略和方式，凸显出他以叙事的方式，整体性地感悟、把握世界或存在的天赋。重要的是，他是1990年代最早意识到时代和生活已经开始再次发生剧烈变化的作家之一，也是最先意识到文学观念需要及时、尽快调整的作家。因此，当他在1994年写作《尘埃落定》的时候，许多作家还深度地沉浸在1980年代文学潮流的嬗变和传统的文学叙述方式、结构方式的惯性里面。阿来的《尘埃落定》曾经在出版社之间"流浪"长达四年之久，最主要的原因就在于作家写作初心和审美标准确立得"不合时宜"。当出版界、杂志社的编辑们，多还在1980年代的文学观念的惯性里时，阿来已经形成另外一种全新的、与生活和存在世界之间更加契合或者说默契的文学理念。我们可以回顾当时的小说写作，尽管许多作家竭力寻求突围，但仍然在本质上因循着试图将"中国经验"进行"马尔克斯化"一类的表达。而莫言、贾平凹、阿来、迟子建等作家所思考、所践行的，则是愈发开阔的视野和写作路径。阿来更是在考量自己该如何沉淀文学写作的民间资源，如何让写作在异质性文化之间跋涉和穿行。因此，阿来在文坛一出现，就呈现出极高的写作起点，表现出一个好作家、重要作家成熟的叙事品质，以及深邃的思想，简洁、纯净的个性化语言、文体和结构。或者说，他是以一位能够改变人们阅读惯性、影响文学史惯性的

"重要作家"的姿态出现在文坛的。他不排斥而且充分汲取外来文化和文学的养分,并始终保持着自己的行走方式,在自己喜欢的行旅——"大地的阶梯"上攀登。

我猜想,阿来在写作的时候,或是灵感突来,或是苦心孤诣、蕴蓄已久,他都是在悉心地寻找着属于自己感知到的声音,或者静心地等待着某种声音的莅临。而这种声音,就是文学的天籁之音。这声音衍生出穿越时空的冥想,被诉诸文本之中。就是说,他在努力地用文字书写奇特的声音,其中,这些文字凝聚着非常强大的摄人心魄的精神力量,那是能够深描人性、命运的日益丰盈的力量。他曾借用佛经上的一句话表达他写作的梦想:"声音去到天上就成了大声音,大声音是为了让更多的众生听见。要让自己的声音变成这样一种大声音,除了有效的借鉴,更重要的始终是,自己通过人生体验获得的历史感和命运感,让滚烫的血液与真实的情感,潜行在字里,在行间。"这种声音,因为聚集着血液与情感,一定会平实而强大。这些年,我们从阿来的大量文本中,看到那些率真、简洁、汪洋恣肆又极其朴拙的叙述,可以说,我们能够体会到阿来作为一位优秀作家的艺术感悟力、想象力、表现力,更能从他诗性的语言和篇章中,体悟到旷达的襟怀和不羁的叙事激情,倾听到来自他心底又传到天上去的"大声音"。阿来以一部部作品向世人展示出他不断拓展的文学视域、不断提升的文学高度,及由此获得更加自由的书写。

进一步说,阿来的藏族身份和认知维度,已经自觉或不自觉地提供给阿来不同凡响的写作主体意识、文化意识和审美方式。而别样的审美维度,便形成其叙事独特的视角——阿来的文化背景和语言的特质,在很大程度上确立了他使用汉语写作时的独特姿态,即作为"一位用汉语写作的藏族人"的文化异质性。阿来格外重视叙述语言,语言可谓阿来最为重视的写作元素。在阿来看来,语言是决定作品成败最重要的因素之一。一方面,小说叙事语言的"异质性",用汉语作为思考和叙述的工具,似乎在很大程度上决定着阿来的叙述方向、叙事结构和文本形态,这也是阿来之所以成为作家阿来的重要理由。可以说,阿来在写作中放弃了原初母语,而将汉语作为自己终生写作的选择。实际上,阿来的叙述语言里,仍然难免彻底消除既有的母语的惯性。他在完成《尘埃落定》后曾表示:"在我想到下一部作品的时候,我看到了继续努力的方向,而不会像刚在电脑上打出这部小说的第一行字句时,那样游移不定,那样迷惘。在这部作品诞生时,我就生活在小说里的乡土所包围的偏僻的小城,非常汉化的一座小城。"①从这里,我们可以判断出,阿来对自己文本渐次"汉化"意味的显露、体验十分审慎和"警惕",他曾不自觉地在"挣脱"某种文化的羁绊。但是,这时的阿来已经开始在执着地留恋、寻找和表达自己的"原乡"了。"我知道,自己的写作过程其实是身在故乡而深刻地怀乡……故乡已然失去了它原来的面貌。"《尘埃落定》是"我作为一个原乡人在精神上寻找真正故乡的一种努力"。② 地域性是我们经常谈论的、很难回避的文学写作的重要元素,对家乡有着深沉爱恋之情的阿来,正是由于其深刻的"原乡"意识,从而构建出独特的语境和深邃的意蕴。

对于迟子建而言,她的小说创作理念和叙事选择的形成、确立,可能更早一些。1984年她写出中篇小说《北极村童话》,这篇小说让我们看到,二十岁的迟子建,她的叙事已经体现出极为突出的个人秉性和风貌,同样,也自觉或不自觉地形成属于自己的叙事"编程"或法则。《北极村童话》所呈现的神异而美丽的心象,正是在迟子建年轻的内心不断地历经了记忆、回忆的"幻化"发酵,"幻的美好"就转化成"真"和沉郁的审美直觉。这些又让"童年"真切地融入文字,浓郁到极致的乡情、乡土、乡音、乡愿的书写,令人恍若置身历史、现实的情境之中。那个小女孩在几个季节里的人生经历,隐喻着人生的"乡土"和"乡愁"的交替轮转,不断地闪回出生命的诗意、本然与残酷。可以说,这是最早出现在迟子建文字里的"北中国"冷硬与荒寒、温暖与沉寂的美学形态,无疑,这一定是迟子建永远不会丢失的纯真的"文学情感初心"和"美丽的乡愁"。这种纯真、朴素的情感,进而让童年的记忆变得丰盈而充满记忆的张力,既有厚实的灵魂纯度,又能够在文字中生长出大于原初的沉郁的韵致。如此的"乡愁"书写,更是让迟子建青春时代的激情,柔软地转化为超越时间之上的对故

---

① 阿来:《就这样日益丰盈》,中国人民解放军文艺出版社2002年版,第346页。
② 阿来:《就这样日益丰盈》,中国人民解放军文艺出版社2002年版,第346页。

乡的一次深情眺望。"无论是乡土的背影还是侧影,迟子建在描摹它的时候,总是有种度尽劫波的醒悟,同时,解决了个体经验的偏颇和忧虑,进而构成一次次写作灵感的再生。我相信迟子建是一位深切理解小说的品质和诗性的作家,拥有叙事的柔韧性、文字的辨识度、结构的结实性。同时她的故事常常打破现实的逻辑,又不失对生活的深刻感受,流露出个人生活体验的特质。"[1]此后,《雾月牛栏》《白雪的墓园》《亲亲土豆》《一匹马两个人》《清水洗尘》等一系列堪称"逼近经典"的文本,让我们进一步看到迟子建在不断增量的叙事中,日益延展出无尽的活力和更多写作的可能性。迟子建"偏安一隅",在哈尔滨这座具有历史沧桑感的城市里,安静地写作。从1980年代初迄今,她"持续性写作"将近四十年,发表、出版了长篇小说《伪满洲国》《晨钟响彻黄昏》《额尔古纳河右岸》《白雪乌鸦》《群山之巅》《烟火漫卷》等,还有大量的中短篇小说,成为当代作品体量较为庞大的作家。迟子建保持着旺盛的创作力、勃勃的生气、富于丰沛人格力量的"骨力""骨气"和底蕴,朴拙与诗化共生地再现出"北中国"的苍茫与雄浑、激情与沧桑。"北中国"已成为迟子建文学叙事的精神"灵地",也是她构思和玄想的情感坐标。正是因为拥有这样充满个性经验的"素朴的诗""感伤的歌"般的文字,迟子建的叙事文本才能恒久地保持着"非常宜人的体温"。

早在2005年的时候,苏童就写过一篇文章评价迟子建:"大约没有一个作家会像迟子建一样历经二十多年的创作而容颜不改,始终保持着一种均匀的创作节奏,一种稳定的美学追求,一种晶莹明亮的文字品格。每年春天,我们听不见遥远的黑龙江上冰雪融化的声音,但我们总是能准时听见迟子建的脚步。迟子建来了,奇妙的是,迟子建的小说恰好总是带着一种春天的气息。"[2]作为两位同龄段作家,苏童和迟子建有着相近的天分和才情,可谓惺惺相惜。在我看来,虽然各自都有文学写作的地域、精神、情感罗盘,但他们的文学叙事伦理、审美品质、美学境界极其相似。王安

---

[1] 张学昕、赵海川:《苍茫"北中国"的乡土美学——迟子建文学叙事的"乡愁"重考》,《小说评论》2023年第2期。

[2] 苏童:《关于迟子建》,《当代作家评论》2005年第1期。

忆对迟子建也有过非常贴切的评价："她好像直接从自然里面走出来……好像天生就知道什么东西应该写进小说。"① 这句话，道出了一位杰出作家对另一位杰出作家的深刻体认和真诚的褒扬。

阿来和迟子建这两位同时代的作家，自20世纪80年代以来，似乎从未在文坛"引领过风骚"，却始终诗性地直面生活。他们以朴素、简洁的话语方式进入生活和人性，并且带入自己强大的审美、道德力量，各自形成文本写作独特的"感觉结构"。无论是阿来还是迟子建，正是由于崇尚美好和善良，加之他们的文字和叙事品质的质朴，渗透出朴拙的性质，也就分别形成了鲜活的文本气场，张扬着属于自己的叙事美学辩证法。在这里，我更愿意将阿来和迟子建视为与文学生产外部环境不太"密切"的作家，因为他们在文学叙事审美方式、文本美学形态上没有较大的"裂变"。早年时他们一上手作品就显示出几近成熟的文本形态，在四十岁左右就写出个人写作史上杰出的作品。因此，他们也成为当代文坛最值得期待的两位重要作家。

三

那么，现在回望来路，阿来和迟子建都是从1980年代出发，却在1990年代发力。他们各自在1980年代的文学积淀，或者说在最初文学写作"练习簿"的涂抹，可以看作是寂寞中耐心的玄想。有人说，1990年代是一个再也不会存在和发生的文学时代，而且它远比我们今天想象和梳理的复杂得多。的确，从另一个角度看，"九十年代"是中国式现代性文学话语体系逐步建构的开始。这些"话语"不仅源自丰富的理论，更包含着作家文学叙事话语不断的自我建构。当然，一个时代作家叙事话语的生成，既有其背负的沉重的历史"积淀"以及负荷、"羁绊"，也有在现实语境中，作家依据自己的哲学和审美判断对世界的重新审视和打量。这两个心理、精神系统的相互交叠、互为补充，形成作品的基本形态，铸成一

---

① 王安忆：《逆行精灵》封底推介语，上海人民出版社2008年版。

个又一个不同的文本结构。也许，就在这个持续性书写的过程中，"新生活"又会重新唤醒、串联、链接起过往的记忆和现实的冲动，作家的生活感知力、书写的创造力，在"传统/现代"的认知框架中，铺展出更为广阔的"中国想象"叙事空间。或许，我们会对自己发问：我们在思考"九十年代"的时候，我们究竟在思考什么？"九十年代"究竟给我们留下了什么？在"九十年代"的复杂历史和社会变动中，在社会的政治、经济、文化、文学、生活方式等诸多方面的调整或突变中，叙事，即文学叙事、历史叙事及其使命、责任、担当，与民族的深层大义和文化特质、无法消解的民族的自我，形成了一个"命运共同体"。从"八十年代"走来的作家，在"九十年代"有许多不可避免地调整了自己的思路，他们的写作发生了不同凡响的叙事变奏。而这种叙事变奏，直接影响或主导了作家文字中所呈现的历史和人性的真实样貌。

然而，无论怎样调整叙事思路，形成叙事的变奏，可以确认的是，一个作家的精神与血脉必须扎根于乡土，提供独属于自己的"中国经验"维度。"寻根"是作家叙事的重要动力，唯此才能够获得坚韧的叙事力量和持久的叙事勇气。现在，我们重新阅读、梳理、反思莫言、贾平凹的写作，同样能够深深意识到，这两位当代中国文学"双璧"的文本，都具有不可复制的个性化特征和美学形态。试问，有几人能不为莫言字里行间所流露出来的天马行空般汪洋恣肆的想象力所震撼，不为贾平凹元气充沛地深植于中国乡土大地的厚重意蕴而慨叹。他们的地缘因素、叙事伦理、审美体验以及诸多的文化精神成分，特别是各自具有的独特个性的话语系统，已建构起作为叙事诗学意义上的"中国经验""中国精神"话语系统，并微观地缩影在他们建构的"标签式"乡土空间中。这是从"八十年代"走来的少数作家，竭力突破既有的文化心理结构和历史宿命论的藩篱，书写出文学文本所可能抵达的历史高度与纵深度。莫言的"高密东北乡"、贾平凹的"商州"、苏童的"香椿树街"、阿来的"机村"和迟子建的"北极村""额尔古纳河右岸"，都是作为写作主体个性化单元的文本背景和虚构背景，也是作家对存在世界多维认知、诗性感受和哲学顿悟的载体。

四十余年来，无论是迟子建，还是阿来，都始终在深耕具有深厚历史、文化底蕴和阔大自然属性的乡土生活，并建立起自己的文学领地和叙事坐标。在"九十年代",阿来和迟子建分别写出了长篇小说《尘埃落定》和《伪满洲国》,他们在各自的文本中,凭借个人的力量突破了模式化思维和历史结构本身的限制,创造了一个历史的结构。川西北藏地阿坝州马尔康和东北黑龙江的大兴安岭、"北极村",虽然并不能单纯地构成一位作家文学书写的全部精神"血地",但是,在作家创作主体与"故乡"之间,从微茫的情思到事物的肌理,一定存在着心理、精神、灵魂的相互启迪和依托。无疑,作家写作的"出发地",也是写作主体的精神、文本最终的"回返地"。这里所说的出发、回返,对于文学叙事来说,实质上就是作家在其生活视域下,对于存在世界乃至宇宙重构时思考生死、人性、自然、道德、伦理的心灵回响。对乡土的守望,是作家终其一生也难以改变的宿命。

"我生活的领地温差很大,腊月夜晚多极寒,盛夏正午也会酷热,冷暖不定,恰如悲欣交集的人生。这片乡土,是我的文学萌芽之地,天然地带着它的体温。短篇《沉睡的大固其固》《北国一片苍茫》《逝川》《雾月牛栏》《清水洗尘》《白雪的墓园》《亲亲土豆》《腊月宰猪》《解冻》《塔里亚风雪夜》《一匹马两个人》《换牛记》《一坛猪油》,中篇《北极村童话》《日落碗窑》《原野上的羊群》《逆行精灵》《奇寒》《布基兰小站的腊八夜》《原始风景》《秧歌》等,从篇名大约可以听出我作品的乡土笛音。苍茫的林海,土地上的庄稼,陪伴我们的生灵——牛马猪羊、风霜雨雪、民俗风情、神话传说、历史掌故,就像能让生命体屹立的骨骼一样,让我的作品是血肉之躯,虽然它们有缺点,但那粗重的呼吸,喑哑的咳嗽,深沉的叹息,也都是作品免于贫血的要素。一个作家命定的乡土可能只有一小块,但深耕好它,你会获得文学的广阔天地。无论你走到哪儿,这一小块乡土,就像你名字的徽章,不会被岁月抹去印痕。"①

迟子建的"乡土笛音"愈发悠扬、婉转,调性十足;她深耕的那一小块乡土,也成为她镌刻于当代文坛的徽章,放射着黑土地独有的光芒。这是她将自我融于那片热土,对存在及生命的诗性吟咏。孙郁说:"谈萧红、萧军、端木蕻良等人的小说,以及今天阿成、迟子建的近作,看不到人与

---

① 迟子建:《是谁在遥望乡土时还会满含热泪》,《小说评论》2023年第2期。

沉重的文化史的对话，而是直面自然、直面苍天，是人与苍天的一种交流。在萧红、迟子建那里，生命的存在被直接地以感性的形式呈现出来了，丝毫不用人工的雕饰。"① 孙郁在萧红、迟子建的文字中，感受到人的生命的迷人的气息，感受到生命气息的律动，看到萧红、迟子建等人在状写苦难、生存、人间百态，审视生活内涵时，所表现出的阳刚之美、豪放之美。从这个角度讲，东北的独特地域性和文化体征，让迟子建的文学叙事成为对一个时代的深度心灵雕刻。时代、生活、自我激活的生命之流，无论是意志的、直觉的，还是理性的、沉郁的，使得迟子建以写作主体对生命的自由之态建立起审美价值坐标，冲破苦涩的心境、语境，沐浴着充满神性的温暖和力量，谱写出"大东北"的奇音妙响，寒冷里流动着善良之光和尊严之气，逆俗的意识里发散着冻土层之下的生命微光。

可以说，乡土、地域要素所涉及的叙事的中国经验问题，其实是反思"八十年代""九十年代"文学创作一个无法绕过的话题。21世纪之初，李陀在《漫说"纯文学"》一文里，即在与李静的讨论中曾提出当时文学创作非常敏感的问题：1980年代以来，特别是1990年代的小说创作在向现代小说逼近时，为何对中国古典小说叙事传统的继承没有更大的进展或突破。"在很长时间以来，在小说写作里我们当作资源的都是西方的东西，认真对待中国自己的叙事传统，从中汲取营养的人并不多。""今天的现代汉语小说的写作应该重新重视对古典写作的学习，包括从旧白话里汲取技巧和语言的营养。整个20世纪我们的文学受'西方中心论'的影响太深，资源单一太贫乏了。""现在的问题是，特别是一些青年作家，脑子里就只有20世纪的几个西方大师，熟悉的就是现代主义所形成的小说修辞学体系。"② 显然，李陀对八九十年代以来的当代文学，已经开始警惕。而若从这个角度分析，"九十年代"的中国作家大体可以划分为两种基本状态：重视传统性、继承性和欣赏并借鉴现代派文学。在叙述语体层面，当时已经有学者指出了"九十年代"一些作家文本话语的"翻译语体"和"西

---

① 孙郁：《文字后的历史》，春风文艺出版社2001年版，第98—99页。
② 李陀、李静：《漫说"纯文学"——李陀访谈录》，《上海文学》2001年第3期。

崽腔"。虽然,大家都主张并倡导文学写作中传统与现代的联袂和融通,形成文学叙事的新状态,但是李陀谈及的问题,无疑构成中国作家在"八十年代"以后文学写作所企盼的高度和难度,因为能够抵达理想语境和格局的文本并不多见。现在,我们仍然可以从"纯文学"的理念或视域来判断文学实践的当代价值和意义,我始终认为"纯文学"是1980年代以来勘察、深入探究当代作家写作的重要维度。我觉得,蔡翔关于"纯文学"的表述,更加有助于我们对"纯文学"概念的理解和写作的叙事范畴的厘定。他认为九十年代"成功地讲述了一个有关现代性的'故事',一些重要的思想概念,比如自我、个人、人性、性、无意识、自由、普遍性、爱,等等,都经由'纯文学'概念的这一叙事范畴,被组织进各类故事当中。因此,在某种意义上,'纯文学'概念正是当时'新启蒙'运动的产物,它在叙述个人在这个世界的存在困境时,也为人们提供了一种现代价值的选择可能。应该承认,在80年代,经由'纯文学'概念这一叙事范畴而组织的各类叙述行为,比如'现代派''寻根文学''先锋文学',等等,它们的反抗和颠覆,都极大程度地动摇了正统的文学观念的地位,并且为尔后的文学实践开拓了一个相当广阔的艺术空间。然而,我们还是不能把'纯文学'概念仅仅放在文学领域进行考察和辩证,这样的话,就会低估这一概念在当时的革命性意义"[①]。蔡翔认为"纯文学"概念中"个人"这一关键词中包含了"现代价值的选择可能",指出了"纯文学"对个人性的强调。毋庸置疑,任何一种写作都是一种个人写作,"个人性"的彰显,就注定成为作家的最终抉择。就是说,纯文学让作家成为一个真正的叙事者,文本则是历史、现实、人性的诚实的记录仪。我们相信好作家都会冲破种种理论的藩篱,寻找属于自己的沿途的风景和秘密。

无论作家们对历史和现实有着怎样不同的理解和体验,在"九十年代",一场文学观念的分裂或重构都会不可避免地发生。必须承认,阿来和迟子建的写作,确是别走一路地显示出特立独行的特质,以及新的写作的可能性。"从童年时代起,一个藏族人注定就要在两种语言之间流浪。""我想,正是在两种语言间的不断穿行,培养了我最初的文学敏感,使我成为

[①] 蔡翔:《何谓文学本身》,《当代作家评论》2002年第6期。

一个用汉语写作的藏族作家。我学会了怎么把握时间，呈现空间，学会了怎样面对命运和激情然后，用汉语，这非母语却能够娴熟运用的文字表达出来。"① 阿来承认，自己的写作在这个创作过程中，已经产生出异质感和疏离感，使得文本有效地扩张了作品的意义与情感空间。尽管"故乡已然失去了它原来的面貌"，"在一种形态到另一种形态的过渡期时，社会总是显得卑俗；从一种文明过渡到另一种文明，人心委琐而浑浊"。② 就是说，阿来特别清楚，文本里的故乡，实际上的样子已经是另一副怀乡的模样，正是所谓的异质性，使得阿来区别于其他作家。不容置疑的是，迟子建从"北极村"出发及至"九十年代"以来的写作，同样具有其不可复制性。这一点，也是令一位作家"木秀于林"的重要因素。

从"八十年代"出发或"回归"文学写作的作家，在走过当代生活一段历史时期幽暗的隧道之后，无论其出生、"隶属"于哪个年代，都纠结于某种矛盾的心态里。这些不同的心态，决定了作家各自的叙事选择和审美取向。"转型""重构""困惑""突围"这些词语可能表述的状态，不断使得作家的写作发生量与质的变化。或许，那个时候，人们都曾在时间、时代的洪流中被裹挟着前行，在自己的文字里宿命般地留下饱含更多个人档案的"集体记忆"，我相信，这或许是历史以及文学的必然。但是，话说回来，现在谁又能真正地道破"九十年代"的天机呢？尤其对于文学叙事而言，审美和审美化往往是具有宿命意味的精神选择。

---

① 阿来：《看见》，湖南文艺出版社2011年版，第152—153页。
② 阿来：《就这样日益丰盈》，解放军文艺出版社2002年版，第346页。

是星辰，还是萤火

第二辑

小说的"倒立",或荒诞美学

——读莫言的短篇小说

一

在今天,我们该怎样面对作家莫言及其文本?如何重新阐释其近几十年的创作?这恐怕是当代小说研究和评论界所面临的一个新问题。莫言获得诺贝尔文学奖之后,我也曾撰文表达过类似的忧虑。我认为,莫言获得此奖难免构成当代社会的重大文化事件,因为它所蕴含的种种复杂的政治、文化、精神、民族心理、大众传媒等因素,必然会造成诸多文学的、非文学的因素相互杂糅的"轰动效应"。这就在很大程度上使得莫言从一个"有限度"的著名作家,跻身于一个民族的"文化英雄"的行列。这些,对于我们时代的文学和文化,就显得过于"奢侈",衍生出极具个人性的"喧哗",而且这些外部因素带给我们的认识和效应,不免使得莫言有可能成为一个文化符号,甚至会令一位依然可以不断地创造新的文学可能性的莫言,变成一个僵化的、固化的、世俗化的存在。现在,我们所关心和重视的,更应该是那个与文学本体密切相关的莫言。所以,在面对莫言及其文本的时候,我更愿意思考有关莫言写作本身的种种文学价值,因为无论莫言获奖与否,他所创作的作品,都是当代中国文学最具有阐释性的文本代表。从莫言几十年具体的文学创作实绩看,无论是精神性、文化性,还是文本蕴含的丰富性、奇崛性,莫言无疑都可能成为一位"说不尽的莫言"。从我知道莫言起,莫言在我的阅读印象里,就从未间断过对于他叙述方式和形态的思考。我们应该深入思考莫言作为一个"中国故事""中国经验"的讲述者，他为什么能够如此变化不羁地、不停顿地讲述有关历史和人性的故事？他的身上有着一种怎样的精神美学的"气力"和"气理"？他对现代汉语写作的真正贡献是什么？他给中国文学乃至世界文学所提供的新的文学元素是什么？究竟是什么因子在最初的写作中，或者在数十年来的写作中，依然能不断地点燃莫言的写作激情？他持续表现这个民族的历史以及人性的存在生态和灵与肉的变异，其叙事的动力何在？也就是说，我们需要探究的是，莫言的想象力是如何借助他天才的表现力，穿越历史和我们这个时代的表象，创造出一种独特的语境和想象的世界。还有，莫言通过如此大体量的叙述，他在文本中所提供的关于整个存在世界的图像，究竟有多少深层的"意味"？也就是说，莫言是凭借什么力量和灵感，写得如此狂放不羁，文字像江河一样自由而不息地流淌？

我想，自称是"讲故事的人""诉说就是一切"的莫言的叙述，首先最能打动人心的，是具有一种超越历史，尤其是超越时代的激情和强大的精神力量。他仿佛永远都有叙述的激情，永远有自己独特的艺术表现能力和方向，他从不站在自以为是的立场和角度进行艺术判断。这个世界需要怎样被讲述，有什么东西最值得讲述，讲述它的时候，作为一个讲述者，他的内心该有怎样的方向和选择，决定了故事的方向，同时也决定了故事的价值和意义。那么，讲述的方式和出发地就显得非常重要。聪明、智慧的讲述者，未必能讲述出世界的真相，但能够真诚面对历史和现实的作家才有可能道出存在的种种玄机。莫言曾经说出了一个作家自身强烈的写作欲望和需求："所谓作家，就是在诉说中求生存，并在诉说中得到满足和解脱的过程。"我最能够理解莫言说的那句："许多作家，终其一生，都是一个长不大的孩子，或者说是一个生怕长大的孩子。"我感觉，莫言格外喜欢这种"皇帝的新装"式的"看见"和盘诘，在他的文字里，诡异的世界之门对他訇然中开，让他刺探虚实。其实，许多试图发现生活内在质地的作家，都愿意具备一双孩子的眼睛，因为文学的叙述是不能使用谎言的。

我曾在《谁发现了荒诞，谁就发现了历史和现实的"扭结"》一文中提到："是否可以说，莫言是中国最早、最成熟地表现历史、时代和生活荒诞的作家之一。他在发现了中国历史和现实的荒诞之后,以一种'狂欢式'的倾诉呈现这种荒诞,而且持续地表现这种荒诞。我觉得,莫言的发现,其实是发现了历史和现实生活本身的惯性和日常性,他所选择和表现的生活,实际上就是当代中国的日常生活。所以,在这个时代,谁发现了荒诞,谁就发现了日常生活的'扭结',或者说,谁发现了日常生活的变异性,谁就能真正建立起关于这个世界最真实的图像。我想到另一位杰出的作家余华,想到他的长篇小说《第七天》。许多人认为他利用了新闻和媒体的材料,'串烧'了当下中国的现实和新闻案例。其实并不是这样。余华小说中的现实,就是荒诞的现实,但在我们这个处于高速变异的时代,以往荒诞的概念已经被彻底颠覆了,荒诞不再是荒诞。与莫言不同的是,余华还是把以往的荒诞当作荒诞来呈现,以荒诞击穿荒诞,而莫言始终将一种整体性的荒诞当作日常生活,并继续将这种荒诞进行变形。面对荒诞的时候,莫言选择的是更大的荒诞,魔幻、民间的志怪方式和手段,走的是一条用力敲碎生活和历史逻辑的道路,而余华是贴着现实,触摸荒诞中人性的无力和现实的绝望。我在理解莫言意义和价值的同时,也理解了余华的强烈介入现实的勇气。"

我们能够体会到,莫言较早就具有与同时代作家有所不同的"酒神精神",必须承认,这是莫言小说所具有的一股强大的美学力量。这种来自作家创作本体的力量,使他在20世纪80年代较早而迅速脱离被种种文学潮流所裹挟的叙述惯性,迅速地摆脱和突围,特立独行,不再被文学之外的因素所干扰和束缚。这就使得他以一种新的叙事美学形态,呈现出与众不同的艺术风貌,创造出许多令人叹服的文学意象,进而生成神奇的文本气息和文本形态。20世纪80年代的文学环境和意识形态场域,使许多有才华的作家脱颖而出,但也使得一些作家深陷"潮流"之中而不能自拔,那个时候,作家只有具有强劲的、狂放不羁的想象力和艺术勇气,才能调整好自己写作的美学方位,在"诗与真"的艺术取向上砥砺前行。这从莫言早期的《红高粱家族》以及后来的《酒国》《丰乳肥臀》《檀香刑》中逐渐充分显示出来。现在看这种贯穿于莫言写作始终的内在美学驱动力,显然已经不能简单地从所谓"民间视角""民间审美""民间想象"来笼统认识。许多人喜爱他的长篇小说《生死疲劳》,其中,莫言的叙事气度直抵那种对人性的愿望、精神、灵魂的终极诉求，这是生命大于任何社会和时代的感觉、意识和寓言，是人类存在的终极理由。他在历史幽深的隧道里，在现实、存在世界的不同角度里，在人与自然和所谓"轮回"中，发掘出人性的困境和存在本相，发现人类的秘密，生存的秘密，个体的、集体的秘密，洞悉世界的丰富、苍凉和诡异。在这里，生命大踏步地跨越了政治、经济和文化的规约，一气呵成，实现了彻底的自由和解放。而他对"土地"的理解，对母亲、大地和生命的内在联系的理解，超越了任何道德规约的人性本原，充满着母性和神性的光辉。这是大视角、大胸怀、大气魄和大智慧。这样的感怀和叙述，必定是大于一切意识形态的事物的"还原"，是充分尊重世间万物的包容，是任何功利美学所难以企及的。而作为故事讲述者的莫言，无所不在，无所不能，像是一个精灵，自由、洒脱。所以，莫言是一位最尊重生命本身的作家，是一位书写荒诞又超越了历史和现实荒诞的作家。

莫言的叙事特征，主要体现在他对经验和想象的处理上，他被认为是"通约"了马尔克斯、卡夫卡和福克纳的艺术元素和精神取向，而他与众不同的地方，正是他最出色的地方，这就是他能够将现实、历史的真实形态，独特地转化成另外一种"非现实的形态"。这也使他能够让想象力超越现实，进入一个自由、宽阔的状态。他对历史、现实和人性的叙述，可谓节制、内敛，也极其开阔。他能够找到多种视点变换的方式，恰切得体，在文本中有着挥洒自如、张弛有度的自由而平衡的叙述状态。

在这里，具体涉及的是文体创新的问题。一种叙述方式的选择取决于想表达的主题意蕴，但文体的限制和规约常常"窒息"作家的情感和叙述。有胆识的作家就会无所畏惧地挑战文体的局限，开始他精神和文体的双重扩张。文体的扩张，在莫言的写作中，突出地表现出一种文体的革命性的延展，这是美学的延展，也是一种超越现实的审美的感性、审美的观照、审美的物化、审美的静观、审美的化境。在写作的激情和"酒神精神"中，莫言变形了以往的固化呈现生活、存在世界的方式，做到了形神兼备的艺术表达，具有一泻千里的语言气势。任何固有的、被规约的文体，都被强大的精神性表达需求所冲破，中国人精神的盘诘、焦虑和不安，灵魂的沉重，情感的无际无涯，人性的逼仄和悲情，早已不能被传统、惯常的表现样式和模态呈现出来。莫言仿佛"通神""通灵"般地发现了人性的秘密，关于土地和生命的奥义，他都以一种不同凡响的、"异端"的、荒诞的体貌，让寓意在叙述中自由地溢涨出来，撑破文体的局限，原创性地奇诡地"喷薄而出"。小说、戏剧和寓言诸种元素相互交融，既有魔幻与志怪的交合，也有写实和浪漫的对撞，在机智的叙述中自由如天马行空，汪洋恣肆。以旷达的情怀，"狂欢化"地容纳、叙述历史的记忆和想象，凭借充分的自信和艺术能量超越现实，以修辞的荒诞，击穿了现实和历史的荒诞。对于莫言小说的荒诞美学，王德威认为，莫言的《十三步》"情境荒诞无稽，每每使读者有不知伊于胡底的危机感，但莫言正要借此拆散我们安身立命的阅读位置"[①]。《蛙》同样是绝好的例子，在这里我无法赘述。在荒诞叙事中凸现存在的真相，将人引向机智和机警，引向自觉和高尚。

归结起来说，莫言小说的美学形态，也是对所谓"雅和俗"规约的实践性超越。我相信真正的文学，不仅能登所谓大雅之堂，更能潜入阅读者的内心。莫言写作有着宽厚的审美视域，为我们提供了更为广阔的写作和审美的可能性。莫言的叙述，即他所讲述的"经验"，是新的叙事美学的建立和汉语写作的新实践，这也是我们对莫言的阅读和喜爱不会感到倦怠的原因。

下面我想阐释的是，莫言创作的这种美学风格和叙述策略，尤其他所呈现的历史与现实的荒诞以及他的叙述对生活的"变形"能力，不但体现在他的长篇小说文本中，而且表现在他的短篇小说中，因而需要深入探究莫言在短篇小说文体上所体现出的艺术创造精神和审美价值。

二

阿来说："一个人所以要成为一个作家，绝非仅仅要对现实作一种简单的模仿，而是要依据恢弘的想象，在心灵的空间用文字建构起另外一个世界。而建构这个具有超现实意味的世界的最重要的目的之一，便是能通过这种建构来探索生活与命运另外的可能性。因为任何一个人在内心深

[①] 王德威：《当代小说二十家》，生活·读书·新知三联书店2006年版，第219页。

处，绝不会甘于生活安排给我们当下的这个唯一的现实。也许，生活越庸常，人通过诗意表达，通过自由想象来超越生活的愿望会越强烈。"[1] 王安忆也认为："小说是目的性比较模糊的东西，它不是那样直逼目的地，或者说，它的目的地比较广阔。"[2] 也许，杰出的小说家都能够超越我们所能看到的庸常的生活，以自己的叙述建立自己的也是读者的"目的地"。这里，一个重要的方面就是阿来说的"建构这个具有超现实意味的世界"——文本世界。当然，从文体上讲，它可以是有一定叙事长度的长篇小说，也可以是一个精致的、令人拍案叫绝的短篇小说。

我们相信，一种经验，即生活中的"片段"或"噱头"，一经作家灵感的激活或者叙述的调制，在文本中就会生成想象力的爆发，进而成为令人震撼的小说文本。在莫言看来，小说叙述就是对生活边界的彻底打破，他就是要将历史和现实、人的种种表演、人的传奇及人与现实的错位呈现给我们。既揭示现实的荒诞，又解剖人性的复杂、内心的幽暗，奇观化、戏剧化、魔幻性地表现人的生存本相和精神本相的丰富和复杂。同时，在叙述的技术层面，无论是长篇还是中短篇，他都尽量地体现出作为写作主体对世界和生活的认知方法和艺术表现策略；无论是长篇小说叙事的大开大合、跌宕起伏，还是短篇小说的细腻、精致、简洁，他都试图在相应的时间和空间维度，任由叙述的河流奔放自如，那种叙事的自由、"任性"，感觉的碎片，消解着拘谨、"工匠化"的结构。因此，他的小说结构、细节和语言，往往是最"随便"的，信手拈来，率性而为。这一点，就像王蒙所言："真正好的小说，既是小说，也是别的什么。"那么，"别的什么"究竟是什么呢？我想，它一定是小说家的智慧，或者说是小说本身的智慧。莫言早期的短篇小说《倒立》和《与大师约会》可以算是这方面的代表作，它们都不同程度地体现出莫言短篇小说独特的叙述结构和风格体貌。

短篇小说《倒立》以一个修车师傅的视角，讲述了一次同学聚会的过程。这个具有个人性的"私人聚会"所蕴含的强烈现实性，对人性和社会

---

[1] 阿来：《看见》，湖南文艺出版社2001年版，第205页。
[2] 王安忆：《王安忆读书笔记》，新星出版社2007年版，第217页。

心理机制的反思,既令人感到惊异,也让我们倍感沉重。在这里,"倒立"仿佛是一个隐喻或象征,折射出一个时代生活的镜像,寓意深远。当年极端调皮的中学同学孙大盛,现已成为省委组织部副部长,他荣归故里,衣锦还乡,大宴宾客,以此显示自己的地位和威望。那些企图以此荣身的同学们,则在聚会现场纷纷露出丑态。在这里,权力的大小,穿透了真正的同学情谊,过去的校花虽已呈现出几分老态,却在孙大盛的强烈要求之下,为同学们当场表演"倒立",并由此露出肥胖的大腿和红色的内裤。这个场景如此滑稽,如此丑态毕现,权力和地位竟然可以使同学变成"大圣"或小丑,时间可以使人变得如此荒谬不堪!莫言用戏谑的语言,为我们呈现出一个充满笑闹的场景,它是如此欢腾,却又让我们感到如此无言。我们从中可以看出莫言对当代精神衰变的现实关注,权力与情谊,似乎也已经本末倒置,世道人心被功名利禄熏染得惨不忍睹。无疑,《倒立》的深刻寓意,就在于透过一个平庸至极的场景,揭示人性的粗鄙和生活的荒诞不经。这不得不让我们产生一种深沉、真切的怀旧情愫,这其实也是对近年来社会愈来愈浮躁、愈来愈功利的一种叹惋。

这个短篇小说最重要的地方,就是其所描绘的宴会场面,这也可谓书写荒诞的登峰造极之笔。仔细想想,短篇小说要写好大场面,确有极大的难度,道理很简单,因为没有充分展开场面的足够的篇幅。但是,莫言的这个短篇,却刻意地选择让叙述在大场景中实现最后的高潮。宴会场面之前,叙述就已经做了大量的铺排。作为孙大盛的同学——修车师傅,与他的妻子和修鞋师傅老秦的一场笑谈和吵闹,包括修车师傅修车时收到的假钞,修车师傅妻子送来孙大盛宴请的"信息",这些看似"闲笔"的场景,实际上是莫言将一个场景推进到另一个场景,进而产生特殊情境的有力链接。整个社会生活的外在环境和个人心理,都尽显其中。这样,后面"聚会"中每一位人物的心理畸变和状态,都不会显得突兀。修车师傅既是其中一个人物,是"参与者",也是一个叙述的视角,是穿插在叙述中的一条引线,是一双帮助我们细腻观察、体味场景的眼睛。莫言在一双眼睛的缝隙中也洞见出俗世的滑稽和荒诞性。

"放屁!"谢兰英骂着,拉开了架势,双臂高高地举起来,身体往前一扑,一条腿抡起来,接着落了地。"真不行了。"但是没有停止,她咬着下唇,鼓足了劲头,双臂往地下一扑,沉重的双腿终于举了起来。她腿上的裙子就像剥开的香蕉皮一样翻下去,遮住了上身,露出了两条丰满的大腿和鲜红的短裤。大家热烈地鼓起掌来。谢兰英马上就觉悟了,她慌忙站起,双手捂着脸,歪歪斜斜地跑出了房间。

从整体上看,莫言在通篇的叙事中,始终"一意孤行"地任由各种嘈杂的声音、复杂的表情和心理"众声喧哗"般泥沙俱下,不厌其烦地为这场聚会做了大量的"预热",看似没有任何叙述的"章法"。而直到小说尾部,叙述在"倒立"中戛然而止时,我们才恍然顿悟,叙事中真正的"包袱"原来就是一个充满隐喻性的"身体活"。恰恰是这个"行为艺术",凸显出人性的变异。原来,此前所有的叙述,都是为让这个有失人格、体面、尊严的令人惊诧、令人心碎的"夸张"举动,做出如此漫长的、有耐性的铺垫。由此,也将短篇小说原本封闭的空间彻底打开,叙述进入心理学、伦理学、灵魂的层面,探触生命最实在的层次。

另一个短篇小说《与大师约会》,也是莫言一篇内涵非常丰富的小说。在这篇作品中,莫言不断地对"大师"的表现、存在和真伪进行着质疑与解构,牵扯出时代、社会生活的重要侧面,揭示另一种世俗的怪诞,那些支离破碎的精神的投影,体现心理主体的自我疏离和游弋状态。开始,几个艺术青年是作为行为艺术设计"大师"金十两的崇拜者出现的,他们在展览会之后,深陷在狂热的对"大师"的盲目追逐之中。他们苦苦地寻觅那位神秘的"金大师",但在酒吧里,他们却听到了艺术学院的学生们对金十两"大师"大量的负面议论。特别有意味的是,酒吧的老板对"大师"也进行了更彻头彻尾的解构。一个突然出现在酒吧的长发男子桃木橛,自称是一个杰出的诗人,他先是拼命地贬抑和攻讦了众人期待到来的"金大师",接下来便是满口诗篇,如同是口吐莲花,表达要像普希金一样,与"伪大师"及其伪艺术、情敌进行殊死的决斗。这些举动,也仿佛是另一种形式的"行为艺术",立刻引发了艺术学院学生们狂热的追捧和崇拜,随即,这个"长发男子"诗人桃木橛就被供奉为新的"大师"。至此,那几位"艺术青年"与这些艺术学校的学生,在对"大师"膜拜的狂热里不能自已。

"是谁在呼我啊?"随着门响,金十两大师站在我们面前,眼睛一亮,蔑视地问。"桃木橛子,你个流氓,又在勾引纯真的少女!你们——"金大师用食指划了一个圈子,将我们全部圈了进去,语重心长地说:"你们,千万不要上了他的当,他方才念的诗,都是我当年的习作。"金大师端起一杯酒,对准桃木橛的脸泼去。浑浊的酒液,沿着桃木橛的脸,像尿液沿着公共厕所的小便池的墙壁往下流淌一样,往下流淌,往下流淌……

这样的场景令人惊诧而又颇为滑稽,我感到,莫言叙事的"荒诞美学"再次来到文本之中。我们也注意到,这里的整个情节或者说整个场景叙述,一波推动一波,一波"否定"并解构着另外一波。每一个环节都由人物、细节拉动,借着"声部"的形式,像是一场"独幕剧",叙述过程就是逼视人物内心世界的过程,这也正是莫言叙述的魅力所在。面对一个在理念中所形成的"光环",关于这个"大师"的概念,他要不断地推倒前面的叙述,在"否定之否定"中,消解既定的观念或"秩序",重新整饬、呈现生活现场的真实镜像。开始是学生们试图解构掉金十两"大师",同时也在解构几位"艺术青年"的狂热和崇拜,在小说结尾,"大师"金十两出现,又竭力地解构那个桃木橛子。我们可以感觉到莫言这篇小说浓烈的反讽色彩,他不断地翻转叙事的方位和走向,以一种"错置"或"倒立"的姿态,目的就是要拆解掉"大师"这一称谓的确切的意旨。所以,这里的感觉和表现上的"错置"或"倒立",切中肯綮地表达了一种生活与现实的荒诞,让我们感知到生活充满了有趣的讽刺和悖谬。在一个艺术风格相对色彩纷呈的时代,我们看到艺术合法性的来源如此依赖于叙事,或者说,依赖于"讲述"和传说。而究竟谁是"大师",竟然会变得如此捉摸不定。莫言写下这篇小说,或许就是要反讽当时艺术的所谓"后现代"状态,以及"大师"满天飞的"艺术"现状。其实这也告诉我们,莫言始终和现实保持着一种警觉的、"紧张"的关系,他的写作绝不只是形式主义的艺术探索,在他小说的形式背后,其实始终保留着一种对"形式的文化"和"形式的政治"的有效探索。也许，这是那些粗心的阅读者所未能察觉的。莫言所触及的，不仅是日常生活的荒诞，还有文化、艺术和存在世界的荒谬。

不能不提及莫言新近的短篇小说《等待摩西》。这个短篇在一定程度上仍保持着书写现实荒诞的美学惯性，与以往小说有所不同的是，这篇小说更具叙事的"现实的历史感"和"沧桑感"，以及那种"等待"所衍生出的时代大踏步演进过程中个体生命的无尽苍凉和戏剧般的宿命感。这篇小说叙述的依旧是"东北乡"的故事，主要是写一个人自20世纪70年代中期直到21世纪初几十年的生存、奋斗的经历，其叙述时间的跨度之大，几乎让这个短篇小说难以承载。曾经名为柳摩西的乡村青年，在不同的年代里两次更名，基督教徒的父亲给他取名柳摩西，在那个特殊的年代里，他改成了柳卫东，但几十年后又改回叫柳摩西。无疑，这个名字的"变迁史"，蕴藉着一个人命运的沉浮史。整体上看，柳摩西是沿着"时代的召唤"和"情境"，在不同的历史阶段竭力地奋斗并且小有成就，随之，柳摩西的社会"身份"和真实境遇，也在不断地发生跌宕起伏的变化。吊诡的是，柳摩西在20世纪80年代"暴富"之后竟然神秘失踪三十年。"失踪"这个过程始终是匪夷所思的，而他的妻子、女儿和同胞兄弟，尤其柳摩西的妻子竟然对他违背常理的行为能够"忍受着巨大的痛苦坚持到最后"。小说给我们留下一个难以想象和判断的结局：柳摩西最后"皈依"了，成了虔诚的基督徒，很难猜想他最后的选择是在怎样的人生"炼狱"中完成的。"信仰"在浪淘沙般的岁月里真的能够淬炼成金吗？在这里，何以如此，似乎已经并不重要。也许，在生活中，像柳摩西这样的人物比比皆是，荒诞也好，世俗也罢，潜在的悲剧性从字里行间蔓延滋长出来。平实、貌不惊人的第一人称叙事，不断让文本生成奇特的感受，故事的深层内核隐藏在充满传奇性的故事之中。小说潜在的有关时代、个人、命运、信仰和选择的深层主题，在跳跃式的"闪回"中碎片般纷纷扬扬。看上去，这个小说由若干相互接续的生活片段或"横断面"连缀起来，故事性也不是很强，而其中却蕴含着丰富的多义性，细密的生活流款款流入时间和空间的容器，令人深思。尽管莫言没有在小说中流露出自己的任何看法，但个体生命在时代潮涌中的动荡、尴尬、不安、飘浮，尽显其荒诞性、不可确定性。

莫言不愧为擅写场面的高手,我们在他的长篇小说《红高粱家族》《檀香刑》中早有深刻的感受。但是,在一部短篇小说中,让叙述在一种平缓的铺排、预设和潜在的"递进"过程中,在一种意绪的蔓延和弥散中,实现最后的"内爆",这里面自然有一个极其重要的叙事逻辑问题,它是作家文学观念、结构方式、人物塑造和叙述策略的体现。就人物而言,无论是《倒立》中的孙大盛、谢兰英、修车师傅,还是《与大师约会》中的"艺术青年"、桃木橛和金十两,抑或是《等待摩西》中的柳摩西,他们的行为、心理上都有着缠杂不清、复杂微妙的"扭结",莫言都以一种不同凡响的、"异端"的、荒诞的体貌,让寓意在叙事中自由地溢涨、凸显出来。可见,莫言擅长于"草蛇灰线,伏脉千里",人物、情节、故事甚至细部的修辞,先与后、详与略、轻与重、深和浅都处理得体,有蛇弓杯影、水落石出之感,也有举重若轻、水到渠成之快。

那么,我们是否可以将莫言短篇小说的结构,理解为一种"倒立"式结构?在结构、形象、叙事的"错置""倒立""延宕"下,我们更加深入地看到了莫言的叙述逻辑,也窥见了存在世界和生活本身的荒诞。

三

所谓"非虚构写作",在今天,再次成为对虚构文学,更包括对短篇小说写法的一个强烈挑战。具体说,"事实""新闻"与故事之间生发出不可调和甚至不可理喻的冲撞。显然,对于叙述来说,这已经不再是一个简单的技术问题,而是对小说理念和作家个人智慧重新审视的开始。小说的力量并不只在于揭露,也不是依靠寓意和象征就能够立刻深邃起来的。也许,只有坦然地揭示灵魂深处的隐秘,探查、揣摩人类不可摆脱的宿命,才是最终的目标。那么,面对有时看上去很"粗鄙"的现实生活,一个作家究竟该如何下笔?尤其在当代,现实的问题已包裹起整个人类的精神形态,如何表现生活,是作家面对的最重要、最复杂的问题,其实,这就是一种叙事姿态的选择。

我始终觉得,叙述永远是小说写作中一个最基本的问题。叙述方法和策略，包括叙事视角，最终决定着一部作品或一个文本的形态和品质。这不仅体现为写作主体的一种叙事姿态，也直接决定着一部作品的整体框架结构。作者的叙事伦理、价值取向和精神层面诉求，都能够由此显现出来。实质上，就文本的本体而言，没有叙事视角的叙述是不存在的，视角是作家切入生活和进入叙述的出发地和回返地，甚至说，它是作家写作的某种宿命或选择。选择一种叙述视角，就意味着选择某种审美价值和写作姿态，也意味着作家已经确立了一种属于自己的阐释世界、重新结构生活的角度，也就决定了这个作家呈现世界、表现存在的具体方式。小说的叙事视角，就是小说写作的文体政治学。因此，视角的选择，也就成为作家写作的一个重要的问题。它不仅涉及叙事学和小说文体学，还是一个作家在对存在世界做出审美判断之后所选择的结构诗学。其中，当叙述视角所选择事物或者载体具有了隐喻的功能时，也就是说，作家试图通过一种经验来阐释另一种经验时，视角的越界所带来的修辞功能，必然使文本的内涵得到极大延伸。

数年前，我就曾将莫言的《拇指铐》和余华的《黄昏里的男孩》进行过比较："如果说，我们从《黄昏里的男孩》中感受到的是敏感、脆弱、屈从的忍受形态，而莫言的《拇指铐》一方面将人性的罪恶、仇恨、放纵和邪恶这种非理性的人性异化演绎得极其充分，另一方面，它呈现出对灾难和困扰的反抗，以及努力在苦难中建立存在的希望和爱的责任。基于试图表现生存的本真状态的强烈冲动，呈现'绝望'、冲决'绝望'似乎是一个更合适的范畴，这也许能够用来描绘出个体的生存和人格状态。"其实，从某种角度讲，莫言的这篇小说并没有超越鲁迅小说中惯用的"看"与"被看"的叙事模式。我们在阅读中已深深地感觉到《阿Q正传》《孔乙己》《祝福》那种沉郁、压抑的叙述语境和氛围。前面提及，莫言的很多长篇小说如《红高粱》《檀香刑》等，都以擅写酷刑、擅写看客著名。莫言在谈到《檀香刑》的写作时曾说，人类有这种局限和阴暗，人类灵魂中都有着同类被虐杀时感到快意的阴暗面，在鲁迅的文字中我们也可以看到。但这篇《拇指铐》更有许多独到之处，它触及人生存状态与本相，触及人道精神匮乏的问题、绝望的问题、拯救的问题，也表达着对苦难的主动承担以及意志对绝望的反抗。

这篇小说的主人公是一个未谙世事的少年。叙述以阿义为病重的母亲去典当、买药、返回为基本线索和内容。在从黎明到夜晚一整天的时光里，阿义历经了世态的炎凉和人性、人心的残暴。莫言在这篇万余字的小说里，无法掩饰他内心的悲凉和忧伤的生存感悟，向我们清晰而绵密地展示了人在那个时代溃败的危险及其真实面貌，并昭示了某种群体性的危机。《拇指铐》不似余华《黄昏里的男孩》那样，表面冷静，骨子里却异常沉郁悲痛，而是在整体叙述上有意张扬看似平静实则惊心动魄的生活场景。莫言为何选择一个八岁的男孩阿义，并让他承担人生的道义、善良、软弱、恐惧、焦虑、希望、血腥和残暴？

显然，莫言和余华一样，在小说中选择了一种"双重视角"：小说的叙事者和主人公。小说的叙事者像一个传感器，是以少年主人公的心灵去感受小说所描写的人物、事件和情景的"参与者"。主人公阿义"被叙述"着，同时也作为"我"进行着自我倾诉。在一整天的经历中，阿义遭遇到无数的冷眼、嘲弄、鄙视、奚落和无端的残害。莫言惯于运用文字营构充满生活质感的氛围，将人物的感觉推向极端的境地，造成对阅读强大的感染力和冲击力，甚至有令人窒息的感受。

问题在于，为什么这一切竟然都是如此的无端和无奈？！

他这时清楚地看到，坐在石供桌上的是一个男人和一个女人。男人满头银发，紫红的脸膛上布满褐色的斑点。他的紫色的嘴唇紧抿着，好像一条锋利的刀刃。他的目光像锥子一样扎人。女的很年轻，白色圆脸上生着两只细长的笑意盈盈的眼睛……男人用一只手攥住他的双腕，用另外一只手，从裤兜里摸出一个亮晶晶的小物体，在阳光中一抖擞，发出清脆悦耳的声音。"小鬼，我要让你知道，走路时左顾右盼，应该受到什么样的惩罚。"阿义听到男人在树后冷冷地说，随即他感到有一个凉森森的圈套箍住了自己的右手拇指，紧接着，左手拇指也被箍住了。阿义哭叫着："大爷……俺什么也没看到呀……大爷，行行好放了俺吧……"那人转过来，用铁一样的巴掌轻轻地拍拍阿义的头颅，微微一笑，道："乖，这样对你有好处。"说完，他走进麦田，尾随着高个女人而去。

满头银发的老者，仅仅因为阿义的回头一顾，便对其施行了令人发指的现代刑罚。因此，年幼的阿义被置于"希望中的绝望与绝望中的希望"之中。也正是这样，阿义一天里的遭际逼出了人性的隐秘部分：残暴的、阴冷的、非理性的、疯狂的、黑暗的。在常态生活中，这些因子都隐藏在人的内心深处，一旦有机会被释放，它们就会从内心里爬出，泯灭良知和天性，"把人身上残存的良知和尊严吞噬干净。人变成非人，完全失去人性应有的光辉"。所以，在人的内心深处寻找一种摆脱人性黑暗的力量是非常艰难的。可怜的阿义陷入了人性的黑暗，正是"偶因一回顾，便为阶下囚"，如此荒诞，如此绝望！

鲁迅是一个首先觉醒的人，甚至他的彷徨、苦闷、阴冷都是觉醒的表达，历史和现实都要求他有这样一双觉醒的冷眼。鲁迅早已洞悉国人的劣根性，尤其"虚伪的牺牲"的"畸形道德"。人所共知，鲁迅对国民性的分析和揭露最令人惊异、令人推崇。因此，他选择了一个深刻的切入生活和现实的视角。

在《拇指铐》里，这位银发老者很轻松、快意地让幼者阿义无端地做了"长者的牺牲"。莫言的叙述，使我们伴随着阿义在灼目的正午开始苦熬。这期间，老Q、黑皮女子、大P等一伙人的到来，让阿义的希望在他们的嬉笑谩骂和不以为然中销蚀。背婴儿的女子在表达了她仅有一点本能的善意之后，发出了愚昧的疑问："你也许是个妖精？""也许是个神佛？您是南海观音救苦救难的菩萨变化成这样子来考验我吧？您要点化我？要不怎么会这样怪？"

阿义感到绝望，但又不能绝望。于是，莫言让阿义在想象和噩梦中顽强地支撑着自己的存在。作者用"托梦"的手法，将少年阿义推入生的绝地，并发出已超越他年龄、阅历的幻想与玄思："我还活着吗？我也许已经死了。""他鼓励着小妖精们，咬断我的拇指，我就解放了。小妖精，你们有母亲吗？啊，你们有母亲，我也有母亲，我的母亲病了，吐血了，你们咬断我的手指吧，让我去见母亲。"西边天的一片血红，阿义咬断手指吐出时的那一道血光，连同母亲的血一起飞扬起来，演化为对人性异化和堕落的倾力控诉。在这部小说里，"断指"是莫言设计的一个具有悬念的故事结构，"血珍珠"、田野上的歌声和女子的哭声、中药的药香交织成视、听、味觉的盛宴，加深着这部作品的悲剧效果。阿义万般无奈之下别无选择地选择，竟然是如此悲壮惨烈，一个年仅八岁的孩子的行动能唤醒我们吗？会打动人吗？会撕咬当代日渐物化、麻木的世道人心吗？我们几乎无力也无法选择沉默和拭目以待。

同属发掘生存本相、昭示人性扭曲与世态炎凉的小说《黄昏里的男孩》和《拇指铐》，都选择"断指"这一情节，直指人心。在叙述风格上各有独特追求，一个是冷静、沉郁，一个是活泼、激越；一个冷硬，一个悲怆。但它们都智慧、冷峻、犀利，都具象征、寓言的属性和色彩。莫言和余华两位作家关注人性、"反抗绝望"的文学立场，体现出对大师鲁迅的自觉继承。而"拯救"的道义情怀在叙述中毫发毕现，呈现着与众不同的当代思考。作家拯救人性、关注人文的责任感、使命感使小说叙述的母题内涵得到强化，可见其帮助人们走出磨难和困境的执着信念，在当下浮躁、焦虑的表意语境下，实在是弥足珍贵。

张新颖曾经写过一篇《从短篇看莫言》的文章，特别提到莫言写作的"自由"叙述的精神，讲到20世纪80年代中期的"先锋文学"潮流如何让莫言解放了自己，发现了自己："很多作家更多地感受得到短篇的限制而较少地感受短篇的'自由'，是件很遗憾的事。莫言获得了这种'自由'，由'自由'而'自在'。他这样不受限制的时候，我们更容易接近和感触到他的文学世界发生和启动的原点，或者叫作核心的东西。"① 汪曾祺在谈到小说写法时，所强调的是写小说就是"随便"。所以，我们前面谈到的莫言小说的"逻辑"，其实是指小说叙事的策略之一，实质上，小说在写法上有着多种内在的结构和"逻辑"，这样才会有"各式各样的小说"，才可能有叙述的多种可能性。进一步说，小说有时可能正是一座向下修建的铁塔，在"词与物"的某种错位中完成对存在世界的深度认识和判断，所谓"执正驭奇"，所谓"真正的好小说，既是小说也是别的什么"，都是对小说切实而深刻的理解。

---

① 张新颖：《从短篇看莫言》，《当代作家评论》2013年第1期。

存在的悖谬和小说的宿命
——读朱辉的短篇小说

一

文学阅读活动，在理论上被升华、命意为"接受美学"，确实有一定的道理。文学阅读接受，作为一个审美活动过程，其间会令我们产生出许多不同层面意想不到的感受、体悟，这些感受可能超出我们的常识、认知甚至逻辑，生发出无数曾有的和不曾有的生命体验。我相信，文学作品的阅读和接受，一定有某种神奇的品质或"特性"在其中，它直接或间接地影响我们的感受、理解和判断。那么，这个"特性"自身是什么呢？我觉得，它就是文学作品尤其小说的叙述所蕴藉和呈示出来的不确定性。正是这个不确定性，为我们的阅读提供了无尽的可阐释性，小说的魅力也正在于此。小说叙述的涵盖，小说叙事的格局，小说语言本身的多义性，承载小说文本主体的故事、人物及其命运，它们常常是共同辐射出若干不可思议的理念或意念，构成它们之间隐秘的悖论。在小说的内部，现实的和非现实的、真实的和虚假的、正义的和邪恶的、逻辑的和反逻辑的、表象的和本质的、表层的和隐含的，诸多元素相互摩擦和博弈，形成小说文本独特、奇异、复杂的美学情境。在这里，作家之于小说叙述，一方面可能"机关算尽"，人情世故，竭尽虚构之能事；另一方面，故事、情节、人物可能水随天去，顺水推舟，浑然天成，最终成就一部小说叙事的经典文本。前面提及的"悖论""不确定性""表象""隐含"等元素，就成为小说能够超越时空以及"可持续性"阅读的根本原因，这是检验一个小说文本能否成为经典的重要方面。因此,一篇(部)小说的命运以及它的生命力,或有无成为经典的可能,除了它的思想、精神维度之外,主要取决于叙事所隐含的"微言大义",取决于象征、寓言意义的显示,在一个极长的时间内,它与持续性的阅读能否形成想象、语言、语式方面的默契和启发有关。

在这里,我之所以想重新梳理有关文学接受美学的理念,是因为我最近阅读朱辉的小说时,有一种特别深刻的感受和体会。这种感受,虽然在以往的阅读中早有体验,但这一次感受尤其强烈。我手上有两本朱辉的短篇小说集,一本是作为"21世纪文学之星丛书"之一的《红口白牙》,出版时间是1998年,共收入13篇小说;另一本是2018年出版的"小说精选集"——《看蛇展去》,收入11篇小说。两本小说集的出版时间相隔整整二十年。我发现两本集子里的收入篇目,有4篇是重复的——《对方》《游刃》《暗红与枯白》《变脸》。我深深地感觉到朱辉对自己这几篇小说特别的偏爱。这几篇写于二十几年前的中短篇小说,依然给我以极大的震撼,我没有感觉到这些小说文本有丝毫的"陈旧"之感。它们仍一如既往地具有极强的耐读性,而文本叙述所蕴藉的时代、生活、人生、人性和命运,它们所给予我们的精神性认同,既超出了虚拟世界产生的应有的丰厚和深刻,也远远超出这两本小说集之间所饱经的二十余年的世事沧桑。正是因为朱辉小说所具有的"悖论""不确定性""表象""隐含""寓言性"等元素,以及它所生成的隐喻、寓言品质,构成其文本的可阐释性和"重读"的必要,给我们带来了特定文本的审美愉悦。当然,还构成这些篇章成为经典短篇小说文本的可能性,而仅仅这些小说就足以让我们看到朱辉写作的实力和潜力。

二十年前,朱辉发表这些作品的时候,我还不太熟悉他。这些年,朱辉写作了大量的中短篇小说和几部长篇小说,毫不避讳地说,与他的几部长篇小说相比较,我更喜欢他的中短篇小说。当然,不可忽略的还有他的长篇小说《我的表情》《白驹》等,它们也充分体现出朱辉驾驭长篇叙事结构的能力。这几部长篇小说篇幅都不长,但其中积聚着的深厚情怀,所具有沉实的精神含量和叙事感染力,同样引人瞩目。从这个角度看,我们对朱辉短篇小说叙事所具有的凝练品质和精神"浓度",也就丝毫不觉得奇怪。所以，我更加坚信，一个作家能够通过自己的文本，为我们提供什么，与他的经历、经验、知识储备、智慧和思考密切相关，这些一定会起很大的积极作用，是一位作家获取创造力的基础和前提。但是，当作家写到一定的"份儿上"，能够使其形成较高精神品质和诗学层次的关键，则建立在对人的关爱，对生命的理解，对人的同情，及其对人的日常生活、俗世人生的从大到小的精确描述上，这样，才能够真实地呈现人性和心灵的历史。我感到，朱辉是一位有自己世界观和坚定信念的作家，他已经将自己的情感诉诸文本之中，从自我的状态进入到自觉的层面，而且从已有的文本看，他正在接近写作的自在之境。

二

王安忆认为："好的短篇小说就是精灵，它们极具弹性，就像物理范畴中的软物质。它们的活力并不决定于量的多少，而在于内部的结构。作为叙事艺术，跑不了是要结构一个故事，在短篇小说这样的逼仄空间里，就更是无处可逃避讲故事的职责。"① 多年以来，作为短篇小说的身体力行者，王安忆对现代短篇小说的理解，显示出迥然不同的见地。故事是小说存在的坚硬内核，而灵动、飘逸的思绪和精神，是牵动叙述行走的灵魂，可以看出朱辉的小说在这方面已经做出很大的努力。朱辉是一位非常会讲故事的作家，能够赋予故事以新的结构形态，而且他常常以一种平静、老实的"拙态"扎实地描述世事百态、人间冷暖，显示其朴素而强悍的叙述力量。这种"拙态"，表面上淡化了技术和叙述策略，实则隐逸着强大的伦理力量和结构张力。

有人提出要"让文学沿着生活的足迹起舞"，我倒是觉得应该是"让文学沿着灵魂的方向骤然升华"。如果小说仅仅局限在对现实本身的打量、揣度和判断，必然会窒息作家的想象力，他也就很难发现存在世界里隐藏的秘密和人性、命运的诸多变数及其可能性。因此，小说写作所需要的，

---

① 王安忆：《短篇小说的物理》，《书城》2011 年第 6 期。

就是伸展到超出具象世界的边界，呈现出另一种逼近灵魂的叙事走向。所以，真正试图超越现实的作家，才可能摆脱具体"写实"的压力，虚构、升华出变奏、"飞翔"的隐喻或寓言。我一直坚信，一个作家之所以要写作，其内在的主要动因，无疑是源于他对存在世界"现状"的不满足或不甚满意。因此，他要通过自己的文本写作，重新建立起与存在世界对话和思考的方式，而一个作家所选择的文体、形式和叙述策略，往往需要作家能够建立起文本与他所感受到的现实之间的隐喻、象征或精神确证。如果作家能让叙事文本，从具体的现实迈向某种精神的、灵魂的深处，文本的价值和意义就会自然呈现出来。最早，我在读朱辉的《鼻血》《变脸》时，就一直在思考这样的问题：为什么我们的写作总是喜欢在对生动、具体、鲜活的生活现场进行描摹时，更愿意将世界做抽象的把握？同样，我们凭借经验、经历审慎地思考和磨砺，所抽象出的那些波诡云谲的事物理念，为什么又确实难以覆盖存在世界的本相或真实图像？当作家贴近生活，叙述沉醉其中，孜孜不倦地表达现实的时候，你可能突然意识到这个空间竟然如此朦胧、模糊、幽暗。但小说的叙述就是这样义无反顾般前行的。也许，虚构的发生和魔力，就在无中生有或者有中却无之间的转换时，才使小说衍生成艺术的冲动，蜕变成为有含金量的、动人而精致的细节，直至生成简洁而令人意外的事实。而实现这些的途径或方式，就是作家是否能够让自己的想象贴地飞翔，现实、事实、世事，都可能经由想象和虚构结晶为深沉的隐喻或象征。

我能感觉到，《鼻血》是朱辉格外喜爱的短篇小说。二十多年前，何志云在为朱辉的小说集《红口白牙》写的序言里，曾坦诚地盛赞这篇小说："平心而论，在这本集子里，《鼻血》不是最出色的作品。但在我看来，这篇不足3000字的小说，称得上是真正的短篇小说，原因就在它含纳的容量——那隐藏在文字后面的一进进院落。"[1] 这篇确实像王安忆描述的好的短篇小说。应该说，简单的故事可能蕴藉深刻的构思，关键在于，文本是否具备张力和弹性，叙事是否能生成深沉的结构感，这是文本生命力

---

[1] 朱辉：《红口白牙·序》，百花文艺出版社1998年版，第2页。

的保证。像鲁迅的短篇小说《孔乙己》，它所聚积的容量、能量如同"核能"，驱动着叙述在前行的过程中形成一个灵魂的、结构的、文化的"道场"，并且发散出波涛汹涌、撼人心魄的力量。这种力量或"劲道"，是由叙述的故事、情境整体性隐喻的引申义完成和实现的，文字讲述的故事的表象与隐喻义，宛如一枚硬币的两面，互相支持、互相渗透、互相完成着。小说《鼻血》主要聚焦在主人公——在校学生孔阳在大学生活中的几个片段：一是在院运动会五千米比赛时，在他即将冲向终点获得冠军的刹那，他因为突然涌出鼻血而前功尽弃，冠军被竞争对手桑所获；二是孔阳在与女友约会时，也是因为鼻血两人不欢而散，就此分手；三是在两年一度的六级英语考试中，孔阳再次因流鼻血而影响成绩；四是孔阳在与桑面对面交锋中，鼻血再一次成为对手的帮凶，使得孔阳失去报考研究生的机会。鼻血，貌似一个专门有意毁损孔阳存在感和人生发展的幽灵，它谜一样缠绕着他，不断地、刻意地改变着他的专业、事业、爱情和未来的轨迹。那么，鼻血为何每每突如其来地搅乱孔阳的正常生活？缘何反反复复地颠覆其理应属于他的美好人生？其中有无关涉心理感应或超验的维度存在？在这里，朱辉只是让鼻血流淌的孔阳，站在水汽模糊的镜子前，进入似真似幻的玄思状态：

> 孔阳从医院回到宿舍，一直处于神思恍惚的状态之中，他草草吃了晚饭，躺到床上，不一会儿就坠入了一个恶梦翩跹的黑夜。一个白色的影子伸出它冰凉的触角缠住了孔阳的左手腕。孔阳仿佛被浸泡在某种滑腻怪异的涎液之中。半空中传来了一阵苍老幽远的声音："脾呈于唇，心呈于面，肾开窍于耳，而肺主鼻。肺内虚燥，肺火上延则灼伤血脉，而致鼻衄。"故而孔子曰："君子不忧不惧。死生有命，富贵在天。无欲无求，不疾不徐，是为化境。"白影的话语字字如石，垒在孔阳的身上，他努力张大嘴声嘶力竭地喊着什么，声音连绵起伏形成冲击波，却又立即消失得无声无息。在一片黑沉沉的旷野上，白色的影子幻化成父亲的形象。孔阳似醒非醒，他看见一个陌生的少年满脸血污，得意扬扬地接连打倒了好几个孩子，其中包括村上臭名昭著的"霸王"。

英勇的少年扭头冲父亲炫耀地一笑，却招来了迎面而来的恶毒一拳！一股腥热的液体顿时如泉而涌。迷蒙中，孔阳大口吞咽着清凉的鼻血，这给他干燥的嗓子带来了一种妙不可言的感觉。孔阳彻底清醒过来，他一个鲤鱼打挺坐起了身。撩起枕巾蒙在脸上。然后他光着脚丫冲进了水房。

文本以干练的语言、精短的叙述，完成了一个巨大的隐喻。朱辉的这个短篇小说可谓是当代"极简主义"写作的代表作，这个短篇恰如汪曾祺所说，好的小说都是"以少少许胜多多许"。读朱辉这篇小说时，我还想到余华的《十八岁出门远行》。这篇小说描述的主人公，也是在初涉人生、世事时，遭遇到外部世界的复杂性和始料未及的危机，预示着人生的磨砺刚刚开始，懵懂的少年之心，必须有"生之忧患"的危机感和自我觉醒意识。而《鼻血》似乎还埋藏着更多的世间玄妙和生命隐秘，可以有不同于前者更复杂的文化阐释，这里不再赘述。《鼻血》里的这位孔阳，后来成为朱辉长篇小说《我的表情》中的主人公。在那部小说里，孔阳经历了更复杂、更纠结的情感磨砺，以及爱、死亡、别离等种种伤痛，那更是远远超越身体本身的"生命不能承受之轻"的另一种灵魂隐痛。

短篇小说《变脸》，也是一篇与《鼻血》近似的、具有"变形"和"灵异"之气的、寓意深厚的小说，是朱辉重要的作品之一，也是我最喜爱的朱辉小说。这篇小说充分显示出朱辉擅于"扭转"生活的天分和能力。这篇将"写实"和"魔幻"交织、融汇一体的叙述文本，试图写出一个普通人在日常生活中，因为个人所具备的某种"特异功能"，导致人生形态在发生重大改变过程中遭遇的辛酸、无奈和窘迫。或者说，这也是一个关于性格、尊严的人生故事，"变脸"仿佛一场人生仪式，无论朱辉叙述中虚拟的成分在多大程度上越出了现实的边界，文本本身生成、扩张出的隐喻和引申义，都显示出作家"扭转"生活的胆识和勇气。我们所处的时代，就像朱辉在文中描述的："在这个人才辈出、群星荟萃的时代，所有人都感到眼花缭乱，目迷五色，我们的视听器官都差不多麻木了。但这种麻木是相对的，一旦一个异常人物真正出现在我们的身边，我们还是抑制不住内心的激动。"可见，朱辉较早地意识到在我们时代生活发展中，必然会出现诸多令人猝不及防、难掩耳目的吊诡事件，包括其中所压抑的莫名的激情和浮躁。这些，统统构成社会生活似真似幻、我们日常经验难以把握的或游移不定的事物。它们不仅考验我们的视听感受器官，还挑战我们对现实与自身的意志力、辨识力和控制力。这是避免虚妄和炫惑的前提。

小人物何雨，在某一天突然向人们展示了他的变脸技艺，他的脸可以变化出种种表情，甚至可以变出一些人物的脸相和神态。当这张迥异于他本相的脸展现在众人面前时，不能不令人目瞪口呆，因此，小说立即呈现出叙述学的"看"与"被看"的那种情境和场域，何雨的"处境"和性格也随之发生许多重大变化。这时，我们必然会猜想，何雨意外的"变脸"，将会给他接下来的生活带来怎样的变化？生活本身的魔幻无处不在，人们情感的复杂性及其随即而发生的心理变化，其实就是一场引起诸多因素连锁反应的精神"变形记"，在这里，"变脸"就是"变形"。"人体'变形'的隐喻，从身体的变形延伸到自我的变形，再延伸到自我与他者关系的变形，包含着深刻的关于存在主义的哲学问题的思考。""'变形'这一美学表现手法，无论在古典文学还是现当代文学中，都以其丰富的想象力和创造力获得独特的生命。"[①]刘剑梅在分析卡夫卡《变形记》时，谈到这种"从身体的变形延伸到自我的变形，再延伸到自我与他者关系的变形"，非常适用于朱辉的《变脸》。姑且不问"小人物"何雨"是如何掌握这项技术的"，"是天生禀赋而后自我修炼，还是机缘垂青得异人传授，抑或是某一日突然间福至心灵"，这似乎并不重要，就是说，朱辉所看重的并不是"因"，而是"果"，这与卡夫卡的《变形记》一样，属于"零因果"的事件发生。这个以虚拟的"零因果"开始的叙述，所生成的则是一个现实的、人性的"黑洞"。何雨"无中生有"地突然"变脸"，一下子搅乱了以往处于惯性中的生活秩序，立刻产生了有别于俗世生活的"陌生化"效果，这也从文本品质层面构成了存在世界的荒诞和悖论。"单位里着实热闹了好些天，从上到下"，何雨给人们带来了惊奇和快乐，他自己的情绪、工作态度、生活习惯和行为方式也发生了出人意料的改变，

---

① 刘剑梅：《"变形"的文学变奏曲》，《中国比较文学》2020 年第 1 期。

在工作和待人接物方面，何雨做得得体而有尊严。

何雨的变脸技艺如果只运用在改变他的寻常形象上，那确实是屈才了。别忘了，他只要简单地运用他的变脸本领就可以随时随地地变换表情：喜怒哀乐，威严或是卑微，他说来就来，随心所欲。何雨很恰当地运用着他的技艺。在不同的场合和不同的对象面前，他会准确地把握自己所应处的位置，恰如其分地做出相应的表情。如果说何雨正常的表情是一条水平线，那他在聆听"头儿"的指示时姿态就往下低一低，而当外面来了客人，而且这个客人是有求于我们单位的，他的姿态又会适当地抬一抬，处于水平线以上。一段时期以来，何雨把他的技艺运用得恰到好处。如果我们把他的这种变化像剪胶片似的各自剪开来看，就会发现，每一段胶片都恰如其分，何雨既不僭越倨傲，又不低三下四。这种变化对何雨来说游刃有余，但要是把各段胶片接好，连起来放，别人就有点眼花缭乱了。有人对此颇有微词，说何雨的脸像夏天的天气，说变就变，是一张鬼脸。但我注意到何雨实际上很有分寸，他表现得相当得体。他对同事们很有礼貌，说到底，他得罪过你我吗？我看没有；他模仿谁的面容勾引过谁的老婆吗？那更是没有！

简洁而精准的描述，像浓缩出人物魂魄的"动画"，呈现出人在瞬间生发的表情扭变，以及这种诡异的突变对"他者"好奇心理的满足，可以说，朱辉将这一"意象"发挥到了极致。"变脸"使得何雨成为"焦点人物"，但是，朱辉终究还是需要对其做出身份、角色的彻底调整，因为何雨在"被看"的路径上引发了"身份"和角色的自我割裂，而且他的变脸技艺直接"毁损"到恋爱对象和单位的"头儿"。难以想象的是，作为专业演员的女友，竟然因为无法接受他醉酒之后令其猝不及防的"变脸"，终结了一场尚未真正开始、颇为吊诡的恋爱；单位聚餐时，"头儿"喝醉后让何雨变脸自己，何雨在醉态里变得与"头儿"形神兼备，几可乱真。而此刻的"头儿"心理遽然发生裂变，出手一个耳光令何雨无法再变回他自己的容颜。于是，荒诞由此发生，单位里一个"头儿"竟然有两张脸。在这里，初识的女友和单位的领导"头儿"，不能接受"替换""被取代"的事实，一个富于戏剧性的感性事实，被一种潜在的、积淀的、根深蒂固的理性经验所压制。这里面隐含着人性的机枢，人是无法接受何雨这种"建构"暧昧现实的能力，无法接受这样颠覆生活本身的多层繁复的结构状态。小说具有的浑然规整的戏剧性，竟会因为充满游戏性的暗示而改变叙述本身和人物的存在感、人生路径。何雨最后选择了辞职、离去。虽然，他的脸调整、治好并恢复了，但是他的命运发生了重大改变。"我们至今没有得到何雨的确切消息"，对于主人公来说，这究竟是悲是喜，莫衷一是。另外，"道高一尺，魔高一丈"，那个老相士关于何雨"运道"的预测和占卜，竟然惊人地变为现实，这也给文本增添了些许神秘色彩，就如同"变脸"本身，并非都是无中生有的炫技，它启示我们如何在表情的翻转腾挪中，去辨识人性的维度。人不是仅仅依赖本能存在的动物，更多的是需要生命主体意识的自觉或不断觉醒。所以，一旦"变脸"这种"技能"偏离世俗的、社会性的规约，必然会在一定社会政治、人文环境内"发酵"，同时，衍生出关系的不信任、交流的怀疑、沟通的滞涩和绝望。

另一个短篇小说《午时三刻》，是朱辉小说创作的另一重要文本。我猜测，这篇小说或许是朱辉刻意对"变脸"意象或隐喻的精神性延伸、拓展。"整容"是一种借助外部力量的"变脸"，小说描述的秦梦媞，是一个整日为"整容"而奔波、痛苦甚至因此充满着内心挣扎的女性。她以为一个女人一生的发展和未来都取决于容颜，因此，"修改"、整饬自己的姿色，也就成为她孜孜以求的目标。这个本科学习播音主持专业的女人，毕业前后近乎病态地将一切都寄托于"整容"，将其视为能"扼住命运的咽喉"的救命稻草和希望所在。"颜值"成为秦梦媞的命运之值，她一次次想竭力改变宿命，包括父母在内的所有人都不能扭转她的执拗。如果从另一个视域，即广义残疾的角度考察人的命运的局限，"残疾"或生理缺憾，经常被视为一种激发人性中生命潜力的原动力。阿德勒著名的"自卑与补偿"理论认为，身体缺陷或其他原因引起的自卑，在一定条件下可以转化为使人卧薪尝胆、自强不息的动力。胡河清曾在分析史铁生创作时特别强调："在东方古老的历史循环论与人生宿命论传统中，倒确实有把

'命运的局限'比作广义残疾的。"① 在秦梦媞这里，她走进了一个巨大的人生误区，她要冲出"容颜的局限"以改变自己的命运，这就意味着她已经先期设定自身的残疾性，拟定了一个虚假的承诺作为决定前程的唯一途径。她甚至不顾婚姻的龃龉和不幸，始终逡巡在空虚的精神和情感世界，在虚悬的人生状态里，寻求制造出一个"假面人生"。她说"我要新生"，她将"整容"视为存在的依据和理由，达到了近乎歇斯底里和疯癫的程度，实质上，这是一次自我分裂式的肉体和灵魂的"阉割"。我们会注意到，小说文本的叙事刻意埋藏着一根暗线，直到结尾处才交代秦梦媞与父母亲的真实血缘、伦理关系。父亲是她的亲生父亲，可生母早已离世，当秦梦媞再赴韩国整容回来之后，养母向她说出真相的那一刻，现实和情感都彰显出决绝的伦理"霸道"。可以说，这条线索隐喻着更大的现实的荒诞和滑稽，秦梦媞所抱怨和嗔怪的父母基因遗传纠结，立即变成一个巨大的伦理"空缺"，秦梦媞顷刻间就丧失掉一切的"来路"。这个生命之"结"被养母瞬间打开时，秦梦媞对自己生命无法把持的黯然，訇然突现。表面看，朱辉在从容地、漫不经心地讲述一个为改变自身命运的"悦己"故事，实质上，叙事已经将人生的荒诞窘境，推向残酷的伦理层面。最终，朱辉叙事陡然转折的力度，似乎在模仿枪弹出膛、击石飞溅的弹道轨迹，那是一种冷酷的"轻"。故事裸露出坚实的外壳之后，隐藏的张力，一如花开展示了树的张力，这如同"笑里藏刀"的技艺和手段，无论如何都是无法轻看的。

这篇小说以"午时三刻"命名，倘若这不是生父杜撰的一个虚拟的时间，那本身就暗喻宿命的强大和不可违抗。秦梦媞某年某月其日的"午时三刻"，仿佛命中注定，她的容颜也一如无法逃脱这个宿命的、民间认为"不吉利"的杀人时刻，无法更改。她试图通过"整容"改变现实，无疑形成对既存事实的颠覆或"解构"的虚妄，因此就必然构成现实存在的悖谬。

可以说，以上两篇小说所描述的"变脸"和"整容"，构成叙述文本中的意象或隐喻，这种"象"的突出，体现作家隐喻思维、隐喻能力在叙

---

① 胡河清：《灵地的缅想》，学林出版社1994年版，第35页。

述方式上的反映。而"象"所造成叙事文本的不确定性和多义性，生成文本意义的可增生性，成为叙述抵达事物本相的重要艺术途径之一。一般来说，无论一部文本的长度如何，重要的是其文本的意义能指，它体现着小说的容量和纵深度，这是一个小说文本最重要的审美价值所在。所以，我认为，"一部（篇）杰出的小说文本，无不洋溢着象征和宽广的寓意，或奇崛瑰伟，或朴实无华，或虚拟抒情，或语言迷狂，或写实，或魔幻，在文本复杂或简洁的叙事平面上，都会涨溢、蔓延着词语生长出来的隐喻意义和寓意修辞。这样的文本，古今中外，并不多见"[1]。卡夫卡的《变形记》、海明威的《老人与海》、博尔赫斯的《小径分岔的花园》、贾平凹的《废都》、莫言的《生死疲劳》、余华的《活着》、苏童的《米》等，它们都无处不洋溢着象征，无一不是巨大的隐喻和引人深思的寓言，当然，它们更是一个个令人终生难忘的故事。朱辉的《变脸》和《午时三刻》这两篇小说，没有刻意模仿卡夫卡的《变形记》等经典文本的叙事策略，而是在原创性和深度方面做出了自己的尝试和努力。朱辉的叙述很有节制力，文字里隐藏着貌似平淡、实则深邃的理念，透射着他对生活、人性的沉思，并含蓄地呈现出存在之虞和不可避免的悖论。尽管，叙述结构里辩证张力的平衡模糊了情感、伦理锋芒，但叙事诉求的终极指向从来不落俗套。

三

从尊重生命本身的角度，不断地在文本中叩问人性和灵魂的现状，尽可能地获取现实生活、存在世界以及人性的隐秘，是一个严肃作家孜孜以求的责任。当代小说写作的困境，主要在于怎样面对人性本身的状况并且深度发掘，而不单单是题材的选择问题。只有深入洞悉、发现人性中最幽暗的部分，审视人性里自我封闭或无限度自我扩张的一面，追踪一切尴尬、不幸的境遇和根源，厘清人的心理、道德、伦理诸多层面的多元性及其变化，才能呈现人究竟为何如此矛盾地自我对抗、自我纠结的现实。而这些

---

[1] 张学昕：《小说是如何变成寓言的——东西的短篇小说》，《长城》2019年第6期。

也最能见出一位作家的思想功力和审美判断力。20世纪以来百余年的风风雨雨，使人的问题变得越来越复杂，写出人的真实痛感，就是写出一个时代的精神痛感和灵魂缺失。我始终认为，文学终究无法阻止一个时代的惶惑，却可以在相当大的程度上使人的内心变得平静。无疑，作家朱辉就善于触摸这种幽微而粗粝的存在。在这里，我们如果用"写实""细雕""隐喻""暗示"和"凸现"这些词语，来形容其感知和表现人性品质或者瞬间变化的方式，似乎都还不够准确。说到底，作家的气魄和小说的功能，就是在写作中"触摸"到未知的、沉默的甚至幽暗的领域，用心智倾听、辨认事物，尤其面对那些暂时性哑然、黯淡的事物，并且不惜在存在的悖论中探索因果。这时候我能感受到，作家以善良、虔诚之心和温暖轻柔的爱意，对抗着世俗、人性的荒谬的必要。人有的时候需要寻找一种东西来自律，不同的人就会有不同的选择。有人会很理性地选择一种信仰，来支撑自己的灵魂，因为精神终究要穿越肉体和欲望的原始森林；而一定会有另一些人，由于历史形成的逼仄，扭曲人性。作家只有在发现人的现实困境的同时，还注意到人的这种"纠结"与社会一般道德、伦理和欲望之间的相互冲突和摩擦，才可能将个人的道德观隐居于审美的背后，让叙述本身"发声"。所以说，朱辉的叙事既不武断地"干预"、主导人物的选择，也从不掩饰、遮蔽人性和世俗人心的晦暗，而是不加粉饰和"修缮"的原生态"裸露"。从这个角度讲，朱辉的写作是直面现实的叙述，而且在叙事的终结处，朱辉还是将人性与存在世界的扭变、无奈和"疯癫"，都交付给我们来阅读和判断。很明显，这是朱辉小说具有舒展的内在张力的重要原因。说到底，只有作家的思想和叙述具有超现实的虚构力、穿透力和表现力，才可能把握住时空跨度，抵达人心世相的最深处。

我们从朱辉早期的短篇《暗红与枯白》和近期的《七层宝塔》，可以看出朱辉的写作对文化、伦理和人性的持续性追问。一位作家，唯有叩问人性最幽暗的部分，通过自己的文本反思现实与传统文化的深层落差，展开对人物道德内蕴的深层评判，才能找到测试人性的升降浮沉、揣摩现实生活何以发生巨大变故的密钥，才可能"历史地"审视并表现人性、人格的变迁史，显示出其惊人的洞见力。《暗红与枯白》是一篇充满"冷硬与荒寒"美学意味的小说。所谓"冷硬"，当然是来自世道人心中最令人体味道德困窘的、砭骨的感受，它压抑心灵，滋生焦虑和隐痛；所谓"荒寒"，则是一种浸染着悲凉、孤寂、无助的旷野般的氛围、环境。这篇小说围绕着一个家族两代人在"宅基地"建造房屋引起的远亲近族的纠纷而展开，发掘出人性深处的令人心悸和颤动的隐秘。难以想象，为了那条夹在另一家族房屋主体建筑中央的"通向河边的道路"，他们的堂兄天忠并不"忠"，坚持以祖上分家时的一纸文书为准，以至于家族几代人不依不饶、不顾空间位移变化、无情而冷寂地"锁定"那一线狭小的空间，永远地占有那条早已失去方位的"过道"。可见，乡村、家族、伦理的复杂关系及其纷扰、冲突，在当代仍然是一个沉重的负载。具有宽厚、悲悯情怀的朱辉，对乡村文化中的残忍和凉薄表现出深刻的惶惑和无奈。

这篇小说中的"暗红"和"枯白"都是具有深刻隐喻意味的意象。那张宅基地契约上爷爷的手印，在四十年岁月的销蚀下已成"暗红"，喻示着乡里、家族的亲情，稀薄如纸。一家人清明祭扫时，孙子惊悸地看到风雨蚕食坟茔，爷爷的白骨裸露出来的惨象，联想到辛亥革命兵荒马乱年代出生的爷爷，被曾祖父无奈地遗落乡间，不知根在何处，一生也没有一个宁静的、可以植根的家园来安居，不免陡然生出"我从哪里来"的追问。小说叙述刻意安排两家人在墓地相遇，不是冤家不聚头，别有一番用意。生者依然嘈杂、纷扰，恩怨纠缠，悬而未决，无法息事宁人，逝者不能安息。我们又不免联想到鲁迅那篇著名的小说《药》。同样是两家人的不幸邂逅，墓地、旷野的荒寒和寂寥，生发出犀利的、凄楚的咏叹。小说呈现出的"人间失格"，不仅仅由欲望、贪婪、自私构成，还是真实与虚假、冲决与委顿、善良与恶意的五味杂陈的交织和对抗，它们相互关联，构成人们灵魂和现实无法缓解和冰释的激烈冲突。在叙事中，朱辉已经为我们复刻了人们萎缩困顿、纷繁芜杂的内心图景和灵魂形态，他仍不断地试图找出内心扭结、变形、撕裂的根源之所在。家族、文化、乡土和俗世的复杂性，被朱辉的叙述拉回到潮湿、隔阂、僵硬、阴郁的地面，几近死寂和绝望。

若从社会学层面看，《七层宝塔》触及城乡之间人文性的历史性断裂，凸显诸多元素和俗世背景下的龃龉，折射出更广义的乡村伦理和人性冲突，还牵涉到权力在社会、文化转型期对畸形人格形成的影响。乡村在城市化进程中，迁移的对象主体尚未来得及做好心理、精神、生活惯性等的调整，牢固的属于乡村的价值观还未接纳城市化的诸多观念。也就是，田园无法靠近市井，水流无痕，没有生硬混凝土材料建筑的乡居，乡野生活因素和流风余韵，仍挥之不去。坚硬的钢筋混凝土楼房构筑的新的生活格局，强大的现代性导致乡间因素无法被带入楼盘居所，迥异于乡村意识的新型价值观，在迁移者内心暧昧不明。异质性元素擦去了唐老爹这个人物淳厚的情感，也消解掉其存在的自主性、对神圣的道德化的守望。他依恋的千年"七层宝塔"的消失，实质上就是古老传统伦理的最后的毁损。唐老爹无法忍耐内心的凄恻，也不可能"眺望"到历史的来路和嬗变的方式，主要是因为他们的存在理念，就如同宝塔的根基，不能承受被挖掘掉的现实。象征传统文化和道德高地的宝塔，被人为地拆除，无异于支撑唐老爹精神的最后一块灵地的消失。而阿虎这一代人却能够迅速适应新的生存环境，找到新的生存生长点。"新村"在某种意义上，不但满足阿虎所渴求的生活状态，而且提供给他新的机遇和可能性。所以说，唐老爹和阿虎的冲突，已经不是简单的邻里之间的琐屑纠纷，而是深层的文化对峙和碰撞。朱辉说："《暗红与枯白》写的是我不知道从哪里来；《七层宝塔》涉及了不知道往哪里去。"① 这足以见出朱辉写作中对"家族史"的眷顾，这是个人生活史在小说叙事里的"重构"、记忆和反省。

朱辉信服福楼拜的说法："人们通过裂缝发现深渊。"这里所谓的裂缝，就是距离，是两个个体间的关系及其互为角度。人的一切感受，哪怕是人对物的触觉，归根结底都可以归因于人与人的关系，也可以理解为：外界即他人。人与外界的联系，或涉及两个对象主体，或只是人作为主体之于物化的客体的关系。唯有进入人或事物整体性的内部，让叙述张力迸发出"裂缝"，才会挤压、撞击出人与事物最富本质意味的"意义"。

短篇小说《红口白牙》，就是一篇在一个人的生活中发现裂缝、发现深渊的小说。虽然，这不是一个离奇的故事，小说人物也没有隐含任何存在世界的隐秘，但是，它不仅写出了人内在的孤独和寂寞，还写出这个人

---

① 朱辉、何平：《我如果不当作家一定能成为一个好侦探》，《青年报·上海访谈》2018年9月30日。

"死后"所"遭遇"的情形。现在，这个文本所提出的问题是，在日常生活的固有秩序里，我们该如何评价一个人的一生？这里究竟是谁的"红口"，谁的"白牙"？萧老师的人生裂缝、生活的裂缝，究竟是怎样的呢？

这篇小说的叙述，一开始是从"一个人没有任何波澜的平凡的一生"的叙事姿态，作为"几乎无事的悲剧"进入故事层面的。萧老师一出场，就是他在人生事业层面上的悄然谢幕，就处于人生舞台谢幕后无所事事的逡巡状态。他退休后，养花、养鸟竟然都无法成活，大多因为他机械的、僵化的思维方式，这一点追溯到他作为系主任工作时，诸多事宜他都极度"认真"和坚执，怀着善良的初衷，却都不被人所理解，处境十分尴尬。在这个过程里，我们也看到萧老师这样一位有原则的好人，他的"一根筋"、迂讷和不活泛的个性，小说写出了他隐忍的生命形态、人生况味。如果萧老师一直"平静"下去，叙述本身的意义也许便不复存在。偏偏是萧老师的死，引发人们的震惊、狐疑、好奇、猜忌，倒有些石破天惊之感，生出许多无法消除的问号。命运总是具有极其强大的反讽意味，一个在现实中永远处于缄默状态、一生都没有玩过几次麻将牌的人，却意外在牌桌上心脏病发作，离开人世，不免成为俗世生活中的大事。接下来的问题是，人们开始纠结只有几十个字的"讣告"的措辞，这是对萧老师最后的"盖棺定论"，这仿佛已衍变成一种谈资，人们不能"接受"他人的意外状况，于是，人们与死者一起陷入一种摆脱不掉的荒谬。陶渊明的那句"亲戚或余悲，他人亦已歌"，正应对"看客"眼中萧老师的命运。萧老师的性格，决定其一生都深陷于一种"不自觉"的孤独里，他无法摆脱孤独，包括儿子在内没有人能够走进萧老师的内心。最重要也最值得我们反思的是，无论萧老师的人性晦暗或明亮，在这样多变、扭结的尘世，自觉人性的建立，才是超越现实的、有活力的人生要素。因此，萧老师的人生"裂缝"，就在于他的自我和自我意识的世界是过于"平衡的"，没有冲突的。只是在小说的结尾处，萧老师"不务正业""吊儿郎当"的儿子，才顿悟般地发现自己父亲的极其平淡的一生。然而，谁又能真正地说清楚一个人的一生呢？

短篇小说《然后果然》，与前文论及的文本相近，这是一篇在一个人的生活中，发现裂缝、发现深渊、洞悉生存和命运的小说。这个小说充满"戏剧人生"的味道。我能够感觉到，朱辉写这篇小说时那种难以遏制、挥之不去的感伤和隐忍。难以想象，一个貌似完美、温馨、安宁的和谐之家，背后隐藏的、支撑其存在的，竟然是虚假和蒙蔽，是主人之间的谎言，以及男主人公代人体检的"替身"角色，还有彼此无法察觉的夫妻之间相互的"欺骗"。可见，这里面埋藏着一个巨大的伦理陷阱，具有深刻的悲剧性且不可告人。在这里，体现为两个层面的现实残酷性：一是在男主人公王弘毅身上有着一种不可遏制的自我牺牲精神，但是，一种没有安定感和充满欺骗性的"兼职"始终让他忍受着精神的重压。虽然，支撑家庭的男性尊严是其唯一的动力，而道德感令扭曲的心理无法平复；二是在机关单位工作的妻子，在贤妻良母的表现背后，还隐藏着对丈夫的"不忠"。在王弘毅最后一次代人"尿检"时竟然发现自己染上性病，隐约透露出妻子为了"升官"提职所付出的"代价"。这是叙述最令人惊骇的细部，此前模范家庭的一切，竟是建立在表象的虚幻之中。在此，仿佛唯一安定的因素就是不安定。我们看到，朱辉在叙述中表现出极大的克制力和控制力，一方面他要将王弘毅作为人本性的质朴擦拭出来，小心翼翼地扼住情节骤然起伏的震荡；另一方面，他还要撕裂生活的残酷和人性内在质地的粗糙品质，这是叙述的平衡力，我在朱辉小说里看到了事物表里之间的巨大落差和错位。无疑，这又是存在的荒谬与悖论，难以获救的怅然或绝望充斥在字里行间。尽管，对于小人物王弘毅来说，这一切都不是毁灭性的存在，但终究是对尊严的一场浩劫。记得陀思妥耶夫斯基有这样一句话：用彻底的现实主义，在人身上发现人。我认为，这篇小说的叙述，在尊严、内心的困窘和现实的对峙中，充满超越表达的张力。

　　这是几篇极其富有叙事结构感的文本，它们通过对命运的考量，进入人性的最深处。像《暗红与枯白》和《红口白牙》，还有《鼻血》和《变脸》，这些叙事对人与事物具有深刻象征性隐喻色彩、色调的凸显，均带有心理、精神的暗示性和神秘学意味。在此我无意过度阐释，朱辉是否刻意建立起小说文本与存在世界之间的对应关系，梳理个体人生的疼痛感及其命运的嬗变，呈示人和事物冷峻且隐秘的存在场域，但写作主体潜在表现出的中立性审美观照状态，无意间却为我们提供了多层次、多维度意义解码的文本空间。无论怎样，朱辉这类小说的文本气质，可谓皆有"灵异之光"。尽管他的叙事和隐喻不免有一定的"坚硬度"，但是，无法掩饰朱辉试图涉尽凡人俗世间一切因缘的叙事"野心"。从这个角度上说，朱辉所"暴露"出的人性与事物的残缺、遗憾、荒谬和不完美性，存在世界的真相，精神秩序和价值系统的公平、正义和"罪与罚"，直接指涉我们这个时代普遍面临的精神症候、法理、世道人心和伦理困境。

四

无疑，朱辉是一位难以"归类"、不能够轻易界定其风格的小说家。他作品涉及的题材范畴、主题取向、叙述结构、文体面貌和话语情境，既迥异于许多同代作家，也很难追索其传承的脉络、由来。在他略显"驳杂""斑斓"的叙事体貌和精神形态下，我们的描述难免是徒劳的。我们素来喜欢将一位作家肆意归类，作"类型化"处理，竭力地想描述、概括其整体特征，有时不免武断而且偏颇。无疑，这样的审美判断是一种话语暴力，也许，它距离作家的写作及其发生有十万八千里之遥。像贾平凹、苏童、阿来、迟子建等，都是这类难以轻易厘定、判断的作家，朱辉也是如此。

另外，我们也无法忽视朱辉的长篇小说，这呈现出朱辉写作的另一面向。从中，我们或许能窥见他真实的写作发生，能深入理解朱辉从长篇写作到2008年之后的中短篇小说，爬梳出朱辉"中年写作"的内在隐秘。第一个长篇《我的表情》写的是初恋和初恋的"复辟"。关于初恋，朱辉虔诚、诚挚地认为，这样的小说一个人只能写一部，写多了必然掺水，也就是说，感情无法被反复"稀释"。第二部长篇《白驹》是关于抗战和家族史题材，朱辉的初衷或夙愿是想让他的祖辈"在小说中复活"。我们可以将《白驹》看作是其代表作。《牛角梳》写的是"阴谋与爱情"，女人的渴望、欲望和策略在纯真爱情的反衬下极为突出，富有强劲的灵魂冲击力。我们能够感到这部长篇小说他写得恣意而畅快，他已经抛开自我束缚，将自己对语言特性的理解呈现出来，充满叙述的快感。近三十万字的《天知道》，用朱辉自己的话说，是一部"戴着侦探小说面具的社会小说"。传统的侦探小说将杀人的暴力变成叙事美学，而杀手的驱动力，要么是金钱，要么是情爱，要么是仇恨、嫉恨、虐杀之类的变态心理。而《天知道》

则不同，这个杀手的心理动因确实具有社会复杂性，甚至是正义感长久沉淀使然，就是说，他的杀人甚至具有某种神圣的意味。正是这部写了两年多的长篇小说《天知道》，让朱辉体会到长篇小说叙事过程中可怕的消耗：智力、体力几近"镂空"的状态。我知道，我无法在这篇文字里展开对朱辉长篇小说的判断和阐释，但是，我们已经看到，在这个不算短暂的时期，朱辉真诚、明朗的天性被一点点地消耗着，但是叙述本身的冲动和活力，特有的"朱辉式"小说语言、节奏、时空展示方式，以及对历史、社会现实和人生的考量，都以相同的振幅，尽管驳杂却是不拘一格地凸显出来。

的确，2008年之后的这12年，朱辉只写作了大量的中短篇小说。自觉或不自觉地进入"中年写作"的感觉和情境，富有象征意味的文体变化正是他调整自己的审美方位、重新整饬自己的叙述规划的重要选择。其实，每一位作家的写作，在一定程度上都具有"宿命"的意味。最初，对于理工科出身的朱辉而言，科学思维让他明白很多事不可以想当然，唯有文学创作可以让他获得更多自由的想象，即"可以写自己从未干过的事"。他居然认为自己如果不当作家，一定能成为一个好侦探。他在逼近中年的时候，恰逢其时、茅塞顿开地找到了写作的"腰眼"。我一直以为，小说家写作的"黄金时段"，必然是45岁前后至65岁的20年。尽管不乏托尔斯泰、歌德这样的大师，可以写到80岁，但是，好的文运，大体上都在作家的生命阅历、经验和思维水准抵达一个平静而高远的境界之后，再由平远秀丽之境而转入深邃宽厚。说到底，就是积淀、底蕴和格局可以让生活和现实真正"发酵"。所以，他能坚实地透过日常生活的"俗世"表象，深入发掘情感、欲望和人性诸多层面的纠结和存在悖论。

论及朱辉的中年写作，他最基本的小说理念，是异常清晰的："小说的深度，是常见的概念。但我更愿意说'小说的厚度'。厚度包括两个向度：向上和向下。向上是辽阔，是超拔，是飘逸；向下是深入，是挖掘，是洞幽烛微。……向上，可能会失之于凌空蹈虚；向下，也可能会陷入琐碎芜杂。这两个向度，都可能会写砸，也都诞生过好作品，大可不必彼此轻视。中国文学，也许比较缺乏向上的力度和意愿，但是向人情和人性的深度掘进，也未必就天生低人一等。马尔克斯踩着毯子飞行，卡夫卡钻地洞。一花一世界,一叶一菩提,向下的深度也是厚度。"①我们从三千余字的《鼻血》里,就看到了鲜见的"厚度";从《七层宝塔》里,我们体味到那种"向上的"凌空蹈虚的高度;从《暗红与枯白》中,我们洞悉到"向下的"的芜杂和深邃。《变脸》和《午后三刻》则有着洞幽烛微、深入肌理的疼痛感。简言之,朱辉的叙述具有一种强大的小说引力,这种"引力",源自他的想象力和结构力的不断拓展。

朱辉中年之后的创作立场非常清晰,那就是专注于"痛点":"不再年轻的人,荷尔蒙减少,不会也不应再那么快活得没处抓痒的样子,一双视力减退的眼睛反倒具备了更锐利的洞察力。世事急剧变化,人心如鼓,每个人都在狂奔,我也在奔跑。我气喘吁吁,我的身体在疼;我颠动的视野里,有无数奔跑的躯体,他们是形形色色的个体,也是整个社会。我专注于身体上的那些痛点,自己的痛点和他人的痛点。我希望我的小说能准确找到那些要害处,精准下笔。"②现在,我们看到朱辉已告别所谓"抓痒式"写作,真正地进入了"新状态",这也让我们更进一步感受到作家朱辉的可敬可爱。

---

① 朱辉:《告别或重逢》,《长江文艺》2019年第20期。
② 朱辉:《要你好看·从抓痒到点穴(代序)》,江苏凤凰文艺出版社2018年版,第2页。

短篇小说的"隐秘花园"
——读王啸峰的短篇小说

一

五年前，当我接触到王啸峰小说的时候，我立即感到这是一个文学叙述的"怪胎"，面对他"驳杂迷幻"的小说文本叙述，在阅读、接受的层面，很容易就会令人在审美上产生"慌不择路"甚至不知所措的感觉。我想，为此我必须调整自己的阅读方式，或者重新整饬自己的小说理念，以及自己对事物的认知和理解方式，来仔细地面对他的文本。王啸峰两本重要的小说集《隐秘花园》和《浮生·流年》，分别由王啸峰的"乡党"汪政和王尧两位江苏籍评论家作序。我在系统地阅读这两本集子时，刻意地先规避这两位评论者对王啸峰小说的判断和评价，我担心我没有"定力"，轻而易举地就被他们的阐释和判断"先入为主"地"同质化"。现在，我也许可以竭力地首先获得相对自我的、独立的个性化感受，这是我近些年做文学批评时特别注意的。因为，对于文本"第一时间"的阅读反应，可能更接近作家的自我，接近符合文本自身的合理性认识和理解。或许这样，小说作为"本体"的魅力和隐秘才能由此被踏勘而出。我知道，接受美学是一件十分奇妙和吊诡的事情，正是因为有所谓"见仁见智""一千个读者有一千个哈姆雷特"这样的说法，文学文本的魅力才得以充分地显示出来。那么，当然也存在这样的问题：一千个读者就有一千种自觉或不自觉的读法。问题的关键在于，读者也好，评论家也好，我们的阅读是否沿着文本最内在、最本质的线路行进，我们是否真正能够到达了文本的"彼岸"？毕飞宇也说"读者不是万能的，他也有知识上的死角"，其实，作家也一样，他的叙事也有"死角"，但这个"死角"也许恰恰是文本"张力"发生的地方。也许，我们正是在作家叙事所留下的"死角"里，找到了文本的生机和价值、意义所在。在对王啸峰作品的阅读过程中，我意识到其间存在着无数的认知上的"死角"。我感到，正是由于这些与我的阅读"尴尬"并行不悖的"死角"，才让我体悟到王啸峰短篇小说的奇诡和与众不同。

汪曾祺说，有的作家自以为对生活已经吃透，什么事都明白，他可以把一个人的一生，来龙去脉，前因后果，原原本本地告诉读者，而且还能清清楚楚地告诉你一大堆生活的道理。其实，人究竟为什么活着，又是怎么活过来的，真不是那么容易明白的。我想，汪曾祺老先生的意思是，作家不可能有那么大的本事，能够在小说里把人物和故事讲述得清清楚楚，无所不知，就是我们所说的那种"全知全能"地看世界，每一个角落和细部都尽收眼底。也就是说，作者有时候是硬撑着，现在看来，全知全能，不仅是一个叙述视角，它其实是一种叙事态度。许多人都说，林斤澜的小说不好懂，林斤澜自己也说："我自己都不明白，怎么能让你明白呢？"那么，如此说来，一个作家写作的态度，可能主要就有三种：一种是他可能"自以为是"地告诉你一切，他知道的以及并不知道的，对于他不清楚的那部分，他往往采取虚构来补足，也就是装作明白；另一种是对于他没有搞清楚的，他就"搁置"它们，这就是林斤澜自己说的，"自己都不明白"也就没有办法让读者明白，可以说，这是真不明白；还有一种，作家是有意不让读者明白，作者写的是什么，心里非常清楚，但故意闪烁其词，云山雾罩，扑朔迷离。几年前，我曾写过一篇关于林斤澜短篇小说的文章，我感到这位作家的确是当代小说史上的"怪才"。对于林斤澜的短篇小说，简直无法将其做任何"类型"的归结。他究竟属于哪一种呢？我感觉主要是林斤澜自己所讲的第二种和第三种。就是说，他明白的，写得有时明白，有时却故意不写明白；他自己不想彻底明白或没有搞清楚的，也就随它去了。无论是聪明的读者，还是憨厚的读者，都要在林斤澜的叙述道场里用心用力地折腾一通，才可能试探出究竟。那么，是林斤澜先生存心如此，刻意制造阅读障碍吗？看上去也不是。

现在，我们仔细想想，小说家的使命到底是什么？作家对自己的叙述，或者说，他对自己所创造的文本，究竟应该承担什么样的责任？对于一个作家的内心与文本间的内在关系，应该怎样判断和测量？哪些叙述是自觉的？哪些想象和描述具有强烈的不可遏止的虚构性？这个话题其实是非常复杂的，既涉及作家的审美观，也牵扯到作家的世界观。昆德拉好像说过，小说自有小说的智慧，世界上许多事情是"唯有小说才能发现的"。在这里，我们需要注意，他讲的是"唯有小说"，而不是"唯有小说家"，这就是说，小说自有其自身的功能。深明此理的小说家，可能就会说出"作家的写作不必去迁就读者"这样的观点。我也相信和同意，小说本身就是作家精神、心理和灵魂的"蝶变"，王啸峰的小说给我的总体感觉，就是他这一路走过来时，留给我们的不仅是时间，还有空间的张力。我总觉得在一定程度上，王啸峰似乎是得了林斤澜先生的真传。在这里，我并不是说，王啸峰也在自觉或不自觉地要将小说写得"不太让人明白"，我在想，王啸峰的叙事姿态或叙事伦理，也并非清清楚楚、了然于心，因为小说家在思维上的"盲点"，往往与情商和智力无关。

那么，王啸峰小说的怪异或"不好懂"的原因究竟在哪里？我想，也许就在于文本叙述的含蓄、隐喻、象征及其"不可求证"。

时间有形状吗？空间的维度又究竟是"几何"？天体物理学、宇宙学、量子力学、思维科学等，或者说，我们对于存在世界的认知和把握到底能够抵达到什么程度？实际上，这在根本上存在着极大的未知。只是在文学叙述的层面，我们尚且可以认为，时间和空间伴随诸多存在的谜团。当然，这些也构成王啸峰小说创作的重要元素。但是，这些元素或是文本蕴藉的"谜团"，与王啸峰小说的整体美学趋向的关系到底又是怎样的？我感到，王啸峰的小说就是在努力地超越我们在现实的心理、精神和认知的羁绊，抵达某种叙述"模型"之外的"不透明"的模糊区域。

无疑，王啸峰的小说是一个叙述的"隐秘花园"，在一定程度上，它也是一座类似博尔赫斯式的"小径分岔的花园"。王啸峰小说与博尔赫斯文本的不同，更多地体现在东方神秘主义诗学层面上，兀自生成的隐喻和象征。王啸峰的叙事，似乎是先从时间和空间的缝隙里挤兑出存在世界和人性的罗盘。他的许多小说，都是在现实、梦境和历史的记忆里，找寻时间和空间维度中的隐秘。在这里,"隐秘花园"是某种存在世界的情境或结构,也是王啸峰小说叙事的结构。我们能够在这个"花园"里感受到他小说叙事的灵动、迷离、玄妙和虚实。博尔赫斯那篇《小径分岔的花园》,拥有着看似凌乱而繁复的人物、故事和情境,但是,我们依稀分辨出博尔赫斯叙述的最终指向——时间是存在的迷宫。其实,博尔赫斯想要阐释的一个重要的思想,或者说他所要表达的,就是关于小说、虚构与存在的关系。那么,这一切,他都想通过这个复杂的叙述,不折不扣地呈现出来。"小径分岔的花园是一个庞大的谜语,或者是寓言故事,谜底是时间。""在大部分时间里,我们并不存在;在某些时间,有你而没有我;在另一些时间,有我而没有你;再有一些时间,你我都存在。""因为时间永远分叉,通向无数的未来。"我们会感到,博尔赫斯在呈现时间的存在方式时,他想给你的还有空间的多维性,人的思维、意识能够体察的事物的原发性,在博尔赫斯的"叙述"里是一座迷宫式的花园,而且这个花园竟然是梦的花园。在这里,时间和许多事物一道也构成故事的"果核",令文本自身状若弯曲的、具有无限引力和动力的美学场域。如此看来,这篇小说所凸显的,不但是时间的多维性,而且强调了空间的多维;时间和空间,以及时空中的我们,都是不可思议的幽灵。那么,生命之谜、历史之谜、命运之谜、存在之谜,原来都是时空之谜。吊诡的是,它们都蕴藉在博尔赫斯文本的修辞里,在谜中发现世界、感悟世界,这样也才能将我们的感受和目光一起引入非常态的世界。在那个时空中,发现自我的多维性,认识自我的丝丝微茫。我相信,这部仅仅几千字的短篇小说,完全可以被视为博尔赫斯小说美学和叙事伦理的总纲。我以为,如果真正地理解了它,就可以找到进入博尔赫斯所有叙述之门的钥匙。我也曾武断地认为,博尔赫斯哪怕只有这一篇《小径分岔的花园》,也足可以被称为"短篇小说大师"。虽然,我还不清楚王啸峰对博尔赫斯的看法和理解,但后者叙事的时间感,肯定直接或间接影响着王啸峰小说结构的形态和时空变化。时间,是博尔赫斯文本中幽灵般的存在,它已成为虚构现实的叙事坐标和灵感之源。而王啸峰的许多小说,也大都是以时间为杠杆,打破存在世界既有的惯性和思维逻辑,并以此撬动人物、人性里那些既难以辨识,又无法澄清的事实。

二

无疑，《井底之蓝》和《隐秘花园》是王啸峰两篇比较重要的文本。前者是一篇关于声音、色彩、时间、童年、历史的"穿越式"小说。其中包裹着诸多新的、复杂的元素，这就使得小说的叙述充满了氤氲、诡谲的感觉。表面上看，小说要写一个"涉世不深"的少年，试图循着奇诡的声音，发现世界的某种隐秘或玄机，或者说他试图要触碰生命之谜、历史之谜、命运之谜、存在之谜这一类形而上的、晦而不明的事物，并展开冥想玄思。整整一条街上，夜晚的声音究竟是谁发出的？大杂院、"黑屋"、铁线弄、那口井、神龙见首不见尾的"老万头"，这成为一个古怪而神奇的传说，令人不安。若隐若现的"蓝衣人"到底是不是"老万头"，而"老万头"究竟是谁？还有那个在特殊的年代里"正朝我走来"，但很快落入干涸的双井，随即就被突涨的井水冲走的女"工宣队员"，被蓝色的影子笼罩着。"蓝色幻影"仿佛在江南苏州经典的阁楼、天井场域里，幻化出无尽的猜忌、犹疑、恐惧和寂寥。无论是外公、二舅和东东的猜忌，还是整条街的人们的惶惑，以至人们之间的流言，在人物生活的逼仄的空间结构里，在人们的内心不断地兴风作浪。人们都在不停地寻找一种真实、缥缈的声音，存在或根本不存在的声音，井栏上的蓝衣人搅乱了人们正常的俗世生活。老街的怪异现象接连出现：张家屋檐塌陷，李家井水漫过井栏，王家马桶两根铁箍同时断裂，马家花狸猫一胎四只全是死胎。在阴雨连绵、路灯几乎全部坏掉的弄堂，黑屋成为一个神秘、令人恐怖的存在。小说中一个重要的情节是："我"被一个声音"呼唤""诱导"，并深陷于虚幻的恍惚状态之中，掉入井底，被魔幻般的世界所吞没，出离了现实。在蓝衣人的引导下，"我"迷失了方向，穿过井下的道路，遭遇无数个蓝衣人，他们出现又消失，头上的井口先后有人落入井中。迅速"收拾起惊慌"的坠落者，渐显轻松自如，"走着走着，身上慢慢起了变化，越来越蓝"，"与蓝衣人混为一体"，而且这样的情形反复出现。最终，"我"抓住机会，借助一把铁链拼命爬出井口。这是一个令人毛骨悚然的过程，尚且有些懵懂的少年"我"，在忽明忽暗的现实与幻境之间穿越了"变形"的时空。

直到最后，王啸峰的叙述才让外公引发文本结构性"内爆"。外公讲述的洪武年间"蓝衣人"营救"姑苏王"张士诚的故事，一下子"抖落出"这条街和整个城市的"双重性"和历史形成的隐性"夹层"，终于"卸掉"了现实的包袱。同时，小说的"故事"不但昭示出历史的忧郁，而且让一个少年在捕捉浑浊的声音或"杂音"时真正地觉悟。在这里，声音警醒当代人的犹疑，时间错置，历史位移，但曾有的荒谬、善良和正义，依然在时间、岁月的积淀里发出回响。可以说，叙述本身最终自己洞穿表象，消解掉非理性的、被时间和历史惯性所控制的"窥视"冲动。无疑，"井底"和"蓝衣人"这条历史的暗线，充满揶揄性地颠覆着现实的无端的惊悸，破解出存在之虞引发的惶惑。王啸峰式的"魔幻"，在虚实之间，经由时间的通道，实现了一次充满智性魅力的"超现实"的逾越。

显然，这篇《井底之蓝》的一个较大的意象"井"，构成一个巨大的隐喻，空旷而幽深，像是蕴藉着时间和历史之谜的偈语，"集体无意识"般焦虑如同神秘的、颤动的、疯癫的镜像，造成恍若隔世的心理错乱，纠缠于人心。或者说，王啸峰并不想将其写成一个离奇的故事，这篇小说由声音串联起记忆，重构一条老街以及一座古城的内在结构。"我"自信地觉得"已经站到谜团的边缘，真相正在向我招手"，而且，在这里，对真相的寻找，选择通过"梦境"或"似真似幻"实现曲径通幽。唯有链接或聚集起暧昧荒诞、氤氲缛丽的"鬼气"，才能使阳光乍泄。所以，这完全是一种小说的新理念的作用力，仅仅以灵异、神秘命意，实在是不足以阐释其文本的精神内质，唯有不断去发现、发掘一种可能性，重新考量事物的因果关系，以此确证时间难以构成声音的毁灭性力量。一个历史记忆能否被找回来，并且与现实形成"互文性"，关键在于需要审美辩证的祛魅、除魅和招魂。

《隐秘花园》这篇小说可以视为王啸峰的短篇小说代表作。这的确是一篇谜一样的小说，文本显示出作者文学叙事的探秘诉求，大胆地"窥视"生命之谜、历史之谜、命运之谜、存在之谜，也就是呈现、发掘出时空缝隙中所蕴藉的事物的内在隐秘。这个"隐秘"，最终指向了历史、事物、内心和存在的可能性。

表面上看，小说借助江南苏州建筑的结构特性，在视觉、感觉上架构了一种心理"隔断"。从"我"和小伟对"后天井"的想象开始，老宅、后宅和院子成为叙事不断重叠的物象，缠绕起时间、历史和传说的悬疑。"想知道隔墙和墙背后的故事吗"，这句话似乎预示着叙事的"穿越"。

空间维度或者时间，以一种"弯曲"的力量，将现实的种种悬疑引入历史。不同的时间或地点，所发出的扑朔迷离的、古怪的声音，终于在外公的讲述里找到了渊源。原来，一切都可以被叙述"打开"，甚至隐秘花园也无法隐藏少年心中的秘密。"我"和阿强、小伟在"藏宝"中，感受到这座花园和建筑中的"黑洞"和声音的悠远。阿强的"宝物"属于少年的心理、精神隐秘，是那个年代少年走进生活和世界深处的秘密"参照物"。作家不言自明，我们都心照不宣地猜测着所谓的"宝物"究竟是什么。若想翻看"那些图片"——花园的地图，每个孩子需要交给阿强五分钱。或许，那是在那个年代不能触碰的禁忌。无疑，在前宅与后宅的咫尺之间，仿佛存在一个巨大的时间和空间的鸿沟。最初，"我"掉进了一个完全陌生的天地，"脑子里定时炸弹的读秒声嚓嚓作响"，"我渐渐失去根基，游荡在未知时空"。这一切，试图让少年在自己梦中隐约完成，似真似幻，虚实相生。少年的"我"竟陡然生出"庄生梦蝶"的穿越。接着，两个少年的探秘过程，被描述为一次心理、精神的历险，他们在"藏宝"中意外获得的隐秘，颠覆了他们对存在世界的认知，填补了他们对老宅的想象空白，也爬梳出人生、命运，以及人与自然万物、空间维度的不确定状态。王啸峰有意混淆现实和梦境、真实和虚幻之间的界限，两个少年的行踪使得外公和白袍老人所讲述的故事——这个花园半个世纪前的历史、曾住在老宅院落里人们的命运、上吊的女戏子、凄切的歌声、"冲撞"花园的警察的遭遇，变得诡异、怪诞，凸显出沧桑变化。甚至埋藏在花园、隔墙的声音，如分岔的小径，仍可能以想象去还原。小说的叙述将我们引向过去，再拉回到现实。

"我和你，年纪只相差一个甲子，口音已有微小差别，再往下，差别会拉大，直到完全听不懂。"外公说到这里，双手摊开来，缓缓指向远方。"幸好有汉字，读音变了，内涵没变。就像那些房子，多年之后，都会倒塌重建，但是曾经赋予的内涵不会变。所以打破平衡后最直接的后果，就是以前发生过的事件的镜像会不停地重复出现。你不要以为只有人才有灵魂灵性。只要承认现实宇宙的存在,就应当承认动物、花木、水土等万物都有魂魄。只不过人类的显性,其他的隐性,或者说,我们感知不到的东西,并不代表不存在。"

我闭上五官,无知无觉。打开五官,繁杂信息扑进我的感知系统。但是,这都是来自过去,像恒星的光芒,有的是千百年前发出。

"幸好有汉字,读音变了,内涵没变",这仿佛就是一种充满灵异之光的奇诡的心理、精神、灵魂穿越。文本借外公的话,道出了人与时间、事物之间难以想象的隐秘关系。变与不变,构成整个世界基本秩序的"延伸"定律。因此,在王啸峰的小说里,我们体会到了"真实"这个词的分量,以及它如何真正体现在小说文本里。他的叙述,给我们布下了一个令人炫目的迷宫,其中的故事及其人物,在这座花园里找到了一个重叠在一起的时间,这个时间"淘洗"出那个"不可预知的时空"。在这里,花园就是历史、文化和器物,它们在文本里被叙事所重构,重新敲响人们的记忆之门。而少年直觉的、亲临其境的捕捉,在遇到诡异的事物时,必然产生不可遏制的冲动。这个世界的变与不变,不仅在于物理的"花园",更在于潜伏在人们心理和灵魂深处的"隐形花园"。这里存在着某种宿命的意味。

若从王啸峰这几个短篇小说的"套路"看过来,王啸峰与苏童最接近的地方,就是他们在叙述的时候,都是采取打破时间边界和反日常生活逻辑的策略,他们都不按照生活本身的逻辑去发展小说里的一切。实际上,在现实和时间的交汇过程中,在时间的长度里面,价值判断的变化概率是很大的,因为这里面有历史、时代、文化和道德诸多因素的存在。而不同时代的人们,也会在时代的变动不羁中发生认识论、审美观的修正和变异。从一定角度讲,文学文本的含蓄、形象和符号性质,使得它具有极大的包容性,即它可以"藏污纳垢",可以吊诡,或具有"混沌感",虚中有实,具象中含着抽象,表象仿佛是灵魂附体,以实写虚,体无证有。这样处理生活或存在之虞,对其进行"陌生化"处理,可以使叙述生长出引力和张力。

许多作家声称，自己写作的作品其实就是在写自己。虽然，我们会觉得未必尽然，但作家的世界观、美学观包括精气神，难免会渗透其间，主导叙事对存在世界的取舍，令其在不确定性、在奇异点里释放出来。尽管它只是一篇小说，但是，虚构的力量往往足以让我们瞠目结舌。因为那些悬疑本身，隐藏着生活无尽的秘密。说到底，他们的小说并不只是"讲故事"，并非依赖在这个层面上构筑文本，他们所倚重的则是叙述。叙述，超越故事本身而跃居到整体性把握存在世界的层次。

王啸峰的许多"成长小说"中，也依稀可以看到苏童"城北地带"和"香椿树街"系列小说的影子。但是，王啸峰的"文本苏州"与苏童小说在叙事上的差异性，还是显而易见的。他的《米兰和茉莉》这篇小说的"故事"和叙述，首先让我联想到苏童前期的一些小说，如《刺青时代》《古巴刀》《桑园留念》。前者与苏童这几篇小说有着极其相近、相似的"氛围"和语境。我曾经以"'城北地带'少年血的黏稠"为题，描述、概括苏童这类小说的形态。苏童的《刺青时代》主要表现少年内心世界的极度浮躁和紊乱，孩子们之间暴力事件时有发生，如同家常便饭，肆无忌惮。小拐、天平、红旗这些少年，对结盟、帮派和械斗的迷恋，相互之间的不信任和仇恨实际上就是成人世界惊人的翻版。现实世界文化的凋敝、萧条与荒诞培育出一些少爱而冷漠、残酷的心灵。他们的成长只有悖逆而缺乏内在的精神恐惧。究竟是什么力量塑造和培植了他们在那个特殊年代里内心的阴郁、凶狠、荒唐、颓废的质地，难道是南方的湿闷、荫翳、混沌和紊乱，构成他们缺乏理智、理性以至于无端产生冲动的理由？少年们仿佛在人性的荒原狼奔豕突，匍匐在堪与那时的成人世界相比照的灵魂渊薮。无疑，苏童的小说是一代人的心理、精神记录。而在王啸峰的《米兰和茉莉》中，小说叙事借"我"与米兰和茉莉的"暧昧"情感，同样演绎出又一代人之人生初始的骚动、茫然、偏执、颓唐，我们能够从中体悟到他们的生命形态，以及他们的选择和"生命不能承受之轻"。可以说，小说写出1990年代少男少女的青春懵懂、感情萌动和选择的困窘，王啸峰叙述的依然是"少年血"的流淌，也可谓是一篇动人心魄的"少年启示录"。

我以为，王啸峰的小说在另一个层面或精神面向上，试图以自己的方式"复原"真正的"原味、原态姑苏"。这个"姑苏"充满着个性叙述的氤氲。这座古城的岁月年轮上，布满阳光下的刻痕和暗夜的清辉、寂寥，摇曳生姿，而且小说的字里行间还悬浮、飘荡着意符和意指的裂隙、断裂。南方的蛊惑力，在许多莫名其妙的故事里伸展开来。人性不是一成不变的，甚至可能出现颠覆性的改变。尤其是人性的差异性和隐秘性，以及人性的复杂多变，在近几十年中国当代社会中，前所未有。这也就给我们时代的作家提供了叙述的可能性，也提出了挑战。如何把握这样的"新现实"，如何以小说的方式，解析、演绎变化之下的俗世的日常生活，也就是作为一个作家如何讲述有关人心、人性的故事，正视生命中人性的蜕变，构成对每一位有探索精神的小说家的巨大挑战。因此，人的内心结构，人性中向上的坡度和向下的滑行趋向，人的自我救赎，存在的幽灵般的错位，对生命的自我、本能的诉求，生存缝隙中的挣扎，都使得人性的故事，在王啸峰的短篇小说里呈现出自己独有的姿势和形态。我感觉，王啸峰正在"打捞""刺探"，或逼视存在世界中人性的"新状态"。

三

我感觉，文学与历史、哲学最本质的区别，就在于文学叙述是呈现某种事物，而不是说明或论证什么道理。但是，文学的呈现及其目的依然是体现某种道理，只不过这种道理是经由情景、结构和形象共同实现、完成的。那么，在很大程度上，叙述方式的独特性，往往导致、决定文本结构的逻辑、故事的因果关系，以及时间、空间格局的形成，同时也成为启动、推进小说的叙述动力。王啸峰的大量小说有着与众不同独特的语境、情境和意蕴，而且这种语境和情境，常常与情思、意蕴重叠、契合一处，生成妙趣横生的艺术构思。

看得出来，王啸峰格外喜欢选择单纯的目光或"少年视角"。其实，这是一个限制性视角。也许，选择这种视角，虽然无法清晰地洞悉事物诸多难以廓清的隐秘的玄机，但是能够增加叙事的张力和对事物不确定性的探询。当然，这种"限制"或有意的限定，如我在前文提及的，并不是一个作家自身能力受限的问题，而是因为很多时候我们对事物的认知，始终存在着必然无法超越的局限性。这样，必然影响我们对叙事文本的深度解读。但无论怎样,都不啻是一个小说家对生活的挑战。

《独角兽》是王啸峰小说中文本结构、叙述、意蕴都相对较为"稳健"和具有"平衡感"的文本。我感到,这篇小说特别注重刻意去发掘那种能够决定、延展人物命运轨迹的嘈杂变异的成分和元素,对心理上微妙、细部感觉的发生、变动和惊惧,表现出"咬定青山不放松"的追踪的力度。小说从颇具缠绕性的叙事空间和维度,进入少年阿斌的精神、心理和"自我"空间,而且以阿斌为叙述的"切入点",呈现人性世界里最为隐秘的情景,捕捉最为真实的身体的、欲望的、人性的特异状态。与《井底之蓝》很相似,叙述的开始也是让人物被一种声音"呼唤""诱导",直到在自我的"虚张声势"之后,深陷于虚幻的恍惚状态中。在这里,声音的存在,可能是一种唤醒,可能是一种警示,也可能是某种事物本然的律动,它令人惊惧或令人迷恋,若隐若现,充满灵异之气。对这种声音的"寻找",使得少年阿斌的成长在迈向俗世生活的过程中,始终保持着好奇的天性和不羁的性格。而"自我启蒙"的勇气,又让他渐渐获得对祖父、父母两代人深切的认知。小说将故事发生的具体背景,置放于一座出现"裂痕"的危楼,这是一个最容易凸显人性状态的空间维度。居住环境危机和窘迫,必然导致人内心的焦虑和虚妄。叙事由此展开人们在这种特殊生存环境里的心理与情感的波动、震荡。许多人家选择搬迁,逃离这样的环境。因为寻找那种诡异的声音,阿斌怀有巨大的好奇心和勘探生活的冲动,不时地"探访"那些裂缝更大的房间。这些昔日不能造访的空间,留给阿斌对"他者"曾有生活的想象。虽然阿斌寻找到三颗弹珠,实际上,少年阿斌就是本能地想厘清自己与所处世界的微妙关系。而祖父像讲述童话故事一样,将所经历的有关生命的"独角兽故事"讲给阿斌,让阿斌获得极其重要的启示。

这篇小说的布局精妙,意图深远,循着"声音"的线索,阿斌揣摩着外部世界的奇诡、声光色相、不可知性,自觉或不自觉地梳理出属于自我、内在心理颤动的曲线。在叙述阿斌探寻"声音"过程中,还穿插着祖父、梅子阿姨、父亲、母亲成人世界的"扭结",透射出人性中的种种"角力",杂糅着狼奔豕突般的生命状态。王啸峰似乎特别喜欢让人物在"粗粝"的存在状态里,不断地纠结、迷茫、相互冲撞,表现存在世界的某种莫名的、

"异质性"力量。最后,"独角兽"的意象,水落石出。显而易见,"角"是一种生命内在的、放纵的力量,是欲望和冲动,是一种执念和偏执,也是人体内可能令人不能自已的"怪力"。阿斌"将成为祖父的传人。他没有选择,只能跟着角指引的方向跑",他无法遏制生命本身需要获得理解、尊重的原始之力。那只小白羊在生活、存在世界里,也灵动在人的精神、灵魂深处,构成无数无法求证的、有灵异意味的精神性存在,正可谓"羚羊挂角,无迹可寻"的"了无痕"意境。可见,走出生命的幻象,呈示生命主客体的心理、精神落差,拆解出身体、生命内部的沉迷,就成为小说家不容忽视的责任。

在这里,我有一种深切的体会,读王啸峰的小说,不能有丝毫的懈怠和马虎,漏掉一句话甚至一个词语,都可能发生阅读的迷失,无法链接起叙述的细密针脚,造成对小说的蕴含深度理解及潜心爬梳叙事技术方面的前功尽弃。因此,我们更加无法忽视王啸峰小说在叙事层面有意或无意虚拟出的诸多悬疑,故事、人物、情境、细部和幻象,特别是小说的结构、文本叙述的逻辑,总是被一种无形中存在的"怪力"所改变或重构。有时,我们甚至会深度怀疑自己的认知能力,因为面对这些文本时,我们常常是茫然无措,捉襟见肘,甚至迷失阐释和解读的方向。但无论怎样,我们还是能够从另一个维度,强烈地感受到王啸峰小说里那些庸常的俗世生活,正在被虚构的力量撕碎,发出震动、碎裂的声音,打破历史或现实悠远的寂静。

我曾阐释过王安忆的短篇小说《酒徒》,认为"这篇小说最大的特色,就是王安忆有条不紊、从容不迫的叙事节奏,与小说故事、叙述或情节推进的节奏产生了和谐、'共振',也是近年来人们喜欢讲的所谓叙述的'及物'形态。在这里,王安忆显然找到了一个日常的外部形式,或者说,发掘到一个能够与想表达的内在东西非常和谐的'物质外壳'。这个'物质性'的东西,就是俗世里的、能支撑起作家灵魂高蹈起来的信念。所以,王安忆并不满足对于'人间烟火气'的俗世层面做精确的表达,她最终还是要将叙述推向理性的哲思。对此,若干年前曾有学者指出王安忆叙事上的审美'偏离',质疑其小说表现的具体感性与哲学思考的抽象思想,在创作中生成的'理性化倾向'"①。来颖燕在评价毕飞宇的小说时,也提出"及物"和"不及物"的问题"牵扯起一个作家与日常、与俗世的切近和疏离,也昭示着一个作家对于如何令外在世界与自己的笔下世界谋得交融的策略和倾向"②。在王安忆和毕飞宇的文本里,形而上的意味是极其内敛的。他们在小说中塑造的具体的细节和形象,以及他们抽象性的概括力,或者说在人物与叙事的时间和空间关系的处理上,并非为人物刻意设置什么隐喻,而是"为我们体验生命的秩序和无序而设置"③。叙述的机杼及其变化,在王啸峰的小说里,通过对经验的想象性整饬和重构之后的再度发酵,形成一个自为的文本空间,生成文本自身一套起承转合的叙事逻辑。我们面对王啸峰的小说,还能更多地感受到文本所蕴藉的神秘主义美学形态,以及精神、意义重心的沉潜度,这些同样显示出王啸峰写作的独特性品质。显然,破解或破译生活、人性,即存在世界的深层隐秘,发现"唯有小说才可能发现的",哪怕是日常生活的某种"声音""气息",或者探勘人生僻陋、荒诞、幽暗的层面,发掘尚存于记忆中的历史湮没、扭曲的遗迹,已成为王啸峰的叙事诉求和审美"惯性"。而在文本结构、叙述的尽头,破碎的、五味杂陈的俗世场景,陡然带出的小说的历史、现实、人性关怀,呼应着叙事的初衷和精神起点,游走其间的情怀更催生出近乎寓言式的文本张力,兀自形成虚构力量对生活本身的大胆逾越。

另外,如何演绎、重构苏州这座古城悠远的历史和今朝,王啸峰表现出对历史和现实的"穿越性"尝试。我感到,在这里,仿佛一个执拗的、虔诚的"叙事者",本然地被赋予某种不可思议的虚构的力量。可以说,王啸峰修建起属于自己的短篇小说的"隐秘花园"。在这个园子里,他精心、细心地设计小说叙事美学这座建筑,勤劳、悉心地修剪与浇灌其中的每一

---

① 张学昕、于向华:《短篇小说的"物理"和"神界"——王安忆的短篇小说》,《当代文坛》2021年第2期。

② 来颖燕:《"小说家要懂这个世界"——从毕飞宇〈青衣〉谈起》,《当代文坛》2021年第1期。

③〔英〕迈克尔·伍德:《沉默之子》,顾均译,生活·读书·新知三联书店2003年版,第106页。

个叙述元素的枝丫。他的文本叙述空间里,充满了弹性、丰富性和"非逻辑性",以近乎"另类叙述"的笔法和构思,发掘出存在世界和人性的吊诡。尽管有时我们未必能完全说清他的意向,但有一点是明确的,作为一个说故事的人或者一个充满个性气质的小说家,王啸峰叙述的本领和才华,早已轻灵地越过存在的表象和叙事技艺的层面,释放出智慧的光芒。

短篇小说的"剑笈"
——读邱华栋的短篇小说

一

回顾1990年代初的中国当代文学,我们仍无法忘记诸多文学潮涌之后的"晚生代"一族。他们的出现,给1980年代中后期渐显疲惫的文坛,注入了新的生机与活力。其时,以邱华栋、朱文、何顿、张旻、东西、徐坤、毕飞宇、祁智、李冯、刁斗、韩东、鲁羊等为代表的,被称为"晚生代"作家的出现,构成了1990年代小说界引人注目的一道风景线。至今,再度审视这批小说家的创作,仍然觉得他们"恰逢其时"的出现,及其所构成的文学现场,并非以叙事技巧、叙事语言等修辞策略的选择和创新令人兴奋,而是凭借着在题材领域的进一步开拓,对当时现实和文化语境下人的心理、精神世界,做了极富深度的人性发掘和呈现。他们并非简单地接续"寻根""新写实""先锋"等的流风余韵,拖曳出此后文学对生活现场的反应,而是有着自己的精神"站位"和文学信仰。他们试图穿越1990年代"存在与虚无"的形而下叙述,以及形而上思考生发出来的令人感到沉重的文学思辨,越过文学与意识形态的过多纠结,在逼视现实的残酷性和复杂性的层面上,在一个更加切近生活本身的维度,重新审视现实和人性的状况。应该说,在他们的写作中,文学相对进入了一个平缓期,这些作家不再对社会的、历史的大问题充满浓厚兴趣和热衷,而是竭力让那种曾有的迷失感,隐藏在"时尚性"写作之下,避免让文学写作普遍成为即时性的、消费性的写作。我们注意到,在他们的作品中,经常出现人与人、人与环境、生活方式、两性关系的主题与倾向，宗教和深度思想已暂时消退，浪漫主义进一步削弱，非批判的现实主义蔓延开来。因此，"晚生代"小说成为"后新时期"文学发展中极为重要的内容。这里，我们以其代表作家邱华栋的小说创作为研究的切入点，通过对邱华栋小说欲望化叙述表现形态的分析和评判，特别是他对当下人们生存的精神虚无、伦理价值等精神意向的探索，可以进一步重新认识那一批"晚生代"作家的写作品性，以及作品的价值、意义所在。

可以说，从1990年代至当下，还没有一个小说家像邱华栋这样，在迄今为止几乎全部作品中，不断开拓小说叙事的题材范畴，倾尽全力地表现人的欲望与梦幻，表现欲望在现实、在现代都市中的极度膨胀和消长，通过对欲望的展示，表现城市，表现人性在生活中的错位，表现不同生活环境和生存状态下人的情感、内在隐痛和人格裂变。从不同的现实维度表现变动不羁的生活与时代的特性。我们感觉，邱华栋像一个穿行在灵魂、欲望沟壑中的刺客，以他所具有的非凡勇气与胆识，在稠密的城市、人群和历史的苍茫中游历并记录下亦喜亦悲或难言悲喜的生动故事。

彼时邱华栋的写作就充分表现出对人的自然天性和基本欲望的肯定。在他看来，当代生活史就是欲望的力量不断产生、高涨、满足，以及不断松弛、懈怠、再起、紧张、期待等周期性循环的历史。"一个民族的历史，也就是这个民族的群体欲望不断此起彼伏的循环兴替"，"在欲望的鼓动下，生活展开了它那绚丽的画卷。欲望是'生活之父'，是生活程序的软件"。当代中国自迈进1990年代以来，一个"无欲"的社会，似乎已经在时代的剧烈阵痛中轰然倾覆、坍塌，在那片瓦砾与废墟之上，欲望的洪流开始在现实世界的每一个路口喷发或静静流淌，而这种欲望的冲击，骤然使现实生活变得前所未有的复杂。而且，丛生的矛盾、欲望及其真实灵魂映像的生成，则主要集中在现代城市。其实，1990年代以后中国的城市，尤其是大都市才成为真正现代意义上的城市，而大批村镇人口从四面八方涌入城市，成为城市的新移民，充分表现出整个社会与时代的浮躁、骚动不宁。邱华栋的小说，充分表现着都市空间本身的成功扩展和膨胀、现代生活节律推进的快感与高速旋转后精神坐标的倾斜。特别是1990年代之后的几十年里，人的存在性焦虑和浮躁变本加厉，人的精神性危机和心理蜕变日益外化，不同价值观和文化异质性，锐利凸显，锋芒毕露。那么，邱华栋是怎样表现这种文化上的激进和其对世俗生活的审视呢？直面生活、存在世界时，他会如何叙述和呈现？

二

六七年以前，陈晓明曾梳理过邱华栋短篇小说写作的文学地图，将其短篇小说划分为三个系列：成长题材的"西北偏北"系列、都市生活题材的"时装人"系列、北京郊区新型社区生活的"社区人"系列。三个系列共一百六十余篇，让我们感受到邱华栋写作的勤奋和痴迷，以及他对各种题材广泛而深入的涉猎和沉潜，这些昭示他进入了当代现实世界的开阔地带。我认为，1993年之后，邱华栋都市生活题材的"时装人"系列短篇小说特别重要，显示出邱华栋对1990年代以来中国当代现实的敏感而清晰的观察，也是邱华栋的写作日趋走向成熟的重要阶段。我也十分看重邱华栋这个时期的作品。以《时装人》为代表性文本的这类作品，像《公关人》《直销人》《电话人》《钟表人》《化学人》《乐器推销员》《偷口红的人》《沙盘城市》等五十余篇，都是将都市和人纠结在一起，凸显人性的变异、变形和现实的荒诞，表现作家所体悟到的都市经验。邱华栋可谓书写城市生活的高手，在这些小说中，他将都市人的存在感、焦虑和人物内心的风暴刻画得淋漓尽致。他的笔触直抵人物心理和灵魂的细部，同时，将人物、事物和城市存在的表象，进行象征化、隐喻性的抽象处理，突出人物情感的强度、烈度和逼仄，让人物在相互的纠结、冲突中，彰显出彼此的陌生、梗阻和无法沟通。这些也成为对都市人刻骨铭心的伤怀记忆。

我是一个惧怕生活的人，长久以来，我都不知道外面发生了什么。我住在一幢一百层楼的第四十九层，我已经有一个月没有下楼了。我储备了足够的食物——我有一个储量很大的冰箱，足以准备好几个月的食物。我不知道我是否得了什么病，因为，我已经不习惯于在生活的洪流中与人面对面地相遇。我喜欢窥视——真的，我是说我只喜欢窥视生活，因为生活变化多端、转瞬即逝，已经没有任何一点可以被我抓住的永恒的事物了。就在前几天，电视上连篇累牍地报道着一个著名的夜间音乐女节目主持人被杀的事件——她是一个风韵非凡的已婚少妇。但现在，电视却在大谈着中东某个国家因为种族和宗教原因引起的一次大屠杀。到底什么是人们应该持续谈论和把握的？我不知道。因此，我憎恨而又惧怕陪伴我度过一天的大部分时间的电视，尽管它每天都给我提供流动的真实与幻象相结合的图景，让我处于一种不断变换场景的梦幻之中。（《时装人》）

我认为，无论怎样讲，短篇小说《时装人》对于邱华栋的写作，都具有重要的文化、历史意义。这也是邱华栋作品中最令我难忘的篇章之一。在1990年代的现实激流中，邱华栋面对的是一个既出现转机、生机，也同时滋生一定程度危机的时代。但是，他很快就捕捉到存在世相发生的重大变异，敏感地意识到小说叙事应该承载的使命和责任。电视"每天都给我提供流动的真实与幻象相结合的图景，让我处于一种不断变换场景的梦幻之中"，像小说人物的这种感受和体验，从整体上冲决了人们以往的生活惯性和基本理念，那么，人们该会怎样去面对？在这个时期的这组小说里，邱华栋的叙事穿透了生活的表象，直接选择一个个虚拟的故事，来象征和喻示现实最令人惊悚的可能性。在《时装人》中，他的叙事故意放大了大猩猩和时装模特的对峙，凸显"时装人"所引领的世俗狂潮形成的所谓现代或后现代的奇异景观和乱象。开始，我们可能会惊异大猩猩为什么要攻击"时装人"，明显地，双方这种隐喻性的、虚拟的冲突，已经远远地超越了经验层面的伦理想象。毋庸讳言，"我"为什么会成为一个惧怕生活的人，为什么人与动物之间充满了敌意？

1990年代以来的中国社会，在走向现代化的进程中，政治、经济、法律、道德、伦理都在人性和欲望的罗盘上，经受着艰难的考验。尤其城市像一个巨大的、时刻都在轰鸣的机器，不仅将人们迅速带入绚丽的场景里，还在立体化的多维时空中，挤兑和碾压着人们日益膨胀的内心。如何呈现、描述和理解这样始料未及的现实，深入体察正在发生的无数"二律背反"

的心理、精神、灵魂命题,显然这里隐匿着相当大的、令人生畏的认知难度和表现难度。

人应该有自己特有的样子,其中最根本的问题就是要澄清究竟谁是现实、存在的叛逆者。作家邱华栋在很早的时候,就十分清醒地意识到,泯灭个性和差异——人性的"格式化"将会引发人性的膨胀以及生活世界的不平衡和震荡。无疑,他发现了这个世界虚妄和空洞的一面,人在丧失掉自己最本质、最质朴的品质之后所追逐的欲望,已经远远超越了应有的极限和边界,因为极限既是自然的,也是社会的,政治、经济、文化、道德、伦理、资源,都有自身的规律,任何一种肆意的不合规律的挑战,都会引发纷扰和困境。或者,当生活出现了较大的"灰色的人群",我们世界的颜色和心理秩序就会发生异样,人类自以为是的某种"时尚",从整个自然和人类社会关系的视角看,都不免会显出狭隘和偏执。实质上,这是一个哲学问题。理性主义和经验主义有自己认识世界的方式和策略,人类世界在两只大猩猩面前所表现出的自以为是和轻狂,直至恐惧、消灭之,也需要得到必要的纠正或反省。我们恰恰应该正视的,就是我们与整个世界的关系。包括邱华栋的其他此类短篇小说《直销人》《电话人》《钟表人》《化学人》《乐器推销员》等,大都是将人性在精神和心理层面的危机,彻底地坦露出来。在叙事中,无论是反讽还是戏仿,隐喻还是写实,抑或是描述人的幻觉,邱华栋极写人物主体性的逐渐丧失,不能自已。邱华栋在叙述中"硬性"地置入大量不可思议的场景,刻意让事物或事件呈现出匪夷所思的状态,制造出人物的心理落差和精神困惑,面对不知所措的未来,一切都变得难以破解。《直销人》写一个家庭如何"臣服"于"直销人"——"广告人"的装饰和摆布,夫妇俩莫名地听命四个直销人对他们生活的所有安排和设计。家庭内部的主要生活设施、炊具和家用电器,甚至在卧室内安装上摄像机,都由直销人布置。摄像机直接逼视着夫妻性生活。在工作环境里,直销人从办公设施到"由国旗改制的鹅毛笔",以至整个公司的午餐,都改成由直销人提供的"人与宠物狗都能吃的精美食品"。最终,直销人几乎逼疯了这些无可奈何的人们。无处不在,像"时装人"一样,他们试图让生活和世界"格式化",成为消解和泯灭个性和自然状态的新势力。这样的情形,始终延展在我们生活的无限绵长的日子里。

其实，我更愿意以《沙盘城市》这个短篇小说，来概述或归纳邱华栋这类题材文本的思想、精神维度。邱华栋从沙盘般的城市，象征性地抽取、剥离出城市文化和生活的基本特性、品质：

> 有时候我觉得北京是一座沙盘城市，它在不停地旋转和扩展，它的所有正在长高的建筑都是不真实的，我用手指轻轻一弹，那些高楼大厦就会沿着马路像多米诺骨牌一样依次倒下去，包括五十二层的京广大厦和有三百米高、八十八层的望京大厦。（《沙盘城市》）

小说以"沙盘"的意象，描述大都市北京给人带来的心理与精神的眩晕、压抑和失重感。虚幻感成为新一代"北京人"的整体感受和不灭的记忆。在1990年代初，各种"城市流浪汉"，怀揣不同念想奔赴京城的各类"京漂"，都将北京视为一座可能带来梦想和希望最大化的所在。那一段岁月在这里所发生的故事，也像"沙盘"一样遍布京都的每一个角落。它们与这座城市一样，内心、精神的"隐秘结构"永远隐匿在时间的甬道里了。

看得出来，邱华栋不仅仅想通过对现实中一个个故事的处理，审慎而痛心地反思人类对自然秩序、人自身发展规律的肆意毁损，而是要让我们看见人性在一个时代里的整体性扭曲或变异，其中不乏些许无奈、惆怅和悲怆。在自然的法则面前，并不是所有的问题每个人都能够轻松地解决，其实，这里蕴藏着我们时代一个巨大的政治、文化和哲学的命题，它向我们这个时代发出质疑、忧虑和天问。作家对生活的责任感、勇于担当的情怀，内心的不安、犹疑和焦虑，都由此凸显出来。可以说，在1990年代中前期，很少有作家像邱华栋那样，超越以往的审美思维惯性和单一的、局限性的某种本质意识导向，如此聚焦城市各个阶层的生存现场，发掘一个时代的社会历史症候。他没有在城市建筑的玻璃墙和楼盘的丛林中，迷失于欲望表象的雾霭和神秘，而是穿越俗世繁荣的假象，在暂时尚且无法解释的吊诡中发现虚无、模糊背后的真相及现实的终极困境。邱华栋这类短篇小说，似乎都在探寻一种现代社会生活和存在的结构，这个繁复的存在结构，经由他的数篇小说文本的叙事，充满了抽象现实又超越现实的文本张力。邱华栋以一种不可思议的、纯粹的"新力量"，将人性和现实绑缚一体进行有序地梳理、清理、整饬，并反思人性、事象、生态及其窘境，这是一种对于现实极其自觉的、充满人文情怀的审视和判断。这时，不禁让我想起意大利著名导演安东尼奥尼说过的一句话："我要的不是事象的结构，而是重现那些事象所隐藏的张力，一如花开展示了树的张力。"我觉得，从一定的意义上讲，结构和视角就是小说的政治。邱华栋竭力想发掘和营构的事物，就是以自己的经验结构，重新认识和整理现实的表象与格局。用今天的话说，就是通过"互文"对现实进行细腻的整理和文本修辞。在超验的文本空间内，以美学的方式贯穿、整饬"此刻"现实、存在和人性的根本状况、处境，以文本阐释和包容现实。可以说，邱华栋写于这个时期的这些短篇小说，像历史进程中的一幅幅微观缩影，简洁而浩瀚，它们完全可以作为那个历史时期人与社会现实的存档，成为人性蜕变中的永久记忆。邱华栋几乎写尽了城市的要素，而他所追踪和叩问的，则是人性的变异和世俗的訇然变化，因为一个作家最终想解决的问题是，透过世界的表象洞悉存在的真相。我相信，这也是一位作家的使命和担当。我们看到，邱华栋在三十多年前关注的社会焦点问题，至今仍然困扰着我们，作家凭借艺术直觉和审美呈现的事物，其所具有的预见性令人敬畏，而且他的文本更是对当代生活的有效突围和预警。我认为，邱华栋这组短篇小说，在很大程度上突破了短篇小说写实的局限，扩张了想象的边界，体现出一种新的真实观、艺术观。文本首先界定或拟设叙述人或主人公处于"非虚构"的状态，这既是叙事视角选择上的突围，也是基于叙事者的一种真实。这就让我们认可，我们对于现实的理解并非仅仅由叙事主体所主宰，文本描述的一切存在仅只是一种可能性，其中还隐含着虚构、夸张和隐喻的因素。我们所看到的生活表象和存在世界，是模糊不清、模棱两可、匪夷所思、似是而非的，任何人与事物都充满不确定性，充斥着迷魅或魔幻。呈现的和没有呈现的，都隐匿着某种必然和偶然因素。就是说，这里不再追求写实主义所谓的"准确"和"细部修辞"，而是将人与事物及其相互关系叠加在一个"夹层"之中，造成"陌生化"的叙事效果。具体说，就是作家将一个实实在在的世界写"虚"了，而在这个貌似虚幻的情境里，我们却甄别出人性的真实状态和灵魂的形状。在邱华栋看来，人性是不能过度深挖的，如果以理性的维度和路径不断让文本"下沉"，叙述所得到的结果可能是极其虚无的状态。从这个角度说，邱华栋的小说叙事，避免了另一种"存在主义"的危机。

三

我没有想到，截止到现在，邱华栋竟然已经写作了两百多个短篇小说。当代作家中，大约只有苏童、刘庆邦、范小青短篇小说的创作量超过两百篇。这足以见出邱华栋对短篇小说这种文体的喜爱、执着。邱华栋在《十侠》这本小说集的后记中说："我作短篇小说倾向于写整个系列，有一种图谱式的组合感，展示拼图的不同侧面，类似音乐的不断回旋。所以单篇肯定是无法表现出这种企图的。""我写作的时候喜欢听纯音乐，为了小说语言也能找到音乐的调性，当然不能有歌词，不然那歌词就把我的思绪带飞了。二十多岁的时候，我一边听摇滚乐或爵士乐一边写作；三十岁之后，我听的都是欧洲古典音乐；四十岁之后，我却要听古乐……"

对于邱华栋的写作状态，不时地就有人问他，你是怎么转换大脑的？你那么忙，是怎么快速转换到写作频道的？是的，平时他的工作很忙，对于他来说，工作是第一位的，写作是业余的。那么，从工作状态转换到写作状态，音乐起到了很大的作用。"那声音一响起来，我就入定了，进入到写作的澄明状态。由此看来，表达的欲望与生命状态根本无法割裂，那音乐是我生命体验的一个重要引子。有段时间我常听古琴曲《广陵散》，听多了，就想到了嵇康。不知怎么眼前就浮现出打铁的嵇康，以及钟会前来拜会他的情形，然后，一个少年侠客就出现了……"可见，邱华栋的写作发生，他的叙事文本的生成，包括他处理写作与现实生活关系时的自由而审慎的姿态，可谓一丝不苟，其来有自。"我不喜欢被认作一成不变的作家。""中国作家的写作资源是那么的丰富，但我们常常对自己拥有的财富浑然不觉。"我感到，邱华栋所忧虑和恐惧的，是对存在和现实的麻木和淡漠。这也是当代中国作家最应该警惕的问题。

《唯有大海不悲伤》《鳄鱼猎人》和《鹰的阴影》这组小说，表现出邱华栋对新现实和新问题的关注，对另一类题材领域的开掘。

《唯有大海不悲伤》是一篇有着开阔叙事格局又极具戏剧性的小说。它从现实生活中的一个意外事件直接导入对人生、存在、价值取舍、人与自然关系的探索。幸福的胡石磊一家三口到巴厘岛海滨度假，儿子意外招致强力的暗流或回流水流，被带入海水的纵深处，永远迷失在大海之中。悲剧如此突然而至，继而，连锁的不幸也接踵而至。妻子怀孕数月的婴儿流产，悲伤和不测让一场本可以旷世的婚姻迅即"无疾而终"。难以预料，一场意外的遭际竟然会改变人生的走向，个人在存在世界里竟然如此脆弱、不堪一击。可以说，这完全是人生经历的一场残酷的遭遇。我们会想到这样的问题：胡石磊将如何面对生活？他会怎样面对大海？他会不会与吞噬了儿子生命同时也令他的家庭解体的大海为敌？我们没有想到，胡石磊竟然开始学习潜水。这时，胡石磊仿佛再次经历一场人生的炼狱。"潜水"在这里俨然已经不再仅仅是一项体育运动，而是试探和淬炼人性和人生品质的路径和方式。

读罢这个文本，我们会思考并发出怎样的诘问？这篇小说终究想告诉我们什么？邱华栋是想写出一个人的悲伤到底应该怎样消解吗？那么，作为生命个体，我们对大海、对自然到底知道多少？人与自然可以沟通到什么程度？人生、人性的表象和真相又是什么？当然，每一种生物都有自己的存在空间和维度，都有自己的生活轨迹和秩序，人与大海和自然之间以何种方式联通？显然，邱华栋写作这篇小说的时候，一定用心地思考过以何种角度进入人心、人性及其救赎命运的途径，他想解决人在生命困境时，如何保持自己的尊严和存在感的问题。在这里，大海的宽容和吞吐，就成为他摆脱自身危机的精神性力量，大海可以使人重新释放人性的光辉。胡石磊的选择是在痛定思痛之后做出的自我决断。他在丧子失妻之后，没有咬牙切齿，不呼天抢地，在经历了一切之后，胡石磊如此克制，开始进行充满魅力、理性的灵魂操练和磨砺。他在大自然的海洋里，感悟和体验到安放灵魂的方式，寻觅和感知着人与整个世界相处的方式。"完成了这次美妙的自由潜水，胡石磊感到自己就像一条海鱼了。他想，假如人是从海水中来的，那么，自由潜水就是人复归大海。大海也将重新接纳我，大海是人类的母亲，这个母亲不会讨厌人的返回的。尤其是，胡石磊想，我的儿子也在大海母亲的怀抱里了。"实际上，大海已经成为一个巨大的容器，它具有可以包容一切生命、情绪、情感、不幸、欲念、犹疑的整理和调节系统。潜水，成为一种生命的沉潜，它是一种人对大海、对自然的寻觅、相知和攀附，也是让自己超越生命极限和临界点的尝试、挑战。胡石磊沉潜海中目睹抹香鲸与大王乌贼的搏杀，细致地观察抹香鲸母亲带着小鲸鱼搅动起来的水流，看到大量水藻和巨型海带构成的海底森林。在海水里，他产生了幻觉，他看到那些大鱼时，仿佛看到儿子的身影，同时，他也感到自己回到了母体。显然，唯有当胡石磊将大海作为自己的母体时，他才真正从灵魂深处，体味到海明威的"你尽可以毁灭他，但就是不能打败他"的境界。这是因为胡石磊彻底整饬了自己的生命哲学和存在逻辑，他潜伏在大海里，像躺在母亲的腹腔里，他在海水中的冥想，就仿佛一个胎儿想回到母亲子宫的冥思。胡石磊将对儿子的思念，转化为通过潜水消解创伤，大海里无数生物的存在方式给他重要的启示，使他感悟到生命存在的依据和灵魂升华的触点。

　　从人的命运和自我救赎的视角看，这个小说是一个"圆形结构"。文本叙述的重心似乎聚焦环球潜水运动，实际上是沉潜于心理和精神的抚慰和复位。在遭遇一场丧子失妻的家庭不幸之后，一个人可能的选择可以是"水随天去"，也可能是涅槃重生。邱华栋让胡石磊选择了"重生"。实质上，像《唯有大海不悲伤》这篇小说，潜在地隐藏着一个"逃离——回归"的生命轨迹或模式，当胡石磊陷入巨大的悲伤的漩涡时，他感到自己的人生已经穷途末路，面临心理和情感的碎裂和危机，最终，他于大海的沉潜和沉迷中，找回了尊严和自信，找回了重生的勇气。

　　在一定意义上，我们是否可以说，邱华栋既是一个经验主义者，也是一位理性主义者，长久以来，他始终在一种纠结的、自我博弈的思维逻辑中平衡着自己的内心。虽然，理性主义和经验主义在认识现实、理解世界时所持的是截然相反的策略和途径。但是，我认为，作家的叙事仍可以在"感性"和"理性"这一对范畴之间，获取小说虚构对生活、存在世界进行重新修辞的可能性。因此，在处理感受和经验的过程中，邱华栋面对极难把握的碎片化的现实和存在，他时而将貌似完整、结构性超强的事物"打碎"，分析和过滤人性、精神的穴位和痛点，时而将碎片化的事实作为焊接、组装的材料，"还原"其本来的面目和真相。

四

现在看，邱华栋写小说已经超过35年，应该说，他始终是一个快乐的写作者。这些年，我们看到他始终不断寻找新的写作资源，拓展自己叙述的疆域。用他自己的话说，就是"写得很杂"。其实，这一点对于每一个小说家都是异常重要的。小说写作的生命力，就在于要具有旺盛的创造力。邱华栋之所以写起来总是非常快乐，就因为他不拘泥、不轻慢、不张狂。看上去，他似乎写起来有些随心所欲，不拘一格，但张弛有道，有条不紊。"为了保持写作兴趣，我经常换换手，左手写了当代的，右手就写历史的，也许以后还会尝试科幻小说。希望读者也能看到我的变化。"题材选择的不断变化，必然带来新的叙述冲动和激情。同时，我惊异于邱华栋的写作体量竟然如此之大，长篇、中篇和短篇，各种文体和题材，既是书写者，也是思想者，满怀豪情，运笔自如，游弋逍遥，不拘一格。也许，他坚信只有这样，才会在写作中探索到更深邃、更广阔的叙事领域和表现空间，才能捕捉到存在世界和人性的诸多可能性。而这一切的文本实践，都源于他对现实最切近的深刻理解。其实，邱华栋在15岁的时候，就曾写过一部小长篇武侠小说。可以说，这是他熟读金庸、梁羽生和古龙小说产生写作冲动的结果。虽然这部小长篇并没有引起人们的广泛注意，但邱华栋早已将"武侠""江湖"的情结，深藏于心，挥之不去。许多年以来，他潜心熟读《燕丹子》、汉魏笔记、唐传奇、宋代话本、明清侠义小说、民国武侠小说等，不断地积累和沉淀文化、小说文体等方面的修为，这无疑也是有意或无意地为再写武侠小说做着准备。所以，在邱华栋这组小说里，可以明显感受到其阅读经验的深刻影响，并且他重新梳理自己的艺术思维逻辑和表现策略，将自己的情怀寄托于这一轮写作实践。应该说，写"武侠"这种"类型小说"，对于邱华栋这样一位"纯文学"作家来说，存在着很大的"风险"，很容易被划为"剑走偏锋"而成为文坛"异类"。但是，邱华栋近些年的阅读和写作实践，让他深刻体验到自觉、直悟和自力修行的信念和活力，因此，邱华栋"武侠"叙事的品级极高，自然属于那种率性而为，处于一种"不执着"的写作状态。这样，在叙事中，他既解放了自己，也解放了叙述和文字。

归结起来说，从文学写作的审美层面看，其叙述语言通俗平易，叙述节奏舒缓有致，文字推进克制，文体结构和格局大气、洒脱、从容不迫，叙述注重情节、故事逻辑的严谨，细部修辞不拘一格。在人物形象的刻画上，许多人物不仅个性鲜明，有些甚至称得上是"武侠小说"人物画廊鲜见的角色。小说格调优雅，没有传统"类型小说"那种固化、粗鄙和轻浮炫耀之气。具体按照文本叙事内容的年代，两千余年的历史烟尘，帝王平民的存在轨迹，恰如空谷足音，穿越时空，依次飘然而至：《击衣》写的是春秋晚期刺客豫让的故事；《龟息》以秦代为背景；《易容》则从王莽新朝的覆灭敷衍出来；《刀铭》取材于《后汉书》，写东汉；《琴断》重写了魏晋名士嵇康的故事；《听功》以唐太宗李世民换立太子事件作为叙述的线索，取材自《旧唐书》；《画隐》来到了宋徽宗时期；《辩道》和蒙元时期忽必烈召开的一次佛、道两家辩论有关；《绳技》想象了建文帝败于燕王朱棣后究竟下落如何；《剑笈》的背景则是乾隆皇帝让纪晓岚编修《四库全书》，部分情节取材自《古今怪异集成》。如果我们按图索骥地"索引"这一组小说，就可以基本上梳理出一条从春秋战国一直到清代的两千多年中国古代刺客、侠客和侠义精神的脉络。他把一个个刺客和侠客置于某个著名的历史事件中，并对历史情景进行重新想象和再度"结构"，而且以其细部修辞的精到和魅力，释放出人物及其命运在大历史风云中的形销骨立或特立独行。因此，我想，这一组小说都应该算是"新历史武侠小说"。

我认为《剑笈》《击衣》这一组小说，完全可以视为邱华栋小说写作的一个新"爆破点"。我们在其中能够感受到邱华栋叙事的"野心"和日益开阔的格局，也体味出在文字背后作家灵魂深处对于生命、命运、人性感知的大情怀和丝丝缕缕的灵魂微茫。其实，作家对于历史、现实和人的生命理解的深度，决定一部作品的品位高低和精神价值的大小，这并不取决于题材本身，更多的是受制于作家的价值取向、审美维度和叙事伦理诸种因素。以及作家作为写作主体沉浸其中的伦理深度，这一点直接影响着叙事文本对于历史和现实的超越性。

我现在埋伏在一座桥下，打算刺杀我的仇敌。他会路过这里，我已经打听好了。

　　我端坐在这赤桥下有大半天了。我是在后半夜抵达这里的，为的是不惊动任何人。我坐久了，一动不动，慢慢觉得我就是一块石头。是的，我是一块石头，已经感觉不到时间的变化了。可赤桥下的水在流，水面的船在走，只有我，静静地凝视着水，一动不动，宛如一块石头。

　　一只鸟飞了过来，站在我的头顶。

　　这是一只白色水鸟。它丝毫察觉不到我是一个活物。它站在我的脑袋上，也是为了观望。它在看什么？啊，我知道了，它在盯着河水里倏忽间游来游去的鱼儿。那是它的目标，它紧紧地盯着水面之下游鱼脊背的黑影，瞅准了机会就腾跃而起，像是一把利剑那样扎向水里，瞬间就擒获了一条腹部银白的小鱼儿，从水中奋力跃起，扇动翅膀，翩然飞走了。

　　那么，我的目标呢？赵襄子会来吗？我坐在这里，穿过了黑夜和凌晨交替的帷幕。我在夜深人静时到达这里，披上灰黑色的衣服，在河边柳树的浓荫遮蔽下，成为一块默然无声的石头，才不会被人注意。（《击衣》）

　　我尤其喜爱《击衣》这篇，主人公让我们想到荆轲，想到项羽，想到"壮士断腕"。邱华栋优雅、沉静而聚力地讲述一位古代侠士的故事，娓娓道来，倾情演绎一位九死不悔、仗剑而行的忠义侠客的惊天义举。在这篇《击衣》中，与其说豫让要杀赵襄子是为自己的主公智伯瑶复仇，毋宁说正是因为他有一种必须践行的信念，有一颗赤胆和忠义之心，这种执着就成为一种生命选择。因此，精确地写出一颗心的跳动，需要作家撇开一己的文字功利之心，直抵大历史风云中真实的个人命运，基于特定历史环境或语境下，对生命个体的自我、担当和命运书写。我们从以上关于豫让深陷于复仇情结之中，"静静地凝视着水，一动不动，宛如一块石头"的描述，感觉到一位侠士沉静的定力。我知道，邱华栋并非想以小说来"说明"什么，他清楚以小说"证明""阐释"世界、历史和理念都是徒劳的，小说也只有谦卑地想象和描摹，对人的可能性进行横无际涯的梦想，去找寻能够升华灵魂的通道。远古的斯人已去，但是，邱华栋还是要努力写出那些超越古代疆土意义上"国家——民族——社会"维度和模式的"义士"、英雄，以作家自觉的探索精神和生命价值观，写出散发着人性光辉的人物形象。

最终，面对侠士豫让提出"刺衣"的要求，赵襄子无奈地长叹一声，凛然地说道：

"豫让啊，你真是说服我了，我也很佩服你这个死士之举。罢了！好吧，就这样，你以击衣代替刺杀我，这样保全了你的忠，也体现了我的义，而你又以自愿投降，而成就了你的忠义。我也因答应了你的要求，而结束我们的恩怨。"

说罢，他脱下了外衣，交给了手下人。手下人接过他的外衣，两个人一左一右，展开了赵襄子那宽大的华美外衣，就像是赵襄子展开双手，站立在猎猎的风中一样。

我挥舞两把短剑，使尽全身力气，三次跃起，都刺中了展开来的赵襄子的衣服，三击而刺破了三个洞。之后，我力气衰竭，我想，我的使命也结束了。我报答了我的主公智伯瑶，他待我如国士，士为知己者死，我今天圆满了。（《击衣》）

这是《击衣》一个开放性的结尾，它在收束全篇的惊心动魄的追杀情境时，选取了一种疑似"大团圆"式的终结。实际上，叙述从一开始就凝聚着力量，行刺赵襄子作为具体、实实在在的目标，使豫让的神经始终处于挑战极限的状态，这样的写法恰好与"欲擒故纵"相背离，并非小说叙事的常态。直到"扭结"打开时，我们感到人与事物的两极都是自行消解，真正的"江湖"都是以实为虚，以虚破实。"击衣"就是情感、意念和对峙能量的消解方式，这是具有宿命般的人性与命运的撞击。小说不乏些许的玄学气质，但是，由于邱华栋对事物的不沉迷，叙述才将意义引向了非虚无、重伦理的坦途。

短篇小说《剑笈》，是《十侠》的压轴篇章。邱华栋借历史故事中的"萍踪侠影",演绎一部剑法之传世秘笈的传承与得失。这是一个极其耐读、引人入胜的故事。叙述在大力铺垫了有关剑法之书的诸多传奇之后,描写的重心才置放在一个盗窃了师父武林秘笈的不义之徒——栾树的身上,直至文本结束时的"生死场"之中:

> 栾树这时才感到羞愧难当,他疼痛非常。但他很不解:"师父,你怎么会在这里?"
> 邱伯仁吩咐那个女人说:"彩霞,你给他赶紧上药,保住他的筋脉还能活动。栾树啊,这个女人是我的老婆彩霞。梁如云死了之后,你又把我的剑术秘笈偷走了。他们后来找到我,问我要秘笈。我说你偷走了。他们就到处追踪你。我后来就娶了彩霞,生下了这个女儿,叫邱彩云。彩云继承了我的所有武艺,包括我的剑法。你在江湖行走,杀死杀伤了不少人,他们都要报复你。但你行踪诡秘,他们找不到你,就都到蜀地找我了,说只有我出面,才能抓到你,这件事才能最终了断。我说,那我把他找到,废了他的武功,叫他不再有缚鸡之力,就可以了?他们说行。这不,我们就这样相遇了。现在,一切都了结了,秘笈也还给了旋风派,他们拿去给朝廷进献,朝廷现在到处搜罗秘笈藏书,在编修《四库全书》呢。这样,他们也不再向你寻仇了。"(《剑笈》)

在这里,我们充分意识到这是一篇与《击衣》有着相近的结局和叙事理念的文本,作家在寻找解决人性的伦理冲突和现实悖论的方法时,都饱含同情、悲悯的心境,面对难以索解的命运困境,邱华栋选择了对善恶"一视同仁"的处置方法,一个并非因果报应式的自我"惩戒"。邱华栋抵抗着贯穿于时空"黑洞"里的历史逻辑,凌厉地追问人性的偏执和褊狭,洞悉和勘察存在的秩序,以及人在失去自我时历史的症候。

可以说,邱华栋极其"投入"地完成这一系列小说的写作,显示出其才情和多方面的叙事能力。更重要的是,邱华栋对现实和历史不断"介入"的姿态和写作精神,令我们敬佩不已。"扩大或缩小观察力的能力,这种断断续续处理知识的权力正是小说的特色之一,而且,这与我们对生命的理解是一致的。有时候，我们并不比别人高明，有时只能偶尔进入别人的内心深处，但却不能经常做到，因为这样也会使自己心智疲乏，所以，这种断续性能使我们获得的经验多姿多彩。"① 南帆也提出过类似的观点，即所谓"叙事者介入"。他强调："叙事者的介入并非抒情的形式。以往的观念之中，人们常常将主观介入与抒情等同起来——仿佛客观与再现、主观与抒情天经地义地结合在一起。"② 可以说，邱华栋作为文本叙事主体，就是这样将自身不断地置于种种不同的叙事情境。邱华栋有几套叙事"笔墨"，这让我想起1980年代初的作家王蒙。邱华栋还是一位低调的写作者，所以，他可能也是近些年被评论界"忽视"的作家之一。但是，现在我们真切地看到邱华栋"可持续性"写作的价值和意义。

---

① 〔英〕爱·摩·福斯特：《小说面面观》，花城出版社1984年版，第71页。
② 南帆：《丰富的"看"》，《当代作家评论》2007年第3期。

短篇小说的"棋语"

——读储福金的短篇小说

一

每次读储福金的小说,都让我回想起二三十年前的"中日围棋擂台赛"。那时,我只能算是一个极其业余的"围棋爱好者"。20世纪80年代至90年代的十年间举办过11届赛事,国人对"擂台赛"的关注远远超过许多其他体育赛事。"擂台赛"中日双方出场的,都是当时大名鼎鼎的世界顶尖围棋大师或高手。"擂台赛",几乎成为一代人的精神、文化记忆,我们清楚,其中所蕴藉的时代、现实和精神层面的意义,已经大大超过围棋本身。

我与作家储福金相识近二十年,属"君子之交"。福金兄是厚道而睿智的朋友,一如其文字,不事张扬,中规中矩,踏实写作,低调做人。前些年,我编江苏凤凰文艺出版社的《2018短篇小说年选》时,总会在大量的短篇小说阅读中看到储福金的小说,他创作的有关围棋的小说,引人入胜,总会引起我的极大关注。读储福金的小说,可谓让我在文学的世界里深入了解围棋的深奥和魅力,反之,也让我在对围棋的理解中重新感受文学自身的力量。其实,我很早就知道,在文坛有一位围棋高手——南京的储福金,棋力冠绝文坛,无可争议。这样一位懂围棋的作家,经常与围棋大师陈祖德、罗洗河、邵震中"对弈"。陈祖德还专门参加了储福金长篇小说《黑白》的研讨会。所以我想,这位"脚踩"文学和围棋两只船的储福金,不可能不让围棋和文学"联姻"。我猜想,现在有这样一个人,他既是围棋行家,又是职业小说家,他既深谙棋理、棋道,又通晓汉语写作,如果他在下围棋之余写出关于围棋的小说,会是什么样的情形呢?于是,就有了长篇小说《黑白》和"棋语"的系列小说。

在这些小说里,正因为储福金是围棋高手,又从事写作多年,他有着充分的叙事自信。显然,他就是要替围棋写一部小说,要把围棋的魅力和奥秘以小说的形式传达出来。在长篇小说《黑白》里,他将对围棋的挚爱,寄托于陶羊子这个人物的身上,并且借此更为形象化、情节化地诠释围棋,演绎围棋的棋理,让人与棋相互映照,熠熠闪光,构成围棋与叙事之间妙不可言的"隐秘结构"。看得出,在主人公陶羊子身上,不但渗透着作家对围棋自身的理解和全身心的投入,而且他塑造的棋手陶羊子,也是一种人格的呈现、棋格的凝聚与张扬。他与围棋合二而一,虚实相生,化境横生。人为棋生,棋证人气。原本充满思辨、抽象、本无生命的棋盘和棋道,都因陶羊子这个人物形象而得到生动演示。围棋被人格化为一种万物之精灵,仿佛是有精神、有灵魂、有意志、有品质、可摸可触的鲜活存在。陶羊子形象的塑造过程,就是围棋义理的阐发、张扬的过程。"围棋小说应该怎么写?小说对于虚灵抽象的围棋的表现难题如何解决?以人写棋,便是《黑白》给出的答案。这答案,我以为是智慧和圆满的。……《黑白》的抱负,即它绝不仅以'游戏'视围棋,而是与民族历史命运和荣辱连结起来。陶羊子的故事,不仅仅是个人性情的展示,也不仅仅是对棋魂的发扬。"[1]在写作长篇小说《黑白》前后,储福金还创作出几十篇以围棋为叙事背景的短篇小说。我想,这一定是储福金在写作这部长篇小说时,考虑到几个棋手陶羊子、彭行、柳倩倩、侯小君,已经不足以呈现更多属于棋手的风貌和常态,不足以凸显诸多围棋手的丰富情感和命运,或者许多棋手的命运,已经无法在一部长篇里从容、充分地展开,恰如围棋之"空",无限丰富的存在世相和生命价值、意义都有待更为丰富地显现。那么,短篇小说的"四两拨千斤"和"横断面"特性,不但在小说文体学层面上,构成"横看成岭侧成峰"式的短篇小说叙事美学,而且数位人物的个性及

---

[1] 李洁非:《说〈黑白〉兼及文学现状》,《西部》2007年第3期。

其命运也可以在不同的短篇文本里，穷其枝叶，杂花生树，自由、舒展地呈现出来。

此前，我目力所及的写棋或棋手的作家，一位是奥地利小说家茨威格，一位是中国当代作家阿城。前者有《象棋的故事》，后者有《棋王》。台湾作家张系国也写过一篇《棋王》。20世纪80年代，曾有人将阿城和张系国的两篇同名小说《棋王》做过比较。当然，他们几位写的都是国际象棋或象棋，这几十个棋子和围棋的三百六十余棋子相比，无论规则、棋理，还是空间腾挪的复杂程度，有着大相径庭的技术套路。但是，棋理归棋理，难分孰优孰劣，品位高下。主要是作家在文本里对于棋手的人生状态、叙述的话语情境、存在世界与棋道的万千变化，会产生何种撼人心魄、奇诡的生命体验，这是一个饶有兴味的话题。

储福金的短篇小说，以棋理表现人生、命运、人性之理。他极写几十年来当代生活的不同历史时期或阶段，除了那位"北巷小王"之外，它的每一篇主人公基本上都是不同的。几十个短篇写出了各类棋人的众生相。叙事不仅是呈现现代人生、现代意味、现代心理、世俗生活，也是以现实人生来映现棋理，以棋理阐释俗世的灵魂。其实，对于"棋小说"，我与李洁非有着近似的感受："写围棋小说有双重的难度。首先是作者得把围棋吃透，自己如若野狐禅、半吊子，出乖露丑尚在其次，要紧的是无法深入围棋的内在精神。而得不到围棋真意，又如何把它巧妙转化为小说叙事？然而只此一样，仍不足以产生好的围棋小说，否则中国棋院的职业高手们，人人都可以作小说了。围棋小说，归根到底是小说，不是围棋；多少万字写下来，围棋上高妙，作为小说不高妙，大家还不如直接去读棋书。"[①]

我感兴趣的是，棋理和文理之间，棋理与叙述之间，存在着怎样的内在、隐秘的联系？以小说写围棋，究竟能写成什么样子，甚至于怎样去写，不懂棋理的人肯定是茫然的、不知所云的。不仅仅因为围棋的"包罗万象"，更因为它是非常抽象的、思辨的，甚至有浓厚的"禅悟"的味道。对于围棋的魅力，即使去问那些迷恋它的每一位，他都会告诉你，围棋

[①] 李洁非：《说〈黑白〉兼及文学现状》，《西部》2007年第3期。

是世界上最富于魅力的游戏或运动。我经常听到的一种说法,就是围棋"易学难精"。其实,这种情形倒是很像写作本身,无论是作家,还是普通的写作者,写出一些作品可能并不难,但是写出杰出的作品是极其困难的。围棋大师的每一盘棋的布局、细部和运棋过程,都有自己的"手筋",如同作家的叙事结构、情节及其修辞,每一个棋子都是有生命活力的存在,亦如小说文本中的人物,叙事正在建构自身的力量,阐释存在世界的密语,行文和"行棋"成为志同道合的灵魂"合谋"。

储福金真正地体会到了,无论对于围棋还是文学,"悟"是一种境界。文学者说,工夫在诗外。那么,对棋手来说,工夫定然也在棋外。同样的一步棋,走在棋盘上,刚会下棋的人与九段高手看来没有区别。但对每一步棋的理解,则大为不同。低水平的棋手可能是知其然,不知其所以然。而围棋高手的境界越高,体悟就愈深。境界高低决定格局大小,视域宽阔才知道如何取舍,才知道平衡和生变之道。所以说,无论是真正的围棋手,还是作家,其创造力、想象力及其成就大小,完全取决于他们是否有更大格局。而对于作家的写作,尤其在于他能否体悟到生命存在的规律性和自由相互统一的崇高境界,在于他对事物内在本质和逻辑的判断。那么,围棋之于储福金,一如文学之于储福金,两者都是渗透进其生命之中的、宿命般的选择和投入,它们对于储福金来说,都是灵魂里的事业,其中都凝聚着他精神和智慧双重的修炼。

二

在"棋语"系列中,储福金写的是自 20 世纪六七十年代以来近几十年的当代社会生活,每一篇的主人公都是不同的。他试图写出各类棋人的众生相,更多表现当代的俗世人生,其中蕴含的现代意味、人物心理、当代社会的历史性"转型",都是与现实人生、棋理相互"呼应"的。人性、人格、生命状态,都与围棋有着或"形似""神似"的心理、精神乃至逻辑上的广泛联系。"棋语"看似简洁、简单,一个"棋语"可能无法涵盖一段人生,无法包容一段生命经历的内在机制,无法全面揭示一个人生故事的深层隐喻。但是,只要仔细品味,其实世间万物都是互为参照系,任何东西都能折射出人生的意蕴。然而，又有何种事物能完全涵盖、诠释出丰富的人生呢？我觉得，对于储福金的短篇小说，围棋的"形"和人的"神"及其精微、细腻的"传达"，正是他找寻两者相生相伴和"天人合一"理念的美学途径和方式，因为叙事和"行棋"定然有许多只可"意会"的异曲同工之妙。

进一步想，我们所在的世界到底都蕴藏着什么？动与静，真与假，虚与实，善与恶，是与非，成与败，得与失，刚与柔，异同，爱恨，守变，繁简，苦乐，阴阳之道，情感与理智，追求与放下，融洽与对立，经历与感悟，外部社会与内心世界……围棋呢？它究竟承载了什么？大千世界可谓波澜壮阔，万象丛生，而人在文本写作和围棋里会不会产生双重维度的灵魂"博弈"？储福金的文学叙述，究竟想要呈现怎样的精神、心理、情感的遐想？迄今为止，储福金已写了近几十篇"棋语"小说，有"点"，有"刺"，有"飞"，有"跳"，有"靠"，有"断"，有"渡过"，有"借用"，有"引征"，有"收官"，还有"冲"和"杀"。虽说其间的情节是虚构的，但作为小说表现出来的人生背景，蕴含着那种人生的漂泊感、底层感、绝望感、得失感等诸多人生的体悟和感受是真切的。储福金在不同的篇章里，重点描述或聚焦的人物，他们的性格、故事、人生经历，似乎都与前面提到的某个"棋语"相互黏着和比附、比拟，仿佛为其平添了叙述的新质和功能。在这里，围棋被隐匿在重构的人生和俗世生活中，使得我们对人性的理解增加了更奇崛、更丰富的视角。

小说《棋语·冲》是最能体现储福金"棋语"的一篇。这个小说精妙地写出了围棋"冲"的"势力"与人性中"强"和"弱"的互相渗透、自我"角力"。储福金试图发掘"棋理""棋道"的微妙精深和"人道"的不可抗力，让两者在必然和偶然之间，使人物呈现无法摆脱的"扭结"。一场由北巷小王召集的民间赛事，在蒋冲暂住的一座气派的旧式砖楼里进行，受邀的两位女棋手小马和修月芳前来与诸位男棋手应战。一如蒋冲的名字，显得粗俗，"说话动作都冲冲"的蒋冲，坚持要与具有"雅致的静气"气质的修月芳对弈。在棋局里，蒋冲是逢冲必冲，丝毫不留余地，造成神经高度紧张，导致"内急"。修月芳的棋路也因此而紊乱、失势，"失了先手权利，整个地显出了女性的柔弱"。储福金在文本中"下了细棋"，他凸显出蒋冲的"粗中巨细",写到蒋冲引领修月芳走进这座借居的独栋旧式小楼时,蒋冲"伸着手做了一个请君进门的手势",并说:"到我家了。"这是蒋冲的工于心计,不仅希望棋艺本强于自己的修月芳在棋盘上投子认输,在情感、婚姻上也成为自己的"手下败将"。蒋冲内在的狡黠和"冲"的运气,反而"一物降一物"地制约了没有任何警觉和防御的修月芳,平生出一段世人看来本属"莫名"的婚姻。

都说棋局如梦幻,相对那局棋来看,人生便更如梦幻了。说起来,棋局是实实在在的,人生也是实实在在的,但眯着眼回思过去便有着了梦幻感。这一次棋局,是一个因,似乎是偶然的一个因,几年后得的果,却让人觉得不可思议⋯⋯

人的性格与人生观念确实不一样。

都说修月芳和蒋冲这对棋手婚姻也不会长。但修月芳与蒋冲的婚姻却延续下来了。修月芳棋上的算路很深,但在对男人的问题上,却感觉简单,她无法接受与另一个男人裸裎相向的情景。她觉得男女就是那么一回事,那种男人给的快乐总也抵不上女人的窘态。她无法解脱开来。修月芳也清楚蒋冲,他并没有什么能耐,但对他已经是习惯,便是无奈也只有如此,因为在她看来,所有的男人都一样,换一局棋还不照旧下?

此外,小说还写了两位"配角"——小马和陶思明。他们也是因围棋而结缘,两个人的"组合"更像是随意的"拉郎配"。陶思明的棋力不凡,因为躲避、逃离运动时期的"监督劳动"来到这座城市,他低调生活,包括对弈,常常睿智、巧妙地让棋给对手。待环境、气候发生变化,陶思明很快就与小马"快刀斩乱麻"地离了婚。从一定角度讲,陶思明的性格、观念和行为方式,与"冲"的棋道有潜在的关联,人物选择上的收缩和放纵,都可以视为"冲"的变形或变体,其中蕴藉着人性和时代的内容。储福金像下"细棋"一样,呈现出人物之间复杂的微妙关系、偶然和必然的命运因素,以及生活和人性中隐藏的幽暗。

这篇小说看起来"貌不惊人",其不露声色的朴素文体叙事风格,不断让故事生成平淡中的奇妙感受。文本的深层内核和寓意，都隐藏在简洁的故事之中，字里行间，顺其自然。叙述潜移默化，让小说颇具震撼性的题旨，不是令人惊悚地呼之欲出，而是在细碎的"生活流"中款款而来。看上去，这个小说由一两个生活场景或"横断面"构成，故事性并不算很强，更无奇崛、吊诡之举，但其中蕴蓄着丰富的多义性。作家在生活的细微部位，描述出绵密的生活流，其间承载着世道人心，潺潺流入时间和空间的容器，发现、发掘无数人性深处的"扭结"，既写出棋盘上的风云变化，也写出人生和命运的梦幻感，格外引人深思。所以，杰出的小说既不矫揉造作，也不会产生令人惶惑的迷乱和纠结，它叙述的张力和价值皆源于洞悉生活和人性之后精微而深广的探测。

表面上看，《棋语·弃子》是一篇"意不在棋"的小说，实则整个文本叙述从未离开过棋道或棋理，或者说，棋道与一个人的性格及命运有着微妙的关系。"弃子"这个词语本身，不仅是能强烈地体现棋风的独特个性的元素之一，也是最能凸显小说人物性格要素的重要手段。应该说，储福金在写小说中的人物杨最得时，已经潜心捕捉到人物与"弃子"的微妙"联通"，既表现了人物性格内蕴的强大，或者倔强、偏执、我行我素的心理情致，也暗示出人物命运中难以改变的执拗之念和伦理情怀。因此，若越过两者"技艺"的边界，"弃子"之于围棋和小说，无疑存在着可以通约的精神辩证法。

虽然这篇小说的叙事重心并不在主人公杨最得的围棋之恋，以及其人生、命运轨迹相互间的内在必然联系，但是，杨最得人生道路上的几次重大抉择，倒是与"弃子"的手段不谋而合。所谓"弃子争先"，对于杨最得的人生道路来说，实际上每一次都是有着巨大生命隐痛的选择。

你是宁失一子（指），不失一城吧。接话的，人称小剃刀，这家伙口无遮拦，不管不顾地总挑别人隐痛说话。他说的"子"是"指"。

杨最得不抬头，似乎心思还在棋局上，他捏棋子的手有点抖动，那里明显少了一指，是小指。缺少的指头的根处结了一个肉疙瘩，微微地隆起着。

杨最得那一代人，中学毕业时只有去插队，上山下乡。城里的学生下乡，与土生土长的乡村孩子不一样，生理与心理都难适应，感觉成了被城市抛弃的"插子"。

"小剃刀"所说的"宁失一指，不失一城"，指的是作为"插队"知青的杨最得，由于比不得其他"插友"们有"机会"和"门路"回城，于是故意在下田割麦时用镰刀自残掉一只手指。他始终觉得自己就是被城市所抛弃的一枚"弃子"，最后，自己竟然采取自残的方式，以"伤残病退"的名义回到城里。而"杨最得病退后没多长时间，知青政策便有变化，所有的知青都返回了城市"，可见，杨最得此次"弃子"，并没有争到多大的"先机"，而是一次极其不幸的人生遭际。他回到城里进街道办的工艺品小工厂，学习刻纸为工厂创收。改革启动之后不久，杨最得所在的工艺厂被厂长承包，他的刻纸已不赚钱，再次被"弃子"下岗。这时，他在国外打工的妻子另有所爱，夫妻不得不离异，无奈将孩子也交给妻子带到国外。在这里，如果归结起来说，杨最得的生活中不断出现"弃子"，或自己，或孩子。工艺厂为发展，吸纳杨最得入股，他只分得很少的红利，在厂里依旧独自进出，唯有围棋和刻纸，才是他不变的人生。昔日的棋友尚春生成了收藏家，发现并解读了他刻纸作品的价值，也向杨最得道出了所谓人生、社会和艺术的意义和价值。而杨最得并不以为然，他内心对人生的感悟，还是深藏内心的"弃子"情结：

中年以后的人生，过得快，一下子就过去了若干年，回忆起来，什么也没有留下，似乎只是一个个相同的过程，就像一盘盘棋局，下的时候，每步都有意思，有陷阱，有争夺，有忖度心境，有虚弃实攻，棋一撸掉，就是空空。儿子在国外已经成家立户，回来过一两次，与父亲有点生疏了。杨最得不变的是每天刻纸。为顺应社会以经济为中心，厂里把刻纸包装成社会公关的礼品，刻纸一张张夹在半透明的纸中，叠在盒里。……杨最得常常好一段时间没有业务，他也不慌，只是由着自己的心性刻自己想刻的形象，力争构思中每一张都不一样。

有时杨最得沿厂区的高楼走进旧平房,被楼遮了阳光的房间里,阴阴的一片,一个刻案,一张椅子,一把刻刀,一摞刻纸。杨最得站着,恍惚一个念头,自己怎么会走到这里的?却是他多少年一直这么走到的。一切有什么意义?一切有什么必要?然而,一旦坐下,一旦拿起刻刀,他便心无杂念。做这件事是宿命,无可躲避,弃无可弃。

这样的感悟,似乎依然是来自围棋的"气理"。杨最得的个人生活史几乎与围棋的"弃子"之理,已经完全重叠一处。从现实的角度看,杨最得的名字"最得"极具讽刺性,像岁月销蚀年华,杨最得不知不觉地在"被弃""放弃"中扬弃着自己笃信的人生信条。

另外,作品中还写到江北农村插队时专门找杨最得下棋的那位棋友尚春生。他们在城里棋摊上结识,他们会在杨最得的棚屋里下上两天的棋,晚上还点着油灯夜战。这让我想起阿城《棋王》里的王一生。王一生在农场插队时,也有尚春生那样的棋友如"脚卵"——倪斌,来找他下棋。有所不同,这里的杨最得远没有王一生对棋那般痴迷,不像后者"呆在棋里舒服",虽然两者都可以在心里自己对弈,但是棋道无力扭转杨最得"俗世之心"中的现实选择。当然,尽管小说里故事发生的年代略有相近,但两篇小说写作的年代已经大大不同。况且,阿城和储福金两位作家对棋道的理解,他们赋予文本的文化内蕴也不尽相同。但是,小说人物历经年代、岁月、生活的淘洗,由此衍生出的悲凉和沧桑,却成为一个时代的"集体记忆"或个人生活的历史档案。

无疑,围棋之道与中华文化浑然一体,储福金写的是围棋,他却不作茧自缚,总是把围棋置于中国文化的大背景下去体悟,进入社会、人生、人性、命运,儒释道信手拈来,戏曲歌舞、人间烟火取舍自如,使围棋之道,成为有更为深广文化依托和人格考量的"过滤器"。在棋道和人道之间,棋是属于"形式"范畴的事物,人才是破解世界、俗世人生隐秘的精灵。围棋之力与存在之道,皆因人格之"动""静"而彰显生命的内在律动。胡河清在评价阿城的小说时,认为阿城"在对人物性格的品评上尚

'骨力',才使得他在塑造形象时超越了形似"①。中国古代文化范畴中的"骨""气""慧",正是棋理、人格结构及其生命形态评价体系中的重要范畴。阿城的小说,在胡河清的感受和判断中,虽然没有走向"虚无"之境,但是,《棋王》主人公王一生的性格与人格,显然已经被纳入道家文化评价体系。胡河清越出俗世形态的考量,将人物升华为某种哲学的化身。中国的棋道,已经计入"阴阳""刚柔""动静"的传统文化范畴。而储福金的短篇小说在人物形象和性格的描述上,一方面倚靠围棋的某个棋语和"方法论",虚拟、制造出人物性格与棋风之间的形似;另一方面,作家充分调动短篇小说诸种因素,使得人性、心理和情感在叙事结构、细部的修辞里获得充分、含蓄、"神似"的美学呈现。在小说里,围棋看上去是"虚"的,人物被置于围棋里则是"实"的,虚实相生,两者构成藕断丝连的潜在"互文"。有时候,人物顺着棋道形成了人生的状态和"模样",人生如棋,棋风也代表着人性、性格,凸显出人物的心理或精神征候。在储福金的小说里,生命状态、情感取舍和最终命运,虽然如棋盘上的"手筋",或者像曾有的"序盘""造势",都在投子、行棋和收官,有棋运的差异、技艺的高低,暧昧性、戏剧性和不确定性呈现着某种宿命;但是,价值和意义自有其内在的精神、伦理和人生的辩证。文学叙述,以虚构、重构生活的方式逼近人性和俗世生活的本质。

三

前面提到,"棋语"似乎是简单的,一个棋语自然无法涵盖复杂的情感,详尽地注解人生故事,总览人生阅历。而小说的结局、小说的意蕴或隐喻、小说的叙事走向、小说的细节,往往与棋语的"坦率"、直白、隐秘,一起构成精妙奇诡、引人深思的表现形态。的确,只要仔细地品味和辨析,世间万物不过都是某种生命的参照系,山川河流、草木鱼虫,只要是人类必须面对的一切,任何东西都能折射人生,都能曲折地映现人类生命的存

---

① 胡河清:《灵地的缅想》,学林出版社1994年版,第135页。

在形态，或许就是"一叶知秋"、如影随形、水随天去的层面或境界。然而，终究还没有某种事物可以涵盖丰富人生，棋的天地是简单的，以致简单到只有黑白，其中的变化却是无可穷尽的，它蕴藉着人生无尽的意味，正可谓棋如人生。从一定角度考虑，围棋也是虚拟和虚构、建构和结构，它与文学叙事在策略上有着一定的对应性和超现实的本质。

《洗尘》是储福金新近的一个短篇小说。在这篇小说中，围棋的直接"背景"或"氛围"，似乎开始渐行渐远。但是，围棋却依然像一张罩住了年轮和岁月的人生之网，将人物的悲欢离合、俗世生活，如围棋之道次第展开，透视出人生如棋的隐逸辉光。我相信，储福金已经无法在现在以及此后的文本里与围棋"了断"，这也是一种人生宿命，是文学写作和人生的某种必然。

这篇小说主要叙述两个业余围棋手的情感经历和友情。我感觉它比以往短篇小说的写法更显"圆融"，人物情感和心理都表现得非常细腻、含蓄、从容，叙事从头至尾不温不火，读到结尾部分时，我们仍然几乎难以辨识小说叙事的终极方向。此外，人物与围棋中那些"棋语"引申义的"关联"也不再刻意或者密切"粘连"。如果说，这篇小说尚有一条隐逸的"虚线"的话，那就是梁阅正和刘沁的情感之间，存在一个"暗断"和"明了"的真实玄机。业余棋手刘沁在最好的年华去欧洲发展、定居时，梁阅正在出版社做一名职业感极强的"校对员"。后者几十年如一日对工作的喜爱和敬业，生活一如既往，波澜不惊。三十年的时间维度，在两位主人公之间，虽然有许多感受和难忘情怀，包括"棋路"，但如今已渐渐成如烟往事。梁阅正和刘沁相逢之后所产生的人生沧桑感，依然无法改变各自的生活初心和历史"惯性"，他们只能继续沿着各自的人生轨迹孤自前行。两位主人公刹那间的感慨，像流星划过天际，丝毫不能改变什么。梁阅正对刘沁归来的些许期待，"接风宴"的精心安排，都呈现出梁阅正热爱生活和满怀理想的内在激情和残存的浪漫。"洗尘"的整个过程，更像是一个围棋的"道场"，也像是仪式感极强的心理测试现场，清晰中隐藏着严谨和暧昧。两个人的聚会竟如沧桑浮云，万千变化，其间个人的选择和坚执，早已铸就各自的道路和命运，两个微小人生自觉或不自觉地应对着时代的风云际会。难得直到"知天命"之年，方才有片刻闲暇，体味一下生命感慨。究竟是什么造成了他们这一代人的"变"与"不变"？"曾经沧海"，在这里已经越出情感的边界，海外和国内的存在状态，在两个人的经验结构中并行不悖，都有各自的取舍和担当。这里是两套价值观、两套意义、两种经验的相遇和对话，若即若离。每一个世界都不再是封闭自足，他们都是在对方的另一世界的映照下呈现。储福金没有将两种经验隔离开来，而是让他们在"不兼容"中彼此接近和包容、理解，直至相互释然和解脱。虽然他们都没有走进婚姻的围城，但始终徘徊在现实生活的纷扰里，此时，在他们尚存的残余的围棋底蕴里，只有既无法"连"，也无法"靠"的酸楚和尴尬。因为他们在生活中早已不可能再下同一盘"棋"。离开梁阅正的居所之前，刘沁积三十年的"余温"，"伸出手来抚着他的脸"时满怀感慨，心态平和且颇显超然地草草"收官"，这让梁阅正最后一点隐藏于心的想象化为乌有。现在，梁阅正终于变得淡然，轻松而自由，他让自己静下心来，"于是心中的世界慢慢展开"。这时，我们会感受到"情境"和"氛围"的营构之于小说的重要。以往，叙述令我们生畏的认识难度和表现难度，在这个短篇里体现为开阖有度，尽显节制、绵薄的叙述气度。我们看到，在情节的层面，在人物关系处理上，两者在情感和灵魂的间隙里"对峙"着，都有着"理智与情感"的克制和平衡，男女主人公像是在"复盘"一局若干年前曾经下过的棋，只不过它早已被时空的烟云轻轻覆盖住。因此，他们终究无法同时抵达彼岸，接近情感和爱的所愿。

无疑，这是一篇耐人寻味的小说，它从个体人生的角度，试探我们时代生活的精神"水域"。这里无关道德、伦理和意识形态的敏感地带，却直击人生选择和情感、灵魂考古，既是"寻根"，也是自省。也许，更是一次"重温"。"洗尘"会使梦与现实的界线变得越来越清晰，尽管它不足以覆盖灵魂深处的痛苦、艰难、辽阔、无奈和孤独。

实际上，小说的可能性就是要仰仗生活的可能性，只有生活的可能性进入小说之后，才能修正或者影响到我们"看到的"既有的生活。我们不可以按照生活的样子去写小说，但可以照着小说的样子去投入生活。小说写作就是要在生活和文体的双重"惯性"和"限制"中无畏地前行，在重新结构生活的同时，创造新的小说的结构。一位优秀的短篇小说家，一定是以自己对生活的独特判断，来处理个性经验和体验，寻找到人物和"故事"与小说结构的隐秘关系，拓展短篇小说之"深"。储福金致力寻找、发现并建立小说与现实之间的"结构"关系，洞察、厘清那些支配我们生活的种种错谬、紊乱、不可调和性。他并非想"纠正"什么，或指出人性或存在的"本质"，他仅仅是一个有血性、有情感、有技术的冷静的"拆弹专家"。是的，作家应该是生活和存在世界里的"拆弹专家"，生活本身在我们肆意的判断里，常常会发生某种不可思议的"引爆"，从而令生活和人心"碎片化"。而作家就是要在叙事里重新安排生活的结构和装置，复现或重构现实，避免无谓的、没有精神价值和意义的、非审美化的徒劳。

小说《棋语·靠》，像是一场"小戏剧"，如同一出"几乎无事的悲剧"，充满了人生的吊诡和无奈。张好行下棋的特点是"靠"，这种手段与其他方法一样，同属个人选择的习惯，这种习惯或"棋风"之于张好行其人，实际的反差是很大的。在张好行看来，围棋中"靠"的手段，就是"将棋盘扩大"。但张好行的处世风格却大不同于他的棋风。我们注意到，这个六七千字的短篇小说容量相当大，它几乎"概述"了主要人物张好行的一生。储福金擅于通过描述人物的几个人生片段，凸显出人物的个性和生命的"穴位"。张好行之"行"，其实是做人的某种"持守"，凡是遇事都不会随意和贸然决断，而是依靠智慧和依据进行分析、判断，选择最恰当的方式去解决问题。这一点尤其符合围棋的理路，另外，他对"靠"的理解也十分辩证。

> 都说棋若其人，熟悉张好行的朋友，却感觉张好行的处世大不同他的棋风。他外表温谦，话语平和，极难得和人有所争执。他与朋友之间，无事不走动，相见最多的是与棋友下棋，正如君子之交淡如水。

在那个特殊的年代，一场围棋棋局上的闲聊，引起有关"政治问题"案件的问讯。闲聊涉及敏感问题时，张好行立即借故机警离开；被有关部门审查、"问询"时，张好行又能十分冷静地敷衍，既可以躲过祸患，又可以保护与他人的友情。张好行依靠自己的"柔韧性"，谨慎地与人相处，乐于助人，竭力成人之美。对于张好行来说，这种"行"事原则和方式，也可以说是一种生存之"靠"。他"靠"的是"下棋行靠，为人烦事"，凡事总是能自我调和，寻求平衡。这样一个人，储福金在叙述的最后，将其"处理"成一个悲剧性的人物。他与妻子婚后没有生育孩子，妻子在亲属那里遇到一个将要被"送人"的男孩，妻子竟然"魔怔"般渴望收留这个男孩。张好行开始是极力反对的，但终究拗不过妻子的执着和"宿命的无奈"，他先到县城，再乘坐拖拉机回到几十里外的山村，结果在想象妻子和孩子的幻境中，被剧烈颠簸的拖拉机颠飞身亡。"这是靠紧了的宿命，也只有从这里解脱。"小说的悲剧感，仿佛一直隐匿在叙述的深处，訇然炸裂出难言的恐惧感、命运的悬浮感和存在的不确定性。

像这种写人生、现实和存在的逼仄，并且由此写出人性在极度无奈状态下的"扭结"或轻微"疯癫"，这种因为现实生活的某种欲望、渴求所滋生出的吊诡、不可理喻的乖张，常常超出一般思维逻辑的判断。这种"几乎无事的悲剧"的小说，叙事表层的平静背后，也潜隐着巨大的心理和情感波澜。

《棋语·连》这篇小说是专门写北巷小王的。以"连"为题，表现这部"系列小说"中"不可或缺"的引线人、衔接者再合适不过。他还是棋手之间交流对弈的约棋者、组织者、点评者和裁判。或者说，他像是"围棋的影子"，他对围棋的领悟和理解令人敬佩，而他自己从不下棋，但是，他能够组织一场场精彩的对局，无数的对局便会产生许多难忘而有趣的故事。所以，北巷小王这样的人物，能将对围棋的痴迷，转化成去努力建构一条"围棋链"的持久热忱。

> 但北巷小王内心的感觉，又对谁说，又能与谁说。
> 他一生的人世沧桑都连着棋，他一直认为围棋是思想与精神境界的观照，古来的围棋理论也是这么说的，这些年来，世界围棋冠军都出自少年，北巷小王就有所疑，莫非围棋的棋力只在于计算？现在阿尔法狗更证明了一切。
> 那么，他的一生意义何在？然而，不管对与错，他已快步入古稀之年了。莫非人生连着的只是悲哀？

我猜想，储福金写这个人物的时候，内心的感受一定是极其复杂的。这位在俗世的围棋世界里不可或缺的人物，这位几乎一生都与棋为伴的人，在进入网络时代之后，他丧失掉"约棋"的功能，无法再"连"，因为那种"原始的"棋手相互寻找的年代已经终结。储福金不得不将他写成了一个悲剧人物。失去了"连"的时代，围棋呈现出没有生命质感的"阿尔法狗"的机械的存在状态。真实和虚幻，如同人生诸多体验之后的感慨，北巷小王以一局狼狈的输局，看清了棋局和人生的真实面目。"连"的价值和意义，显然被置入一个哲学的思辨的悖论之中。

我认为，很少有作家像储福金这样，在小说写作中，对虚构世界的叙述与一种事物联系得如此密切，如影随形。围棋成为一个飘忽不定的元素，总是在人物、故事和文本结构的骨髓里，在感性和智性之间丝丝缕缕地相互纠缠，不离不弃。我们无法比较象棋、围棋与中国文化之间，各自蕴藉怎样的哲学精华，但是像"骨""气""慧"这样能主宰人的精神、谋略层面的"范畴"，经由储福金的"棋语"叙述，小说呈现的世相和人生三昧，进入了阿城所说的"世俗文化系统"。表面上，我们在储福金的小说里看不到他直接对笔下人物或事物的"陟罚臧否"，叙述始终在一个与人物平行的视角下运行。叙事也没有"奇崛"的氛围和场景，也不会像围棋"屠龙"那样峰回路转、大刀阔斧。或者，在叙事过程中致力于人的生命意识和主体意识的觉醒，构建主人公与外部存在世界的复杂关系。棋手们似乎既有"神与物游"的"手谈"状态，又都能够在生活中深入领悟俗世人生的悲欢离合、义利取舍。所以说，储福金的小说大多别有"韵致"，无论男女主角，人格、性格、秉性，或含蓄，或鲜明，无论超然、冷漠、淳厚、修洁、优雅、狡黠，都写得平实、节制而不放纵。人生在世，各种形式的悲喜剧，都含着那冥冥之中的隐喻。而人在棋中，似乎消磨了许多的时间与精力，可那消失掉的、沉淀下来的体悟又化作了另一层东西，成为动力，再变化出人生另一层行进的道路。陈建功认为："储福金很好地处理了棋道和人道的关系。作品写棋道写得鞭辟入里，准确生动，非有自身深刻的体悟，断然难以达到如此境界。作品并不拘泥于棋道，而是有机地和人生之道相融合，使作品超迈于棋道，从而对我们产生人生的启迪。实际上，这些小说也很好地处理了棋道和中华文化浑然一体的关系。"[1] 正所谓：将沧桑世事与枰间悟道熔于一炉，用"围空"的智慧破解人生困局。储福金在小说里真实地描摹出许多棋局的玄妙，也呈现了诸多俗世人生的困局和变局，让我们真切地体会到"棋如人生"和"人生如棋"的深层内涵。

---

[1] 陈建功：《棋道和人道》，《人民日报》2007年12月9日。

短篇小说的"饶舌"
——读李洱的短篇小说

一

毫无疑问,李洱是一位天才的小说家。最早读到他的短篇小说时,我就已经意识到了。我与李洱认识十七八年了,很早就注意到他文本中体现出与众不同的、独特的叙述语气,以及这种独特的话语方式所生成的独特的文本语境。我曾说,他以自己特有的语言风格,以小说的形式书写了历史或现实中话语生活的真相。在华东师大,李洱与格非、孙甘露这一波作家相比,稍微晚了那么一点点出道,但是,这也许恰恰是一件好事情,他也因此没有被裹挟在轰轰烈烈的所谓"先锋"的潮流里面。他很自我地游离于这个潮流之外,所以,他的写作也就显得更加自由,更加"放肆"无羁。他似乎始终没有被规范和界定过,你很难将其硬塞进某个框架,归结到哪一潮流中。当然,这不是每位作家都愿意的,所以李洱的独特性从他写作之初就显露无遗,他在近三十年的当代文学现场中一直是非常重要的、不可忽视的存在。

在著名的长篇小说《花腔》之后,李洱写出了《石榴树上结樱桃》。我很惊异这个文本的出现,因为他始终在探讨当代中国知识分子的命运,为什么会突然写出一个关于乡村的故事。我想,他也许是在试探自己叙述的多种可能性。其实,大概在 2005 年前后,李洱就跟我说过,他正在构想一个很重要的东西。此后,每一两年我们都会见面,每次见面他都说快写完了,所以我一直在期盼。在我们几乎快要"绝望"的时候,他拿出了《应物兄》这部沉甸甸的、非常厚重的、像一座建筑一样的文本。我在看它的时候，依然感到那么亲切、那么熟悉，大量的"李洱元素"充分地、灵动地渗透在里面。它彻底地超越了《花腔》的厚度、宽度、深度和敏感度，超越了李洱以往那些短篇小说的气势，而主人公应物兄的形象可以理解为承载思想史的巨型符码。记得李洱写《花腔》的时候，我就说这个文本是不可复制和模仿的。我觉得《应物兄》这个长篇更加不可复制，所以说，从《花腔》到《应物兄》，李洱完成了从重要作家到好作家，甚至经典作家的进阶。

但是，回过头来看，也就是在《应物兄》之前，李洱的小说，除了《花腔》和《石榴树上结樱桃》，他的主要作品都是短篇。正是这些短篇小说，最早地建立起李洱叙述的激情和"说话""声音"的分量。而无论长篇还是短篇，我觉得李洱都是在寻找某种"话语生活中的真相"，他试图通过叙述话语本身与现实的关系，建立文本结构。或者说，李洱的文本似乎在话语中累积着什么，我们也会惊异李洱会把许多信息、知识一下子塞给我们。但是，在这里我们一定要知道李洱在里面涉及的事物中，哪些是知识，哪些是信息。因为叙事文本的目的终究不是想"百度"什么，而是在叙事话语中发散出深层语义。它就像一个孵化剂，是对人性、现实、世界理解的途径和方法论。这些无处不在的重要词语，各个话语系统的词语，都被李洱纳入自己的叙述结构里。在独有的叙述结构里，构成自己话语系统的一部分，为我所用。这就是一个作家面对世界、面对现实、面对历史时最必要也最重要的思考：如何才能找到一个结构——这个结构绝不是我们日常生活中的结构，也不仅仅是词语所呈现的结构，而是一个逻辑的、哲学的、灵魂的"感觉结构"。这里面有灵魂探索的困境，有个人存在遭受质疑的"噩梦"，也有梦想难以成真的感伤情怀。尽管李洱还是用生活中惯常的词语，但因为"讲述"的独特，生活就成了词语的碎片，我们在词语碎片飘散的过程里，感受到李洱发现这个结构和话语生活中的真相时的智慧和快乐。所以，说与不说，如何说话，都构成了李洱叙述中重要的问题。刚才说李洱叙述的核心就是一个词语的问题，是如何说话的问题，这里面潜伏着一个逻辑，它是存在的，是感觉的，更是灵魂的。所以李洱采取了措辞的策略，或者指鹿为马，或者像《皇帝的新装》里的那个小孩，让世界在话语的交锋中构成反讽。在这里，大时代的风云际会如何进入知识分子的内心，进入李洱，进入像应物兄这样人物的内心，就构成一个巨大的难题。这个时代太大了，在什么高度上理解它，的确需要一定的较高的段位。如此，历史和现实、时代才可能真正地进入内心。也就是说，应物兄看上去是一个人物，但又不仅是一个人物。他是一代知识分子在喧嚣的时代里，能否保持自己的尊严和独立的问题代表。他如何存在，他的命运状况，都成为《应物兄》《花腔》这样文本的重要担当。应物，是怎么样的应物，实际上是一个哲学问题。

我觉得"应物兄"能够代表李洱叙述的一个重要的品质——"饶舌"。这也是我们研究和评价李洱的关键词。现在看，李洱小说所体现出的话语方式，对于人物来讲，往往还不是一个主动的东西，而是向内收的，是承载的，是往里走的姿态，可能还是被动的。李洱笔下的许多人物，最后总是自己在不断说服自己，自己在进行着话语的狂欢。一些人物一直在向内转，转到最后，发生自我纠结、自我冲突，甚至人格分裂。可以想见，当一代知识分子的命运深入一个人内心深处的时候，形成这个人向内转的反思，这是值得重视的精神、灵魂问题。所以，长篇小说《应物兄》这个名字及其"声音"，确实值得深入考辨，它几乎囊括了李洱以往小说所有人物的精神特征和汉语的"梵音"。应物兄之所以要如此自己讲述，还有在另一部长篇小说《花腔》中那些讲述葛任的话语，是因为这些都构成了花腔般的"众声喧哗"，并成为一种独特的话语场域。在这个场域，似乎永远没有结束，永远没有结果，在话语制造的过程中，诞生了无数的玄机和奥义。这里面埋藏着一个巨大的隐喻，在一个时代，一个知识分子需要开口说话的时候，这些"饶舌"的声音体现出的却是犹疑不决、沉思默想，这些都需要我们再度破译。作家李洱本人的确是语言的天才，是一个理解语言、使用语言的作家，也是能够把语言转化建立起自己话语系统的作家。他自己早就说过，他的写作愿意从经验出发，同时又与经验保持距离，去考察话语生活中的真相。可以说，在当代作家中，李洱叙述的路数与众不同，奇妙诡异，他的小说思辨性和抒情性结合，知识性和日常性贯穿一体，在一个情感与"智力"统筹的空间构成叙述的宽广和自由。因此，不夸张地说，李洱的大量短篇小说以及长篇小说，尤其是他的小说叙事语言，都是李洱对我们时代文学的重要贡献。

二

格非在谈到李洱小说所固有的知识分子文化视野时说："李洱的语词和语式中，有一种对知识分子言说方式的自觉认定。"① 我想，在这里，格非指的绝不仅是李洱小说叙事的那种特有的书卷气，叙事的儒雅和从容不迫，或机智、或诙谐、或沉郁的气质，还关注到他小说"说什么"和"怎么说"的问题及其两者之间的内在关系。李洱自己也说："我愿意从经验出发，同时又与一己的经验保持距离，来考察我们话语生活中的真相。在写作中，我的部分动力来自形式和故事的犯禁。"② 很显然，李洱找到了他自己体验、理解和表达当代知识分子存在的角度、方法和思维方式，他尤其发现了"话语""叙述"的表面特征及其潜在逻辑之间，语言的经验特征及思想本身之间的相互依存与分野。他在所谓的传统意识形态话语、语词的乌托邦与"日常生活话语"之间捕捉到知识分子特有的"存在性话语"，也就是，在体验与虚构中，发掘出具有独特品性的个性思想在语词中的闪耀，并使之在叙述的巧妙和机智中获得思想的张力。多年以来，李洱以极大的热情和耐心专注知识分子叙事，努力去洞察其中不可知的内在秘密，发现知识分子自身的多重叙事可能性，他总是能够保持把个人体验、个人情绪转化为对整体叙事的冲动。我们在短篇小说《午后的诗学》《导师死了》等大量关于知识分子叙事的文本中看到，他擅于把知识分子现实存在转化为个人的直接体验。在这里，知识分子的公共历史或存在境遇被个人经验重新编码，衍生成个人内心生活的一部分。我感觉到李洱在知识分子叙事上潜在的叙事雄心，是试图去写出这个时代知识分子的精神发展变化史。因此，在他的"叙事诗学"中就呈现出巨大的包容性。在对个人经验、个人无法进入公共空间、个人生存方式及其困境毫无保留的揭示中，

---

① 格非：《记忆与对话》，见《中国当代作家面面观——寻找文学的魂灵》，春风文艺出版社2003年版，第321页。

② 李洱：《夜游图书馆·自序》，浙江文艺出版社2002年版，第2页。

既保有对于知识分子神性、人文性、和谐性、永恒性追求的古典情结，又有对其浮躁、寻找、怪异、失落、裂痛等精神震荡、集体无意识的深刻剖析。可以说，李洱的知识分子叙事既是"解构"的，也是"建构"的；既具有深厚、结实的古典性，又具浓厚的现代主义诗学特征。

从整体上讲，李洱的知识分子叙事，基本上不大关注具体的、重大的历史事件或生活事件，而是不断返回到个人的日常性存在、个体生命体悟，直指知识分子的精神内核的蜕变。这就使李洱的叙事具有生活的刺痛感和焦虑性。从这个意义上说，李洱对小说艺术的技术成分也具有"解构""建构"的双重考虑和实践。从《午后的诗学》《导师死了》《悬浮》《抒情时代》等短篇小说到《遗忘》《花腔》《石榴树上结樱桃》等长篇，无论是人物和主题、人伦道德概念，还是不同的文本语境、各种复杂的结构形式，都对我们的批评和分析不断形成种种挑战，这种挑战及其意义有时甚至超出了我们的"知识""学问""理论"所能到达的范畴。

有人说，李洱的小说"既不满足于传统的意识形态话语，又不屑于日常生活中的私人话语，而是力图建立一种人文话语或知识话语。李洱对叙事话语的选择极为敏感，也比较慎重"[①]。我觉得，一个作家对小说叙事话语的选择，或者说其独特的话语形式和艺术质地，最终都取决于文学观中的哲学倾向。李洱的知识分子小说，表面上看只是对知识分子日常生活、基本存在形态的描述，无论是主题，还是人物，并无明确的指向性内涵，但他的话语中，包括叙事话语、叙事视角都隐含着强烈的哲学意蕴，也就是说，他的小说里有哲学，有对生活中问题的发现。李洱在20世纪80年代末开始写作，90年代中成名，李洱的写作恰恰置身于中国社会进入消费时段的过程及历史现场，但他并未进入带有任何时尚性、功利性的消费写作，同时，他还始终在远离、躲避种种公共意识形态对自己写作的规约和影响，从容地从事关于知识分子的严肃性写作。梳理、回望李洱近些年的知识分子文学叙事，我们会看到，他格外重视对当代、现代知识分子日

[①] 李庚香：《文化视野中的意识形态话语建构——对李洱〈花腔〉的文化批评》，《文艺争鸣》2003年第2期。

常生活的审美解释,并将其艺术地转化为审美的幻象。他似乎很早就清醒地意识到,文学写作的经典化和浪漫化、传奇化时代已彻底终结,消费时代的现实和存在完全是超真实的。那么,在当下的写作中,"日常的政治、社会、历史以及经济的整个现实都与超真实的仿真维度结为一体,我们已经走出'审美'幻觉"[①]。与许多后现代写作方式不同的是,李洱既不热衷于戏仿,也无意进行策略性拼贴和仿真,而是坚持从人和生活的"存在性",尤其话语存在的可能性出发,在"话语""叙述"上开展有广度、深度和复杂度的掘进,并以此为切入点,对存在进行广泛质疑,或者说李洱在努力发现另一种真实或真相。也就是说,在关于知识分子这个生产话语的群落的叙述中,李洱表现出了智慧和勇气,也体现出一种不可抵抗的说服力,足见作家的个人品格。

按照胡塞尔的说法,现象学往往采取一种描述的态度,面对一种存在,我们只要把在意识中呈现的"事物""事实"描述出来,本身就构成一个生动、真实的"现实"世界,一个有意义、可表达的世界,这个世界同样具有当下的直接性。对小说而言,作家已经从具体的现实空间中解放出来,通过体验到的记忆、超现实的想象和虚构,摆脱了"众声喧哗"的话语干扰或语言秩序,使"叙述"作为一种独立文本的话语展示而成为我们心中的生命体验或历史经验。在这种"体验""摆脱"到"叙述"的过程中,"叙述"或"叙事"成为作家意识自身的一种建构性活动。"叙述的功能,在于通过'叙',使得语言的指谓意识中的事成为所叙之'事'的意义,亦即意识本身在'叙'中对意义的体验。"[②]如果从这个角度看,李洱的"话语""叙述",正是在对知识分子的话语解构和建构中表达出其存在的焦虑、"话语"及话语之外的存在困境,由此,书写出中国现代、当代知识分子的精神结构。而且,我们在李洱的小说文本中,也同样强烈地感受了他在知识分子叙事中承受的巨大压力,无法掩饰的表意的焦虑。这一点,从他的短篇小说文本开始,直到八十余万字的《应物兄》,李洱仍然在不

---

① 转引自陈晓明:《表意的焦虑》,中央编译出版社2002年版,第430页。
② 陈家琪:《话语的真相》,上海人民出版社1998年版,第86页。

知疲惫地"饶舌",在"饶舌"的话语场域寻求对话的可能。也就是说,当文学叙事的经典性和庄严性普遍缺失之后,作家必然可能在美学上失去应有的方位感。所以,李洱一直在耐心地寻找合适而机智的表达,实现对生活现场独特性和丰富性的呈现,以拯救文学被虚拟注入的虚妄,为其增添必要的活力和生机。

无疑,李洱是一位努力使自己始终置身于发现之中的作家。他在一篇短文中曾经表达过自己在写作中遇到的困难:"鉴于我们现在所处的这个时代的种种共时性特征,鉴于它的暧昧和含混,这个时代的写作无疑更加困难,比尤奈斯库的那个时代还要困难。""从某种意义上说,现代小说是对日常生活的奇迹性的发现。在那些最普通、最平凡的日常生活中小说找到了它的叙事空间。"[①] 多年来,我一直认为李洱是一位极其重视小说技术、颇具先锋意味并取得了相当成就的作家,那部著名的《花腔》,那些重要的短篇小说,就是证明。那么,当我们读到《喑哑的声音》《饶舌的哑巴》《导师死了》《光与影》《现场》《斯蒂芬又来了》《平安夜》等短篇小说的时候,我们立刻就会意识到,李洱对生活不仅仅始终保持着怀疑的立场,还在思辨、写作中表达着他的发现。李洱从对形式感和叙述语言的讲究与迷恋,到重视对日常生活新质的发现,不断地去发现生活本身可能有的结构,并通过这种结构的呈示,给读者展现一个诡谲、充满魅力的生活风景。这些小说明显地想摆脱以往那种文体、技巧对叙事的过多干预,消除流畅、耐人寻味的叙事策略给读者造成的各种复杂幻觉,当然更不去刻意地揭示某种生活真相,阐述一种价值意义,而是为我们铺设了一条游离于现实和幻觉之间的模糊的道路。在这条路径上,阅读只能与生活相遇,而不是单纯地接受作家某种指令、文本暗示或潜在意图。

我感到,李洱就是自觉地通过颠覆那种惯常的文本策略,继续颠覆生活表象的存在虚拟性、虚伪性,从而寻找到另一种叙事或生活的真实。由于现代汉语语言本身具备的多义性和暧昧性,使得语言和事实情境之间构

---

① 李洱:《写作困难与怀疑的时代》,见《中国当代作家面面观——寻找文学的魂灵》,春风文艺出版社 2003 年版,第 315—316 页。

成了某种"错位"或者"词悬浮",而"表达"的困难更是时刻困扰着小说家的智力和情感。可以说,李洱在他的文本里苦心孤诣或者说"蓄意地"写下了思想者的笨拙、犹疑、虚妄、迷思、困窘以及破译天机的冲动,实际上却实实在在地记录了他们作为个体的悸动和尴尬。

我记得,十五年前,李洱曾在著名的文学评论杂志《当代作家评论》上首发他的小说《光与影》。这篇小说给我留下深刻的印象。

21世纪初,时代转型期的震荡在人的心理和灵魂层面刚刚泛起波澜,李洱就清醒地站在独特的现实之境,呈现人的现实处境的尴尬和无奈。李洱刻意选择孙良这个人物作为一个视角,让他以参与者或见证者的经历与体验,引出现实的场景、现实的光怪陆离及其缺乏诗意的荒诞。孙良是小说叙述故事"在场"的主体,他与生活纠缠在一起,这使得他时刻直面世事,真切地显现出现实生活磨蚀下年轻知识分子心灵的沧桑和酸楚。这使我们和孙良一样,无法处于某种事物的边缘而具有那种旁观者的清醒,李洱在这里,显然不是在"重构"现实,而是"体验"着现实与心灵之间的种种微妙关系。小说将人的现实处境、生存理想、伦理观念及其关系同社会背景糅合在一起,传达出作家在时代困境中对生活的一种怀疑,对生活可能性的发现。李洱在这篇小说中几乎完全摆脱了对文体或者说技术的依赖,小说的故事结构已经不再是作家刻意"建构"的,人与人、人与生活也不具有象征关系,也不对现实生活做出某种本质主义的抽象。喜欢打"活扣"而不愿系"死结"的孙良始终保持着善良、坚忍的天性,大学毕业后找到的第一份"工作"却是在城市里受雇于人去贩卖盗版影碟。这本身就充满了滑稽和荒诞。孙良这个以一种朴素、质朴的心灵面对生活的人,最终竟被促成一个受害主体,处处陷于生存的尴尬境地。皮皮是孙良的"恋人",是孙良情感生活即私人空间的信赖者,老吴是他的"老板",两人都应该与孙良达成一种良好的合作关系,但最后都成为孙良的加害者,成为对孙良生命尊严的攻击者。孙良对自我尊严的捍卫,皮皮、老吴对孙良的"抛弃",使他们之间陷入了伤害与被伤害的怪圈。

小说人物活动的环境有两个:古城墙下的城市和贫穷的乡村本草镇。这两者又都被笼罩在现代网络化、信息化的虚拟化之中。实实在在的情感和生存现实被处理成简单和虚幻、投机和阴谋,而网络所传达出的变幻莫测的图像和模拟、拼图、组装等影像则充斥、占据了人的现实空间。网络、光与影像修改了生活，或者说，现实生活与虚拟生活被相互混淆了。无论是本草镇走向世界的"名人"栾明文，还是皮皮的未婚夫"阿富汗"，并没有在生活中"现身"，却几乎操纵了生活的某种走向，甚至改变着人们的荣辱观、信念、情感和伦理。人自身创造的现代生存手段不仅没有提升生命本身的精神存在质量，反而成为人现实悲剧的制造者。孙良与皮皮，皮皮与"阿富汗"，孙良与王向军，皮皮与女孩之间"假戏真做"，让人们感知了现实星空的迷乱和难以把握。李洱最终想解决的还是存在、现实、物质与心理、精神、灵魂之间无法回避的矛盾性问题。

可以说，李洱很早就已经意识到，如果想对现代的日常生活进行判断和表现，就必须建立与当代生活现实广泛而密切的社会联系，而不能武断地、过于极端地倾向于单向审视生活的立场，以避免对当代都市、乡村生活现实的感性认识不足与理性判断的偏颇和狭隘。因为面对生活本身呈现的丰富性和复杂性，常常会使我们的感觉和表达具有一定的局限性，并呈现平面化。另外，通过现代网络等媒体对古代、现代文明的追问及运用"后现代"手段所拼贴、改写出的现实，也与贫困落后的乡村构成了巨大反差。我们发现，小说有意更多地表现"网络"对人们日常生活的多重干扰，甚至是生存方式的改变，这让我们感受到现实的冷峻，以及这种现实对人的生活的极度挤压和剥夺，对人性的磨损和扭曲。无论人在生活中处在怎样一个界面或平台，社会的"文化化""文明化""电子化"都会让其为"欲望""生存"付出沉重的代价。光与影不仅会对人产生震撼，更会使人迷惑。问题是，我们能够在多大程度上意识到这种巨大迷惑所带来的恐惧呢？

我们注意到，孙良这个人物的名字，像费边一样，不止一次出现在李洱的不同小说中，这就使这些文本有了"类"的倾向性。

在《喑哑的声音》里，李洱写了孙良"成为"人文学者之后的一段情感遭遇。确切地说，小说叙述的是孙良与一位女主持人的婚外恋情。我们说李洱更愿意让叙述回到个人的日常性存在，凸显个体生命体悟，彰显知识分子的精神内核蜕变和心理曲张，产生具有生活刺痛感和焦虑性的意识"扭结"。这篇小说通过"声音"，使得孙良和邓林建立起幽微而暧昧的情感纠葛，由此引发当代生活情感危机的敏感主题。如何在一部短篇小说中建立起严谨、得体的结构，可以判断出作家的叙述格局。这篇小说开头时写孙良到费边家打牌，似乎在不经意间让小刘在别人赢牌的时候，讲述一些低级故事，讲到济州交通电台的情爱热线，讲到主持人与听众的遭遇，并打开收音机，让大家听到女主持人疲惫而伤感的声音。这时，我们丝毫没有理会这个无意间的铺垫，直到后来，孙良去济州讲学时与女主持人"撞"在一处。当然，这并非作家刻意地"勾兑"两个人巧合的遭遇，孙良"循着"声音获得的神秘感觉，被一种空洞或虚无裹挟着，挣扎在无边的精神悬浮里不能自拔。富于悲剧性的吊诡之处在于，无论是邓林节目里的听众们，还是孙良本人，都无法听到邓林真实的声音。

表面上看，李洱的叙述已经被生活的扑朔迷离裁剪得格外零乱。因为小说文本的潜在意图并非想与现实建立一种全面的对话关系，以及"自我对话"，所以，他并不想在文本中增加叙事的历史纵深感，而仅仅是张扬生活的悬浮感、人物的无力感。在这里，仅仅是"现实场景"和话语之间的"不兼容性"，就已经令李洱感到了表达的困难，但他还是表达出了自己对生活的怀疑和发现，如他自己所说："在困难中表达困难，在写作中写出写不出来的，既是写作的意义，也是写作者的宿命。"①

三

王安忆认为："好的短篇小说就是精灵，它们极具弹性，就像物理范畴中的软物质。它们的活力并不决定于量的多少，而在于内部的结构。作为叙事艺术，跑不了是要结构一个故事，在短篇小说这样的逼仄空间里，就更是无可逃避讲故事的职责。"②作为短篇小说的身体力行者，王安忆对现代短篇小说的理解，显示出不凡的见地。故事是小说存在的坚硬内核，而灵动、飘逸的思绪和精神是牵动叙述行走的灵魂。可以说，李洱的短篇小说都是在对某个结构的寻觅中创造故事或制造叙事的弹性。不同的是，

---

① 李洱：《写作困难与怀疑的时代》，见《中国当代作家面面观——寻找文学的魂灵》，春风文艺出版社2003年版，第315—316页。
② 王安忆：《短篇小说的物理》，《书城》2011年第6期。

叙事中的"李洱元素",更体现为叙述本身以及人物之间对话之于故事、情节、细节推进的隐秘关系。这就是我们所热衷的李洱叙事的"话语生活"及其"真相",构成李洱小说"饶舌"式的自白、独白。因此,我们说李洱"结构故事""讲故事"的方式,隐含着某种强烈的"反小说"的冲动,这种有意为之的"企图"在他的文本中不停地蔓延。只不过李洱不是那种霸道地以概念去伤害现实世界的"原生态",超越人类经验的真实性、可能性。而且,李洱的叙述似乎就在告诉我们:小说就是一次次"指鹿为马"的玄想。

具体说,特定文本结构所呈现的故事或"现实"与词语的关系,实际上是一种"错位"关系。词与物之间的"错位",那种"指鹿为马""皇帝的新装"式的锋芒,并不是话语机锋能解决的哲学性难题。虽然,"词与物"之间,并不是一种所谓"证悟"的过程,但毕竟是"精神之难"。这样,李洱试图解决"数学思维""知识性"写作对于叙事结构、"原生态"存在构成的消解性冲击,又极力想避免叙述话语上神魂颠倒的自我纠结,就可以得到理解。李洱深信叙事学大师华莱士·马丁所言:小说意味着词与物之间的错误联系,或者对不存在之物的言及。就是说,词与物从来不存在对等关系,"词中之物"与"物"更不存在对等关系,否则,"词"本身的价值和意义就将被取消。我们从长篇小说《应物兄》中,可以看出三十余年来李洱在之前的短篇小说写作中的精神和话语方式的探寻与历练。语言是一种文化现象,语言的背景是文化,一个作家对文化的理解愈是深切,他的语言便愈会有特点,也就会愈发具有表现力,写出最有自己"性格"的语言。这样,文本也就充满了李洱自己的气息,他在捕捉、寻找、发现时代生活最具感受力的话语,彻底敞开人性的复杂性,就是在发现这个时代生活和人性的秘密。

李洱是一位能够修改现实图景并重构精神"物证"的人。他清楚现实的种种复杂机制,面对物质生活和精神生活之间的关系,李洱通过"话语"凝聚的内爆力发散人性内部的心理分裂,连缀破碎、割裂的世界。我们注意到,李洱短篇小说大多都是以叙述者的视角、目光或眼神,梳理现实场景,洞悉人物内心。施战军较早意识到李洱创作中的"转换"姿态:"他始终保持正视,在智性之上,眼神里蓄满经验的感受,正视那被称为'社会转型期'的现实,尽管它到期的指望也许遥遥无期,正视我们置身其中的世道人心——尽管其中圈套重重。""李洱的一贯性在于对处在荒谬之境的人的考察分析。"①无疑,"荒谬之境"在李洱的小说里俯拾即是。这种"荒谬之境"是他试图呈现知识分子精神与道德秩序,在时代生活中发生的变形移位,如何失去其传统的"合法性"的独特场域。以往抽象的、绝对的社会道德判断,被卷入中国的当代现实和具体的个人遭遇,其内在的精神本质就变得复杂而且相互缠绕。可以说,《午后的诗学》呈现了文学写作所能达到的极其纯粹的文学语境。这篇小说让李洱找到了一个新的叙事生长点,并显示了他对"现在""话语"把握的能力,也是他对追求"现实本质"写作的一种反拨。在这里,宏大叙事彻底解体,对个体生命存在的尊重、确证及讲述,成为主要的呈现方式。无疑,这是一篇表达人的存在焦虑和精神处境的小说。小说讲述费边生存的各种要素及其细节,他的精神、道德和心理在社会转型中所遭遇的双重困境。作为知识分子中较高层次的诗人费边,在自信地讲述"高贵"的同时却跌进了俗世的旋流,以自身的无奈演绎着马拉美《焦虑》中灵魂的风暴和人性的高贵。诗人的生活必然是体验着的生活、反思着自身的生活,而且诗人与现实生活的关系或和谐对应,或抵触龃龉,都是通过一种内在的心灵活动和"话语"过程实现的,费边的内在生活的结构本身,决定了他内在精神结构与现实的对峙。而作为诗人特有的感受方式、向度和敏感则使他远离集体想象而进入个人玄想。这种冲突的结局呈现为费边现实生活的溃败和自我生成的"话语生活"的盛宴,他只有在消费话语时才能确证着自己的存在,并最终完成人格的自我消解,费边的恋爱、婚姻、事业以及全部精神生活,都转化为话语的展示、暗示或隐喻。我们从话语的展示中看到,费边的主观世界决定着费边主体的、存在的客观世界。李洱深悟现象学大师胡塞尔"回到事物本身"的理念,所以,叙述试图"回到精神的原点",直接面对并不简单的现实生活,面对世俗、物质对象做出应对。那么,但丁的《神曲》、莎士比亚的戏剧、亚里士多德的哲学、马拉美的诗句,便成为费边存在的

---

① 施战军:《转换中的李洱》,《当代作家评论》2004年第4期。

内在精神依据，而费边的意义也正是在这种意识的创造性活动中逐步建构起来。在李洱的文本中，"叙事"这一写作活动恰恰将二者包括在内："叙"是一个能动过程，"事"即是被"叙"所建构起来的对象的价值和意义。小说向我们呈现出费边精神活动的私人性特征：事业的郁郁寡欢，友情、爱情、婚姻的困惑，精神的颓唐，"几年之后，当一切都已分崩离析不可收拾，当各种戏剧性情景成为日常生活的写真集的时候"，费边仍在朋友的婚宴上给同桌的一对恋人讲述柏拉图的爱情说，还在一如既往地构思他的诗歌《午后的诗学》，费边仍然在自由自在的精神漫游中，找寻"经典话语"的力量和对自我的存在支撑点，同时，他也在对"话语"的戏谑中拒绝来自心灵的拷问，以此模糊伦理的界限。一般来说，知识分子，特别是诗人，出于对精神生活的爱好和信奉，往往轻视甚至蔑视粗俗泛滥的物欲，在物质面前都表现出淡泊或弃绝的态度。苏东坡的"宁可食无肉，不可居无竹"应该是这种态度最好的注释；美国作家梭罗也有名句"简单的生活，深刻的思想"，这已成知识分子理想的生活模式。他们在借用现代物质手段的同时，仍然保持着对理想生活模式的向往，他们对自己不得不身处其中的物化环境保留着清醒与批判态度，因而他们才能发现并反对工业文明下人的异化状态。而费边则在进行灵魂慎独的同时，保留自己俗世的常识感和务实原则，同样钟情于物质并对现实具有一定的妥协性。他运用、利用话语也解构话语，在话语生活中对现实开着米兰·昆德拉式的"玩笑"，享受着"智慧的痛苦"，直到彻底凡俗化，直到诗歌的最终消失。可以说《午后的诗学》中的费边，是李洱对当代知识分子人物形象画廊的独特贡献，所以，这篇小说整体上的分量便可想而知。

　　从某种意义上说，小说《导师死了》颠覆或改变了我们时代的所谓精神、灵魂的"朝圣"方式，甚至阻隔了我们寻找终极意义的现实与理想的路径。应该说，"导师"在某种意义上是高于"诗人"的更高文明层次上的精神化身、文化语码和指代。导师之死，从本质上讲，表现为对人类生存的本源性与终极性的怀疑和无奈。导师为何而死？如何死？怎样死的？导师生存的真相如何？这种追问在小说的叙述动机方面似乎是虚妄的，因为生存的本质、生活的终极性意义在这里是不存在的。文本对导师吴之刚生活中诸多的迷惑、悬疑等真相的揭示，或许正是对精神真相的彻底否定。

叙述者通过对导师死亡过程的回忆和话语"讲述",努力梳理导师精神、物质生活的种种细节,试图在情感、敬畏、高尚的意义上恢复这位导师的风貌。李洱设计了将导师置于"话语"旅途中的方式。从文本上说,导师始终是被"讲述"的,是局部缺失的,这里的"叙事"是对"缺失"的缺失性叙事,看上去,这是作家的纯粹方法论的叙事策略,实际上是指向一种存在"现场",指向一种本质是对知识分子存在真相的根本性"解构"。李洱扭曲和撕碎了一些不言自明的理性东西,也修复和还原了另一些感性内容。因此,"导师死了"是否可以对应"上帝死了"已变得不再重要,关键是活在"话语生活"中的导师,正渐渐地在推动话语中扭曲着话语,所以,身体的消失与否已经不足以和精神寂灭给人的震撼相比。在这里,李洱无所顾忌地摆脱了许多经典叙事可能给文本带来的窠臼,他完全是在一个新的叙述出发点上,在多重历史或现实关系中把握"现在",表现当代人文知识分子文化乌托邦冲动的衰竭场景。小说中所描述的作为民俗学学术权威的吴之刚教授,为了"报答"常老,已先在学科话语内将自己的学术自主精神自戕掉,后来其情感的悲凉、欲望的乖张、灵魂的孤独与绝望,更让我们看见了导师生存环境的恶化。也许,正是日常生活的庸俗但又不断的重复轮回,既消灭了导师的肉体,也使人们觉得自己并不需要导师,这无疑是人类的存在性悲剧,是人的精神性苦难。吴之刚最终在疗养院以奇妙的方式终结肉体和精神的双重存在,也暗喻了一切"话语"存在的虚无,显然,这已是无须"饶舌"就可以解决的终极选择。

在阅读李洱小说的时候,我们可能还会考虑人性、性格和文学人物形象的问题,因为这涉及短篇小说中人物形象这一重要元素在李洱小说中的作用、价值和意义。记得汪曾祺在评价林斤澜的小说时说:"林斤澜写人,已经超越了'性格'。他不大写一般意义上的、外部的性格。他甚至连人的外貌都写得很少,几笔。他写的是人的内在的东西,人的气质,人的'品'。得其精而遗其粗。"[①]一般来说,"接近真实",就必须竭力塑造人物性格。而余华对此有不同看法:"性格关心的是人的外表而非内心,而且经常粗

---

① 汪曾祺:《林斤澜的矮凳桥》,见程绍国《林斤澜说·序》,人民文学出版社2006年版,第7页。

暴地干涉作家试图进一步深入人的复杂层面的努力,因此我更关心的是人物的欲望,欲望比性格更能代表一个人的存在价值。"[1]汪曾祺和余华对小说是否一定要以"性格"为入口进入人的精神、心理乃至灵魂层面,提出了质疑。对于小说而言,在一定的文本情境、场域或有限的镜像范畴内,呈现出人物最重要和真实的存在状态,表现人的欲望形态,确实比呈现性格层面更具有冲击力和辨识度。

  仔细琢磨李洱的短篇小说,看得出,他确实不在意人物性格的刻画和凸显,而是更注重人物在特定时空的行动力和心理、智力活动,由此潜入人物的欲望层面,倾听他们灵魂深处的声音。《喑哑的声音》里,孙良和邓林的暧昧情感,似乎与孙良和邓林各自的性格系统并无特别密切的关联。孙良在费边家听到济州播音主持的故事,成为叙述的伏笔和暗示,而促使孙良走进邓林情感世界的决定性因素,还是孙良孤独的心境和情感的寂寞。两者之间"喑哑"的"饶舌",构成了他们这场"婚外恋"滞涩和粗粝的尴尬状态,同时,还充满了两者各自的自我质疑。在这里,李洱虽然无法描述出孙良的性格,但是通过两者交往的状态,已经让我们感受到"声音""气息"和"饶舌"话语的黏滞与胶着。尽管他们仍然处于一种相互"倾听"的状态,但实质上是非对话、恍惚的"自语"的话语处境。

  在《饶舌的哑巴》中,年轻的知识分子费定,在课堂上与学生之间的专业交流是"饶舌"的、阻隔的,在整个教学过程中,讲述常常自我矛盾,将自我惶惑地绑定在讲述的内容里,难以自拔。无疑,费定处于一种被学生"放逐"的状态,被"饶舌"的词语消解乃至吞噬掉。在婚姻生活中,他与妻子范梨花之间也是剑拔弩张的关系,他们的书信交流也匪夷所思。妻子竟然寄给他一只剃须刀片,以示与其断绝任何书信联系。即便在餐厅偶遇,也形同陌路。而在"我"与费定并不复杂的交往和"对话"过程中,费定的表现也游离于现实生活的感应状态之外,貌似"藏拙"的稚气中,隐匿着逻辑、修辞的漂移,以及价值的冲突。

---

[1] 余华:《虚伪的作品》,见《我能否相信自己》,人民日报出版社1998年版,第171页。

可见，在李洱的小说中，由"话语"的悖论或思辨的逻辑"掩盖"的真相比比皆是，叙述、故事、人物和细节的真实性，愈发扑朔迷离，莫衷一是。而时代、生活和人性的复杂性，从另一个维度获得智性的观照。总而言之，李洱的小说在努力通过叙述、语言和"话语"，呈现真实的人性状态和精神世界的内在矛盾性。这里面既有价值的冲突，也有对既有的日常生活中熟悉原则的重新认识。李洱的"饶舌"话语，在他的小说里绝不单纯是人物的心理、精神呈现状态，已经成为结构文本的叙事策略。

"尽管怀疑主义情绪如同迷雾一般无处不在，但我每天还是要在那迷雾中穿行。帕斯捷尔纳克说，'我写作，因为我有话要说'。他讲得真好。'有话要说'这个伟大的动机，几乎会在每个作家的写字台前闪光。但对这个时代的写作者来说，更重要的可能是要说出自己的话，以自己的方式说出自己要说的话。"[①] 我想，李洱在大约二十年前讲出这番话时，他已经十分清楚"以自己的方式说出自己要说的话"是困难的，因为这不仅关乎激情、勇气、想象力和学识，还关乎一个作家的良知。显然，李洱做到了。

---

① 李洱：《午后的诗学·创作自述》，山东文艺出版社2004年版，第19页。

是星辰,还是萤火

第三辑

时代变局中人性与命运之殇
——贾平凹长篇小说《河山传》读札

一

最初看到《收获》上长篇小说《河山传》的名字时，我便感觉到这部小说一定是具有深广的象征性意蕴和时代隐喻的作品，如此前《废都》《秦腔》《古炉》《山本》《秦岭记》。在这里，我们看到的是，作家在叙事中选择两位最重要的核心人物"河山"——洗河和罗山作为"传记"的传主，其叙事意图似乎已经很明显：通过两个小人物的命运、人性状写大历史，并采取对生活和现实的民间化、世俗化处理，将世相和人性的真实样貌呈现出来。我想，这或许就是贾平凹叙事的题中要义。也就是说，小说的整体结构和基本框架是以"河山"为共同的"经纬"，继而展开耐人寻味的叙述。实际上，这两个人物也确实成了推进故事不断向前延展的"万有引力"，而且两者也是无法分离地"胶合"在一起，这不仅因为他们在某个时间或时刻戏剧性地不期而遇，更在于两者在人生诉求、命运等维度上宿命般地彼此契合、互补和对冲。作者对两人的"着墨"，可谓浓淡相宜，让他们彼此"相得益彰"。可以说，正是叙事贴着人物走，呈现出人物逐梦的乐趣、哀苦、寂寞，不断生成的欲望和不可抗拒的宿命，以及精神、灵魂难以重生的身心跋涉，以此来完成对大社会、大历史的思考。而作为生命个体的人，必然触及这个时代社会的经济生活、制度、文明，那么，应该如何来确立自己在大的时代潮流中的位置，发展自己、壮大自己，并在这种发展中建立起自己的人格与尊严，这同样是《河山传》带给我们的深度思考。无论时代生活出现怎样的变局，历史总的方向是进步的、向上的、向前发展的，当然，这个过程可能呈现波浪式推进，每一个波折都可能是有意义的，人的行为不应是无序的、肆意妄为的。所以，置身其中的人物的行为都应该是积极的、有意义的。在贾平凹的书写中，我们体会到，小人物与大历史之间应该有着和谐的"共情"。

南唐何溥在《灵城精义》中说："龙之性喜乎水，故山夹水为界，得水为住"，三十余年前胡河清在《贾平凹论》中曾引用这句话来谈论贾平凹的"文运"与故乡山水之间的隐秘关系。现在，我想以此来形容洗河与罗山的"山水"关系好像更妥帖。虽然，在这里我们难以执意判断山与水究竟是谁"主导"了谁，但"夹水为界"，还是隐约见出作家对作为主人公之一的罗山"得水为住"的潜在隐喻。贾平凹擅写"异人""异禀"，人物无论何等出身，在他的笔下常常性情随机而起，其生存形态常与现实浑然一体，构成平衡之势。仔细看来，罗山是有"龙性"的人物，他的人生凭借自己率性、随性、耐性的性情，得以形成"占山为王"的气势。这位看似凡俗之人，身上涤荡着非凡的大度、豪迈之气和睿智。这一点，在许多细节处都可见一斑。罗山与罗闻涛谈论工程公司经理明岛时，罗闻涛对此人一脸的不屑，认为明岛是个"二货"，"想不通这样的人咋还是公司经理"，但是，罗山却说："英雄不问出处，鸡没鸡巴自有出尿的道儿，咱不管这些。"倘若仔细辨识这个人物的独特之处，便可以充分体会到作家描摹人物的成熟度之高。表面上，我们几乎看不出罗山对于生活沉湎的深浅，但贾平凹真正地写出了他属于"这一个"人物自己的安身立命的时空伸展度和人性维度。"角色倔强，顺着它的命运进行，我只有叹息。"[①]罗山这个形象的"前身"，从贾平凹小说的人物谱系考查，有着一长串人物的影子和底色，他们的骨子里都隐藏着相同或相近的血性和基因，他们的人性在挤压的生活现场，没有变得狭窄，而是不断竭力地挣脱自身和外在的枷锁，总是真实的"在场"。作家在思考人物的命运之余，同时表现出对人物莫大的悲悯，尤其感慨时代生活的潮涌、万千变化中人物的多舛命运、时事的驳杂和难料。"深陷于泥淤中难以拔脚，时代的洪流无法

[①] 贾平凹：《河山传·后记》，《收获》2023年第5期。

把握,使我疑惑:我选题材的时候,是题材选我?我写《河山传》,是《河山传》选我?"① 就是说,贾平凹在写作这部小说的时候,伴随他所描摹的一切细节纷至沓来的,是对几十年过往的回眸和反思,是对激荡在其内心深处的时代精神、社会撼天动地的变化和人心理嬗变的整饬。在一个新的时间节点,从新的维度摹写、呈现纷繁的充满不确定性的生活,以"新文本"重新过滤、审视几十年来的"岁月"之殇、灵魂之殇、人性之殇,成为贾平凹继续摆脱叙事"七年之痒"的新选择。因此,这既是作家又一次自我更新,脱胎换骨,也是借所谓"老题材""新故事"的书写,迸发出"重构"历史和现实的激情和冲动。《河山传》把时间拉回至改革开放的1980年代,再向后延展到2020年,重新发掘这个始终处于变革时期的历史,勘察在绵亘的时间段里的人性状况。这种写法既是"重构"也是"解构",其中没有一点虚幻、虚妄的东西。罗山和洗河贯穿整个小说,支撑着文本的结构,贾平凹试图让他们一起联袂穿越俗世、欲望的黑洞。这两个人物几乎成为他写作这部长篇小说的重要"寄托"和叙事推动力。

二

面对这部《河山传》,我再次想到胡河清论及中国当代现实主义小说创作时提出的"全息性"。"中国文化传统历来把全息主义作为哲学基础",而且其间"贮存着中华民族历史、社会生命状态的深奥信息"。② 胡河清以此作为切入点,探索文学写作对世界历史和生命图景描述时的神秘主义、理性主义、现实主义之间的隐秘联系,甚至它们的星象学蕴藉,以及对世界、生活图景的感知方式如何以全息主义的形态相结合。对于文学的"全息性"概念,我更愿意从叙事话语的角度做出一种理解。我觉得,这就是由一位作家写作发生和叙事起点所决定的对一种美学形态的选择,它是对世界全方位的认知,而这个美学结构或形态,就整体性地构成文本的底色。其实,作家对生活的所有感知、发现、整理和表现的过程,实质上

---

① 贾平凹:《河山传·后记》,《收获》2023年第5期。
② 胡河清:《灵地的缅想》,学林出版社1994年版,第202页。

就是一个"去蔽"的过程,是对历史、现实和人性的发现、重新认知的过程。而对于这个过程的表述,终究是文本的话语方式和叙事形态的选择,也就是新的、独特的叙事逻辑和伦理的建构。对此,这必然体现出作家对于人性、生活和世界图景的描述能力。无论是一个民族的精神秘史,还是个人的生命史、命运史,若想找到打开人性的密钥,厘清人物精神和心理的核心层次,对于叙事文本的话语形态选择至关重要。应该说,在一定程度上,我们不得不承认贾平凹写作发生学意义上灵感生成中的"神性"品质。其实,这里所说的"神性"并不具有无限的"神秘性",它仍然是依赖作家的个人修炼和创造力而生成,让叙述更加无限地接近存在世界的可能性。对于一位作家而言,通常是他在重构一个文本世界时,必然要超越未经"整理"的现实,即在相同的生活中发现不同,写日常,却又必须越过日常的边界,写"过往"那些曾经描摹过的时空故事,不是"新瓶装老酒",而是要屡写屡新。每一部小说都可能是发自作家内心不断的喃喃自语,让文本成为作家创造的另一个新世界。也许这个虚构的世界,未必真的强于作家身处其间的世界,但是,它所呈现的事物一定是独特的意念、意识存在的产物。其实,贾平凹这部小说的写作初衷,或许超越了我们对于时代的认知和期待:"一切生命,经过后,都是垃圾,文学使现实进入了历史,它更真实而有了意义。"[1]可见,历史无论过去多么久远,作家的使命就是让有价值的历史和人生,不成为过往的"垃圾",而载入人类的精神档案。回顾贾平凹的写作,从最早的长篇小说《商州》开始,直到迄今的《河山传》,他的作品无不充满对人性、宿命、命运的深度探究和悉心描摹。可以说,对于人物生死和命运的描摹和呈示,是贾平凹写作永远的主旨和选择。像贾平凹这样谙熟生活与叙事语言艺术的杰出作家,写到这个份上,在叙事状态上必然是愈来愈自由,愈来愈从容。他的作品所具有的独特个性形式的审美视角、审美维度和话语系统,使得叙述更具宽广度和自由度,文本更加具有美学张力。尤其是他的审美方式及文本结构,一直在竭力地打破士大夫文化和农民文化的边界。在这个层面上看,贾平凹与绘画大师齐白石都具有文化传统和形态的全息性,不仅有农民的大俗,还有传统文

---

[1] 贾平凹:《河山传·后记》,《收获》2023年第5期。

人的高深。多年以来，贾平凹作品的文化底蕴日益丰厚，这既是他深受传统文化浸染、沉迷古典文学叙事传统使然，也是他对小说叙事不断生发新的理解，以及处理经验时愈益从容、自由的体现。我们注意到，以往他叙事文本的"自传性"和"亲历性"渐渐消弭，而"自传性"的减弱，就会保持写作主体与生活的间距，凸显小说叙事的虚构品质，也就能够增加叙事空间的审美张力。对此，贾平凹的写作一直保持着清醒、自觉的认识，特别是对人物、故事之间的处理，更加讲究"关系与结构"，刻意而审慎地讲究叙述的逻辑链条。

《河山传》一开头，贾平凹就有意讲述一段"网络流言"：

二〇二〇年入秋不久，网络上就有了流言：一个农村的小伙进西安给老板打工。老板是大老板，在城南的秦岭里为自己建了别墅，派小伙去做保安。别墅里还派去了一个保姆。老板在城里的公司里忙，平日不大去别墅，保安和保姆便在那里生活。他们每天商量着想吃什么饭就做什么饭，要干什么活了，也一起干。日久生情，两人结为夫妻，并生下一女。后来，老板因故去世，其儿子从海外留学回国，继承家业，成了新的老板。新的老板却娶了他们的女儿。保安和保姆做了岳父岳母，依旧住在别墅，名正言顺是了主人。

网络上的流言，多仇官仇富仇名，舆情起来，星星之火可以燎原，常常就演变成了一种暴力。

这不啻是作家的一种暗示或导向。所谓现实"蓝本"与文本之间表现的"紧适度"和张力，尽显出来。无疑，在这里作家有意让虚构与非虚构呈现出明显的错位，从而彰显人物、故事的"再生性"意义，包括文本中人、事物与现实之间的不平衡性。显然，这种貌似"民间写史"或借助坊间流言大事张扬"本事"的叙事形态，看上去格外"接地气"，实则是作家试图在虚构与非虚构之间寻找另一条叙事通道，使得虚构更具有隐形张力。这条通道或许可能更能逼近社会、自然和人生的实际境遇、情境。

必须承认，贾平凹是自1980年代以来始终直面现实的中国当代作家。

在他的小说中，城市和乡村仿佛两面镜子互相反射、映衬，让我们从中看清各自的状貌。他尤其重视社会、时代不断发生重大转折和变化时，人性、人的命运、民生状态的真实图像，领略、体悟出时代风浪中的人性之殇。这就使得历史的"点"和"线"，在《河山传》里实现了又一次"整合"。"国家的工业化，农村的城市化，这一进程是大趋势，大趋势是无法改变的。在中国走这一步时，什么主义都产生，人们心理上会出现'时间差'。我们过去一直强调着'土地，人民，革命'，坚守土地，保守而固执，向往的是桃花源和乌邦托——这种思想仍顽强，反映在文学上也是如此。但，农村是落后的，城市也有城市的弊病，尤其我们的'初级阶段'，那么，肯定大趋势的情况下，进行双重清算才是必要的。"① 这是20世纪90年代，贾平凹与《收获》杂志编辑谈及自己创作《土门》的感受。显然，那个时候贾平凹就已经开始深度思考并呈现农民离乡进城，寻求改变命运并建立起自己物质、精神"双重乌托邦"的真实状态和时代景观。其实，在贾平凹笔下，西安城里的各路精英或者说各色人等，来自乡里的不在少数。他们离开土地和乡土进城，继而挣扎着改变命运，各自渴求着属于自身的因缘际会。"西京东四百里地的潼关，这些年出了一帮浪子闲汉，他们总是不满意这个不满意那个，浮躁得像一群绿头的苍蝇。其中一个叫周敏的角儿，眼见得身边想做官的找到了晋升的阶梯，想发财的已经把十几万金钱存在了银行，他仍是找不到自己要找的东西。"1990年代，贾平凹在《废都》里写出了许多"进城"后男人尴尬、窘迫的生命状态，那么，在这部《河山传》中，无论是罗山、洗河、秘书长、兰久奎，还是何村长、老爷子、文丑良、呈红、梅青，他们个人与现实中的困境和状态、个人在历史生活中人性的裸露、为世间的功名利禄的争斗，都已经在贾平凹的"超越性视角"下被"再现"出来。也许，贾平凹更相信尼采说的那句话："这个世界没有真相，只有视角。"因此，贾平凹秉持自己的文学叙事伦理，以无限的悲悯和情怀，在叙事中尽力消除以往个别文本的有限性，有意"疏松"某种特定的"二元对立"单纯判断，以包容性的耐心、耐性，打量尘世和浮生，有意把"好与坏"的判断完全交给读者。可以说，这种貌似所谓"民

---

① 程永新：《一个人的文学史》，天津人民出版社2007年版，第89页。

间写史"的路数,"原生态"地将我们引入探索人性和存在世界的"原道"。不妨说,这是作家对写作的一次突围,也是对生活、存在世界以及自我精神困境另一种方式的"解锁"。《河山传》塑造出许多形形色色、有血有肉的小人物,他们在爱与恨、善与恶中对冲、纠结和博弈,仿佛人人都像落不定的尘埃,在日常的浮云中裸露出人生的无常,令人惊诧和不寒而栗的行为亦可谓比比皆是。在贾平凹的作品中,贯穿着一种根深蒂固的意念,即许多人物都会有命运的起伏,变故可能随时发生。这就生发出叙事的传奇性,历史、现实的戏剧性就自然显露出来。仿佛莎士比亚的名句"每个人都有上场和下场",人物都会自觉或不自觉地被裹挟在时代的漩涡里,或许这也是贾平凹一直在寻找的文本境界。因此,《河山传》中充满了戏剧性、偶然性、悲剧性的元素和各色人物"粉墨登场"的情形,即成为那种"日常传奇"的美学形态,令小说呈现出自然性,更接近生活的原生态。

的确,现在的中国作家面临着对于过往几十年间的生活究竟该如何再呈现的问题。文学到底应该怎样重新认识并表现这几个历史时期的人性嬗变?无论从道德、伦理层面,还是从精神、灵魂和法律层面,这些问题多年来经常困扰、束缚我们的想象和审美判断,而"超越性视角"则可以让叙述走上一条更符合审美规律的道路,而且还会增加叙事文本的审美张力。贾平凹几乎全部的文本,都在摹写不同时代背景下的众生相,他执着书写秦岭五十余年,毫无倦怠之意,依然兢兢业业。"确实已将平凹所要的'沉而不糜、厚而简约'的叙述修炼到炉火纯青了。从1973到2018年,能持续在秦岭这块土地上不断深耕细作、脱胎换骨,不虚浮、不逢迎,避着热闹孜孜面对自己的追问、自身的颠覆,平凹这45年实属不易。作品是人的投影,贾平凹的成就确实是他牢牢扎根于秦岭这条'龙脉'的成果。"① 在这里,朱伟对贾平凹简洁的评价,可谓诚恳、精准、到位,概括出贾平凹写作的真实状态,格外中肯。2023年出版的这部《河山传》,再次让我们领受到他对生活、对秦岭大地热情而耐心的深耕细作。

现在,我们再回到《河山传》的几个"核心人物"及其关系的描摹上。贾平凹的叙事娓娓道来,不急不缓,人物摹写的粗略和故事叙述节奏相生

---

① 朱伟:《贾平凹:我在看这里的人间》,《三联生活周刊》2018年第23期。

相伴。若从人物形象的层面看，贾平凹以洗河、罗山的个人"成长史""发迹史"来深描漫长的社会生活过程中的人性、欲望，以及人与人之间种种新的关系、纠葛。作者无意呈现这两个人物的"神性"，而是深入发掘他们的世俗性。或许，从世俗性这个层面，更能够凸显人性最真实的两难处境，也能够彰显人在现实中的尴尬、荒谬和无奈。进一步说，探讨特定的历史情境里物质、金钱如何经过一代人的"中介"，彼此相互牵制与"怂恿"，进而展开令人惊诧的悲喜剧和闹剧，更能凸显出时代风云、社会变动不羁中人性的变故。或许唯此，才能在一个没有神性、充满"潜规则"的环境里，让文本暗示出信仰、悲悯和慈爱的惊人匮乏、缺失。另外，贾平凹文本里还蕴含着对现实的讽刺精神，也更为内在地阐释出生活和存在世界的"真实性"和反讽性。具体说，洗河的世界是从偶遇罗山开始的，没有罗山的出现，洗河在相当长的日子里，可能还要混迹、流浪在西安的街头干着爆米花的行当，继续顺应其难以想象的命运。在进入罗山的场域之后，洗河逐渐找到自己"混世"的感觉，一步步获得罗山的信任，成为罗山手中重要的棋子之一。因为洗河与罗山之间根本不存在商业、生意上的利益关系，洗河之于罗山，只有服从。可以说，洗河之所以能与罗山最后发展成较为特殊的"主仆"关系，并使得这种特殊性能够持续到最后，除了洗河的吃苦耐劳外，还有洗河身上的机智、忠诚。当然，洗河也十分清楚一个人该如何摆正自己的位置。洗河成为罗山真正意义上的"助理"之后，"名分"和机会进一步给了他心理"进阶"的可能性和空间，"见多识广了，人也不再猥琐"。我们关注到，"进城"后的洗河，在许多方面不但无师自通，而且懂得节制，一下子就呈现出生命的"新状态"。洗河还时时流露出善良的天性，当他已经学会能熟练驾车出外送材料或给公司买东西后，司机沙武常常让洗河自己开。而罗山问起来，洗河总是说："还不行，在学哩。"洗河怕罗山从此辞退了沙武。但是，"两来风茶馆"的女老板呈红与他的一段"交锋"，颇为耐人寻味，又可看出洗河与生俱来的"混世智慧"和过人聪明。

    呈红后来就过来，坐在了洗河的桌子对面，掏出小镜子照着补妆，说："给你沏的花茶，味道不错吧？"洗河说："有些太香，没刚才二楼喝的醇厚。"呈红说："咦，嘴还刁！你是兰总公司的还是罗董公司的？"洗河说："我是罗董的助理。"呈红说："哎呀，难怪哩！你要喜欢喝醇厚的，阿秀，再给助理沏一杯大红袍！"呈红又说："这西服精神！"洗河说："人本来精神嘛！"呈红笑起来，说："你蛮风趣哟，听口音，不是西安人？"洗河说："老家在农村。"呈红说："噢，看不出来。穿西服系上领带是标配。"洗河说："董事长穿西服从来都不系的。"呈红说："大老板咋穿舒服咋来，那是一种范儿！"洗河说："我不系领带，让长胸毛的。"呈红说："这啥话，做狗熊呀？"呈红的眼睛乜斜起来，朝着阿秀喊："你小心点啊！上边那三个茶盅都是名家手绘作品，一个五千元的！"洗河知道呈红有些看不起他了，偏就讲外国人设计的西服领口敞着，领带是护胸的，他们并不是每天都系领带，所以胸口上长毛，是身体本能御寒的。呈红说："你还知道这些？！"这些都是洗河琢磨的，他想说他还琢磨了他前世是城里人，因为这么多年了他从未在城里迷过路，他能熬夜，能喝咖啡，汽车喷过漆了，他闻着有一股清香味，甚至还琢磨了他前世去过外国或者就是个老外。但他咽了口唾沫，不愿意再说出来。

是否可以说，这段对话等于撕开了"城与乡"之间的一道口子。呈红同样来自乡里，却是试图"先入为主"地奚落、嘲弄洗河。洗河则已经变成另一个自己，因此，无论表里，他对呈红的言辞反击都格外犀利。看来，穿越"城与乡"的边界，是进城者竭力想要逾越的。罗山与洗河一样，早已十分清楚自己要竭力摆脱乡土的尘埃，需要不断地在商海里凭借一己之力自我挞伐。他经过奋斗，实现了"资本积累"，在获得"第N桶金"之后，"花房子"这座罗山精心打造的私家别墅，成为他寄寓更高理想和梦想的现实"摇篮"。他身体力行地试图借别墅之名，成就自己的"身后名"，期待它能成为承载其"功名"的名园、心中的梦土。吊诡的是，这座"花房子"大别墅，先后入住的几家主人，既无文化基因和底蕴，也没有比生存、"过活"之外更为深沉、雄厚的东西，而是成为一个"养老苑"或居家"农家乐"。但是,这个"花房子"却在不经意间为我们提供了一个不可思议的喻象,它成为罗山无法嫁接过去、现实与未来关系的想象性物象。

三

我们看到,这部《河山传》的结构、文本体貌、叙事语言形态、人物形象几个方面,较之贾平凹此前的创作都有很大的变化,表现出"水与火"两种叙事形态的隐秘交融,愈发表现出激情与幽思同在,文人叙事的流风余韵与对"众生"的悲悯情怀尽显其中,作者竭力建立具有极强文化感的审美空间。贾平凹在其文学叙事的整体格局即"世纪写作"中,将叙事维度重新拉回到1978年至2020年这个时段,叙事的时间跨度四十余年,聚焦、演绎诸多人物在起伏跌宕、复杂的当代社会生活现场的状貌,视角比此前作品更具独特性。就文本结构和叙事伦理、叙事策略而言,贾平凹对于人物和故事的处理,更是不以两极姿态看待人与事物的变化。我们相信,贾平凹有能力更为出色地讲述现当代中国自己的历史和故事。当他创作的体量、能量、气量增大之后,他文字所表现出来的东西更为自然。从《老生》《山本》《暂坐》《酱豆》到《河山传》,贾平凹的写作发生一次次质变,这一点我们不能忽略。归结起来说,这些作品的一个共同特征就是,它们已经不像以往那样清新,讲究叙事,而恰恰是愈益无技巧化。或许,一个作家写到炉火纯青的境界时,文字、叙述形态方面就是简洁、自然而浩瀚。总体说来,虽然《河山传》这部长篇小说的叙事本位仍然是写实主义,但绝不局限于这个层次,尤其不能忽视它意味深长的寓言内涵。

最初,贾平凹更喜欢明清以至20世纪30年代的文学语言,即那种清新、灵动、疏淡、幽默、有韵致的语言风格,但是,近年来他的语言逐渐而悄然地发生了了变化:"我模仿着,借鉴着,后来似乎也有些像模像样了。而到了这般年纪,心性变了,却兴趣了中国两汉时期那种史的文章的风格,它没有那么多的灵动和慰藉、委婉和华丽,但它沉而不糜,厚而简约,用意直白,下笔肯定,以真准震撼,以尖锐敲击。何况我是陕西南部人,生我养我的地方居秦头楚尾,我的品种里有柔的成分,有秀的基因,而我长期以来爱好着明清的文字,不免有些轻的佻的油的滑的一种玩的迹象出来,这令我真的警觉。我得有意地学学两汉品格了,使自己向海风山骨靠近。"①综观贾平凹近年来的几部长篇小说,如《老生》《山本》《暂坐》《酱豆》,这种叙述语言、文字风格演变日益明显,蔚然呈现。几年前,我曾梳理过贾平凹近十年来的写作地形图:从《老生》开始,贾平凹的叙事轴心已经做出了重大调整。尽管写出《老生》之后,他又写出一部当代敏感现实题材的长篇小说《极花》,在现实层面再次做出沉重的凝视。但是很快地,贾平凹又迅疾回到"历史"的层面。这部简洁、朴素、平易而厚重的《老生》,成为贾平凹重新梳理、记载一百年历史的叙事纲要。这个时候,贾平凹好像是真正地松了一口气,叙述的洒脱足以见出贾平凹写作心境的坦然、释然。作家只有在找到最契合自己内心和灵魂的叙述时,他和他的文本才有可能融为一体,焕然一新,体现出超越任何功利性理念的开阔视域。《老生》俨然是一篇个人写作史的宣言,一次新的跃进,一场大胆而审慎的文本实践,是贾平凹叙事美学理念的充分辐射,它的根脉始于《商州》,充分地延展于《山本》。及至《山本》的"山海经"化,将叙述推向"奇正相生"的语境和情境。可以说,在《老生》与《山本》两部长篇小说之间,存在着不容忽视的文本张力,有着"不离不弃"、相互映照的内在关联。②现在,这部《河山传》重回当代历史与现实的"人间烟火",一代人心灵史的印痕和绵密的褶皱,重新被呈现出来,让我们再一次进入生活的腹地,检视特定时代生活中人性的嬗变和时事的变迁。前文提及,从长篇小说《山本》的写作开始,贾平凹审视存在世界、生活、人性时仿佛又多了另一双眼睛——"佛眼"。这在叙事学上,似乎可以理解为一种具有"民间性"的"佛性""佛心"的"超越性视角"。无疑,这在一定程度上决定着一部作品的审美形态和文本生命力、可阐释空间的大小。我们体味到作家对于叙事最大的突破,就是解决自己的叙事伦理、认知维度问题。因此,我们再次强调,这也绝不仅仅是一个"视角"问题,而是视角的"政治学",是哲学。在写作中,作家尽可能会沿着事物自身发展变化的路径及其可能性去呈现生活,不必再去对历史和现实做肆意主观、武断的认定和价值评估。天、地、

---

① 贾平凹:《带灯》,人民文学出版社2013年版,第361页。
② 参见张学昕:《中国当代小说八论》,作家出版社2022年版,第60页。

人的存在状态，俗世、乱世中人的生死歌哭、喜怒哀乐，都可能会超越主观预期或先行定位的判断，进而自然地呈现出来。

我还曾这样论及贾平凹整体创作，四十余年来，贾平凹及其所抒写的小说长卷，几乎覆盖中国现当代社会历史时期的精神生态，他的写作构成当代中国近一个世纪的变革史与心理、精神变迁史。回望贾平凹迄今的整个写作历程，我们会清晰地看到，他是一位真正从未离开过书写中国近百年历史和现实的当代作家。也许，正是因为他自己深嵌其中的乡土情怀太过殷实、厚重、殷切，他对中国现当代历史和文化、中国乡村生活和文化的体验和呈现，便都富有沉郁、荒寒、细腻、寥廓之感，展现出拳拳赤子之心。对于一个作家来说，如何持续而有力地呈现出一个时代生活鲜活、积极、生动的一面，怎样表现一个民族行进及其人性的实际状况，这是考验作家精神、心理和叙事技术的综合性能力的问题，这的确需要作家精确地把握和呈现它绵长的纹理和细部。通过几十年的写作，用文字来描绘大量具体的形象以及形象性场景和情境，做到不重复、不雷同、有超越、有变化，已非易事，而要依靠它来表现抽象的情绪和情感，表现人性精神的、内在的复杂形态，就会更加困难。一般来说，好的真正的形象性文字，就是要不断地打破、超越文字既有的逻辑组织关系，打破日常性、约定俗成的某些限定，运用理智、智慧，将最初的感受、朦胧的意念具体化为细节、细部的场景和人物的存在状态。那么，这部《河山传》，仍然是在竭力表现一个民族艰难行进的历程，尤其是揭示人性的实际状况。贾平凹格外关注、审视人性的复杂性和变迁史，深度考察人的灵魂如何在不断变革的当代现实中产生"失重"状态。这是我们时代、我们民族的历史进程中最为复杂的、波诡云谲的艰难岁月。这部文本叙事的时间跨度大致是1978年至2020年，而故事发生的主要年代背景却还是聚焦在20世纪90年代到20世纪初的十余年间。应该说，贾平凹自1970年代一路写来，四十多年的写作生涯，从未离开过时代身后的现场，除了《古炉》《老生》《山本》几部历史题材作品之外，从《浮躁》《废都》《秦腔》《带灯》到《极花》《暂坐》的十几部长篇小说，都是直面当代现实生活的。前面的若干部文本的故事讲述时间与"故事发生的时间"基本上是同步的，都是极其"贴着现实的"。那么，贾平凹在当下这个时候，为什么要重返90年代，并回到21世纪之初？在关于这部小说短短的后记里，贾平凹真切地表达写作这部作品时的万般纠结："这样写行吗？这是我早上醒来最多的自问。如果五十年，甚至百余年后还有人读，他们会怎样读，读得懂还是读不懂，能理解能会心还是看作笑话，视为废物呢？这使我警惕着，越发惊恐。"①贾平凹坦诚他在这部小说的写作中，不断对书稿进行删改，自我否定，还时常烧掉刚刚写就的部分手稿重新来过，这是以往几十年写作少有的。我想，贾平凹叙事的使命感、担当感，即作家"我有使命不敢怠"的写作伦理，让他既激情贯注，又如履薄冰。贾平凹在谈到《老生》时，曾经感慨："《老生》是唱师的记忆之作，百多年的历史如河水而过，流淌的只是混沌和苍茫"，老生这个人物是"超越了制度、政治、阶级、时间、生死的人，不需要给他强加什么，他只有经历。但他最后的死亡，是他这些经历让他必须死去"。②由此，我想到，《河山传》中的罗山之死，那场可能性系数极小的意外，也许就是在毫厘之间就完成了这个人物由生到死的全过程。在这里，我们愈发地体味到"他只有经历。但他最后的死亡，是他这些经历让他必须死去"这句话所充满的宿命感、沧桑感。其中，对于人物的情绪、经历、生命状态和命运，有批判也有预测。罗山的喜怒哀乐全部情绪，在被细腻地、抑扬顿挫地传达出来之后，叙述的张力和弹性就已经构成了文本叙事的意蕴、节奏和色调。贾平凹始终坚持、坚守自己的写法和叙事伦理，其文本精神深度模式和寓意的生成，正是他不断地竭力参悟东方神秘主义传统，进而融合现代小说叙事精神的有效尝试。贾平凹曾说："为啥会这样？我为啥后来的作品爱写这些神神秘秘的东西？叫作品产生一种神秘感？这有时还不是故意的，那是无形中扯到上面来的。……因为我从小生活在山区，山区一般装神弄鬼这一类事情多，不可知的东西多。这对我从小时起，印象特别多，特别深。再一个是有一个情趣问题。有性格，情趣在里面。另一个是与后天学习有关。我刚才说的符号学、《易经》等等的学习。外国的爱阐述哲理、宗教等，咱不想把它死搬过来，尽量把

---

① 贾平凹：《河山传·后记》，《收获》2023年第5期。

② 贾平凹、韩鲁华：《穿过云层都是阳光——贾平凹文学对话录》，北京联合出版公司2016年版，第157页。

它化为中国式的。把中国的外国的融化在一块,咱的东西就用上了,譬如佛呀道呀的。"[1]

四十余年来,贾平凹愈发产生强烈的叙事"野心",他就是要建构起中国化的文学叙事话语,真正讲好中国故事,探寻属于中国文学的艺术思维方式。无疑,贾平凹就是要让这部《河山传》成为一部记忆之作、心灵之书,"中国作家写记忆的多,向后看的多"[2],我们从作品中,能够感受到贾平凹是以"记忆"叙事来处理、考量、重新判断人物和是非曲直的。记忆里,只有"这一个"和"那一个",这时,记忆的个体性、个性经验就在文本叙事过程中彰显出来。只不过这一次,贾平凹更为注重发现存在世界、现实中的暗物质、暗能量及人性的黑洞,发掘出人性之殇,以具象伸展出"形而上"的生命之思、灵魂之思。

---

[1] 胡河清:《灵地的缅想》,学林出版社1994年版,第52页。

[2] 贾平凹、韩鲁华:《穿过云层都是阳光——贾平凹文学对话录》,北京联合出版公司2016年版,第157页。

素朴的诗，或感伤的歌
——王尧长篇小说《民谣》读札

一

我认识王尧差不多已经有二十年。作为1960年代出生的学者，他既有作为一个学者的严谨、审慎和谦和，也有作为一位当代文学批评家的深刻、灵动和睿智。他充满令人惊羡的才情，更不乏厚实的力量，文字内外，自由腾挪，旁征博引，游刃有余。他做文学史、散文史、口述史研究，在这个领域已经取得重要的成果；他做当代文学的作家论、作品论，深入文学文本的肌理，做出深入浅出、切中肯綮的分析和阐释，令他的许多研究和评论对象大都心悦诚服。近十年来，他先后在《读书》《收获》《钟山》《雨花》《小说评论》开设文化随笔和评论专栏，在《南方文坛》《扬子江文学评论》等杂志主持评论栏目。他还频繁地参与各种国内、国际学术会议和诸多的文学活动，有时客串充当主持人，深受大家欢迎和喜爱。据说，那年《收获》举办六十周年创刊纪念活动，王尧担任嘉宾主持，幽默诙谐，从容自如，给所有人留下了深刻印象。

在这里，我想探寻的是，这些年来，王尧兄从容地做这么多的事情，他的时间究竟从哪儿来？就是说，他的精力缘何如此丰沛？想到这里的时候，我不由得联想到我与王尧通过微信或电话交流时，他偶尔会提及他的血压如何高或波动不稳。其实，这也是一种代价，那种不可避免地在获得和付出之间，实在是无法摆脱的纠结和难以制衡的关系。但我想，这一点之于王尧，他可能不会计较其中的得失。

有作家曾这样描述王尧:"在当下,做一个有人格的人是多么不真实。而王尧,给我们的印象又总是敦厚、热情和面面俱到那一类,仿佛他的人生总是风调雨顺,永带笑意样,总是没有忧伤和烦恼样。可事情怎么会是这样呢?人没有忧伤又怎么能理解这个世界并爱别人呢?对我和文学言,没有忧伤的人是可怕的人;而深有忧虑并只为自己忧虑的人,是更为难缠、可怕的人。为自己忧伤和忧虑,也为友人、他人和世事忧伤、忧虑,才是可亲近的人。王尧正是这后一类人中在笑容背后深有忧伤和忧虑的人。为自己忧伤和忧虑,也为他人忧伤和忧虑。为自己是一种本能之真实,而能为他人、他事忧伤和忧虑,则为德性和对人的基本爱意了。"这段话不仅说出了王尧的敦厚,也写出了他内在的忧虑和忧伤。那么,王尧忧虑什么呢?我想,这一定是事关他的文学研究或写作的伦理问题。

数年前,编辑家林建法先生这样评价王尧时,我似乎在更实在的层面理解了"我的朋友胡适之"的含义,也深感朋友之间真正的惺惺相惜是怎样的情境:"在王尧的朋友中,我可能是最直截了当地提醒他不必旁骛太多而必须有所放弃的人。我觉得这些年来,在学术和其他之间,他已经有所选择和放弃,但是他做得还不够。他需要长期沉潜下来,做自己想做的事,坚决不做自己不愿做的事。王尧这些年的努力,显示了他宏大的学术抱负和具有个人特征的治学路径。但到目前为止,我所见的仍然是个大致的轮廓和轮廓中的局部。这与他自己的目标和我们这些朋友的期待,尚有距离。假以时日,王尧兄应该能够完成他的那些计划,而最终境界的高低,则取决于他到底能够放下什么。"[①]那么,现在我们渐渐地清楚了,王尧放下了什么,又拿起了什么。从王尧身上,其实能看到一个时代的某种风气。我知道,那是一代人对文学的感叹和神往。1990年代后期,王尧在评论界出名之后,脑子并没发热,而是更加勤勉,更加沉潜下来,专注文学史、散文理论以及随笔的写作。是否可以说,王尧清醒地知道自己该怎样盘整自身了。

历经十年的时间,王尧悄然地拿出了他的第一部长篇小说《民谣》。

[①] 林建法:《"我的朋友胡适之"——印象王尧》,《当代作家评论》2011年第4期。

这或许更加令熟悉或不熟悉他的朋友和同行感到无比惊诧。这时，我不禁想起许多梦想成为作家又不能践行的人，常常会有这样的自我调侃："有的人一生没有写过一首诗，但骨子里确是一位诗人；有的人一生没有写过一篇小说，可他骨子里确是一个作家。"我认为，这一定是那种"吃不到葡萄就说葡萄酸"一类人的借口、托词和自我慰藉。写作和研究实在是两回事，能够在创作与批评的"双轨制"上擎起、负重着文学的列车，也许才是真正厘清了文学这盘灵魂围棋的超一流"九段"。或许，王尧悉心地研究和评述过许多现当代作家的创作，他从中感悟到的写作机杼自然了然于心。久而久之，他的作家梦想不断地蔓延滋生，最终破茧而出。实际上，学者写作小说，近些年曾出现一股小浪潮，但也遭到许多质疑。如今，虽然不能说是一个小说独尊的时代，小说家也可谓如过江之鲫，跃跃欲试者不乏其人，原本不足为怪。学者小说也好，文人小说也罢，他们之于"职业小说家"而言，写作发生、身份确证或"江湖"站位，两者间的区别其实并不重要，我们大可不必过于争议学者、文人该不该写小说。主要还是要从文本出发，切实地考量其文学价值、意义或审美创新性。中国现代小说史上，鲁迅和钱锺书就是绝好的例子。前者的身份不唯小说家，更是思想家、革命家，被誉为"民族魂"，且"弃医从文"，曾经隔行千里，但其文学成就却执百年文学之牛耳。后者是大师级学者，且一生长篇小说仅有一部《围城》，我们却不能妄断其属于"小说家的小说"，还是所谓"学者小说"。李健吾在论及沈从文的《边城》时，认为巴尔扎克是"人的小说家"，福楼拜是"艺术家的小说家"，前者天真，后者自觉。同是小说家，却不属于同一的来源。因此说，小说文本的形态和价值才是判断一位写作者及其文本意义的关键所在。还有，关于所谓"文人小说""学者散文"之类的提法，也不甚准确和恰当，这无异于以"出身论"衡量文本价值的大小。是否有写作的天赋，取决于个人经验和才情，也取决于写作是否具有独到性和悟性。写作的诉求，断然不是书斋里的情思，或寻求个人刺激，抢个时尚、"风头"，而是内在精神的诉求和伦理的担当。我坚信，王尧当然不是凑热闹，而纯系心性和天分使然。

可以说，我"见证"了这部《民谣》的写作发生和基本的写作过程。回想起来，那是在2010年的深冬，我请王尧来大连讲学。那是大连和辽南地区最冷的冬天之一,这对一位"南方佬"算是一次冷峻的考验。在王尧讲座之后,我自驾陪他去大连附近一个叫"安波"的小镇,住在一个温泉山庄。我记得,晚饭后泡过温泉,我到他的房间聊天,他打开电脑,向我慢慢地展开十几个页面的文字,让我细读。这是几组诗意盎然的叙事性文字片段,字里行间呈现出抒情的语境。当时,无论是我还是他,其实都还不清楚这是一个长篇散文的雏形,还是一部"非虚构"的文本的肇始。我也不清楚王尧何时产生的这股强劲的写作冲动,也无法预知这种写作冲动会延续多久。此后许多年,王尧的写作时断时续,其中有几年是"搁置"状态,我知道他可能遇到了什么困难,或是叙事策略方面的问题,更可能是叙事伦理层面上的自我纠结。"小说家在完成故事的同时,需要完成自我的塑造,他的责任是在呈现故事的同时建构意义世界,而不是事件的简单或复杂的叙述。"① 近两三年来,王尧渐渐又开始恢复了这部长篇的写作,我想,这与他对于小说文体和意义的重新思考和审视密不可分,尤其是他对"故事"的理念,似乎有着极其微妙的感受和理解。直到后来我读到全部书稿时,我终于明白他在小说理论层面上的苦心孤诣和颇费思量。那段时间里,他不时地以微信方式发给我一些叙述片段,我在那些充满诗性的文字里,感受到他一直以来所保持着的那种叙事的冲动和激情。我差不多收到了他数十组千八百字的段落,那时候,我已经依稀感到这部小说的叙事目的和美学基调。我还意识到,他试图要通过这部小说"解决"什么或者说明什么。现在,十年之后,王尧拿出了这部完整的版本。

不管怎么说,这部长篇小说是"十年磨一剑"的结果。至于王尧为何要写这样一部长篇,这部长篇小说蕴藉着怎样深切的情怀,支撑他积十年之力完成这样一次漫长叙述的潜在动力究竟是什么,这些似乎已经都不重要了。重要的是,他以这样一部文本参与到 21 世纪以来的小说实践,并身体力行地将叙事的可能性诉诸个人写作,以此正视、检视和反省当代文学的真实状况,实属难能可贵。

---

① 王尧:《新"小说革命"的必要与可能》,《文学报》2020 年 9 月 24 日。

二

表面看上去,《民谣》是一部非常单纯的小说。从叙事层面讲,这部选择第一人称"我"的文本,无疑增加了其叙事的难度。我始终认为,使用第一人称展开叙述的作家都是极其自信的作家。第一人称的"排他性",注定会局限视角、视野的宽广度。但是,它可以从个人性的维度上,加强叙述的独特性和清晰、单纯的叙事美学氛围。而且,第一人称更能彰显叙事的抒情性,以及呈现作家的主体感受力、判断力。如此说来,这部小说的复杂性又是显而易见的。当然,"第一人称"叙述,也锁定了故事的"可靠性",显示出近乎"霸气"的作家叙述的底蕴。可以说,如何叙述永远是一个令人无比纠结、无比烦恼的难题。从某种角度看,回忆似乎是一个重要的、自我生长和自我消解的方法,它所能发酵出来的,可能是形而上和形而下的双重思考。这样的叙述,在阅读感觉上往往会模糊虚构和非虚构之间的裂隙,进而增强叙述的真实性。

近些年,王德威教授在许多文章以及著作中,反复论及文学叙述的"感觉结构"。王德威教授对此的论述令人信服,他强调一部作品中隐性存在的"感觉结构",折射出一位作家内在的灵魂的光泽。我深感王尧这部《民谣》,就是一部渗透着浓郁"感觉结构"的小说文本。而"感觉结构"的生成和抒写,与一部文本的诗性结构和"抒情声音"难以分割。其实,这也决定了王尧叙事的逻辑起点和精神基调。必须承认,历史感、历史观、历史情怀,以及"史诗性",都直接影响着作家的历史叙事,而且这些因素决定着作家文学叙事的"历史选择"伦理,决定文学文本的美学价值和意义。所以,阐释王尧的这部长篇小说,我们显然无法离开文学叙事与历史、现实、社会发展变化过程中人文立场的持守问题。因为,文学毕竟不是"历史",它一定是一种有伦理感、有情怀、有责任感的精神、心理叙事。那么,这种精神、情感叙事与"历史叙事"相比,其中必然存在着自身某种精神上、心理上和文化上的"隐秘结构",正是因为这种"隐秘结构"的存在,作家的想象力、信念、信仰和诉求,就会令小说文本显示出"超现实"的诉求和"超历史"的品质。它隐含着作家直面世界的一种目光,它揭开了事物的另一种隐秘的本质及其种种可能性，实质上，这就是一种文学经验，也是独特的、值得珍视的生命经验和永远不会失去的历史经验。正因为如此，作家在写作中对于"感觉结构"或"隐秘结构"的建立或寻找，就成为参与历史的脉动和摆脱现实律令的秘笈。情感、思想，甚至幻想，都成为探索和表现灵魂的通道，那些生命中幽微的经验，以及在历史长河之中的漂泊、震荡、游弋，都可能传达出一种沉思，一种极其内敛或张扬的声音和语调，它们从个人的喉咙里喷薄而出。我相信，王尧的叙事就是建立在这种有情怀、有历史感和责任感的叙事中，破解和描述属于灵魂、伦理、精神、文化、人性的"隐秘结构"。在这里，叙述所呈现的也许并不是什么"历史意志"，文本更深刻地凸显出来的是生命个体的主体性及其价值和意义。在大时代的范畴之下，每个人都可能突破其所在环境的命运局限，成为他自己时代的卓越人物，也可能作为历史的一粒尘埃，在现实的炫舞之中孤独地消殒。也许，这也是历史的必然，我们所能够做到的，就是以一种"有情"的方式，细致而耐心地处理历史、现实与人性之间不可避免的禁忌、悖论和困境。

个人命运史与国家、家族的历史之间，究竟存在怎样的隐秘联系？作者怀着怎样的心态来看我们的历史和生活，直接决定文本的艺术形态和精神层次的高下。从整部作品的叙述看，王尧在两者之间游弋和盘桓，明显存在着对历史强烈的诠释欲望，又伴随着悲悯与淡淡的寂寞，写真里面有诗，抒情里面又充满日常性的光泽。首先，我们看到历史在一个老成的少年王厚平——"王大头"的内心，如何渐渐地清晰、丰润起来。积淀的、沉寂的、变动不羁的大历史，在一代人的内心或灵魂深处，如何由混沌变得明晰。说到底，这部《民谣》所面对的就是历史，《民谣》所要解决的问题就是如何"打捞"、讲述历史。当然，在这里，也就不可避免地涉及历史、真实和叙述意义的问题。这也是一个"记忆"和"回忆"的问题。一个小镇，一个村庄，若干个家族，四五代人之间复杂的伦理关系，在世世代代的伦常里的亲疏远近，人性的林林总总，日常的正常或异常的存在状态，都在历史、社会、时代风云际会中不断发生蜕变，或此消彼长。"王大头"这个叙述人也是文本中的重要角色，虽然王尧没有将他"塑造"成"世事沧桑心事定，胸中海岳梦中飞"的角色，但是，他作为记忆、想象见证和"重构"生活的综合体,其存在的意义已经远远超出角色功能的范畴,具有独特的功用。因此,王厚平这个人物成为贯穿整部文本的、竭力复活已经忘却的记忆的精灵。我们所读到的一切,包括乡土社会的风云、时代变迁、人生百态、人性、情感,都浸染在一片不折不扣的抒情的"生活流"之中,纯然、细密、真切,语境超脱而空灵。王厚平这个人物所面对的,不仅仅是自身成长过程的风风雨雨,还有当代历史的曲折和不确定性。那么,"反抗遗忘"则构成文本最本质的叙事向度,而且《民谣》体现出的较大的包容性和悲悯情怀,构成这部长篇小说成为历史、现实和人性镜像的伦理学基础。

描写人物长久以来成为传统小说叙事的重要手段,普遍认为有人物才会有故事,主客体之间的关系才可能更清晰。但是,王尧省略了诸多例行的手段或策略,他没有刻意对人物进行客观的审视,做出俗世生活的临摹,或对大时代风云中的小人物、庸常之辈进行实录,而是通过一个处于成长中的心灵,从自我走出自我,从生命个体的心境延伸出一个时代的情境。所以,王尧小说的人物形象就不同于以往小说那样,注重人物与人物之间的对话关系、个性冲突及其互动、变化,而是在"王大头"的自我感悟、自我判断和"诠释"中,不经由任何"中介"形成转述或"隐形叙事",在伦理关系和情感记忆中,重拾理性的感知力,直抵人物的精神内核。叙述完全依靠人物自身的经历,复原记忆,整饬民间"传说",彰显人物自身的传奇性。有关所有人物的叙述,都像是"白描"或"素描",人物存在的形态、性格、心理、精神、情感的各个层面,都是在一种相互缠绕、相互摆脱的状态下逐渐"完善"。个人记忆,在个性化的叙述中顽强地反抗着遗忘。这样,始终处于"我"的"重拾"记忆的讲述中的人物本身,就充满了悬置和张力。每个人物都在被讲述中逐渐清晰起来,虽然这种描述给人"删繁就简"之感,但是在时间和岁月的动荡里,人物关系错综、密集地交互碰撞,让每一个人物的命运轨迹,不自觉地深陷或镌刻在一种文化和民间的情境里。也许,还有许多记忆已经无法从历史的盲区突围,许多真实的"故事"也已无法在新的语境下被微妙地改写。虽然,20世纪中后期的时代生活,已经成为一种消逝的历史存在,但是,传达"经验"的视角和手段,尽可纳入新的意义能指范畴下,成为重构、重建和想象历史的方法。这样看,我们就不必纠结、质疑叙事的方法和途径,只要恪守诗学和伦理的品性,历史和记忆虽可能发生感性化的"褪色",但不会变得虚妄和空洞。

在《民谣》完稿之后,有一天,王尧兄在短信里突然问我:"按着以往的习惯看法,《民谣》的故事性不强,但是,故事是什么?"我的回答是:"故事就是讲述的激情和被讲述的过程的完美结合。而且这两者之间的'间离',构成叙述者拥抱世界和被世界拥抱的理由。这时,语言的角色则是充当了混凝土、清新剂或流淌的血液。"我和王尧都坚信《民谣》是一个真正完整的故事,而且它胜在叙述上。不同的是,王尧的叙述已然溢出了我们近些年所崇尚的"讲故事的方法"的"规定性"、可能性维度。叙述的视角、叙述的终极目的,以及个人、历史、记忆、时间和空间,都呈现出远远越出小说叙事秩序和规范边界的趋势。在一定程度上讲,叙述视角就是小说的政治学,它决定着叙述的精神尺度和方向,而好的小说一定是要"自己讲述"的。我的感觉是,凡是触及历史的讲述或记忆,小说思维的惯性就常常会出现黏滞或"失重"的状态。难道故事或故事性的强弱,一定要作为衡量、判断一部小说文本"好"或"不好"的美学尺度吗?故事本身难道真的是一种需要严密苛求的建筑构造的"核心"吗?那么,这里又不能不涉及一个古老的话题:究竟什么是理想的小说?也许,这部《民谣》引发争议的,或许是其对历史的回忆,或叙事层面的"碎片化"处理方式。我恰恰认为这是王尧悉心追求的叙事美学和叙事伦理。作家处理经验的策略和手段的开放性、自由度,决定着文本的精神向度和格局的开阔与否。李洱在谈到莫言小说变化时,隐讳地提出一种接受美学的新理念:"阅读莫言《晚熟的人》的过程,就是感受莫言小说变化的过程。这些小说单独发表的时候,莫言小说的变化可能还不容易看得太清楚。这一点,我与格非的感受是相同的。我们会纠缠于小说在叙事上是否完整,留白是否过大,是否有足够的说服力。但是,当这些小说收到一个集子里,从头到尾看下来,我们就会获得新的阅读感受。此种情形在文学史上屡见不鲜。鲁迅的《野草》和《故事新编》,如果单篇阅读,我们会觉得篇章不够完整,个别篇章甚至显得晦涩难解,语言风格参差不齐,文体上也不够统一。但是完整地看下来,你会觉得各篇章之间构成了互文关系,最终呈现出鲁迅在某个阶段的心理世界。"①如果依照李洱这样关于阅读的方法来看王尧的《民谣》，我们就可以强烈地感受到作者刻意追求文体变化的叙事雄心和苦心。这部自传性极强的文本，同样显示出王尧对记忆的打捞和对记忆的重新"赋形"。在这里，故事彻底地融化在"记忆"深处，随着叙述的河床汩汩流淌，叙述讲述了很多，似乎又什么都没有讲。但文字里所蕴藉的大量个体经验，却在平实的叙述中产生出无数暗含的转义力量。那些被叙述人重新编码的充满氤氲之气的话语，延伸出文本的诗性和魅力。叙述的沉郁或沉郁的叙事，让"我"的讲述本身构成历史的"回音壁"。一种声音唤醒更多声响的共鸣，可以音传天地，声动八方。正是王尧将自己高蹈的文化之思，重新拉回到日常。他十分清楚，一部小说的分量有多大，它能够传达出多少情感信息和灵魂之思，能够演绎出多少历史的"花腔"，勘探出多少风起云涌时代下被遮蔽的、静默的事物。

　　最近，王尧鲜明地提出必须要进行新"小说革命"的问题。"近二十年小说在整体上处于停滞不前的状态，无论是思想、观念、方法还是语言、叙事、文本，都表现出比较强大的惰性。我并不否认一些作家写出了优秀小说，这些优秀小说之于作家个人而言也许是重要的，但在更大的范围内其意义何在需要思考和判断。优秀小说家高水平的徘徊，在一定程度上既是惯性也是惰性。"我感到，作为批评家和文学史家的王尧，在清醒地意识到当代小说的叙事困境之后，似乎想成为小说叙事革命身体力行的践行者。这种叙事的冲动，令王尧在叙述时采取"杂糅""碾压""撕碎"的姿态，反省以往的叙事经验，甘愿遭受文体质疑的风险，自己亲自"上手"了。

　　　　当我们说小说的技术成熟甚至以为技术已经不是问题时，其实已经把技术和认识、反映世界的方法割裂开来。这是长期以来只把技术作为手段，而没有当作方法的偏颇，这是小说在形式上停滞不前的原因之一。一方面，过于沉溺于琐碎饾饤的小说技

---

① 李洱：《从〈晚熟的人〉看莫言小说的变化》，《文艺报》2020 年 11 月 6 日。

反而会逼窄小说的格局和更其丰富的潜力，"技术中心主义"也在一定程度上悬置了作家的道德关怀和伦理介入；另一方面，我们对小说技术的浅尝辄止，又妨碍了小说尤其是长篇小说的结构能力。和想象力的丧失一样，结构力的丧失是当今文化发展的重要征候之一。结构力归根结底取决于作家的世界观和精神视域的宽度，以及人文修养的厚度。十九、二十世纪的经典小说的巨大体量来自于小说家们宏阔的视野，无论是现实主义巨匠如托尔斯泰、陀思妥耶夫斯基，还是现代主义大师乔伊斯、纳博科夫，都是如此。小说家在完成故事的同时，需要完成自我的塑造，他的责任是在呈现故事时同时建构意义世界，而不是事件的简单或复杂的叙述。八十年代"小说革命"的一个重大变化是，语言不再被视为技术和工具，语言的文化属性被突出强调。我们这些年来对汪曾祺先生的推崇甚至迷恋，与此有关。我们今天面临一个常识性的问题：没有个人语言的技术，其实只是技术而已。

"没有个人语言的技术，其实只是技术而已"，这句话可谓是一语中的，它道破了小说叙述的天机。我感到，王尧在这里所说的语言，实质上指的就是叙述。叙述的问题就是语言的问题，选择新的话语方式才是语言本身能够制造、产生新的文本结构方式的关键所在，它直接决定着表现力的强弱和价值的大小。因此，"个人语言的技术"是至关重要的。我们甚至不妨说，对以往惯性话语方式的反叛，必定会使想象力、结构力更加丰沛，使叙述呈现出新气象。"个人语言"是抒情的，也是诗学的，它可以不必为文类学所限，也不会落入任何"他者"的伦理学、形式美学的间隙，它可以测试审美叙述的有为或无为、极限或无限。越是"不见技术"、不见策略的叙述，才是纯熟、老道的叙述，才可能抵达事物的内在结构。

这些年，无论是读中外经典还是当代新作，我都始终愿意从语言层面上考量一部作品的优劣。平心而论，《民谣》并不是那种依靠情节、细节或人物的"动作"推进叙述，从而获得阅读魅力的文本，在有些人看来，这部《民谣》还不是那种所谓"好看"的小说。它没有大开大合，没有情节的跌宕起伏，也没有悬疑或"对话"的冲击力，我清楚，这样的形态对于小说来说，也许是一种冒险的叙事选择。在《民谣》里，叙述的绵密，高度重视细部修辞而非细节、情节的转换，第一人称叙述生长出的语言的"自拟性"或"沉溺感"，使文本在一种稳定的、专注的话语状态中，更容易出现结构的变体。

  呼吸的不连贯让我觉得这世界存在两个空间，我一直处在饱和饿之间。你盯着路上的麦秸，眼睛会发花，霉气呛出了眼泪，时间久了，脑子像中毒一样迷乱。想来，那些在空中飞翔的鸟儿也一样闻到了霉味，它们逐渐从我的天空中消失，它们一定飞到了没有霉味的远方。如果在空中，像鸟儿一样，我会怎样？爬树是升空的方式，但我不会爬树。我瘦小，可就是不会手足并用，通常是抱着树干，看同伴爬到了树尖。我崇拜杨晓勇，他以前能爬到最高的树顶上。我私下喊他勇子。勇子现在是大队干部，不爬树了。那时，看看在树上的几位同伴，我很尴尬，我的目光只好盯着空中的麻雀，盯在偶尔飞来的喜鹊和在田野上空叫唤的乌鸦的羽毛上，它们是我那时见到的离开地面最高的动物。

  我无法理解父母亲把神经衰弱的病因归为去年春天我与白胡子老头相遇。这样一个有意思的故事，他们毫无兴趣。我无法忍受，我如此真实的经历会被大人嘲笑为做梦。他们有那么多梦想，我从来没有嘲笑过他们。包括他们梦想我以后如何如何，那是我要去做的梦，但他们梦想着。没有办法，我把那个春天的下午，一个拿着洋伞的老人与一个背着书包的少年，画在一张纸上，然后夹在课本里。我可以自己收藏自己。我有时候会沉湎在这张画的情境中，但我再也没有和这位老头相遇于西巷，或者其他地方。许多事情是稍纵即逝的。稍纵即逝的东西能够记住，是因为它稍纵即逝，如果能够慢慢在心里打磨，记忆的刀锋就无动于衷地迟钝了。

  也就是说，在这里，写世俗又要摆脱世俗，避免掉进叙事惯性的陷阱。

现实与梦境，世界之大，个人之渺小，生命如斯，岁月蹉跎。那个背着书包的少年王厚平的个人感受，呈现出对苦涩年代抵抗的意味，或者说沉潜着命运的慰藉。"收藏自己"是为了避免记忆的刀锋无动于衷地迟钝吗？叙述一个年代的忧郁，既不能舍弃乡野间的泥土之气，民间的红黄绿蓝，又不能放弃书斋里的书卷之气、素雅之色。作者欲将日常写成"超常"，以文人的想象、民间的期许，呈现生活、存在世界的"异质性"，必然需要增加、突出新的文学元素，这也是叙事能够生长出创新性语境的前提。《民谣》发出了自己的原初之声。

三

现在，我们是否可以说，《民谣》是一部关于乡土世界"乌托邦"的祭文或"英雄史记"呢？理想主义、英雄主义和悲剧精神，悄然隐逸、回荡在字里行间，苍凉之气丝丝缕缕地弥散开来。平静的乡村伦理，在现实、政治、文化、时代变迁的多重"搅拌"和"挤兑"下，使一切事物都变得不再沉寂和祥和，并且映衬出人们日常的行为、普通的姿态背后所隐藏的深邃的秘密。在世俗化的世界里，那些感伤、欲望、被窒息的激情，以及无情的命运和没有诉求的情绪，都彻底地陷入庸常的泥淖，化为虚空的无聊和惘然。在这里，我们不妨做一个不恰当的比喻，王尧的《民谣》属于静默于壶中的乌托邦，格非的"江南三部曲"是被煮沸的乌托邦。从叙事学的意义上看，《民谣》与李洱的《花腔》、刘震云的《故乡面和花朵》、普鲁斯特的《追忆逝水年华》不同，后者都是典型的"狂欢化诗学"的代表。《民谣》则追求内敛，以强烈的自我意识，作为叙述人或主人公精神上、叙述上的主导因素，刻意避免陷入和沉溺于"独白型"、封闭式的叙事限定，又不超越叙事人自己的性格、秉性、气质和心理规约，而最大限度地呈现大历史、大时代里人内心的"众声喧哗"。同时，作者尽力让人物、叙事人自觉或不自觉地捕捉"意识到的历史内容"，充满现代意识和身份认同上的清醒姿态，作为乡村伦理的代言人，对人性、乡村伦理和社会生活做出冷静的判断和陈述。

近些年来，文学如何面对历史，俨然成为当代作家写作的困境或瓶颈之一。当我被叙述带回到《民谣》叙述的年代时，我立刻就想到与王尧同时代的作家苏童的《河岸》和《黄雀记》，也想到余华的《活着》和《许三观卖血记》，以及格非的"江南三部曲"和东西的《后悔录》。这些1960年代出生的作家，在重返历史的瞬间，仿佛洗尽铅华，在文本中所表现出的求索情怀、历史沉思、想象性体验和批判性质疑，以及兴致盎然的叙述激情，都不能不令人感到惊异。这一代作家对刚刚逝去的当代历史，既有自身充溢着"青春期"般的叙事冲动，也不乏无限缅怀、伤悼的、沉郁的美学气质。这一代作家有自己独有的东西，但也有迷惘、沮丧、疑虑和困境，不乏理想与现实的分裂，甚至不可避免的"偏见"。已有的精神、心理创伤，即使不会痊愈，但他们勇于担当的力量、以文学阐释历史的价值却显而易见。

从一定程度上说，《民谣》无疑是一部个人的记忆史，也是一部家族史、一部乡村简史。实质上，历史记忆终究是个人记忆，它可以在一个人的内心掀起众声喧哗的浪潮，却无法实现众人来一起讨论或协商的可能，进行有关"城南旧事"的考古，更是枉然。任何超越人间烟火的虚构，都难以替代对于熙熙攘攘之芸芸众生的真切经验。所以说，《民谣》叙述的神奇和魅力，就在于叙事者应对历史复杂性的自觉和悟性，这时候，记忆和叙事伦理都在经受着视角、布局谋篇的严峻考验。当然，我们不必对这样的"故事"及其讲述故事的方法产生任何犹疑。我认为，故事就是一个人发动的一场叙述的战争，它无时无刻不以美学定力为经纬，寻找暗夜里的灵魂烛光。因此，如何讲述、如何叙述，这完全是作家个人的叙事伦理，它成为直接关系到文本意义生成的重大机杼。其实，在《民谣》中，故事是无处不在的，而且讲述者的讲述本身也成为一个故事，融入"俄罗斯套娃"般的抽丝剥茧样的"追忆逝水年华"的叙事情境之中。毋庸置疑，一个人的成长史便是记忆史，叙述中不断地"闪回"，透视出时间延伸中时代和世道人心与传统的割裂。那个叫"王大头"的少年，从一开始，王尧就想写出其十足的勇气和信念。在自传体记忆的讲述中，他不断地试图整饬一个村庄的历史、地理和伦理的版图，少年记忆、视角、眼光和经验，丰富的乡镇元素，都出自这位"身在其中者"诚实的内心。他在不厌其烦地对村镇、旷野方位、情景的细密描述中，有意无意地传达出无数令人错愕的历史、时代、政治、个人、家族的"弦外之音"。"民谣"是什么？"无论如何，也不论我是否愿意，小镇和镇上的一些人，他们的过去多多少少定义了现在的我，这不完全与血缘有关，好像更多的时候是日常生活中的一些规矩。"奶奶最早关于"人不到齐了，不好开饭""吃饭不能有声音""早上起来要向长辈请安"诸如此类的"规矩"，作为习俗、礼仪和乡村日常伦理被接受、传承下来并不困难，这些已成为乡村"民谣"的一部分。但是，从曾祖父、曾祖母、祖父、祖母到父母亲，以及外公、外婆、外公的曾祖父，一代代人在不同年代所遭遇的"革命""斗争"的历史，以及他们面对村落、家族和个人的不同命运，则使得"民谣"的意绪、内涵变得十分驳杂。那个时代人们生存的精神力量在何处？究竟是什么信仰支撑起人们"活着"的勇气和耐性？我认为，民族文化的心理结构，可能是一股强大的心理平衡的主要力量，获得记忆的特殊保护。我们会注意到，小说多次写到人物的死亡：正常死亡和非正常死亡。无疑，对于死亡的看法，是考量作家道德感、生死观、大伦理和价值取舍的重要方面。王二大队长的牺牲、胡鹤年的自尽、三小的病死、房老头的自杀、小云的自杀、胡家大少奶奶的不明之死、根叔的死，当一次次死亡的讯息在叙述中接踵而至的时候，天地玄黄的苦涩和惊悚，瞬间发生的、不自觉的意外，让我们感到生命形态狼藉的一面。这些事件的发生，也是需要我们进行深层文化、历史思辨的重要部分。

　　王大头和几位年轻人组成的"村史编写组"，无疑是一个隐喻。如何撰写一部小镇上的"村史"，成为重新审视历史和现实、人性和灵魂、命运和救赎的"途径"。显然，它直接触及的是对叙述者的历史观、道德意识、伦理感等终极要义的考量，这容不得有丝毫的偏差和懈怠。而任何"解构"和"建构"，都难以避免自我矛盾的牵扯。我注意到，有两个人物的死始终左右着小说的叙述方向，一个是胡鹤义，一个是王二大队长。他们来自不同的阶级阵营，前者是不明不白的"畏罪自尽"，后者是壮怀激烈的慷慨赴死。在《民谣》里，这两个人物的生死，似乎并不构成叙述的诉求，反而是外公和剃头匠老杨，成为被历史追踪和诘问的对象。在当年那场著名的游击队和"还乡团"的交战中，王二大队长和十几名队友牺牲后，掩埋烈士的遗体成为一个难题。外公救助了胡鹤义，这就成为外公后来的一个历史"疑点"、历史问题。最终,父亲历经波折,并撰写说明材料努力为外公解决历史问题。在这里,外公的问题直接关系到一个村镇的革命史书写。"你外公的问题有了结论,我们这个大队的革命史就好写了",同时,"写好王二大队长,也就写好了我们大队,甚至是我们公社的革命史"。显而易见,在这里,对历史的判断和记录取决于对一两位人物的政治性诠释。或许,任何时代的人们都无法挣脱历史的局限,每一个人都是有自己鲜明的"出身"。勇子将"舍上"和"庄上"作为判断人物阶级属性的坐标,革命烈士王二大队长是"舍上"的,而"舍上"的必然要领导"庄上"的,因为过去的穷人翻身了。这是一种新的打破了传统的、朴素的乡村伦理的逻辑,使得"原生态"生命的自然律动衍生成精神的不安和骚动,乡镇里的生命感性经验和温柔敦厚之心,也掺杂进肃杀的狂躁之气。这些可以视为"民谣"变调的深层社会文化、政治的原因。

  文学永远也绕不开历史,历史更无法避免被演绎或"演义"的命运。在这里,还涉及我们前面提及的"情感结构"与历史的"隐形结构"之间错综复杂的关系。我觉得,用文学叙述来记叙一个时代的方式,不唯以往所定义的"史诗"一种。抑或"史诗"叙述,是否也可以另有"别样"?个人如何进入历史,生命个体在社会历史进程中的原生状态,乃至个人性与历史的内在纠葛,芸芸众生的生死歌哭,沧桑变化中的真实与谎言,并不一定要以大背景来烘托或渲染。换言之,个人在大历史的动荡中,可以通过"感知者""叙述者"之间的角色转换或"合成",叙事主体突破任何先入为主的意识形态制约,令叙述者与故事之间构成张力。《民谣》没有混淆"感知"和叙述的边界,即所谓"话语层"和"故事层",也没有完全依靠主体感觉来判断人在社会、时代里的处境,没有让身体、欲望、感知承载全部的境遇和人生,并进行虚构,以至于凭借感受去取代理性。在此,我不知道是否可以对"王厚平"这个叙述者的名字,做一次肆意的"拆解"或者"过度阐释":"厚"和"平",或许隐喻着某种特定的叙事姿态,从少年对生活懵懂的触摸、实感,到成年后对历史和生活的反思,他对整个村镇及其家族内外的细致梳理,绝非只是"白描"出"我"所讲述的一群人的故事和命运,他在用自己的结构方式、世界观、道德价值判断、生命伦理来整理、"编排"事物的本来秩序。王尧最大的"叙事野心"，就是要写出存在世界的厚度，平实地看待历史的纠葛和冲突，虽然那种浪漫的怀旧情绪始终在文字里游弋，但"我"理解了叙事的复杂性和"不可逆性"之后，并未将其做"反讽"的处理。王尧在让王厚平保持自身个性品质的同时，特别注意叙述的克制、审慎、细腻，从而对存在做出富于辨识力的剪辑。这是不可能回避的充满意义指涉的选择。当然，王厚平的使命并非只是"求证"天地悠悠的季节轮转，其实，这个人物仿佛一个跻身在乡村世界、俗世苍生中的精灵，带着深沉的感伤，对一个小镇的历史、家族脉络、俗世人心，进行梳理、整饬。王尧的写作诉求正像唐代张怀瑾评论王羲之书法所说："务于简易，情驰神纵，超逸优游，临事制宜，从意适便。"① 显然，王尧将叙述的美学意蕴，自觉地投向对人间悲欢、世情内蕴的描摹和审视，"临事制宜，从意适便"，实则就是轻松而非"轻看"大历史烟云里的人生百态、是非曲直。

  小说里写了二十几个人物：曾祖父、外公、爷爷、奶奶、李先生、父亲、母亲、胡鹤义、剃头匠老杨、根叔、怀仁老头、勇子、表姐、独膀子、烂猫屎、小云、秋兰、方小朵、余三小、若鲁、余明、网小、小月等。那个年代的许多特征，一览无余地在他们的身上和内心映现、投射出来。小说叙事的重心，在于那个年代的伦理、道德、民俗，以及人物存在的自然生态、地域风貌和几代人茫然的心理形态。这些实实在在的生活及其精神坐标，都在王尧叙述和描摹的每个生活细部从容地呈现出来。显然，他们的生活、事业、爱情、伦理，存在着看似波澜不惊的矛盾和纠结，善与恶、美与丑、轻与重，构成叙事的"主旋律"。也许，民间自身的力量会在一定程度上潜在地帮助人们寻求、获得更具文化、文明的生活、存在方式，自觉或不自觉地"扬弃"旧事物，保持社会生活在乡村的那一份宁静。但是，在20世纪六七十年代，大多数人并没有意识到自身的主体性价值或存在的意义，也就是，人们缺乏存在感，大都在不自觉地忍受着心灵上的孤独和寂寞。以前，我并不熟悉王尧所描述的台城和小镇的生活，但这

---

① 转引自宗白华：《美学散步》，上海人民出版社1981年版，第181页。

部《民谣》一下子就将我引入到一个乡土的特殊情境。我感受到，这个世界的素朴和感伤、意义的缺失，道德和灵魂的追求似乎都在伦理的层面上"滑行"。这些人物在伦理关系的黏滞状态里，每一位细小的生灵都显得卑微，他们在大时代的潮涌中，自由而自然地生长、存在着，直至消殒。在这部小说里，聚集着几乎所有的"乡村元素"和时代的印痕。这些元素呈示着无数不可思议的存在世界的坚硬，并且统治着叙述者记忆中的每个生活片段。那么，在这些"元素"里，究竟还有多少古老乡村难以破解的密码？隐匿在存在世界深处的，除了自然秩序中的内在逻辑和可能性，人的主体意识的觉醒和发现，则是无法忽视的。

回忆是生活的隐喻。实际上，历史在后人看来，或者说往事在后来者的记忆、"回忆"里，要么是"碎片"，要么是被重新"聚拢""整合"的情境。也许，两者可能都是对历史"修辞"的结果。海登·怀特认为："任何特定组合的事件都不能在逻辑上论证故事所提供给它们的那种意义。这对于个体生活层面上的组合事件是真实的，而对于以世纪为时间跨度的民族进化中的事件也是真实的。任何人、任何事物都不能在故事中生活。而事件的序列则可以不偏不倚地采取罗曼司、悲剧或喜剧的诸方面，这要取决于从什么角度理解这些事件，以及历史学家为引导故事的表述而选择的故事形式。"[1]程德培说："把小说当作历史来读是危险的：诗人把形式作为起点，历史学家则向它迈进，诗人从事生产，而历史学家从事论证，历史学家之所以要论证，是因为他们知道我们能够用其他方式来进行阐释。历史学家把消除怀疑作为一种责任，而虚构要求'自愿悬置怀疑'。"[2]那么，《民谣》中的王厚平在不断地竭力摆脱"我叙述中一直在遮蔽我的一次窥视"时，断断续续对"碎片"进行着缝补和重组。叙述中的拼贴、剪辑、闪回、插叙，那些大幅度的跳动、接续，人物和故事的间歇性"搁置"，都让我们对结构中的结构充满信赖。"谁都发现我的话少了，我之前是个废话很多的人。母亲很高兴，说这孩子大了，沉稳了。""即使现在，

---

[1]〔美〕海登·怀特：《后现代历史叙事学》，中国社会科学出版社2003年版，第115页。

[2]程德培：《黎明时分的拾荒者》，作家出版社2019年版，第138页。

我还羞于说出具体的细节。"那个父亲因为眼睛红肿,只好戴着墨镜参与迎接省委书记视察江南大队活动的细节,以及由此引发的小风波,让我感到,从这些零星的只言片语中,我们能够想象到一个乡村少年在进入现实时小心翼翼的、惶惑不宁的、忧心忡忡的、早熟的神情。小说中还几次写到了梦境,写到了"梦幻记忆",王厚平病中疲弱不堪,竟然"庄生梦蝶"般地追忆起白胡子老人的"仙风道骨",这是这部小说中少有"超现实"的成分。这样,对于少年"厚平"本身的描述和"感知",几乎就没有"死角"了。一种冥冥之中对于"未知"世界的勘探欲望,执拗地走进少年的心。我似乎明白了,王尧为何要写作这样一部难以用传统小说叙事理念来厘定的小说。原来,世界的真相终究也是存在于每一个人的内心和梦想之中的。

必须注意到,《民谣》里那个时代"红色经典"的阅读和接受,也成为一个重要的仪式,它也构成少年一代精神血液里的一种重要成分,它从另一个面向淘洗着一个少年的心智,成为青春、情感、理想、革命的风向标和模拟器。这部小说"轻描淡写"地描绘了"江南大队"年轻人中所发生的几桩爱情和婚姻。那个年代的蒙昧和无视人性的规约,制约了人们真实的情感。小云、独膀子、勇子、秋兰、巧兰、阮叔叔和网小,他们只能在《伤逝》《青春之歌》《三家巷》《红旗谱》《红岩》《苦菜花》《钢铁是怎样炼成的》等的虚构的艺术、精神模式里,试探着情感的真实和皈依。这是否也算是那个年代的一道人文风景?

可以说,强烈的伦理感充溢在文本叙述中王氏家族的世代宗亲每一位生命个体的血液里,也像千年虬枝盘根错节,这是何等牢不可破的"情感共同体"。但是,这种至亲或宗族、乡党关系,一旦触及政治、阶级或立场,一切就会变得不可思议,令人忧心忡忡,这就给回忆带来了困难。"我知道我对石板街的认识有更多虚幻的成分。一个人总喜欢在时光消逝后的日子里重返他当年无法进入的场合。我和多数人一样,都夸大了自己少年时对事物的记忆。""这就是少年。他在生长着。他在哆嗦中长大成人。"于是,当回忆转化成新的"记忆"时,我们会感知旧事物在新语境中的二次发酵。"民谣"自身的朴素性和"粗粝",也就显而易见了。

四

　　总之,《民谣》蕴藉的诗性与哲性、简洁与浩瀚、缤纷与素朴、信仰与犹疑、神秘与虚幻,使这部小说充满了想象性建构。这部长篇小说最重要的贡献,就是书写了社会、时代、政治、文化在阔大、悠远的民间,在古老乡村的余响。民间也以自己的方式将这种余响留存下来,如生生不息的生灵,积淀在文字之中。这也许就是那个年代的真实生态。个性化的叙述语言,尤其是叙述的多维性,增强、扩容了艺术表现力。其中,最关键的问题就是王尧睿智地"压制"住空间维度的有限性,而刻意地张扬时间对心理、精神、灵魂在存在层面的赋形。叙述,一旦走出空间的定数和藩篱,二维性的局限被打破,审视存在的眼光和能见度就会发生质的变化。这就意味着,我们以往审美维度、审美思维所能抵达的"骨密度"也会发生增量,产生对历史、现实、存在的深度测量。当叙事的诉求和思想的引力高涨起来时,文体就必然发生不同程度的"涨溢",历史与诗情合二为一,波诡云谲,气象万千。强烈的时间感令王尧的叙述在记忆和回忆的"闪回"中,不断使"时光""岁月""日子"获得重生。像"现在想起来也是胆战心惊。在我出生一个月后,我就被卷进了老人们和这个村庄的是非中。本来与我无关的事情,也把我牵连进去了","即使是过了一年多,我还时常停在1972年的春夏之间","如果时间回转,我期待1972年5月像1970年5月那样澄明清朗","当我和外公谈起王二大队长和他的战友时,我好像回到了一年前的那个晚上","1973年5月过去后,我还是梦到了上一年的大雨","多少年以后,我去俄罗斯访问,终于在莫斯科郊外的新圣女公墓,看到了巨大墓碑上奥斯特洛夫斯基的半身浮雕","我对大雪的等待始于1973年的冬天",诸如此类的大量的叙述起始句,不断叠加着岁月轮转中的心灵和弦和记忆的旋流。时间问题一向都是哲学层面上最艰难的问题。在《民谣》里,时间仿佛是循环的,庸常的现实总是宿命般降临在回忆的摇篮。环绕着"江南大队"历历在目的陈年往事,我们获得一种新的"时间感"和一幅已被风蚀的历史肖像。那种充满激情的怀旧心理,重新淘洗已成往事的特殊的人生阶段,王尧写出了生活的多重性、模糊性、无意识性，写出了乡村世界才能"活出"的人情味、人性味、人间烟火味，也写出了一代人永远无法痊愈的心理和精神的创伤记忆。归结来说，《民谣》是少年之歌、成长之谣、家族之痛、历史之殇。

这部长篇小说的抒情性，在具有叙述人角色的小说人物"王厚平"近乎自传性的声音、语气和沉郁的话语方式里，呈示出时间的悠长和空间的舒展。我感觉，《民谣》这部小说，无论是整体上还是细部，都始终刻意地规避理性的张扬，而主要是在一种"超稳定"的、充满磁性的叙述节奏里，不断地释放生活中无所不在的自然性、自由性和生生不息的传承性品质。毋庸置疑，以感性的宽柔和耐心，表达人们踏实的、俗世的存在感，书写人们如何摆脱生活中诸多"意外"的羁绊，心存善良和美好，是写作者的真实初衷。坦率地说，《民谣》从叙事方式上讲，很难构成传统文学史意义上"史诗"的格局和恢宏的气势，但它可能会作为"素朴的诗"或"感伤的歌"，直抵人的内心深处。或者说，这种文体已经构成另一种文本形态和意义上的"史诗"，而且这丝毫也不影响文本主旨价值和精神的宏大。《民谣》的叙述人从善良的旧事物和"往事"出发，通过一个人内心和身体的生长，借助无数的情景记忆，实现对历史和人性的生活化、个性化处理，揭示出乡村世界的种种悖论和人性场域的张力。它的叙事走向是绵长而阔达的，是一次真正的灵魂之约，意在弥补恬静生活时代性灵的缺失，缝合美好伦理秩序的撕裂或破碎。收集了各地民歌、民谣的《诗经》，被儒家奉为经典。民歌也好，民谣也好，它们易于流传、播散的特性，说明流风遗韵深入人心，同时，民歌、民谣之"风"也映射出朴素、真实的人生体验。

无疑，《民谣》以一种极有章法的叙述，体现出叙述主体的自觉，而朴素、"和风细雨"般词语的魔力，不断地在使文本的意蕴变得更加深远。注重文本文体形式的王尧，极其重视叙事中词语的修辞力量，语言的沉郁、清新、疏淡、富有韵致，叙述所体现出某种心性上的"超逸优游"，涤荡出极具个人性、个性化的气息。我能感觉到，王尧《民谣》写作、叙述的初衷，是沉潜于革命姿态下深藏的抒情的心灵，呈示世间的柔软和坚硬。其间，他真切地流露出文人的浪漫情怀，并充分地显示出叙述的力量。

这类记忆无疑有误，我无法说自己在多大程度上还原了已经逝去的年代，特别是我自己内心深处的细节。坦率说，我没有什么故事，可能只有细节。据说没有故事，是写小说的大忌。我研究了很长时间，也说不清故事是什么。近几年来我自己的记忆力衰退，多数中学同学的名字我都记不清楚了。我在记忆中去虚构，在虚构中去记忆。所以，我发现我记忆是发霉了，我又回过头来，在小说开头第一节的结尾加了记忆像挂在脖子上的麦穗，发霉了。

　　最初，我几乎是用考证的方法来写这些注释，很快发现我的记忆确实已经十分模糊。这让我尊敬学界那些整天做笺注的学者。在我的叙述中我不仅已经无法完全证实自己一些事情，而且会怀疑作文本上的一些内容的真伪。我不得不放弃自己力图真实的想法，不得不放弃我是在叙述我自己的想法。毕竟我不是在考古，少年的我也不是一具木乃伊。最终，我还是用了注释方式来补充我的叙述。这可能给读者带来困难，但我实在想不出有更好的办法。

　　我只能请批评家和读者指教了。我可能因为这部小说成为小说家，不再是批评家了。现在写小说就是小说家，写散文就是散文家，写诗就是诗人。我庆幸，我赶上了这么容易命名的年代。

我感到，在《杂篇》里，王尧坦诚地说出了自己的内心诉求。《外篇》则是充满"原始性"的对正文的互补或互文。我们这个时代的文学写作，正处于一个"求变"的关键期，是寻找叙事文学新的生机和活力的"瓶颈期"，为任何事物注释，甚至为存在的理由命名，都是极其不容易的。王尧做了，而且做得出人意料的好。

"家山"之重,重于泰山
——王跃文长篇小说《家山》读札

一

2006年,我读过贾平凹的长篇小说《秦腔》之后,写了《回到生活原点的写作——贾平凹〈秦腔〉的叙事形态》一文,发表在林建法先生主编的《当代作家评论》上。贾平凹的《秦腔》洋洋近五十万字的篇幅,文字及其所描述的生活,犹如林间小溪的涓涓细流,既有宁静中的流淌,也有逶迤前行中泛起的微澜,情境中虽然少有叙事的高潮,但也可谓生机处处,叙述常于平实中见奇崛,于宁静时觅得涛声阵阵。十七年前,我曾这样表述我阅读时的真切感受和体验:

> 《秦腔》这部小说以四五十万字来写一条街、一个村子的生活状貌或状态,细腻地、不厌其烦地描述一年中日复一日琐碎的乡村岁月,从时间上看并不算长,但叙述却给阅读带来了一种新的时间感。这种时间感显然最为接近小说所表现的生活本身,一年的时间涨溢出差不多十年的感觉,正是这种乡村一天天缓慢、沉寂的生活节奏,这种每日漫无际涯的变化,累积出乡村生活、人世间的沧桑沉重。相对于那些卷帙浩繁、结构宏阔的乡土叙事,贾平凹诚恳、朴实地选择简单的单向度的线性叙事结构,非作家经验化的生活的自然时间节奏,没有刻意地拟设人物、情节和故事之间清晰、递进的逻辑关系,也不张扬生活细节后面存在的历

史发展的脉络，只是平和地、坦诚而坦然地形成自己朴素的叙事，叙述本身也较少对当代乡村及其复杂状貌的主体性推测与反思性判断。细节的琐碎既构成生活的平淡或庸常，也构成了生活的真实。

也就是说，在《秦腔》中，小说的故事始终保持着线性叙事时间的完整性，表面上看，大故事的结构并没有被叙述任意地"切割"，虚构似乎完全隐蔽在再现、复现生活的技术中，在人的存在、人与存在的关系乃至生活的细部和肌理之中，而且它完全是自己呈现出来的。所以，在《秦腔》中，乡土生活是较少戏剧性的，小说故事的叙述结构基本上就是现实生活中"事件"的结构。整个叙事结构的组成，丝毫不依赖冲突和巧合，叙述的逻辑起点和不断延展的依据，则是生活和存在世界自身的逻辑和规律。这样讲并不武断，因为它的叙述从头至尾是坚实而经得起推敲的。叙事同时依赖未被"顾及"的生活本身的"空缺"产生的魅力，而不是那种偶然性累积起来的某种脆弱的巧合机制，进一步激发人们的阅读想象。叙事也避免了因那种密不透风、不停顿的延展而破坏故事本身应有的张弛。也就是说，生活没有僵化在某种固化的小说叙事模式里，而是呈现出其原本的形态，令阅读者徜徉其中，不断慨然兴叹、恍然所悟。无疑，回到生活的原点，使贾平凹真正打开了新的文学叙述空间。

《秦腔》的文本形态和美学风貌，我们可以谓之为叙事中的"生活流"。实际上，这样的叙事形态在中国当代小说创作中并不多见。若从所谓写作方法上界定，它很容易被置放到"自然主义"的窠臼之中。在此后，贾平凹又写出了长篇小说《古炉》和《山本》，基本延续着这样的叙事策略和美学风格。我感到从贾平凹整体创作而言，这几部长篇小说的叙事已经发生了结构性的变化。"小说故事的叙述结构往往就是现实生活事件的结构，它的组成并不依赖冲突和巧合，叙述的依据是生活和存在世界自身的逻辑和规律"，如此说来，就不仅仅是小说叙事学层面的问题了，其中蕴含着某种哲学的视界。

在这里，我之所以重提贾平凹的长篇小说《秦腔》《古炉》和《山本》，不仅是因为王跃文的这部《家山》在叙事形态上与前者非常接近，更重要的是，这几部长篇小说体现出一种不谋而合的、近似的叙事美学风貌。《家山》的叙述，深深地呼吸着地气，紧紧地贴着人和自然的原生态，文字切入存在世界的肌理。确切地讲，王跃文深掘"形而下"世道人心的隧道，描摹人在自然与社会、国家与家族的多重网络限制之中的不断调节。自然属性和社会属性的矛盾，在家族、社会变革、乡土文化演变过程中，相生相克，此消彼长。我深切体会到，《家山》的文学叙述显现出作家自觉建立起来的"感觉结构"。这种所谓"感觉结构"，就是植根于生活本身的"全息"深层结构。可以说，这个"结构"源于作家对个人经验的处理，也发生于作家个人记忆的被重新唤醒。当然，个人记忆在叙事中"重组"，极大地强化了对历史、人性景观的描述能力，主题意蕴也由此呈现出包括精神深度在内的"复数性"价值。一部家族史，在被重新梳理、追忆和重构中愈发清晰。从追忆、重构、反抗遗忘的角度感知生命在沧桑岁月里的沉浮与生死歌哭，既可以扫除某些附丽于生命本体、社会历史之外的虚假表象，更能够直接接近人性、灵魂基本的、核心的层次，令我们大有"别梦依稀"之感。进一步说，王跃文较少对于生活的净化、纯化，而是在文本中始终让人生活在各种各样鲜活的关系之中。可以说，其中的每一个具体的人都是那种能够在四通八达关系中相互关联的重要组成部分，他们共同呈现出乡村社会里从个体到整体的生存意识、生命意识的觉醒，以及具有深厚文化积淀的环境里人性的复杂性。《家山》里，前辈的"前世"经历，家谱上的名字，无论辈分，无论性别，伴随着陈年的光阴流水般在王跃文的笔下重现，时光正在以某种自为的状态，缓缓地流淌、倾泻，每日漫无际涯的变化，沉淀出乡村生活的沧桑与沉重。我感觉，《家山》与《山本》，分别构成了"湘西"和"秦岭"的世纪叙事。面对《家山》这样一种没有高潮但处处生机的"慢叙述"，我不由得涌动起探究王跃文叙事动力和写作发生的强烈冲动。在这里，"日子"被写长了，俗世生灵生生不息的存在与大历史"对冲"，演绎出人世间的悲欢离合，也呈现出了乡村的逐渐苏醒。我们看到一个宗族及其谱系，其中的每一个弱小和卑微的个体生命，在大历史的风云际会中，已经或可能释放出来"山"一样的生命力量。显然，王跃文格外注意考量家族的盛衰与国运之间的隐秘联系，包括乡村世界里生命的暗角。可以说，半个世纪以来的家学传统和乡村习俗，恰恰是几代人之于家国关系、时运境况以及相互关联的重要元素。无疑,《家山》是一部广阔的、浩浩汤汤的河流般的作品,故事、人物都仿佛从历史的深处渐渐浮现,一切尚未冻结和凝固,这是对过往的一次回望、探寻、沉淀,家国的记忆同时被重新找回来了。对此,我们也可以将其视为一种深情的奔赴。王跃文对历史的关怀是如此深沉,而他表述的方式又是如此的朴素、从容和含蓄,不能不让我们细思他在文本中的寄托。我们在这里也看到了王跃文的精神激流和心理走势,他比以往更加富于情怀,更加沉郁感伤。可以毫不讳言地说,这是我读到的王跃文迄今最好的作品。十余年来,他悄然地探索乡村世界中人与社会、人的生态的暧昧而浑然的处境,对家乡文化和礼俗的关怀,以想象回归在个人记忆中行将失去的母体,赫然提醒我们远逝的时间之流。这里矗立的是一个宿命的"家山",一个沉重的"家山",也是一个有传统、有秩序、有撞击的在沉默和压抑中抗拒衰朽的苏醒的"家山"。《家山》,并没有像有些"乡土叙事"那样信誓旦旦地要为历史作证,而是为大历史记忆中"旷野的微光"做出遥远的述怀。他的叙事语境和情境,除气势上的沉稳之外,体味乡土世界生活的眼光不断地做低空盘桓,竭力去理解生命、命运及其存在价值。因此,王跃文将我们带入貌似绵长、略显荒寒的时间向度,让我们细腻地咀嚼乡村、乡土、乡情里的生命况味。这些都深入地体现着王跃文的文学叙事伦理。无论是大时代背景下乡村的微澜,还是乡土世界的奇诡或人性盲点,都嵌入《家山》细腻的文字里,让我们感悟到这个村镇及一个个家族生生不息的力量,这是一种"再生性"的记忆与书写,让"家事"重新回到历史的纵深。

二

从这部五十多万字的《家山》中,我们看到王跃文超强的从整体到细部的表现俗世的能力。我相信,一个作家的成熟,必定体现在他积极入世的态度,在这里,我们看到了王跃文叙事的耐心和精神的膂力。从容地书写大历史风云变幻中生命个体的沉浮,对社会生活层面做出深刻的揭示,对题材进行深度解析和组织编码,从独特的角度寻找题材所包容的审美价值和精神容量,在漫长的叙事中对生活进行渐进的梳理、归纳。这种"归纳"在文字中不断延展的过程，使得那些瘫倒在地上的血肉，在时间、时代生活的飓风中变成能站立起来的骨骼，呈现出生存的意义和价值。文本正文前附着的那张家族、人物关系表，罗列出"陈氏"大家族的三老四少，每一个家族成员的角色、位置和相互牵动着的生死歌哭，都透射出"家"对于"国"所担当的沉重、沉痛的负荷。自然与人为的种种压力，经年累月地生成包含极多人情世故的线索，在王跃文的笔下，或浓郁，或冲淡，皆丝丝入扣，令人难以释怀。王跃文无意对这些小人物做自然主义的观察和烛照，但行为常见浪漫和神秘的光泽，所述故事也时时笼罩着朴素的历史辩证。

　　王跃文十分清楚，这样沉浸于古老乡村的文学叙事，唯有念兹在兹地心系"家国"，亲近而不疏离，由近及远，由远而近，一切才不徒然和空泛。"沙湾"的故事是过去的旧事，是虚构的事，却不是虚构的世情。七八十年前，沈从文曾经以《湘西》《湘行散记》《长河》《边城》《石子船》等一系列文字，深情描述故乡的山光水色之魅、人情风貌之美，充溢着无限留恋的绵绵乡愁。王跃文承传了自己前辈的文韵挚情，延伸了原乡想象的灵魂路径，续写乡土的奇观异象。那么，我们可以理解为这是一次奇妙的因缘际会，也是对乡土或"湘土"的重新雕塑。

　　我觉得不应该将《家山》简单地视为一部所谓的"家族小说""史诗性文本"，也不能轻易地将其归类为"民间叙事"。其实，这更像是一部具有沉实、厚重内蕴的"地方志"。说它是"地方志"，并非意味着强调文本的"记事""档案"功能和价值，作家是在一个更自在、洒脱的叙事空间里试图写出浩瀚大历史中的乡土生活流。民生、民俗，乡村、乡野，以一种自然的形态从文字里透迤而来，表面看，日常没有惊雷，但暗流涌动，在巨大的时空间隙中，各种生命形态、各种生命力量共同搅动着人间烟火，生生不息。《家山》这部小说，启发我们从另一个维度来理解叙事的"史诗性"及其意义。一方面，小说里的故事、诸多事物和人物，都凝聚着作家对过去历史的诸多诗意想象，从生活的最细微处折射、反映出那个时代生活的深刻底蕴，让我们在今天真切地感受到历史的巨大投影；另一方面，叙事完全摈弃了理想主义的写法，而是让我们从人物的一言一行中感受一个消失了的时代的脉息，使那些隐匿已久的历史光影，构成一个大的寓言，成为一个历史的镜像，举重若轻地标识出大时代里的生命伦理刻度。实际上，当代作家的写作近些年在所谓"史诗性"呈现上，已经表现出困难。叙事文本中语言的隐喻性特质更显困顿、模糊。但是，王跃文似乎很清楚如何应对历史题材叙事的自我局限性和可能性。我想，这样的"史诗性"并没有局限在"沙湾"，更不是盘桓在"佑德公屋里""逸公老儿家""祠堂"的空间，而是深藏于每一位沙湾人的心理灵地。

世界在每一个人眼里都是一个全然不同的世界，它作为整体在作家的逼视下或扩大或缩小，神秘的并不是世界缘何是这样的，而是它是如此这般的。显然，王跃文竭力在对历史的徜徉中，以自己的思考给我们勾勒、深描出他所感知到的世界最基本图像，而且我能够感觉到，他还试图在这个世界中建立一个有自身秩序和逻辑的时空场域。无疑，世界是事实的总和而不是事物的总和，但是，个人逻辑空间感知到的事实和想象，不一定就是世界的全部。或许，唯有读罢这部厚实而诚实的《家山》，方可越发清楚这个道理。

具体说，《家山》叙述的故事时间跨度是从1927年到1949年，叙写南方乡村"沙湾"数百户村民，主要是陈氏家族的兴衰起伏。表面看，叙事生发、存在于一个封闭的文本结构里，其中陈氏家族的百余号人物，他们的喜怒哀乐、俗世之象、道德伦理，尽显"原生态"的乡土本色。虽然小说并没有描摹、营构传奇，"本事"书写沿着线性的时间坐标重启记忆之门，但是，我想，现在重述20世纪二三十年代的风风雨雨，写作主体意欲彰显的是否既遥指时间的逶迤，也暗含历史之谜的偈语？换言之，王跃文为何要写作这样一个大部头的长篇？而书写古老乡土究竟如何才可能出新？近些年的所谓乡土小说，少有凸显世情驳杂，道出民生、人物心事之作，但《家山》突破了乡土写作的瓶颈，呈现出新的历史洞见与美学魅力。

《家山》里的人物大多其来有自："桃香的原型是我奶奶，伯父王楚伟，化为《家山》中的陈齐峰。"[1]可见，族谱里的人物，已经一个个走进了《家山》，可谓个个有来源，人人有着落。他们历经军阀混战、国共

---

[1] 陈娟：《王跃文，湘西有一座"家山"》，《人民文娱》2023年5月29日。

合作、抗日战争、解放战争，在大历史的烟云里，经年累月，春种秋收，四季轮转，儿女情长，烟火日常，大历史的风云跌宕进入每个人的内心。在这里，家族的繁衍生息、代际的赓续、不可言传的隐痛，聚焦在故事的背后。这个叫"沙湾"的村落不仅自身承载着古老的往昔和风云激荡的当下，还在很大程度和意义上为国家承担着诸多有形和无形的使命。家族的传承和赓续，是乡土文化的传承和递进，也是指向民族未来的路径。乡村世界这个"超大文本"，在许多时候是模糊的，甚至是难以理解的，因此，对于它的回首与展望，最好的选择就是从人入手，从每一个生命个体出发，考察、考量乡村的秩序缘何成为秩序，关系缘何成为关系。很显然，《家山》呈现的历史叙事的方向及其叙事伦理，都是由家族里重要人物的人生选择和取向决定和实现的。"世道在变。外面的世界变得快，还会变。""早都改朝换代了，还要变到哪里去？"修根和齐峰父子俩的简短"对话"，道出了乡里乡外的动荡命运。齐峰、劭夫和贞一们，正在改变着一个庞大家族的精神选择和前景，而且这一代人已经身体力行地与整个社会和时代对话，"离岸"乡里和家族，最终彻底参与到时代剧变和革命潮流之中。

　　同时，我们能够意识到，王跃文的叙事有着清晰的伦理、道德边界，写作主体没有丝毫虚幻的玄思，而是通过扬卿、劭夫等人的作为，更深入地开发、启迪民智，并且重视、强调叙事表现乡村生活和人性的深广度，从而建立起叙述的内在坚硬情感结构。

　　我们看到，"沙湾"陈氏家族及其若干分支，枝蔓横生，盘根错节，彼此或咬合勾连，或若即若离，他们在如此长的岁月和时间轨迹中，都还是相互沉潜于无形的精神维度。"佑德公"和"逸公老儿"家族两脉，基本上构成小说叙事的主脉。这两位望族的"掌门""族长"，因其德高望重的威望、伦理承载力，在整个县、乡、村里享有至高地位和影响力。佑德公和逸公两位"老儿"，仿佛是这座"家山"磐石般的底座，呈示出无法撼动的定力、凝聚力。他们的思想理路和基本伦理范畴，都十分接近中国传统思想中素朴的核心范畴，即具有人的道德内蕴和"骨、气"之韵以及人格操守。在这里，虽然王跃文并没有将"佑德公"和"逸公老儿"奉为人格楷模，但他的确有意将两者人物性格中的"动""静"及其辩证关系彰显出来。虽然，佑德公也有"乱世，苟全性命最要紧"的生存哲学，但是，他仍存风骨而不失活气，朴素守拙又顺应天意，也显示出乡土世界中的仁爱宽厚、人性的隐忍和容纳性品质。面对劭夫和贞一兄妹两人的投笔从戎，佑德公比下一代更懂得家国之间"忠孝不能两全"，但对世相和时代仍然存有极大忧患和积虑。"佑德公听了，重重地叹气。心想，全沙湾村都没到两千人，那么多青壮劳力成年竟日扛枪杀人不做事，天下哪来好日子？"就是说，佑德公及其后裔的现实选择，已成为牵动、贯注世情和亲情的主线。两个家族的价值伦理取向虽各有不同，一族为国，一族为家，但他们始终与"家"保持着血肉相连的精神依存。佑德公的儿子劭夫最早投笔从戎，置身于变动不羁的大时代风云变幻之下的潮头和革命旋流。他是潜伏于国民党军队的共产党将领，沉稳干练，智慧勇敢，深怀赤子之心，担当着振兴家国的使命。而他和妹妹贞一通过返乡，建立起外部世界与县里、乡里之间的政治、军事和文化联系。"逸公老儿"的后代扬卿，留学日本归乡后，学以致用。他大力兴办教育、献身教育、兴修水利、改化民风民气，兢兢业业，造福乡里。可以说，他已然成为"沙湾"以至整个"乡里"的精神、文化先声。他对乡里诸事的大胆想象和改革实践，充分显示出其情怀和魄力、能力。他虽留洋归来，同时研习西学和传统文化的精要，但是，他执着持守乡土，分明是从事着另一种意义上的革命。齐峰与劭夫、扬卿相比，更具有神秘性、立体感和多层次感。这个人物的存在，使得整个叙事具有很大程度的灵动性。齐峰有着极强的革命自觉性，是"有大抱负之人"，他在乡里乡外的"游走"和乡情疏离，在沙湾人看来不乏吊诡、神秘，却喻示着革命者的另一种飘零和孤独。

沉浸于《家山》世界时，在阅读后掩卷沉思时，一系列的问题在我们的脑海中奔涌而至：我们在这部跨时空的追忆和叙事中，可以获得怎样的启示？能够发现当代乡土社会怎样的精神之痒？沙湾人几个家族的人们，以怎样的个人史构成对大历史的呼应和烛照？当代乡土书写所要发掘的终极目的和意义是什么？抑或，我们长久追问的"乡关何处"的精神端口在哪里？在我看来，贯穿全书的核心人物劭夫、贞一、扬卿和齐峰，他们的情怀和精神的根系无不扎根于故土。所以，从这个意义上讲，我们不妨将《家山》称之为"新寻根小说"。乡土就像是生命停靠的港湾，既是人们的"来路"和"出路"，也是他们的"退路"和归属，是"出发地"也是"回返地"。人们可以在这块土地上谋生、建设、疗伤和休整,人人都与"沙湾"有着物质、精神和心理的共振、交集,与乡里亲情永远有着相互帮衬、援助的责任与义务。那个年代,在乡村这个相对自治的社会中,没有经济层面的阶层区别,农耕社会"血缘高于一切",唯有血缘的坚实维系,每一代人都可以在这里扎根,所以,每一个人几乎都能够在家族的庇护下获得心理归属感。像劭夫、贞一和扬卿,可谓新旧兼济,虽然他们接受了新思想并投身革命,但仍恪守着数千年的乡土规矩,不断回望、回到乡土。这才是对生命根系的维系,也是作家情感在乡土中的沉淀。我们看到,即使五疤子这样的曾经逃避从军的"混世"者,也终于醒悟,走上革命道路。当然作家也借此暗示历史、乡土和个人主体的诸多缺憾。在这个意义上讲,"生命不能承受之轻"在这个古老的乡土世界就显得更具有别样的内涵。

哪怕重新打量和整饬历史和时代的心理、精神残骸,找回家族和历史的记忆,反抗遗忘,都是一次深入发掘,一次灵魂释放,一次对于历史的重新构筑。"乡村中国是最大意义上的中国"①,从这个角度看,小小的沙湾,就不仅是若干家族的繁衍之地,更是展示民族深层气脉的灵魂道场。

三

倘若从大隐喻、大寓言的角度考虑,"家山"的含义可见一斑。《家山》的隐喻义,明显超越其现实主义叙事的承载量。看得出,王跃文以工笔描摹出乡村俗世生活的绵密,叙事的黏稠度堪比贾平凹的《秦腔》和《山本》。《家山》自有属于它本身呼之欲出的应有之义,我感到《家山》里的世俗"既无悲观,亦无乐观,它其实是无观的自在"②。因此,叙述就变得更为洒脱了一些。整体上看,叙事既有日常性,也有传奇性,而浓厚的"世俗性",更能彰显一位小说家的"诗性智慧"。在王跃文的小说世界里,无论是县一级官府,还是乡里、保里等最基层设置或社会元素,它们与真

---

① 陈娟:《王跃文,湘西有一座"家山"》,《人民文娱》2023年5月29日。
② 阿城:《闲话闲说——中国世俗与中国小说》,作家出版社1997年版,第89页。

正的民间发生着藕断丝连、盘根错节的联系。于是，乡村俗事、家长里短、赋税征缴和兵役种种，家事国事形形色色，念兹在兹地呈示、敷衍开来，整个乡土世界得以充分展开，形成一个巨大的生命之场。那么，如此这般地展扬俗世俗事的意义何在？在中国乡村这个"官体结构"里，最难梳理的是诸多事物之间的文化关系，其中，政治文化是中国传统文化的核心。中国人的社会属性和自然属性的矛盾，在乡村文化、政治的对立中更显尖锐，在对立中也就更显复杂性。《家山》所表现出的强大的家族气势、气韵，表明了与社会整体结构的某种制衡。但是，看上去，王跃文并没有完全以个人视角对复杂的存在先验地做出界定，他十分清楚这个庞大的乡村世俗是活生生的多重存在，因此，他似乎在竭力摆脱以往"乡土叙事"的若干套路，尽力以一种"平视"的目光书写乡村这个庞大之"象"。这个大"象"，是由无数绵长、舒缓而细密的乡村日常场景构成，而"象"背后更有着一个"意"，"意"中饱含着强大的、新的历史力量。在此，"大叙述"逻辑已然消隐，王跃文所执着的应该是一种新的历史观念。

极力呈现这个"象"与"意"形成的张力之"场"的元气、习气和生气，正是《家山》想极力铸造的浑然之境。这些很自然地在叙述中或悄然或焕然地呈现出来，弥散在字里行间。乡土"沙湾"，既没有丝毫的矫情和抑郁，烟雨迷茫，也并非万里无云，只顾无风之树的轻逸。《家山》充分地呈现驳杂又包容的世俗情怀，倒是让"树欲静而风不止"的原乡情境，得以淋漓尽致地彰显出来。这些也成为王跃文孜孜以求的原乡叙事伦理的驱动力之一。从一定意义上讲，叙述就是一切，整部作品难见作家另有审美之外的诸多功利心，而文学语言特有的诗性功能，正是《家山》所刻意追求、刻意求工的形式美学的自觉努力和自我期许。

或者可以说，文学性和"道德感"、浓郁的民间气息，也是文本能够实现"家山"本义的重要因素，而且王跃文的世俗观也在文本叙事中非常清晰地呈现出来。这主要在于他给我们描绘出一个乡土世界"自为的空间"。这是一个浮世绘样态的空间，是一个活生生的、结结实实的存在。几代人在这片土地生生不息绵延，男耕女织，孝顺长辈，养老送终，繁衍后代，按照世俗的说法，"中国是经历过许多大灾大难的国度——从'春秋无义战'到'五胡乱华'，从无数宫廷政变到频繁的农民战争……何以'苟全性命于乱世'？何以平平安安过一生？确实很不容易"①。但是，很显然，这并非《家山》这部小说叙事的终极目的。或许，乡土的匹夫父老可以充实世俗的声光色相，而文本结构里最终还是要建构出一种人文境界。这种境界既不规避周遭世界的嘈杂和变异，也不刻意加入后设情境。我们看到，《家山》即便是对乡间婚丧嫁娶的场面描绘也格外精细，这些乡里的"大事件"也能够让叙事直抵乡土的本然形态。

可以说，《家山》没有着意于诸如"苦难""革命""乡土中的粗鄙""血泪情仇""暗讽时政"等流行的乡土元素，而是用革命、爱情、婚姻等元素呈现乡土的紧适度、深广度。在这部小说中，"革命"总是隐藏在乡村故事的背后，不断激发起乡村自为状态或常态的动荡和"失态"。齐峰、劭夫、扬卿等人对事业的坚定、执着，使沙湾几十年极其不平凡的乡村流年底蕴更加厚重。应该说，《家山》里的"家山"是"重"的，不仅是沉重的，更是负重的。王跃文的感喟自在其中。革命与历史、革命与家族、人性的善良和顽疾，统统在王跃文的重组记忆中，落实了往事的微妙精深，没有虚妄的幻想，而是以"沙湾"为中心，提供1920年代至1940年代最重要的历史空间。因此，若是从革命与历史叙事的层面讲，这个"家山"的意义和价值也实在是要重于泰山的。

另外，能否在叙事上开创新意，想必也是王跃文从构思到完成这部作品贯彻始终的情感诉求和精神牵挂。但在行文中他还是执意选择那种自然的时序，结构上也没有任何形式主义美学的扩张。王跃文的文字平淡隽永，从容不迫而少见机锋，更加彰显出其朴素、朴拙的才情。诸多平凡得不能再平凡的生活场景，不断被文字轻轻地点染，似乎在一种很缓慢的流淌的时间状态里逐渐生动起来。俗世化与抒情化、史诗化相互融合、交织，这是并不矛盾的美学选择。当然，极简的白描更能显露出作家的文字功力，发散出叙述本身的力量。可以说文学性是王跃文《家山》整体性的追求。尤其是叙述语言，这种区别于任何其他语言的文学语言的本质特性，是使得文学成为文学的重要标志。《家山》悉心将我们引入文本的语言本身，刻意地

---

① 樊星：《从"怀一种俗念"到人情练达——漫谈阿城作品中的世俗智慧》，《当代文坛》2021年第5期。

引向音韵、词汇、句法等形式因素，形成"王跃文式"的乡土文学变奏曲。

现在，或许我们会愈发清楚究竟是什么力量激发出王跃文的创作力和潜能，竭力打破创作视野的局限。对于厚土的爱恋，不断地被内在的激情所撞击，使他描摹出人、事物、自然、风俗等乡村日常生活形态。前文已述，王跃文这部《家山》，乍看起来颇能呼应贾平凹那几部杰出的长篇巨著，但两相比较而言，从《家山》所呈现的叙事情境中，更能见出枯涩和孤寂的一面。这绝不仅仅是美学风格层面上的差异，更是数百年来人文生态中鼓荡着的"元气"使然。湘西"沙湾"的人文场域和地理视景，荒僻山乡既有的愚顽、不乏僵滞的习俗，20世纪二三十年代亘古难变的卑微乡村的奇诡，似乎比历史更加周折、复杂，构成乡土世界的小史。倘若以人文的温度冲破古老乡土的鬼魅阴影，也不啻是作家深深植下的自我感喟，以那种自由自在的审美风格，去捕捉大历史背景下的断壁残垣，始终保持着深描、镌刻细部的愿望和冲动。小说以坚执而朴拙的叙述，重视社会的构形与历史、时间的推演，叙述力求贴近民生的真实状态，拒绝单一的价值判断，对"民间社会"的整体性把握，容纳乡土世俗世界的千奇百怪，在粗粝中得细致，且实属止于其所当止。其实，这样的写作看上去并不陌生，但知易行难，其行文大巧若拙，沉潜日常，没有丝毫矫情，隐而不彰，于无明中见光彩，这正是那种需要狠下功夫的技艺。当然，这也是《家山》叙事以平易美学取胜的关键。所以，这部《家山》让我们产生了对乡土小说更加长久的期待。

"只有实事求是地把审美活动看作生命活动系统中的一种自我鼓励、自我协调现象，才有可能破解人类的审美之谜。"① 我相信，王跃文就是这样一位将审美活动视为生命活动的作家，他在历经这次自觉的与自己以往"驳杂"书写的审美"断离"之后，业已实现文学叙事的一次自我"摆渡"，完成对其小说创作行旅中的一次最大挑战。这不仅是他赋予家乡的一个新的意义，还让更多的人懂得了文学视域内外"乡关何处"的精神气度和灵魂归属。

---

① 潘知常：《"因审美，而生命"——再向李泽厚先生请教》，《当代文坛》2021年第2期。

生命中不能承受之轻
——迟子建长篇小说《候鸟的勇敢》读札

一

写下这个题目的时候，我已经把迟子建这部《候鸟的勇敢》看作是一部关于生命、命运或者宿命的小说。迟子建将一部小说置于中篇小说的框架内，一口气写到八万字，这是她五十多部中篇之中最长的一部，完全可以看得出作者的心力和用情之投入、执着。我想，迟子建之所以如此，一定是文体的容量明显已经难以承载思想、精神和形象的意蕴及其叙事格局，使后者无法不凭借作家激情的叙述，冲破窠臼而从旧式文体中逃逸或涨溢出来，生成质朴、醇厚的语境，呈现巨大的活力，形成文本内部形神之间新的消长、平衡。其实，在很多时候，作家智慧的结构力，不仅体现在叙述中情感的推动力，也来自理智、理性对写作主体自身不断挑战的勇气。如此说来，真正好的小说文本，并不是简单的世俗的技艺，而是心理、精神和灵魂的多重整合，是叙述中"情"和"志"、"意"和"理"的多重契合。所以，任由精神和灵感的奔放，冲决、销蚀或改变文体的常态机制，同样是一位有创造力的作家不可或缺的艺术追求。

已经写作三十余年的迟子建，其长篇、中篇、短篇以及散文，每种文体都保持着成熟、稳健的态势。就我感觉而言，迟子建自己最喜爱、写作也最娴熟的，应该还是中篇小说。《白银那》《踏着月光的行板》《世界上所有的夜晚》《第三地晚餐》《起舞》等，篇篇都好，令人爱不释手。中篇小说在迟子建的整体创作上，构成一个强有力的存在。虽然中篇小说这种形式，在西方文艺理论体系中并没有这类划分，而是中国文学理论中所独有的概念和界定，但它近一个世纪在许多当代作家的写作实践中日臻成熟，形成了自己不可替代的优长。当代的优秀作家几乎都有杰出的中篇文本，因此，那些对于中篇小说在理论上的种种质疑，就渐渐为中篇文本自身的探索力量和艺术价值所冲淡。像贾平凹、莫言、苏童、余华、格非、迟子建等中国当代作家，近些年都不断有重要的中篇佳作。更重要的是，对于作家而言，在长篇和短篇之间，中篇小说字幅的舒适度，可能的确会给作家的叙事带来更大的空间张力和表意的可能性。若干年前，我在读《世界上所有的夜晚》和《第三地晚餐》的时候，就非常惊叹和折服于迟子建对中篇小说的驾驭自如。叙述既从容不迫，又情节叠压，情感的起伏、人物内心的动荡、故事的舒展，皆为短篇所难容，又避免扭结成长篇之拖沓、累赘、烦冗，人物和故事在情节节奏中舒缓推进，如影随形，环环紧扣，摆脱了结构的逼仄，而渐显俊朗和雍容，呈现出中篇小说最大的叙述优势。

　　这里，让我们感到欣喜的是，这篇《候鸟的勇敢》应该是迟子建在中篇小说领域对文体、叙事策略的新探索，尤其是在人与存在世界关系及其精神生态上。当然，其中对于生命、自然、爱、价值和信仰，以及一个时代精神、心理、人性的变异所做出的勾勒、描摹和审视，仿佛让我们听到了社会历史转型期灵魂之间对话的声音。当然，迟子建是一位不断地谛听这个世界灵魂声音的作家，这一次，她却从候鸟的声音里，再次辨别出这个时代不同的灵魂的声音、形状和走向。大江健三郎在论及小说写作的时候，曾引用《圣经·约伯记》里的那句话"我是唯一一个逃出来向你报信的人"，大江以此作为小说写作的最基本的准则。其实，这的确是需要一种勇气的，因为文学本身不会轻易给一个作家装模作样地把握或拯救世界的机会，如何发现并且能够通报存在世界的复杂、神秘和隽永的意味，并且传递出这种唯有小说家才可能捕捉到的声音，这不仅仅需要一个小说家的道德良知，其中还涉及叙事的伦理和灵魂的法则，涉及写作中自由、灵动的情致，以及纵深的历史感和现实的文化视点。从一定的意义上讲，每一部小说都可能是有关自然和人生及其形态的《山海经》，这一次，迟子建在人与候鸟的相处中，寻觅到一种独特的声音。这种声音不是一个作家怀有小资情调的浅斟低唱，而是一个作家在大自然中悉心地发现了一个看似弱小族类的力量，它给人类演示了超越性的、自然的、灵魂的力量，这种"示范"会令我们隐隐不安，会令我们羞愧难当，但是，它为我们提供了反思自身的勇气和自我救赎的可能。

二

回顾迟子建的整体创作历程，可见她始终居住在沃野千里的黑土地，三十余年来，从漠河的北极村到冰雪之城哈尔滨，空间的位移、时间的流逝，令这位"极地之女"早已经与这块土地一起构成了一个和谐的文学场域，这里也成为她写作最大、最好的风水宝地。她笔耕不辍，历史、现实作为她文学写作的双重视域，无不在叙述、想象和语言的旋流中"起舞"。从"伪满洲国"到"群山之巅"，从"额尔古纳河右岸"至"白雪乌鸦"，有"格里格海的细雨黄昏"，有"踏着月光的行板"，有"白银那"，有"鸭如花"，美文佳构，不一而足。令人流连忘返的文本世界，如泣如诉的灵地的缅想，大千世界的波诡云谲，底层人群的"清明上河图"，是她一贯的美学追求。看得出，迟子建在这片冰雪之地，测量着世道人心的善恶美丑，芸芸众生，人生三昧，神余象表，熠熠生辉。小说的意象生于肌理，隐喻牵出丝丝微茫，走笔清晰，终不迷离，努力让小说生出不可思议的灵魂力量，更为我们留下了审美建构的空间。因此，数年来，迟子建自成一格，她的写作很难被框定为某类，或者放入任何"潮流""派系"，也许正因如此，她的小说也就生出更多的特性、特质。我想，因为迟子建小说的"不好归类"，也使得她的写作能够守住自己的价值观、美学观，坚守自己写作的文化方位、题材和主题，而更加从容和自由，尽可一味地以自己喜爱的方式，结构文本，讲述故事，呈现人物。这也使我们能够经常感到，迟子建总是能不断洗尽铅华，以自己的写作个性，在叙事的道路上守住信念，保持尊严，完全倚仗自己的作品来安身立命，生发出与众不同的美学魅力。这就是迟子建能够保持旺盛创作力，不停走笔向前的重要原因。

现在，我们所遇到的问题是，直面我们这个时代，每一位有使命感、勇于担当的作家，究竟应该写出怎样的作品，为我们所处的这个时代、社会留下记忆,让它成为反抗遗忘、还原生活的参照系。

这部《候鸟的勇敢》可以视为迟子建对这块土地的又一次深情的玄思,也是她对自然、生命和人心的深度凝视。不同的是,这一次迟子建更倾情于将人与自然之间的神秘关联,将他们在宏观、微观诸多方面的内在辩证,努力地绘制出互相联系、相互转化的现实世界图景。当然,一个作家的视野,不可能一览无余,都能开"天眼"俯瞰众生,破译玄机和天意,并且对存在世界指点迷津。而作家最好的选择,就是让自己的美学理想融入、接入"地气",寻找一种具有文化感的灵气和神韵。当然,这不是一部所谓的"生态小说",却蕴含着人生与自然的"生态美学";它不是"讽刺小说",却气正道大,警示世人,激愤引而不发,直抵现实人心;它也不是"寓言小说",但小说隐隐透射出对于生活的选择,需要远离生命的暗角。就是说,这部小说依旧是很难用"类型化"的概念来界定的文本,它表面上写候鸟,写候鸟的自然保护,实际上是对整个社会生活全景式的表现和发掘。无疑,迟子建在一个时代生活重要的转型期,再一次写出这个时代人与自然,在精神和物质的连接点上人性、世道人心的真实状况。

看上去,与以往的叙事路数相似,迟子建在《候鸟的勇敢》里,依然选取了朴素的、平实率性的叙述视角,进入当代社会最普通的生活情境之中。在这个情境里,迟子建自觉或不自觉地向其注入了某种向心的力量,洞幽烛微,悉心擦拭着人的世俗欲望、生存方式、功名、信仰及道德相貌,尽管强大的凡俗性生活在叙事中不停地涌动着,单纯的神性沉静着,但写作主体悲悯的情怀则蕴藉着洞察生活的穿透力和批判的锋芒。可以说,这是一个令人触目惊心的故事:人与鸟,人与人,人与自然,人与社会,仅仅在一个季节的转换中,共同在一个颇具戏剧性的舞台上,演绎出时而跌宕起伏,时而又平静如水的生命悲喜剧,令人惊悚,催人思考,也让人清醒。我们看到,在瓦城的上空,候鸟作为人的一个参照系,仿佛早已经即时性地为人做出了善恶美丑的甄别和分野。人与鸟,在春天里的相遇之后,各自的生气与生机立即横亘于广阔的天空。近代,人类从鸟类的飞翔得到启发,制造了飞行器,现在又循着鸟类的生活、生存方式和活动轨迹,借助物质性的外力,开始冬去春来,享受生命的快乐。人与鸟,代表各自作为生命主体的力量,可是,在这里,候鸟人更像是一群"逃离者"或"躲避者",已经无法与自己的根脉相连,而是"反认他乡是故乡",在"候鸟"的节奏里,为了争先过上"候鸟人"的生活,他们不惜丢掉自己的人格,过着尊严缺失的生活,表象奢靡风光,实则难以超拔现实窘境,精神更是怅然若失。

小说的主要叙事地标,是金瓮河候鸟自然管护站和尼姑庵——松雪庵,两者构成一个有趣又吊诡的存在和某种"对峙",仿佛戏剧上的异象异闻。佛俗之间虽隔丘而邻,无法相望,但两处的袅袅炊烟皆为人间烟火,也就难免气息相通。而它们之间所发生的故事,恰好就构成宗教文化和俗世哲学相互间的直接碰撞、信念龃龉和种种反向的破戒。

叙述中其实埋藏着几种关联或叙事的暗线,始终若隐若现,搅动着故事和情节,风生水起。现实存在之网就此铺展开来。而擅写人物的迟子建,在描绘瓦城的人物图谱时,也勾勒了世俗生活的峭拔和阴柔。周铁牙借候鸟自然管护站的工作职务之便,徇私枉法,猎杀候鸟,供奉权贵享用,由此也牵扯出瓦城上上下下不正常的人际关系;候鸟人伴随着候鸟一起出场,也伴随着候鸟相继离去;张黑脸和女儿张阔的父女关系貌合神离,女儿觊觎父亲的钱财,一切似乎早已大于伦理亲情;检查站的老葛掌握周铁牙盗猎野鸭的证据,据此要挟后者,让周铁牙利用关系帮助他解决生存的困难,周铁牙彻底陷入无可奈何的纠结;松雪庵手持《金刚经》的云果师父,佩戴着菩提、红玛瑙、绿松石三串名贵玉石佛珠,明媚柔性而珠光宝气,到底是翩然脱俗,还是迷恋红尘?石秉德和曹浪属年轻一代的后生,本属激情、进取、奋斗的一辈,可是,他们的人生取向却极其现实功利,精于算计,过早地陷入信仰、意义、价值危机,他们从事职业、事业的目的,就是为了寻找或等待未来命运的转机,他们或许就是这个时代的"零余者"。

这些都构成了瓦城的自然、人文、政治、精神、文化的生态。人与自然之间也存在着一条密切的生物链,相互牵制,相互制约。整个社会生活既是一个庞大的人气场,也是一个"势力场",控制"势"的人似乎就有"力",就有"场"。迟子建细腻地勾勒、描摹出这个巨大的场域及其制衡、自然和人文的当代现实生态、灵魂的声色与虚无。周铁牙这类人是当代生活中一种无法忽视的存在:他精明,善于伪装,世故奸猾,势利且乖张。这个人物就像游弋在阳光下狡黠的幽灵，在明媚中制造晦暗，在施展个人鬼魅和卑劣的套路中，屡显鄙俗却游刃有余。迟子建对笔下的人物，目光宽柔包容，但也不乏犀利，周铁牙这个形象本身显示出复杂社会环境中另一种"势"的存在力量。其实，在这里我们可以不按照写实主义文学的标准来研究周铁牙的形象，对其进行道德、价值评判，可以在更复杂的文本层面上，将其视为一个历史性和现实中存在符码，视他为"苍生"中的一员，是当代现实社会的"声色"或"犬马"。他对张黑脸欺软怕硬地挖苦利用，面对来自骨气尽失的老葛的威胁，他可以反戈一击，应对自如。他还擅于费尽心机、殚精竭虑地维护社会上方方面面的关系和资源，可进可退。这个形象透露出一个"圆形人物"的全部征候。还有一个人物蒋进发，代表了瓦城政坛世界的另一种人群，临秋末晚的官场生涯让他放下很多，他沉迷于摄影，放浪形骸于山水，看似内心明朗，怡然自得，但骨子里的世俗纠结也极生涩难堪。很难判断，这个人物究竟将自己置于生活的"场"内，还是"场"外；他是自己生活的主宰者，还是精神、灵魂的"残缺者"！

杜拉斯说过这样一句话："我们所有作家，或好或坏，都是内心阴影的残缺者，内心阴影的缝补者。"我感到，杜拉斯在解析作家内心真实的时候，主要表达了一个作家的责任和担当，这就是对于一个时代的人性裂隙和心理乖张进行揭示、纠正、补救。像许多同时代的作家一样，迟子建发现了这个时代人们心理的变化、信仰的迷失，并描绘出灵魂的画像。

三

好的小说，就是需要创造出另一种不同于生活的别样语境，唯有这种独特的语境，才会凸显文本存在的诗学品质。这种语境最终呈现出的，应该是一个作家、一个灵魂勘探者对自然、人生、命运和灵魂的精确修辞。无疑，这个极其民间化的小城故事，被迟子建讲述成一个生命的寓言。小说的寓言性在故事即将结束的时候被推向了极致，爆发出叙事最令人心碎和感动的一幕。深秋，候鸟南迁的时节，那只雌性的东方白鹳将自己的孩子顺利地送上迁徙之路后，飞回金瓮河边，直奔受伤不能一起飞走的白鹳，它放不下自己的爱侣。这时,张黑脸和德秀同样在情感和欲望的纠结中难以自拔。德秀"出家""出世",与生命本身的命运和欲望纠缠一处,而德秀的"破戒"让我想起汪曾祺的《受戒》,她与张黑脸既像那一对东方白鹳,又像是《受戒》里的明海和小英子。也许人性本身的存在依据和实际情境就是"雪隐鹭鸶",人情世态中的深险湍流,实在是难以厘定或揣测。唯有小说,才可能还原真实的有无和虚实。张黑脸木讷、憨直,曾经的意外"失忆"使他保留了纯粹和质朴,以致候鸟和自然成为他最大的牵挂;德秀,为卸掉烦恼人生的重负,逃离尘嚣,但仍有万般缠身揪心的烦恼,更牵涉出清净和慧根的道德两难。叙述,将纠结和无奈、挣扎和放纵、紊乱和宿命,一并呈现在我们面前。

这部小说的结尾可谓用心良苦,也是这部小说最为精彩的段落。雌雄东方白鹳在迁徙途中遭遇暴风雪,近似一个巨大的隐喻,将一切生命在大自然面前的羸弱尽显无遗。候鸟对爱的执着,除了张扬着勇敢,还隐含着悲怆。这里,尤其还有需要人类去坦诚效法的尊严。小说强大的悲剧性感染力量,由此磊落而出。

> 一场又一场的霜,就是一场又一场大自然的告白书,它们充分宣示了冬天即将到来。夏候鸟飞走了,山林陷入了短时的寂静。那只无法离开的东方白鹳,并不气馁,它孤独而顽强地在寒风中,一次次地冲向天空,一次次地落下,再一次次地拔头而起。每当听到它飞起后又无奈落地的沉重声响,张黑脸都要难过很久。

> "雪就要来了,抓紧飞吧,你们能行的……"张黑脸每日给它们投食时,都要这么鼓励一句。它们似乎听懂了,在与时间赛跑,很少歇着。它们以河岸为根据地,雌性白鹳一次次领飞,受伤白鹳一遍遍跟进,越飞越远,越飞越高。

这段人鸟的对话,真正是情景交融,催人泪下。候鸟的勇敢,就在于不气馁地面对艰难,保持生命自身的尊严。同时,叙述在这里刻意地表现了张黑脸和德秀的形象,这一男一女两个人物的确是当代文学人物画廊里罕见的人物形象。而东方白鹳这些候鸟的生命形态和存在方式，也成为洞烛这一对人物人生奥义的鲜明背景。世间的道德、伦理的规约、宗教的戒律，在生命的"原生态"里，呈现出人命运的尴尬和生命的苍劲。迟子建以往的许多小说，都弥漫着主人公在人生、命运旅途中无尽的伤怀和揪心的惆怅，而在张黑脸和德秀的目光和身体内，在他们两人的偏执或者"愚顽"中，却始终跳动着一团炽烈的火苗，那火苗在俗世生活的煎熬中自始至终地蹿动着，燃烧着，最终构成普通人的灵魂真容，形成对峙逼仄生活、人性压抑的执着的反抗。德秀和张黑脸交欢之后忐忑、恐惧，自我谴责败坏了风教，却又渴望新的放纵，作家将他们置于佛道和俗世之间，不断令其煎熬，让他们瞻前顾后，慌不择路，宁遭天谴，以赎罪过；他们在相互的劝诫和怂恿中，不失仁厚；他们在相互慰藉中，惶惶不可终日，难以摆脱死亡的恐惧和魅惑。这真是一条饱含深味也符合人物身份与个性的情爱之旅，两个人的孤独和叛逆，裹挟着各自曾有的辛酸人生经历汹涌而来，想从扩张的情欲中解脱出来却又不得安宁。当张黑脸和德秀深情而迷恋地在雪地无言行走，充满了踏实和幸福感的时候，他们发现了雪地上那两只早已失去呼吸的东方白鹳，它们最终还是没有逃出命运的暴风雪。这是否也预示了张黑脸和德秀的未来？这些书写明显凸显出迟子建式的"原始的纯正之气"和"弥漫的忧伤"。记得迟子建早在1990年代初就写过一篇散文《把哭声放轻些》，郑重表达自己的写作追求："身为女性，我喜欢柔弱、忧郁、哀怜、感伤、幻想等等这些女性与生俱来的天性。"在大自然和社会面前，生命都是渺小、羸弱的，作家所能够做到的，只有与人物一起去从容面对。

张黑脸和德秀在葬完东方白鹳之后，天已经黑了，他们拖着沉重的腿向回走时，竟也分不清东南西北，天阴沉着，望不见北斗星，更没有哪一处人间灯火可以做他们的路标，这不由得让我想起迟子建几年前的长篇《群山之巅》中那句"一世界的鹅毛大雪，谁又能听见谁的呼唤"。最终，令人伤怀的时刻还是悄然而至，我们感慨和忧虑，他们两人将会陷入怎样忧郁茫然的处境之中，情何以堪呢！

我感到，这部小说的叙述里埋藏着或隐含着一口"气"，这口气从头至尾贯穿在叙述者和人物之间的精神缝隙中，是一股凛然之气。正是由于这种气韵的存在，使得小说中人的生命力和自然生命力合一，积健为雄，一扫鄙俗懦怯之态，净化并保持着生活、存在世界的那一股内在的清流。我坚信，迟子建从来都是依靠她强大的内心写作，在这份心力中，定然饱含这股不竭的清流，供养着写作的精神和心理气韵，而且它统摄着小说叙述的气理，沉潜于文本的深处，潜滋暗长，挥之不去。

其实，这部《候鸟的勇敢》对于我而言，仿佛与其也存在一种宿命般的相遇。我曾生活在中国东北的一座城市三十余年，1990 年代之后，这个城市的生态也曾遭到一定程度的损害，几乎很少再有候鸟莅临或者停留在此，将其作为休整的驿站。调离这座城市以后，虽然偶尔回来，却再未听见过任何有关候鸟的信息。今年初春三月，我因事回到家乡，启程时，随身带上了最新一期的《收获》杂志，而其头题中篇小说正是迟子建这部八万余字的《候鸟的勇敢》。我一到家乡，热情的朋友竟意外提出要带我去城东的松花江南岸，去看正在对面半岛湿地休憩、休整、准备继续北上的候鸟。来到江边，我惊呆了：一个庞大的雁群，可谓遮天蔽日，数不清的雁阵分属不同的家族和队伍，整体地纵横交叉，浑然一体中又秩序井然，令人叹为观止。其时，候鸟——鸿雁、灰雁和白额雁，都喜欢栖息于开阔平原和平原草地上的湖泊、水塘、河流、沼泽，雌雄共同营巢、产卵，在这一带结群活动。它们由头雁带领，组成雁阵，几千只、上万只浩浩荡荡，队伍排成"人"字形，春天北去，秋天南往，从不失信。每当秋冬季节，它们就从老家西伯利亚一带，途经黑龙江飞到南方过冬，第二年春天，又长途旅行，经过几千公里的漫长旅途，来东北这座小城的松花江段休整补给，回到西伯利亚产卵繁殖。大雁是一夫一妻制，有的配对几乎终生不渝。当伴侣中一只大雁不幸死去，另一只大雁常常就会为悲哀所击倒，无精打采，没有食欲，甚至在飞行时一头撞在电线上，或者因为注意力不集中而成为猛禽的猎物。在这部《候鸟的勇敢》里，我目睹了这个鸟类世界的存在细节、生死歌哭，那一次，又在日渐恢复自然生态的故乡松花江畔，切身感受到这场壮观、雄伟的迁徙，猜想并且真正体味到了"候鸟的勇敢"和悲壮。原来，候鸟的世界竟是一个如此有序的世界，而生活在现代社会中的我们反而迷失了方位，找不到灵魂的家园和回家的道路，已经焦虑到不能承受生命之轻，人性的怯懦和欲望的膨胀令人忧虑和惶恐。《候鸟的勇敢》和那时我感受到的候鸟飞翔的场景,在我的内心呈现出逼真的重叠。因此,我更加理解迟子建小说中所蕴藉的阔大的象征或隐喻。可见,迟子建在小说中,将实的事物写虚了,而故意又将虚的事物写实了。也许,小说的魅力就是避实就虚或者凌空蹈虚,一场鸟类的迁徙,就如同人性的裸奔和灵魂的战争,构成一个起伏跌宕、刻骨铭心的记忆,迟子建描摹了一幅微缩版的俗世人生的"山海经"。

我们在这部小说的叙述中,还能够强烈地体验到那种沧桑感,在迟子建小说的字里行间,还发散出一种充满诗性的苍凉而残酷的气息,那是一种挣脱了虚无的力量,不断支撑着叙述向前推进。在迟子建以往的中短篇小说里,小说的题材、故事、结构、人物及其相互关系,叙事的节奏,还有那出人意料或是意料之中的故事结局,叙事的节奏,许多都是比较相近的,它们相互丰富、相互推进。两性之间的关系、情感纠葛、亲情,常常构成其小说的基本链条和叙事框架。而从不同文本之间的内在张力方面看,特别是从文本所表现的事实层面到精神价值层面,在她不断地持续、重叠和反复地对主题、意蕴的发掘中,小说文本正渐渐呈现着超出所谓"本质"属性的多极美学状态,形成迟子建"北国一片苍茫"的叙事美学情境。

是星辰，还是萤火

第四辑

灵魂的备忘与救赎
——读任白的长诗《情诗与备忘录》

一

五年以前，我非常遗憾地错过了林建法兄在常熟为诗人任白组织的一场诗歌研讨会。那时，我还不认识诗人任白，但是，长久以来，任白事先寄来的那部诗集《耳语》令我念念不忘。《耳语》中收入了任白五首长诗，我从这些诗作里，已经强烈地感受到任白文字里那独特的、斑驳繁复的、意象丛生的精神气度和诗歌美学。仿佛像是对一位恋人的久久凝视和等待，对任白诗歌的解读冲动，始终隐约地成为我近年来的一件心事。也许，一件事情或者愿望的达成，恰恰就是在等待一个机缘的到来。几个月以前，我读到了任白的这首刚刚写就的长诗《情诗与备忘录》。我知道，我读到了近年来少有的一部长诗杰作，我感到了从视觉、听觉、味觉、触觉到心理、神经、肌理以及第六感的震撼。词语在我的灵魂深处延伸着，变形，切割，渗透，展开，转化为感人至深的力量。

我感到，从《耳语》到这首《情诗与备忘录》，任白静悄悄地完成了一次诗学的自我救赎，一次话语的自我更迭和自觉嬗变，这也是一场诗学经验的自我整饬。实质上，后者仍然顽强地延续着《耳语》的精神向度，继续承载着永不放弃的担当和使命。因此，我开始意识到任白诗学价值的不可忽略性和崇高性，而且其中潜隐着巨大的担当性和人文精神。

一首长诗，如果从爱情开始，并贯穿始终，就会自然地赋予一场诗学行旅以温度和力度，也才有可能打开一扇灵魂的窗口，才有可能表现一个诗人对世界、事物和任何图景的感受力，从而才有可能解决一个时代或者一个时期，何谓诗学、何谓诗歌的本质性问题。这些，也许是任何一位伟大诗人内在的诉求。无论是《浮士德》《欧根·奥涅金》，还是《荒原》《神曲》《唐璜》，莫不如此。因为诗人对一个时代的感受力，对一个时代的判断和诗学命意，一定是从情感和精神层面切入的，唯有如此，才可能让历史和现实的钟摆发生一场有效的调试。这里，我们首先应该小心翼翼揣摩的则是任白对缪斯的选择。他将缪斯作为灵魂的载体或者"引路者"，在一个纷繁复杂、历史转型、灵魂机变而又需要重新"启智"的时代，继续一场炼狱般的精神探险。任白是一位极其富有耐心的诗人，他能从现实"乱象丛生"的微观与宏观、具象与抽象中，质疑和叩问存在性，寻找尊严，发现生态和人性之间的联系或错位。任白的生命哲学，体现在他诗歌的字里行间。在他看似含蓄、优雅、婉转、惆怅的诗学形态中，隐藏着他对现实、自身及其历史悖论的心灵博弈。同时，他努力地尝试着疏导和调试，也就是说，任白在历史、现实、诗性和灵魂的错位、悖谬中，不停地翻转和聚合图像或碎片，而诗人的个人性、个人神话，充满了对美的冒险和冒犯，人生诸多的日常性和极端的事件，都在任白词语的密林里狼奔豕突般义无反顾，驰骋纵横，显示出诗人成熟的抒情反应和美学处理能力。仅此一点，任白诗歌写作所显示出的精神格局和质量内涵，确实为当代所少见。

在这里，我们必须仔细地回顾一下诗人写于五年前的《耳语》。

在长诗《耳语》的题记中，任白写到："献给这个最好的和最坏的年代，献给希望的春天和绝望的冬天，献给芜杂的历史和清澈的渴望，献给歌声和祷词，献给沉睡和喘息的力量，献给最好和最难的爱。"于是，在那首名为《耳语》的长诗里，诗人通过一对恋人"耳语"来唤醒自己，撞击爱情，寻找力量，敲响荒谬时代的残损心魂的丧钟。那么，他们为什么要选择"耳语"，而不是"要歌唱你就歌唱吧，但请轻轻，轻轻，温柔地；要哭泣你就哭泣吧，让泪水流啊，流啊，默默地"？耳语，在此时已经是一种生存的状态，这对恋人在爱情的进行时里，在急遽变化的时空中，不停地反观自己，反观世界，反观人性及其困境。但是，尽管这个时候任白的诗就率真而透明，清澈而无拘无束，但他在演绎一场如痴如醉的爱情的时候，时代和现实及整个世界的精神状况，一切扑面而来的时候，他选择的是一种在"他者"看来模糊、微弱，甚至是独语的交流状态，无法穿透，无法倾诉，也无法兴奋起来。看似两个灵魂之间的纠缠和对视，勾勒出的则是一个大时代的图景。

救赎，始终是任白无法摆脱的诗学命意，而《耳语》让两个孤独的、恋爱中的心灵，在一个现代的、驳杂的、寂寥的、物质和精神相互谄媚的荒原上狼奔豕突，却又无法穿越存在世界无数的有形和无形的羁绊。现代社会的物质病症充斥生活的每一个细部，社会的肌理中黑洞和暗物质、赤裸的欲望、古典的精神、历史的积淀都与当代不可遏制的冲动，发生着经久不息的搏斗。生命，乃至每一根神经，都变得陌生起来。即使是一场伟大的出生入死的爱情，在这个追逐名利和欲望泛滥的年代，也无法完成壮丽、纯洁的生命凯旋。时尚、贪婪、喧嚣、消费、透支、骇客帝国、数据链等充斥在社会的各个角落，爱情与生命一道"在一场漫长的旅行中弄丢了时空的刻度"，"看见自己虚度的岁月和垂死的时钟"，当生命本身出现了"犬儒附体钙质分崩离析"，"罹患肌无力"，而与此同时，"我们失去了上帝和内心的经纬，世界像一枚突然爆裂的坚果，黑色的籽种四处飞溅，荷尔德林、卡夫卡、萨特、加缪，这些哀伤的名字，带着我们一起逃亡"。时间仿佛弯曲了，历史也迅疾地发生失忆状态，世界正裂变成"无数甜美的碎片"，天地之间的新奇，顷刻间就将旧的、悠远的沉积翻新成无法辨认的疯狂，像"狂欢中总有一种沉沦时垂死的味道"这样的诗句，精准地描述出最晦暗和绝望的状态。可以说，《耳语》挑战了当代诗学的表意空间和哲学容量，其对存在的描述彻底地颠覆着我们的思维惯性。这是一个转型时代的"立此存照"，是"告别了还能否再见"的质疑和追问。我们也更惊异，任白在若干行诗文中，指涉出如此繁复的异质性意象，对当代世界的锐变、裂变和蜕变，构成一个讽喻，也构成了一种无边的放逐。荒原狼，在这个迷失了方向感的现实多重性历史情境和语境中，"被浇筑在城市坚硬的肌体里，而网络重建秩序人们再次穴居"。其实，这是一个极其可怖的图景，诗人将一种景象策划为一种诗学的镜像，让灵魂的容颜在裂变中裂变，让人性的主体在涅槃中涅槃。

在这里，《耳语》还强烈地体现出任白的时间感和历史观。"进化"的概念、内涵和思想，在他的诗里正在发生着历史性的变迁。任白没有任何杂糅附会，牵强或顺应时代和事物本身所诉诸的"性质"，而是在一个刺探人性的"伦理历程"中，实现一个思想、灵魂与生活史的交涉。其中，蕴藉着一种整体的眼光和诠释的姿态，重新考量人的心智与心志。灵魂和精神的级别和层次，究竟是降低了还是贬损了？现代社会生活，是否就是达尔文"进化"中文明的体现？理想的人生和存在方式，到底应该是怎样的？过去是粗鄙的、野蛮的，还是文明的和诗性的？今天呢？显然，任白没有丝毫乌托邦的自我陶醉和冲动，但是信仰一直伴随着诗人挥之不去的人文情怀。任白还有足够的勇气和挚诚，所以，在荒原般的历史喧嚣中，自立、自强、自存、自主，在诗人对古典精神的追问和缅怀中，一次次呈现为顽强的自律。"我们为什么怀念旧时代"，这样的追问构成一个时代的悬疑。任白将这一切悬而未决的、关涉是存在还是毁灭的问题，置于时代变迁和人性考量的天平上。爱情中的男女主人公，既是实实在在的两个肉身，是海伦，也是贝阿特丽丝，当然，也可能是寻找救赎的当代的帕里斯或者但丁。

应该说，任白将这首诗写得澄澈透明，现实仿佛是穿越时间和空间的幻象，从词语中从容不迫地流泻出来，具有箴言的意味和求索的渴望。非诗意的现实，恰好与诗人的无奈、无畏和无羁，在词语的倾泻中形成不可抑制的错位和张力。在这里，任白竭尽全力在拆解一个时代人们所面临的巨大幻象，提醒和告诫"女士们，请提起裙脚，我们正路过地狱"，并且辨析出狂欢时的"垂死味道"。强烈的时间感，令诗人在与历史和现实的双重对峙中，保持记忆，反抗遗忘，澄清历史逻辑中的诸多幻象，这一切似乎都是为了让自由基、童贞、青春、真实、虔信、自由的尊严以及沉默的端庄，与蒙尘的生活和世界达成和解。但是，终因生活在别处，只能也只有对一切"耳语"。

我记得，任白在若干年前还出版过一本小说集，名字叫《失语》。其中的那篇《失语》，讲的就是一个有关"沟通"的故事。我感觉这首长诗仿佛就是《失语》的姊妹篇。若联系到《耳语》，我们一下子就能体会到，隐匿在其中浓重的戏剧结构和"小说企图"。《失语》的主人公所遭遇的，就是无法实现与世界和现实沟通的存在困境。这显然是一篇充满了荒诞感的小说。小说的主人公"我"在世俗生活中是一个失败者，"我"所做的一切努力都是对灵魂缺失世界或冷漠时代的反抗，是对现实世界所进行的修改。这部小说充满了哲性、智性的光泽，宗仁发曾用"眺望人类生活的灰色图景"来表述对它的感受和判断。我感到，"眺望"这个词或者这个姿态，波及了《耳语》的写作，从小说《失语》到长诗《耳语》，从一定程度上讲，是一次诗学意义的跨越，在本质上，诗中的意象早已经在《失语》的叙述话语中准备了舞台，这个巨大的时代的意象次第而重叠地上演，实现了小说叙述所无法完成的广阔和纵深。

二

现在，这首《情诗与备忘录》看上去既像《耳语》的又一种延续，也仿佛是一次精神的回归，还更像是一场新的洗礼，一切仿佛又都是在一种灵魂与现实的悖谬中展开的。其实，"情诗"本身只是一个引子而已，它是在用一场模拟爱情的隐喻，开始一场寻找灵魂复归的漫漫行旅。在《耳语》中呈现的"奥林匹亚山上的众神""雅典的石头"和"李白在左""但丁在右"，后者更像是东西方诗学的一场对视，让这场灵魂对接的盛宴再次成为这首长诗的浩大背景。完全不同的是，《耳语》中抒情主人公对存在世界打量、审视的焦虑和空虚，在这首《情诗与备忘录》中，转而形成了一种磅礴的天问。显然，一个追问的季节或世纪悄然而至，所有的物象和意象，在与词语的转换中都生成了丰富的隐喻含义，它们具体表现出隐喻、象征的思维和逻辑。

> 又是四月，被那些日历咬伤的四月
> 一个错失的吻遗落在旧沙发上
> 但它旋即复活，只经历了一个眼神的轮回
> 像四月里连翘莽撞的芽尖
> 一下子把我们吓个半死

一切，都是开始于四月，为什么又是四月？我们立刻会想到艾略特《荒原》的开头："四月是最残忍的一个月，荒地上长着丁香，把回忆和欲望

掺和在一起，又让春雨催促那些迟钝的根芽。"这显然不是一次意外的巧合，而是一次肆意的合谋，四月已经成为恐惧的别名，但它充满了欲望的猎奇和肆意的玄想。无疑，这是一个空旷、寂寥、冲动而冒险的起始。于是，诗人又开始了无边的质疑，其实，这也是一场侵入灵肉的对话：

　　你的美丽带着一种闯入者的寒意
　　质问无所适从的岁月
　　质问翳障蒙蒙的清晨
　　质问所有沦陷的感官和腺体
　　质问脂肪安睡的湿地

　　虽然，爱情一直伴随着引领，但是惶惑撕咬着惶惑，灵与肉无法同时安睡，接着一种诗歌美学、天体物理和史学的"超验"借此展开。一下子，将微观世界里细若游丝的爱情引向了浩渺的时空隧道。"美丽的缪斯，山鬼和贝阿特丽丝，隔着敌意重重的编年史，谁来命名"，如果联想到奥林匹亚山上的众神，历史和时间就成为一种虚拟的坐标，此刻，"编年史"所代表的记忆，都是需要猜测和破解的甲骨文，一切都衍生成了隐喻和寓言，也许其中还夹杂着无所适从的假设。面对敌意重重、众声喧哗的历史，个人的记忆显得摇摆不定，暧昧丛生。那么，谁来戳穿这些有关生命、宇宙的谎言？这里不仅需要道德的承诺，更需要历史和科学的辩证。霍金的《果壳中的宇宙》在考量时间的时候，强调了爱因斯坦阐释的时间的独特品质：尽管所有钟表测量的称为时间的，是一个普适的量，相反地，每个人都有他或她自己的个人的时间。如果两个人处于相对静止状态，则他们的时间就一致，但他们相互运动时就不一致。爱情的存在，其实就是人与人在一种运动状态中的事实。于是，在这样的科学假定和推测中，追问人或事物的来源及其可能性，就变成一种不可或缺的存在。

　　你永远是陌生的
　　永远超越我对岁月和生命的了解
　　你是从哪里来的

大爆炸，夜空里到处是燃烧的眼睛

　　提到了"大爆炸"，还有"我们"相互之间的"陌生化"，这仿佛是在深入地质疑世界的来路，但又怕"燃烧的眼睛"无法洞悉诗人最后的出路。这时候，诗人已经将人类的终极视为永远的备忘，只因无法知晓自己的来路而陡生恐惧。诗人的恐惧能生成什么？他只能用欲望和思辨来彻底地覆盖它。诗人所纠结的是一个充满哲学兴味的存在主义的问题：人与人的不可知，犹如萨特的那部哲学小说《墙》，充满了惆怅世界的荒诞和选择的痛苦。不同的是，《一首情诗》中爱情、自由、生死、灵魂，在这里更被"燃烧的眼睛"所审视，显然这是关于爱情的深度钩玄。那么，爱情是相互的"引渡"和"掠夺"吗？

　　　　当你纵容我的时候
　　　　你的美丽总是越来越多
　　　　越来越像我的产床和墓园
　　　　就这样好多年过去了
　　　　有时候我们躲在一间小房子里听雨
　　　　感觉世界上所有海水都被汲到天上
　　　　就像我被你汲到了天上
　　　　所以下雨的时候我总是心碎
　　　　感觉坠落是不可抗拒的
　　　　感觉这么磅礴的死亡是甜美的
　　　　可是后来我们变得越来越郑重了
　　　　仿佛穷苦的爱情突然凝成一枚珍珠

　　产床和墓园的形象出现的时候，抒情主人公表达的更像是一种酣畅淋漓的分享和告慰。它赋予那些看上去异常简单的事物以荡气回肠的、感人至深的力量。这时，回忆在记忆中踽踽独行。产床和墓园携带上了某种神性，生与死这两个物象之间，生动地完成了一个生命的过程，就如同海水被汲到天上，又转换为雨降落在地上，它坠落下来的时候竟成为"磅礴的死亡"，无疑，这本身就是对人的主体性的张扬和自我的扩张。

接下来，雷电、衰变、闸门、脱水接踵而来。爱情、圣洁、美丽，为什么总是伴随着死亡和坠落如期而至？看来，生与死，始终是任白处理人与存在世界关系的节点或参照系。两者之间的间性，或擦肩而过，或背道而驰，它们拉扯、冲撞、相互压迫，尽量呈现出生命的多重维度，以及世界、存在、人与自然的悖论性。

> 在血快流干的时候
> 看见历史的天空
> 乱云飞渡
> 斗转星移
>
> 我想要一次那样的死亡
> 把血交给老橡树
> 交给不知多久后元气复萌的春天

"历史的天空""乱云飞渡"，这究竟是谁的历史？怎样的天空？宇宙的秩序、世界的图式、爱情、冲动和欲望、人心的司法，在人与神、人性与神性之间，或者在人与神的互动之中，激情四溢地奔放、奔突着，不能自己。《一首情诗》从爱情出发，主要思考的还是人的终极问题："你永远是陌生的，永远超越我对岁月和生命的了解，你是从哪里来的"，追问人在历史的天空，在充满神性、神示的相遇中，也在死亡的气息中，寻找出路。"走失的缪斯"，你在哪里？这是寻找者内心的精神、灵魂趋向。与其说抒情主人公是在寻找一个走失的恋人，毋宁说他就是想在寻找的过程中建立理想和美好的意义图式，呈现缪斯——美的、善的、真的、诗学的、动态的精神空间，然而，这又是一个被时间所错置的时空，因此，这首长诗一开始就让抒情主人公陷入一个对于恒久命题的追问之中。

至此，这首饱含诗人灵魂自省和诘问的"情诗"，作为一个长诗的"引子"，使得后面二十章《备忘录》覆盖、弥漫着浓郁的神话叙述的光泽，继而开始在爱情的生态伊甸园里，引申出有关生命和世界的浩大主题。精神上的恋人和引领者，在诗学的地平线上，进行全景式、多重性的体验和架构。

【情诗词典】贝阿特丽丝：《神曲》中但丁精神上的恋人和引领者，她委托维吉尔从地狱中把但丁拯救出来，并亲自引导但丁游历天国。她不仅是美丽的缪斯，而且是严厉的导师，西方意义上的诗歌之灵。可以假设一下：如果屈原、曹植、陶渊明、李白和陆游遇到贝阿特丽丝会发生什么？再假设一下，如果但丁遇到洛神和湘夫人会发生什么？这是个有意思的问题吗？

这个小词典，包括后面"正文"中出现的若干"情诗词典"，与长诗的正文构成一个"互文"，这也可以视为诗人在一个"非史诗时代"对于史诗写作的一次探索和尝试。这是一种有意也有益的导向，这是一次次具体的诗歌思维的不断延宕、延展，最终，在这个诗学的文本里，建立一种隐喻的现实。仔细想想，也许只有强大的诗学技术和逻辑创造出新的感受力，才有可能实现对存在世界和精神的阐释和抽象，抽象化的诗意超越了拟象和虚化的世界，更超越了现实，抵达诗学的镜像世界。在这个时候，人作为生命和意义的代名词，成为历史和现实的真正主体。

是的，也许这正是一首巨型当代"史诗"的开始。或者，现代诗学、现代诗歌最大的梦想，更接近于本雅明的哲学维度：语言大于思想。所以，问题是，究竟是语言穿透了思想，还是思想正在等待语言的惠顾？尤其是，当语言逼近生命本体哲学、宗教哲学的意味时，语言的质地必然因为思想的凌空蹈虚而使得诗歌对象幻象化，并且有了虚拟性。原来，诗歌有关救赎的主题，是从《神曲》开始的，是从爱情和精神炼狱开始的。拯救的过程，是一个诗学的过程，也是一种假设的、虚拟的辩证。但丁的迷惑，最后也变成一个无法摆脱掉的自我追问——"诗人何为？"而任白的诗学追求就是这样，始终缠绕着"诗人何为"进行对于价值的不停追问。特别是，他更愿意将生命个体的尊严，置放于一个时代、社会乃至更大的时空范畴，这里面存在着一个巨大的精神引力场，它始终在驱动、鼓荡着生命的颤动，将情感鼓动为激情的旋风。这种引力究竟是什么？我想，那应该是诗人的良知，正是它规约了诗人精神引力的方向。这里还可能充满了问题意识，诗人写作深处的问题意识，本身就带有一种天问的性质，这往往是没有答案的，答案也许就是问题本身。我知道，任白就是想说出一个时代生活的隐秘，在诗歌表达的隐秘性和开放性中，说出一个时代的复杂性，探测到这个时代精神及其病症的"物种的起源"。而现在，我感觉在这首冠以"情诗"的文本里，重新地拓展了现实和历史的边界，甚至在很大程度上超越了时代、民族、国家和自然的边界，直逼生命、生存、精神、物质、灵魂、道德等诸多理性维度，尽显其可能性、超越性的追求，而这正是我们时代所缺乏的诗学精神和梦想。

三

我们说，这首《情诗与备忘录》具有浓郁、深厚的史诗品质和气魄，是从诗歌的整体美学结构出发进行解读的判断。"史诗"这个词语，也许永远都不会有一个定义，或者正因为界定的困难使它成为一个向外、向上、向内同时扩展的概念。它已然不再是一个文体意义上的指称，它更加偏重个人与大时代及其关系的多重性，是对世界一次充满自信的全景式呈现和扫描，是对仅仅沉醉于个人性或社会生活具体事件凸显的本质性超越。这里一定强调是具有自信心的，因为史诗应该体现出诗人对一个民族、国家及其历史的判断，这种判断源于诗人的自信，也源自对一个民族精神及其个人心理、灵魂状态的考量和焦虑。就是说，史诗在对当代生活进行全方位、全景式表达的时候，更聚焦时代生活的总体特征、精神逻辑起点、心理秩序、人文品质、灵魂去向，甚至包括世界观、宇宙秩序和物质抽象。这里面既有生命之爱，也有宇宙之思；既有灵肉之痛，也具"活色生香"——蕴含存在世界的复杂性、丰富性。正像霍金的那本书《果壳里的宇宙》，一首长诗就如同将世界置放在文本的飞船里，让它与整个宇宙场对话，却不一定提供任何价值判断的尺度。一切都可能是矛盾性的、悖论性的，但必定是生长性的、多元性的。因为只有在空间和时间的开放性和多维性方面，建构史诗叙述和抒情的深度模式才成为可能。还有，生命，即使像人类这样的智慧生命，在自然和社会中的存在形态也是不确定的。智慧的生命如何得以发展、得以存在及其理由,就必须经由诗人对俗世经验进行"超度",阐释出诗意和神话的异质性,寻找精神上、灵魂上的修持,其中也不乏诗意的乌托邦梦想和情怀。

无疑,这首《情诗与备忘录》就是一次浩大的"精神—灵魂"之旅,但是,长诗的结构在抒情主人公的时间逻辑上,却只有一天——"关于游荡和难以名状的一天"。一天的时间结构,意味着浓缩后短暂的物理时间,必将在文本空间里释放出精神性层面更大的张力和弹性,也意味着共时性对历时性叙述的彻底取代。虚化了时间,这本身也是诗人出于淡化现实情境的考虑,个人或者他者、现实与非现实、诗与非诗,在写作中的相互变幻、转换,使表现更具有自由度,诗歌的隐秘性、开放性及其寓于诗歌品质的不确定性,都是在消除了时间的"黏性"和"冗长"之后,超越了对主人公具体存在状况的依赖。在这里,时间成为一个谜,整首长诗仿佛就是要将时间之谜揭开,人或是属于肉体和精神的真实的时间,或是属于文本的虚拟的时间,或者就是关于时间的时间,关于时间的某种想象。在时间中寻找精神的平衡,这样的时间才可能构成了文本的深度时间。

在清楚地体悟到任白诗歌结构的表达策略之后,我们就明白"备忘"并不是"情诗"的附庸和延伸,而是长诗的真正主体,是抒情主人公精神和灵魂漫游的真正开始。但是,一上手,就借用"早餐的故事"鲜明地表达对生命终极问题的索解,实在是出人意料。

> 在这样一个混沌未开的早晨
> 见到你
> 不得不开始早场的爱情
> 开始一场虚弱的燃烧
> 羞辱和涂改
> 早年的爱火
> 是啊是啊
> 我该好好睡一觉
> 像树木在地下变身煤炭之前
> 像蛋白质在玫瑰越冬的根系之间那样

蛋白质的匮乏，代表了身体的高度羸弱，这是自我怀疑身体的原因，也可能是精神病症出现时，引起了对"身体的什么地方开始朽坏""腐朽啃噬"的惊惧，并直接开始追问死亡的话题。为什么是"尖叫的早餐"？这个早晨是孤独的，床的另一边是空的，就像死亡的另一个侧面。"悍然的阳光席卷了我，白磷般的芒刺发出轰鸣，灰蒙蒙的翳障低声诅咒"，都是充满死亡气息的声音和色彩，鲜活的动感在混沌的早晨滋生出摆脱沉睡的渴望，忧郁的元素隐匿在身体里，愈演愈烈。身体是精神或心灵的他者，床、早餐、淋浴、尖叫，这些敏感的与身体性相关的动态，可以识别和辨认身份的标记，被派给特定的生活空间。对于一个极力想与物质性保持一定距离的人来说，他更加需要精神和心理的支持。"早场的爱情"是"一场虚弱的燃烧"吗？诗歌，使象形文字在汉语里呈现了表意的极致，它将特定的符码带入了漫长的文学抒情传统，像燃烧、虚弱、早场的爱情，都产生了出人意料的能指。从最宽泛的意义上说，抒情主人公"被"主导对身体和灵魂进行刻写和烙印的是一系列欲望，但其中一种欲望是不让身体迷失于意义。在性爱欲望与认知欲望、精神冲动之间，蛋白质和死亡被联系成一种诗学的逻辑。在这一章的"情诗词典"里，死亡这个词连接了爱情，或者，蛋白质的匮乏已经让时间发生了错乱，"嘈杂的时差"令爱情休眠，而遗忘和沉睡又令内心呜咽，人世的气息是腥味与甜味混杂，于是，在早餐时就揭开了死亡的盖头，试图隐隐透露抒情主人公的"死亡意识"里，并不是恐惧美学，而是对生命记忆的整理和总结，是直抵灵魂层面的反省。表面上看，这一章"情诗词典"与死亡题旨之间具有更强烈的互文性，"词典"引申出正文的抽象旨意。

【情诗词典】死亡：积极的死亡、陈腐的死亡、寿终正寝、英年早逝、夭折、圆寂、驾崩……它到底是一种终结，还仅仅是一个休止符？量子力学所说远远超出已知世界规模的暗物质暗能量，是死去的灵魂和过去的世界？死亡有时是善意的，有时是恶意的。它终结一些东西，帮助人们绕开那些不堪的、"义无再辱"的恶意凌虐，也使很多快乐戛然而止。但死亡有记忆吗？它能记住危险和错误吗？如果不能，我们如何与死亡携手同行？还有，死亡会死亡吗？我们还能指望它涂改错误吗？

"我们如何与死亡携手同行？还有，死亡会死亡吗？"这样的追问暗示出思想的原初结构和认知方向，以发现精神和肉体的隐秘结构及其相互关系。在这里，生命的沧桑感、荒谬、欲望、死亡、吊诡的人生，已然很难简单地归结为伦理的探究和定位，死亡不过是一个休止符，更大的期待在于能否破译死亡之于生命的内在玄机。所以，我们对后面的词语中关于灵与肉的分裂的呈现，就不会再感到惊悸。果然，"充满疑虑的上午"来到的时候，行走的方式被演绎成一种"游荡"、一种寻找。任白将其命名为"苍老的寻找"，这样的寻找究竟是源自擦肩而过，还是失之交臂，抑或在茫然四顾中向一种爱的偶像求证自己？"我盯着镜子，像盯着暗淡的神龛，恐慌地自问"，这里暗示了孤独的影子写作的味道，他循着一种没有痕迹的痕迹，描述主人公在既没有肉体，也没有纯粹精神的状态，在时间之流中，感受"爱欲的雾霭沉降下去"，当一个梦结束的时候，幻想可能就成为现实。是什么原因，在"一个微雨的下午出门"，你从此杳无音讯，让爱情发生断裂、猝死，而一切都是"悄无声息"？毋宁说，寻找就是一次追忆，爱情在追忆中继续延伸，同时也在呼号中发生变形，甚至变异。渐渐地，我们就会发现，主人公的寻找不仅是爱的寻找，更是对"引领者"的期待和渴望。他从日常生活中隐含的危机意识到肉体和灵魂、神圣和庸常、高蹈和平实等诸多的对峙而纠缠的关系。男女主人公，一个在现实里徘徊、游弋、焦灼、挣扎和自我救赎，另一个始终在梦中、在猜想中、在被渴望中逡巡，如烟，如气，似真似幻，貌似缠绵于爱情，实则是发掘生命的根须，探索如何安妥灵魂。看上去是一次漫长的独语，却是没有交流的交流，一切都在充满悬念中等待命运揭晓。他们难以自控地陷入爱情燃烧的余烬。

只是不清楚，爱情的死亡，对方的出走，究竟是一桩背叛个案，还是相互的认同危机？其实，他们连真正的背叛都做不到，连真正的毁灭都不可能经历，"你唱歌的样子，从山坡上走下来的样子，仍然在午夜的最深处不安地走动，是的，那是最美的你，适合被怀想一生的你"，由此可见，至少，走投无路的"我"，仍然在眷恋中进行着"苍老的寻找"，将对方视为某种精神和美的化身，期冀她的引领，有别于维吉尔式的引领。美还是一条道路吗？这种自问也是自答，依旧是一种不竭的寻找，美丽伴随着柴可夫斯基、梅克夫人、邓肯、叶赛宁、茨维塔耶娃、里尔克、帕斯捷尔纳克这些大师的字迹和旋律，蜂拥而至，铺设成一条星光熠熠的道路。也许，艺术的翩然而至会产生奇妙的灵异，"史诗的残简"终究难以为爱情筑路，因为贝阿特丽丝和但丁仅仅只是一曲美丽的乐章，在诗人看来，唯独屈原，才可能"在族谱间挂满高贵的疑问"。执着地寻找，渴求救赎和振作，就是要拒绝了虚幻的拯救。我们感叹，这首诗所讲述的已经是一个远比歌德的"浮士德"更加苦涩、更加深邃、更加沉重的生命故事。

"午餐时光""邀请谁来你的胃里重新做人"，真是一个大胆而诡谲的想象。为了呈现生活本身的某种状态，用一场午餐的情境揭示一个时代心理病症的渊薮。人们以蛋白质的名义，加进卡路里的理由，挥霍着食物，火锅的意象道破了"食物的荣耀统一意识形态"中所隐藏的人性贪婪。我们是否忧虑过：火锅里驳杂的、大量的添加物，会不会暗地里改变人类体内的基因组？冰箱里冻僵的食物，羊肉、毛肚和海带扣，像伤病员在电磁炉上沸腾的情形，立即让我们联想到在速食文化的当代语境中，动物、植物和海洋生物以及人的身心，集体面临的重大劫难。"情诗词典"将此总结为"血污的隐忍的暴力图腾，爱情的盟友和叛徒"，诗人直接将诗意推至沸点。

那么，神圣的日常生活如何成为可能？谁的意志让历史空转？或许，我们注意到但是偏偏又躲开了这个问题，包括爱情在内，一切贞洁、美好的事物及其存在如何安然？这个世界应有的样子究竟是怎样的？我们的来路和去向为何都变得如此茫然？"我是谁"的母题及其敏感的诘问又一次浮出灵魂地表。于是，诗人对宇宙、世界、现实、生活，同时生发出屈原式的天问，个人性的恐惧已经完全让位于一种人性、人类情感的根性。其中，充满了对情感的极乐和忧郁的双重体验，历史、文化、现实、宿命、俗世和重生，从具象的纷纭升华至抽象的延伸和变形。诗人丝毫不回避现实，"我"的记忆，"我"的忧伤，虽然来自缪斯的走失，但在追寻中，又目睹了现实、存在世界和宇宙及其生命所遭遇的难以形容的状态，包括自身忍受的心理、精神创伤,可贵的是,在情绪激烈的跳动中,他始终保持高度的生命意识,让我们在时间之流中,与抒情主人公一起经受人性的考量。

> 在这混沌宇宙奇点暗生的边界
> 跟随此界的遗忘
> 跟随心满意足的文字
> 从一场嘉年华里走回家去
> 用一杯啤酒洗尘
> 兴奋而又疲惫地躺在松软的被子里
> 沉沉睡去

诗人让抒情主人公不断地回到个人的天地里做短暂的休憩和调整,以缓解灵魂的疲惫和心理的重压。但是,很快就让他重新踏上追忆的道路,开启寻找或救赎的旅程。从个人性的视域进入《在公园遭遇一座遗迹》《一间灵堂》《在酒吧里目击一个伟大的模拟者死去》和《居所》几章,几乎构成当代现实生活中一个庞大的象征群落。"公园睡着了",这个意味深长的隐喻说明了什么?肯定是隐喻一种精神生态的枯竭和凋敝,它必定是一种令人惆怅和伤感的毁损,"公园"与生机、活力、休憩、自由、幸福之间,息息相关,唇亡齿寒。如今,一座公园睡着了,成为一座"遗迹"。这个意象将我们带入别样的情境,这里的一切仿佛在梦里,梦是时间的遁词,心怀鬼胎的人心,终究不能开花结果的爱情,必然会出现"不孕的年代",并且"还要榨干多少爱情"。而《一间灵堂》更阴森可怖,它装点布置,设想出文明如果陷落时可能呈现的绝望。"旧书店就是一间灵堂",因为"读者们都迁居了","灵堂和衰竭的思想,被一个新的地质纪年推向远方","思想在源代码中被驱逐了","崭新的权势,陈旧的阴谋,席卷辽阔的国土"。显然,在这里沉积了诗人现象学观念和思维逻辑,竟然还牵扯出"大数据"的冷酷,而"大数据"在"情诗词典"里,又被揭示为"陈腐的势力""势力的眼神""盲从的心智""冷酷的伴侣""卑贱的头脑",可见,此时的"生息",或者说生态,变得更加令人忧虑和惶恐。而《居所》看上去，似乎又将我们带到了俗世生活的场景和现场，"老式的居民区""小广告和蟑螂""房租和菜价""星光和剩饭"，这里却聚合和哺育着谦卑诚实的思想、"低能耗的爱情"，但"尘世里的爱神"却能构建一个"清晰可感的城池"，收容匮乏和粗率。这时，想到但丁和维吉尔的缺席，面对俗世，诗人发出了"诗人何为"的艰涩的诘问。

无疑，诗在相当大的程度上，尽量地让那些尖锐的、肯定的、否定的、对抗的、暧昧的、个人性质的切肤之痛、极限之痛，构成了长诗呈现心理、精神性状态的细部肌理，充分地表达记忆深处的现实。

如果说，浮士德需要魔鬼相当于他需要上帝，这种需要一定具有任何价值判断都难以厘定其合理性或悖谬的品质。在人世间走了一遭，也在情感和精神的炼狱里走了一遭。在生之欲望和死之静穆之间，在游弋、徘徊、尖叫、撕裂和寻找、期待、哀伤、死亡之间，抒情主人公猜想爱的新生，模拟精神死亡，留恋于生存的可能，一意孤行地在记忆的道路上逡巡，生存、信仰、眷恋和表达困境的至深体验联系在一起，强烈的存在意识在词语的流速中常常一瞬间就刷新了虚无的屏幕，带入缄默和思考的力量，试图为灵魂找到一个栖所。一切都需要安放，"我倾向赞美和缅怀"，"需要死亡和新生对视"，历史不会空转吧？！因为真正的诗人，一定能"倾听和拼接被肢解的史诗"。毫无疑问，这是一种道德承诺，一种诗学精神，其中，有着对困境的超越，是一次灵魂的净化，也是对生命的款待。

四

任白在进入中年时写作此诗，其审视世界的深度、宽广度，专注于写作和摆脱功利性的初衷，形成新的视野、新的见解的持续努力，对于一首长诗的新文本形态，必定会有无可争辩的意义。这就意味着任白的写作出现了长诗写作新的可能性。欧阳江河在1990年代初，就谈论过诗歌写作的"本土气质、中年特征和知识分子身份"，他认为，中年写作"这一重要转变所涉及的并非年龄问题，而是人生、命运、工作性质这类问题。它还涉及写作时的心情。中年写作与罗兰·巴特尔所说的写作的秋天状态极其相似：写作者的心情在累累果实与迟暮秋风之间、在已逝之物与将逝之物之间、在深信和质疑之间、在关于责任的关系神话和关于自由的个人神话之间、在词与物的广泛联系和精微考究的幽独行文之间转换不已","就有可能做到以回忆录的目光来看待现存事物,使写作和生活带有令人着迷的梦幻性质"。①王家新在《持续的到达》这首诗里,直接宣称:"传记的正确作法是,以死亡开始,直到我们能渐渐看清,一个人的童年。"后者,强调的是中年写作中的时间观,以及中年诗人对于时间维度的极度敏感,与青春写作的定义"只有一次,不再回来"不同,中年所拥有的是另一种性质的时间,它可以持续到来,也可以一再重复。在诗的文本里,词语完全可以用一年或更长的时间去重复一天,用复数去重复单数,用各种人称去重复无人称,"就好像把已经放过的录像带倒过来从头再放"。《情诗与备忘录》在很大程度上,十分接近欧阳江河和王家新所描述的"中年写作"状态,剥离掉青春的"青涩"和艰涩,建立起写作的时间观,让激情更为"圆熟"和真切,少些迷惘和虚妄的自恋,使得否定的力量衍生成对时间中存在感的质疑。尤其是,新的中年时间观对于文本结构的设置及其抒情的逻辑起点,体现出这一代诗人从自身的时间感、从自我对历史和现实的经验出发,努力来重新把握当下即"现在",重置诗歌语境的开阔性和寓言意义,进而创造出新的语义层价值。这些新的语义层,都是诗人在对现实的体验和勘察之后,将欲望美学、死亡美学进行诗学转换,以词语和隐喻为中介,与宇宙对话,与存在对话,与自己的灵魂对话。这种极其富于精神"定力"和当代情怀的诗歌写作伦理,令我们感觉到诗人清醒的美学立场和价值取向。长期以来,任白深感写作在当代的处境,忧虑作家、诗人的抒写极可能成为自身忧伤的独语,他近期更是不断地诘问和反思"为什么写作"的问题,也就是,在我们这个时代"诗人何为"。他鄙视"油腻的中年"状态:"油腻的中年更是前不着村后不着店,油腻是油腻者的护身符,崩溃是崩溃者的报销单。""油腻"是一个极其暧昧而贬义的词,在这里任白一定是确指人的精神性及其状态,没有清明澄澈和清晰纯正的品质,其中也暗藏着某些异质性的心理病变。那么,现在的问题是,这种"油腻"是怎么生成的?当然,任白还是坚信:"写作一直是个寻找

---

① 欧阳江河:《站在虚构这边》,生活·读书·新知三联书店2001年版,第56—57页。

答案的过程",作家"对迷途的确认是自觉人生的开始","作家的使命之一就是找到这种规定性,并且梳理它的逻辑,发现其中美和善良动机,在它们奔赴前路时给与可贵的声援"。诗人任白对于存在世界最为恐惧的,就像海德格尔说的"贫困到无法感知自己的贫困"。其实,在《诗人之死》《关于诗学的一些断想》《敌人》《一场时断时续的旅行》《你还好吗》中,任白的诗学观已经尽显无遗。而且,诗中所呈现的诗人苍凉的命运,还引发出对一切生命个体尊严的思考。《诗人之死》中,诗人在互联网上现场直播自杀,上演一场"华丽的独幕剧",诗人的死法特立独行,惊世骇俗。最终,诗歌所询问的是:诗人为什么选择死亡?这样的死亡是真的吗?真的就是现实的吗?现实的就是真的吗?这首诗似乎始终在回响着拉康的名言:"现实既不是真的也不是假的,而是词语的。"如此看来,词语世界和物质世界、写作和生存、爱情和诗的真实联系,都获得了真实的重量。

> 他们只是诧异
> 更多的中国诗人早就夭折了
> 他们死于佯狂
> 死于语言可怜而又古怪的舞蹈
> 死于酒宴上油腻不堪的国土
> 死于杯盏间迷乱不已的网络
> 是的,我坚持认为
> 如果死因是假的
> 那死亡一定也是假的
> 汉语是假死者的乐园
>
> 超音速冻结史诗
> 那些郑重其事的章节
> 被挡在音障后面
> 所有坚硬的词句都被气化了

难道诗歌的王国真的就要沉沦了？悲情、苍凉的爱的追踪之旅，实际上完全是一场试图复活整个时代感官和灵魂的美学之役。那么，究竟是"油腻不堪的国土"掩埋了诗歌，还是诗歌作为"假死者"自己安葬了自己？看来，"假死者"已经成为这首长诗的一个特别的词语，而这一章所附录的"情诗词典"，也试图暗示和隐喻"假死者"极可能是一个更为庞大的群体——诗人：濒死者、梦游者、占卜者、淘金者、牧师、入殓师、遗嘱执行人、立法者、歌手、幽闭症患者、爱人、乞怜者、酒鬼、疯子、囚徒、战士、旗手、隐士、看林人、信使、耳语者、流浪汉、守墓人、助产士、蛮勇的父亲、无声的母亲、一把老吉他、年轻的小号、夜晚的花瓣、溺水的星星、一枚因恐慌而奔跑的精子……接下来，关于诗学的断想，再度进入了诗歌尺规和诗歌史的层面。

在《关于诗学的一些断想》中，诗人反复吟咏、强调诗学的尊严和"神的尺规"，诉求在诗歌史里能重建"桃花源"，但"谁是酒神神圣的祭司"呢？的确，诗学需要对更广阔的空间和更漫长的时间保持热爱和忠实，诗歌的翅膀更需要虔诚和忍耐的加持。

> 是的，我们的诗学岚影重重
> 莽莽山川遮蔽宇宙
> 伤春悲秋雕刻时光
> 是的，我们辞章绚烂诗境华美
> 但三闾大夫浩荡的追问
> 一出门就摔倒了
> 我们的诗情在土地上安家
> 在酒杯中做巢
> 但真正的饮者是谁

《敌人》这一章，诗人表现出更多的忧虑，表达出对宇宙人生更深邃的思考。尽管是面对历史还是身处"地缘消失""季节消失"的现实，面对现代性、现代科技下精神"语言系统被摧毁，整个组织被重新编辑"，依然要重新梳理、辨析对于诗和生活、存在之间关系的理解，竭力让诗的立场与生存的立场不至于脱节，使其保持至关重要的精神平衡。

在阅读这首长诗的时候，我曾经不停地追问，诗中抒情主人公倾诉的对象主体，她的原型到底是谁？因为抒情主人公个人命运的沉浮、爱情的波澜起伏、怀古的幽微思茫、浩荡的酒神气质，以及问天的壮烈情怀，呈现出精神、心理和情感上的深不可测。我现在已经非常清楚了，这就是一个纯粹、美好、善良的结晶体，是若干智慧的化身，是诗人在理想化的精神道路上，对神圣人格和人类状况的捕捉，也是灵魂的自我重塑。抒情主人公或是诗人，丝毫不孤独，他们都是一起"结伴出行"。

> 而你呢亲爱的
> 萨福、海伦和克莱奥佩特拉
> 还有可怜的贝阿特丽丝
> 更愿意和哪一个谈谈
> 也许还有德·波伏娃、汉娜·阿伦特
> 和琼·贝兹
> 哪一个更适合做午夜谈伴
> 或者在街市的诱惑中
> 在歧路的鼓舞下
> 结伴出行

《一场时断时续的旅行》的深层意蕴，依然是对诗神的遐想和拥抱，继续追寻史诗神迹赫然的名录，探寻语言的城堡。希罗多德、盐野七生和聂鲁达，都是特定时代不可或缺的阿波罗，他们所捍卫的不仅是诗歌的尊严，还有灵魂的荣耀。

可见，一切都是在拒绝了虚幻的拯救之后，诗人与抒情主人公在精神的自觉和信仰的向度上，共同制造了耐人寻味也令人沉湎的语境。"结伴出行"应该是一个壮观、奇诡的情境。但"你不会回来了"，诗人面对"云端上的爱神"，深知灵魂的"意淫"毁损了她，也毁损了历史，于是发出了失魂落魄的呼唤，而在缪斯"去意彷徨"的时候，这所有的期盼又转化为无边的等待。"一道新的命令"又是什么？你和贝阿特丽丝，能重新回到这"神圣的世俗生活"吗?命令,这"潜伏在心底和时间深处的一道暗语",将诗人和抒情主人公一起引入了漫长而又安静的等待。可贵的是,任白表现出一个诗人的精神自觉和特殊使命,他审慎地对待诗与存在世界的关系,体现着一种坚韧的抵制窒息的力量,永远不会将我们引入虚无主义的幻灭视境。

应该肯定,这首长诗的美学特征,从整体上看完全是纵深性的、激动人心的、撕裂感的、个人性统摄的、白热化的,有强烈趋向性的反思、反省、自责,但是也充斥对生命、死亡、欲望的冒险和整合之渴望,偶尔也有对历史、宇宙人生的焦虑和犹疑不决。任白诗歌保持着强大的伦理气势,他在对诗歌对象的幻象化、虚拟化、思辨化的过程中,表现出极为出色的美学处理和做出抒情反应的能力,置身于记忆、词语和想象的原野,张扬着生命的激情和活力。尤其是,他从俗世中的极端或日常生活事件向诗学、美学和哲学的层面过渡、递进的时候,呈现出一种强烈的正义感、不屈的意志和浪漫的情愫。他赋予那些看上去异常简单、波澜不惊的事物以感人至深的、荡气回肠的、美好的灵魂力量,使人获得巨大的精神鼓舞。

无疑,长诗出人意料而稳健的语言格局,生长出结构性的放达、从容与自信。它的语言可谓"直见性命",令人惊异的想象和诗意,朴素而率性,抒情的、史诗的修辞策略舒展出浪漫主义的元素。这首长诗之所以令我无限兴奋和赞赏,还在于任白对一位诗人语言使命感的高度自觉,以及他极好的语言感和精湛功力,平实与优雅同生,抒情和叙事共眠,词语富有质感和张力,物象在词语里转换,生长出神奇的力量。可以说,任白对诗歌本体精神的期待和渴望,裹挟在对世界和人性的审美判断和存在的追问之中,丈量人心的尺度,揭示形而上的焦虑,勇于破译时代的真相,可谓不屈不挠、不折不扣。我相信,这里一定有许多任白意外的收获,其中必定有诗人的耐心,在写作这首长诗的同时,他细致地梳理着多极的、喧嚣的诗歌现场所激荡的烟尘甚至凌乱,张扬着健康、高雅、向上、和谐、真实、深刻的文学品格,甄别真实和矫情,以自己的文本显示精神和良知,坦陈诗歌在这个时代的衰落、吊诡、平庸、挣扎和崛起,担当起一种期待、拯救、救赎的责任。我感觉,任白在写作这首诗歌的时候,一定处于一种诗人的"迷狂"或者处于极度"自恋"的峰值状态。无疑,一个天才作家或一部天才作品，与生命一定存在某种神秘的、不可抗拒的、宿命般的奇妙关系。那么，又是一种什么力量，在冥冥之中牵引、制约或激活了诗人任白的灵感，创造出这样一首优秀的长诗？我感觉，其中有虔诚、良知、自信，还有智慧、思辨的力量，不轻浮，不绝望，敏而坚定，敞开心扉，保持尊严。这些使其摆脱了现实积压的深刻的无力感，从具象的世界将诗意抽离出来，凌空蹈虚。

现在，我们越来越清楚，无论如何"史诗"，如何原型，如何文化意蕴，如何神话，说到底，一切都还是要从个人性、日常性以及与其密切相关的精神心理秩序出发，从对物质现实的书写延展到精神、灵魂层面，唯有这样，个人话语加深词语原创意义，呈现发生在心灵与心灵之间的诸种事相，继而让现实从虚构的词语世界逃回自己精神的灵地。

任白的诗歌观念，究其主要倾向还是汲取现代主义的精髓，极具浓郁的浪漫主义情怀，而且他深受东西方古典文学的熏染，并有着雄厚的文化、理论和存在经验积累。数十年来，他在小说、诗歌、随笔的写作中，培植了文本双向延伸的冥想气质，以艺术技能审视外部世界的阔达与繁杂，又能洞悉、触及和收敛精神表情的细部，加以呈现，由此可见一个杰出诗人最宝贵的素质。还有，几十年来，他低调生活，低调做人，潜心诗学，坚守自己的诗学伦理，得以进入诗意的状态，所以，他能够努力地创造出美妙的诗学空间和价值，丝毫也不令人惊异。

张学昕

皓月当空的时候，我在哪里
——读李皓的诗

一

必须弄清一滴露珠的来龙去脉
才能在汪洋大海抓住一根慈悲的稻草

如果能被露珠里的一道寒光杀死
这个秋天我们将显得多么幸运

我们必须对生活的波澜不惊负责
雁阵多年未见，草丛里什么也没跌落

用一些干草把自己裹紧吧
让露珠回到眼泪，让锋芒回到眼神
……

前不久，读到李皓写于寒露节气那一天的新作《寒露辞》，仿佛一下子就捕捉到李皓诗歌的光泽和精神内蕴。露珠的光泽与内心的波澜不惊，延伸着对人与自然的体悟和咏叹，少年的英武稚气在一个秋天的露珠里获得平静、安息，作为一种深情的对自然的缅怀，那根慈悲的稻草已经被收束、内敛的大气，像档案馆对待自己的隐秘一样，悉心地珍藏了起来。露珠是大自然的泪珠吗？也许，只有当"露珠回到眼泪"的时候，人的生命主体力量开始在眼神中呈现，开始熠熠生辉，柔肠百结。这些年，我始终默默地关注着李皓的诗歌写作，耐心地咀嚼和揣摩他的诗心和文眼，试探着他埋藏在字里行间的温度与力度。特别是近几年，李皓的创作量惊人，数百首质地醇厚而激情四溢的佳作，纷至沓来，汩汩流淌。我想，一个骨子里凝聚着军人和诗人双重气质的中年人，是否真的到了一个爆发期和收获季？一场来自北方的宏阔庄重的气息正扑面而来吗？可以说，现在我终于从这首短诗里寻觅到丰富、跳跃的节律，大胆的想象和清晰的音乐的肌理，尽管他的诗一时还难以合奏成自我浑圆的交响，但是一个美妙乐章的精髓正开始显示出他不容忽视的存在。是的，我在李皓的诗里，真的看到了一种有锋芒的眼神，这个眼神，时而徘徊和逡巡在天地万物之间，偶然也沉潜于历史和现实的玄思，这个时候，眼神里也许还噙满苍凉或伤怀的情愫。但是，慢慢地，它逐渐又开始变得不执不固，不躁不厉，在阅读世间万象时，又渐渐归于平静。我知道，李皓一定是从内心的风景中走出来，体悟着整个世界正向他扑面而来，期待一次次不期而遇的诗意之旅。

二

其实，我读李皓诗的最大感受，就是他在呈现自然和事物的波澜万状时，在不断地由写作主体向描摹和抒写对象趋赴、契合和让渡。于是，抒写的对象，最终在一种强大的情感皈依的向度上，成为幻想的载体，或者说，就是抒情主体的寄寓和归宿。

> 哦！多么好的比喻：秋天的尾巴
> 我抓着你，我的鬓角正在慢慢泛白
>
> 不得不承认，我一直在夹着尾巴做人
> 可是树叶还是砸了下来，你又一次
> 点燃了我

> 这怎么能叫引火烧身呢?
> 与一粒霜不期而遇,化就化了吧
>
> 取暖期即将来临,阳光正在收窄
> 菊花侧一侧身,你傲慢的眼神
> 就会挤进更多的稻草

李皓在这首《霜降辞》里,表现出一个诗人作为写作主体,他的内心与自然万物、节气之间的一种独特的呼应和默契。若从题材的角度看,平凡、偶然、清淡,并不离奇,但是,形式的简洁与意义的隐秘令这首短章鼓胀起强劲的膂力,可谓是对内心和灵魂的一次张望和审视。李皓对自然和生命有着大胆的观察和想象,通过生发诗心,寻找与世间事物之间的共鸣,触摸它们的微妙关系。"霜降"仿佛是一个语境的结构,"秋天的尾巴"和"鬓角",与"夹着尾巴做人"这样的诗学逻辑,直接将喻体带入并升华为人格推导的演绎。在一个时间的节点上,命运变得不可抗拒,在节令和节气的自然时序里,即便是"引火烧身",也是一种安身立命的必然。诗人在眷恋时光的无情时,用"树叶还是砸了下来",喻指任何一种事物结束旅程的方式,而"菊花"的侧身暗指百花凋零,引申出它与稻草一样的归宿。在这个时候,诗人早已经意识到,一切都无须追问,只是"独立苍茫的自咏",返璞归真,诗歌所具有的调度现实、调节生命的力量,在此充分地显示出来。无疑,这首诗潜在地存在着一种对话的关系,不追求高蹈,只想保持尊严,那么,这究竟是谁"又一次点燃了我"?而在另一首《狗尾巴草》中,诗人再一次将"夹着尾巴做人"这样的生命哲学带入"秋天",在几乎被忽略的存在状态里,独自继续保持卑微却坚毅的品格,浅吟低唱。

> 你有多卑微,我就有多卑微
> 你的荣枯,多么像我潦草的前半生
> 偶尔做过几件像样的事情
> 大多被视为狗尾续貂

秋天来临，我开始头重脚轻
我多么怀念夹着尾巴做人的年代
风不来纠缠我，就连阳光
也不跟我针尖对麦芒

眼下可好，我在风中拼命摇头
只为让自己变得越来越轻
变得可有可无，不再引火烧身
而把脆弱的骨头老实地埋进青山

看上去，狗尾巴草的存在姿态，被直接喻为一个人一生的生存境遇，同时以此来展示平常心，尽管苍凉时分已然来临的时候，"我"已经"头重脚轻"，但是丝毫没有怨天尤人，而是"让自己变得越来越轻"，终老青山之中。这是自我与抽象之物——命运之间纠结的关系，它们都是生命内部的自我承担，因此也就成为生命自我对外部遭遇、命运的担当。直面自身卑微的现实，不成功，不辉煌，更是无法炫耀的人生，但摆脱掉了风和阳光的纠缠，更不畏惧自己的毁灭，一个有定力的个体生命，照样有属于自己的存在路径，如此从容，如此坦然，一生不忧不惧，静观生命的春来秋去，力求达到一种超常的平衡，这里没有不堪的呻吟，也没有絮絮叨叨的抱怨。虽然这无须太大的勇气，但是不是更有一种智慧在其中呢？

也许，与李皓的军人出身经历有关，他的诗行里始终弥漫着一股其他诗人少有的遒劲之力，那些超越俗世羁绊的诗意，常常从蕴藉着英武气息的比兴句子里渗透出来，貌似平和朴素的叙述，常常在某一个关键处迸发出不可思议的精神力量。这同他那细腻的切近事物的触角，形成一种迥异的美学机制。

这首《在天目山依靠一棵大树》，似乎在刺探人性中的某种惯性动机，并且它试图在字里行间建立、增加事物与事物间的辩证张力及其寓言力量。词句本身，并不想要以此喻彼、象征引申、相互支撑，更没有繁复的奇思妙想、枝蔓横生的伪饰和矫情。李皓诗歌的抒情伦理，仿佛完全是建立在某种反逻辑的边界，他非常善于捕捉那些一触即发的戏剧性，在呈现中"抒情"，在审美思辨中重现抒情主体对事物的理解和尊重。一个人在整个夏天都在寻找一棵大树，寻找它作为"靠山"，作为庇护，无论是高僧和几代国师，还是耄耋老者，都需要在攀登的旅途上寻找一个"依靠"，在这里，有形的依靠是"树"，无形的内在的企望和向往则是一座无形的"山"，或者是一位"有着宽广胸膛的人"：

> 我也不由自主地靠了上去，像靠近一个老人
> 或者说就是父亲和母亲，就是那些
> 有着宽广胸膛的人。我靠上去的时候
> 是一个重阳节的上午，天清气朗
> 我想到了远在东北的父母

我们能感觉到，作者在努力塑造一个"肖像"，一位在心理上、在精神和灵魂层面可以依赖、信任的存在。诗中的天目山，成了一个行旅者寻找灵魂和生命力量的隧道，千年古树，岁月轮转，"靠山"并不是归宿，而是前行者的一个驿站。

> 当然，老夫老妻的身边也有一棵树
> 纤细，谈不上直，也不弯曲，但它走动
> 步幅与那两双脚恰好合拍，它被一只手把握
> 它点击地面的时候，山风叹息一声
> 神灵的石头，把风烛残年的背影留给了我

这对老夫老妻的"介入"，一下子就将高蹈的形而上的思绪，衔接上了"地气"，而一个人对于"古树"的依靠，瞬间即转化成人与人的相互依存和依赖，彼此的步幅，双脚的合拍，即使风烛残年也不会再令人扼腕叹息。途经每一个生命的驿站，挥之不去的只有山风的叹息，"神灵的石头"则见证了行旅者的足迹，记录了人与自然的一次神秘交流。

看来，静穆的诗风仍丝毫没有激情的缺失。诗既不是"抽象的抒情"，

也没有沉溺于僵化的比兴。刘勰论诗时，提出"随物宛转""与心徘徊""目既往还，心亦吐纳"的说法，那么，《霜降辞》和《在天目山依靠一棵大树》这两首诗，似乎正暗合了人与自然的神秘关联，诗所呈现的恰恰是人与自然之间的一个联动的过程，在其中，人由他自己的活动引起和调节人与自然之间的物质转换，人以一种自然力的资格或主体的力量，与自然形成对峙或默契，也许，这就是一种心物的交流和互动，物我交融，和谐默契，峰回路转，柳暗花明。

若按代际讲，李皓属于"70后"诗人。但是，从诗的写作实际状态看，李皓实在是一位很难"归类"或者"归位"的诗人，我们很难轻易地将其划入什么"群"或什么"代"。虽然，李皓是一位有着强烈的对诗的伦理有所追求的诗人，但他的艺术表达方式、美学维度，始终处于一种复杂的变化之中：一方面，他的诗既有新诗传统中高蹈的、抒情的、翻译性语感化的特征；另一方面，他更不缺少对现实、历史和存在的发问，尤其是，李皓能从一个事物的内在化的极其个人化的语境，转而进入一个公众语境，摆脱掉惯性的二元对立修辞，直接进入存在的视域，以接近口语化的朴素陈述，敲击存在世界的真髓，同时，依然重视对事物和意绪的诗性创化，实现文本追求内语境的透明及其张力的舒展，词语间投射出健康而富于骨感的人格魅力。因此，我认为，李皓比其他同代诗人，也就少了些对现实的迷惘、虚妄和困惑，多了些直面存在、体认普泛生命脉息的领悟，所以，李皓在这一代诗人中，也就颇有特立独行的诗学轨迹。欧阳江河说，大众媒体、电子手段"闯入文明"，产生新的用语、修辞、新的传播和消费手段，使得诗退缩到更为费解、更为隐秘、冒犯、过分、晦涩的语言构造，在心智层面上，晦涩作为反词，构成我们时代的诗的特征。[①] 欧阳江河对诗歌的语言困惑，似乎并没有影响到李皓的词语结构。相反，李皓的先天之气——"慧根"，即善良之根，使得他整个诗性的灵魂更加理智和成熟。他总是不断地在诗中审视自身生命的羸弱和空乏，检讨现代文明浸淫中的"暗物质"的存在。每当他直面现实的时候，他总是愿意从细微、细节着眼，

---

① 欧阳江河：《长诗集》，江苏凤凰文艺出版社2017年版，第399页。

点击世道人心的穴位，质疑面具式人格，拷问灵魂变异，在生活现场探幽洞明善良和麻木的冲突，于人性的缝隙处打捞人格的毁损、悲悯之心的残存，可谓揪心蚀骨。

> 暮色从四面八方围拢而来
> 路人们在琴声里作鸟兽散
> 路人的面孔越来越虚无
> 乞讨者的饭碗越来越模糊

在《拉二胡的乞讨者》里，"我"就像是一个现实的偷窥者，面对这样一个熟悉的老场景，人们在路上流荡浸漫，乞讨者那一曲《妈妈的吻》，早已"不合时宜"了，无论对于谁，都已经没有任何感染成分或者煽情的力量，人心似乎处于一个僵化和冷硬的状态，四面八方"围拢"来的其实是人心的暮色，可是，李皓还偏偏要审视一下包括自己的内心的纹理，他要呈现虚无而羸弱的面孔，在乞讨者的饭碗里如何生长出没有悲悯的荒芜。"我没有勇气去投下一分钱，我也装作匆忙的样子。像某个都市里高傲的白领，对于一首老歌，嗤之以鼻"，写到这里的时候，诗人开始在自责中反思自己的精神伦理。

一位诗人细腻的、复杂的情感，其内在的精神、心态和梦想，以及诗的韵律、节奏、微妙的谐音、生动的暗喻，包括独特的分行、标点方式等要素，都应该是一个神秘的、有机的整体，只有当这些元素同处于一种结实、和谐的结构里，才可能使一首诗构成一个审美的存在，才能摆脱平庸的叙事和抒情。也许，这仅仅是一个常识，却是诗歌的坚硬的质地，它由此使得一首诗生成一个小宇宙成为可能。虽然在任何文本的形式和内容之间，都已经很难划出清晰的边界，而一种诗歌文本的形式实践，实际上就是对思想和情感的灵感闪现，就是对存在世界所进行的精神、心理的美学重组，那么，一个好的诗人，就无法不用心地去测量他的内心与世界的距离，无法不呈现与自身命运息息相关的冲动和愿望。李皓的诗歌是如何测量自己与世界的边界的？他在咏叹自然、反思历史和现实的时候，终究在守望着什么？他的诗学取向，是一种灵魂摆渡，还是一种空间位移？当然，我们都注意到了，在李皓的诗歌里，他更没有忽略诸如祖国、家乡和自己作为一名军人的情感和情怀，在对这些主题的表达中，也凸显出了作为一个诗人的拳拳之心、切切情怀。我们想要考量的是，李皓是以什么样的心态，来呈现内心真实的梦想的？在他的诗和有关诗的梦想之间，是一座山、一棵树、一条河流，还是万水千山？我想，我们有理由对这样的诗人提出更高的要求。

三

小说家、诗人博尔赫斯，本来就是一位耽于梦想的人，在失明之后，这种倾向和感觉愈发强烈，愈加变本加厉，他说："由于我拙于思考，我便沉浸于梦想，从某种意义上说，这样可以使我的生命在梦中流逝。这是我唯一能做的事。"沉溺于梦想的博尔赫斯，对迷宫、镜子和写作迷恋到无以复加的境地，他喜欢在小说里写迷宫，写梦境，他甚至还写一个年老的博尔赫斯与一个年轻的博尔赫斯进行交谈、对话。这时，我们就不免会猜想：对于博尔赫斯而言，写作是梦想的延伸，抑或梦想是写作的延伸？写作与梦想，究竟是两回事还是两位一体？这也很容易让我们想起"庄生梦蝶"的境界，物我两忘，在我们这个时代也许已然是一个梦想的诉求了，但我相信，一位真正迷恋诗歌写作的人，可能在不经意间就会把现实和梦想混淆，而且极可能将写诗视为自己的一种宿命，是一次与自己的重新邂逅。在一定程度上，诗人李皓就是在做这样的努力和接近。如此看来，李皓诗歌写作的精神坐标，完全是一种具有浓郁理想主义气质的抒情美学选择。他在诗中与自然对话，与时间对话，也与自己对话。这是一个诗人试图保持自己生命本色的努力，他以一种重写"个人史"的方式，在一个精神空前浮躁的时代里，烛照自己那一层特异的生存意蕴。

我认为，《我得坐车去一趟普兰店》是李皓诗歌的代表作。这首朴素至极的诗，一下子就让我们看出这其实就是李皓的精神自传，当然也可看作是他的诗学宣言。从国外到徐州、东北师大、鞍山、沈阳、大连、普兰店、墨盘乡和城子坦，这些地名梳理出他简洁而清晰的人生轨迹，李皓在诗里打开了自己存在之居的门和窗。无疑，这是离开家乡几十年后，李皓在诗歌里的第一次精神"还乡",这也是他对诗和生活之间关系的一次自我阐释、自我解析。从语感和语境上看,李皓在这首诗里没有对经历、经验和想象做任何"处理"和"变形",他试图在一种自白的状态里找到自己的根脉和来路,这样,李皓诗的基本形态和人格个性,就在一种极其自然的风貌里尽显无遗。他特别强调自己"我是生在墨盘乡的乡下人","虽然我们／一家三口住在大连,但我不是／正宗的大连人,我是普兰店人",在此,李皓实质上是在解释作为一个诗人的出身,与诗的人格及其经验的支撑点。他将自身置于一个最"原始""原生态"的感觉里,不做任何"改写",这完全可以看作是他为了诗歌的骨正神清,摈弃诗歌的装腔作势和酸腐所做的自我盘诘和追问。所以,这首"自传体"诗所呈示的是李皓的"诗思",而不是"诗情"。幽微而神秘的内省、直觉的哲思与冥想,都是对自己文化结构、心理结构和精神表情的倾情演绎。这是对自己写作的"出发地"的自我认同,是对"写作之根"的追溯,是一次精神根源上的自我清理。"朋友们都说我说人话／性情,不装,骨子里有小城人的／耿直,自卑,不合时宜的豪爽",可以看出,诗人彻底地道出了自己诗歌写作的人格,坦荡和率真成为构成其诗歌风貌的生命伦理基础。因此,人性的觉醒和觉醒的人格力量,就使得李皓始终在努力摆脱语言的芜杂和心态的游弋,避免任由倾诉性的感怀而带来的失去重心的散乱,以及抒写现实生活的滞重感,这样"耿直"和"豪爽"的水土风气,令东北之音的慷慨一开始就在李皓的诗里尽显骨力。当然,从另一个角度讲,正像苏东坡当年所言,如果有气力的人就能写好字,那大力士都可以成为书法家,如此推论,如果只要具备人格力量和豪迈性情就能写出好诗,那么,天下壮士皆为性情中人,都可以成为吟诗作赋的浪漫文人了。就是说,一首好诗,一定是骨力和神采、沉着和优雅、底蕴和灵性、成熟和潇洒等元素的充分结合。也许,李皓永远也写不出清词丽句一类的娇音,因为词句和诗歌结构的粗粝,剑芒般的峭拔之气,才是其保持生命本色的追求。对此,李皓进一步夫子自道式地反思:

> 我已很少写诗,我看不惯圈子里
> 一些所谓诗人的狭隘与偏执

> 想写诗就回普兰店去写！那个
> 诗人扎堆的小城可以最大限度地
> 容忍我，放纵或者胡言乱语

可见，摈弃狭隘和偏执，直抒胸臆，早已经是李皓的本色气度。我们都清楚"圈子写作"的含义，这也许是诗歌写作在当代现实中的尴尬处境，自我陶醉和孤芳自赏，沉溺生理性快感或迷恋精神贵族的光环，难以寂寞地恪守，依旧是一些诗人种种自恋心态的无端伸张。李皓在困惑和寂寞中寻求突围，竭力在"还乡"的情愫中获取灵感，寻觅灵魂的静穆和安谧，我想，这一定也是他诗歌写作的原创动力。这时，我们仿佛即刻就会明白他"想写诗就回普兰店去写"的真正缘由。返回现实，返回自身，渴望原创性，耐心整饬自己的切身经历、体验为生命和艺术经验，是心智成熟的表现，也是渴望真诚诗心和诗歌语境的表达。我们可能会想这样的问题：普兰店，一座小城何以会"诗人扎堆"呢？或许，这座小城真的是有着热爱写诗的风气，许多人都有着良好的诗歌创作的心理机制，李皓不过就是从他们诸多"业余诗人"中脱颖而出的一位。

> ……我不是普兰店的传奇
> 也不是离开故土就咸鱼翻身的神话
> 我离开你们是万不得已。我多么
> 欣慰，在那些个不管有没有
> 预谋的饭局，我都能成为朋友下酒
> 的话题。偶尔故意泄漏的短消息
> 让我耳聪目明，在城市暧昧的暗夜
> 分得清友谊与善意，挑拨与敌意

我们看到，这里的每一个人都可能是普兰店诗歌场域里的一种传奇。一个走出来的诗人，他为故乡魂牵梦绕，根脉已经无法脱离这个场域。而诗歌写作的伦理，也正是在这里建立并且不断延续下去。李皓的这次诗歌"寻根"，完全沉潜于自身，投入他个性的生命、诗歌记忆和言说之中，成为一种语义符号和隐秘意绪的不期而遇。这是诗与自我在故乡的一次共鸣，也是一次精神、心理的自我确证，在这里，他没有克制，在平实如话的语境生成过程中，虽然不拘章法而显得迷离和驳杂，有密实的叙事段落，也有思绪跳荡的空白。时而充满突兀、弹性和光泽，自由而平实；时而意绪激昂，嵌进散文化、口语化文字，由无诗意的地方努力地生长出诗意，超现实的哲性连接上生存的脉络，捕捉精神的风景，恢复内心的真实。这首诗写到最后，彻底地进入了一个伦理的状态，重返故乡，这是一个永远"在路上"的过程，每一个人的诗情画意，都可能是一个神话、一个传奇，因为在物质、欲望和视听文化为主导的商业文明的笼罩下，诗歌本身和富于诗性的生活，俨然已经成为边缘化的孤岛。而普兰店这个被李皓诗意化了的小城，成为一个"守望者"的营盘和归宿，也许，这也是我们时代对诗人苍凉的命名。

如此说来，李皓的这首诗，没有理念性词语的自我压迫，没有献祭的仪式感，更无通过诗歌写作改变命运的现实功利心，也没有虚无的碎片，这在一个人心空前浮躁的时代里，确立一种超越世俗的诗歌精神已属稀有之物。人格的纯正，努力保持着诗歌的纯正，乡风乡韵，浅情近理，诗的徘徊和执拗，就是命运的反转和收复，就是对世俗的不妥协。在世俗中超越世俗，在朴实中伸展朴素，更是在坚守中重温志趣和理想。

若从《诗经》回顾到唐诗宋词，我们会发现，咏物诗都极尽中国传统诗论"赋比兴"的路数。而当代诗人则更以现代意识为底蕴，兼容现实主义和浪漫主义的情怀，承领传统的余泽，将现实与超现实、写实与意象杂糅，生发和表现出现代人更为复杂、奇崛的感念。李皓虽然恪守传统抒情诗一路的写法，但他凭借出色的想象力和真情实感以及独自深入的现实意识，拓展了虽不先锋却也品质不凡的个人天地。

在李皓大量的咏物诗中，我更喜欢《皓月三章》。这是一首"刻意"地要与常识产生悖论的诗。他将内心的人格信念，存在、事物的真相以及自我诉求含蓄地呈现出来。"要说就说说月饼吧，它身上洋溢的气息／与享乐主义无关，与浪漫主义有关"，像这样充满了人格化意绪的感怀，蕴藉着一种精神的力量。在民间，月亮已经被脱化成一枚枚可以分别出高低贵贱的月饼，已经成为被彻底符号化的世俗的事物，但是李皓则心有不甘地将其引申到浪漫主义的情怀层面,可见,去物质化的理念始终缠绕着他。"多么虚伪!宁可在空洞的往事中作茧自缚/也不愿像吃掉一块月饼一样吃掉悲观与绝望","月亮越升越高,那一张半明半暗的脸/是深渊!在那面不合时宜的窗帘背后,喊我",显然,诗人从月亮和月饼链接般的比附中,看到了人的自我游离的形象。人不可能在"空洞的往事中作茧自缚",一种语言符号与隐秘的意绪不期而遇,而且生发出不合常理的逻辑推断:月亮在云翳的遮蔽下,半明半暗的脸竟然是一个巨大的深渊。对于月亮的想象,苏东坡的词堪称绝唱,悲欢离合,阴晴圆缺,琼楼玉宇,起舞弄清影,是一种大格局的浩渺和时空想象,但李皓只顾沉潜于自身,以一种迥异的象征或者联想,来展现俗世情感经验的特殊性,以此抵达一种对真实存在的突然的洞悉和揭示。由此生成的语境,虽然显得格外驳杂和迷离,充满间隙,充满阴影和空白,但意念诡异,奇思妙悟,杂糅相生,不一而足。诗人弗罗斯特当年"我们需要学会在隐喻中生存"的表述,在今天的确已然成为常识,而李皓在《皓月三章》中所隐喻的"月亮"是一个"深渊",是一个"窗帘背后"的阴谋,显然,这就体现为另一种隐喻的思维和逻辑。意象和观念的转换,让我们感受到诗人所处理的物象本身的丰富性,他重新建立了一个隐喻的现实,月饼的现实和月亮的隐喻,一个实际的现实的事物与一个虚幻的情境之间,衍生出的竟然是陈子昂说的"洗心饰视,发挥幽郁",这种新奇感、惊异感、意外感,成为一次原发性的灵魂叙事。

毋庸置疑,李皓的诗及其诗风,其实就是他为人的真实的自我写照:不虚伪,不造作,不矫情,不暧昧。他的诗,踏实中透着机智和灵气,体悟中闪烁着质朴与从容,又不失理智和玄思。记得前年我在阅读张新颖的诗歌时,曾写下这样一段话:"我常常武断地想,近些年来,许多诗人沉浸在一种焦灼、浮躁的心理编码中,诗歌写作对许多人几近于一种逼仄、紧张甚至处于挣扎的状态,写诗应有的精神气息和文化感,沦为一种无奈的精神消费和心灵被迫。可爱而单纯的诗人,尤其20世纪80年代诗人那种中气十足、阳光灿烂、昂扬的情怀,早已荡然无存。诗,其实完全可以视为一种个人史的写法,而诗的实质和象征,最终需要抵达的则是真实、朴素无华的灵魂现场。缺少这种起码的理想,诗歌就无法构成真实、庄严而优雅的美学活动。"可以说,我对我们时代诗人的期待由来已久。是的,我们这个时代太需要真诚、朴实和深刻的诗人了。我认为，李皓的诗歌写作及其诗歌美学，充分地张扬出为何活着和为何写诗的朴素命意，唯有诗人的内心叙事，才会时刻触及和震荡一种现实：心理的现实，命运的现实，文化困境的现实。也就是说，一个人的诗歌写作，其实就是一部真正的个人灵魂史的书写，也是为了探索诗性和心性的和谐共生。我相信，在这样的诗歌行旅中，未来的诗人李皓会有更大的格局和气象。

"内心花园"的读法

——读哑地的诗

一

我认识诗人哑地好像有十几年了。大约 2009 年的秋天,由林建法老师牵头,《当代作家评论》杂志和沈阳师范大学文学院联合召开了"哑地诗歌研讨会"。在沈阳师大,我第一次见到哑地,他人看上去极其厚实,精神状态好,谦虚,平和。此后,再也没有机会谋面,只是偶尔会在一些报刊上读到他的诗,能够不时地感受到他对诗歌持久的热爱和拳拳之心。当然,哑地还很年轻,但是他在更年轻的 1985 年前后就开始写诗了。他不属于任何"潮流""流派",没有丝毫写诗的"职业化"倾向,因此对其也无须做什么"归类"的甄别和厘定,阅读他的诗就显得格外轻松,没有负累感。三十年来,他的诗一组组地发出来,不急不躁,更不为什么名利,于是,写诗就渐渐成为他日常生活重要的一部分。如果按照"诗龄",他应该算是一位"老诗人",而他在始终保持其特有沉稳的同时,又具有一种不竭的活力。我从他的诗里,能感觉到似乎有好几种力量的汇合:强烈的存在感、对生活的感受力、时间的离心力、语词的构造力。这些力量此起彼伏,均衡地相互作用,使得他能多年保持平常心和诗情的中和、默契。多年来,他低调做人,深居简出,不事张扬。已至中年的哑地,依旧不温不火地抒写对生活的感受,尽管他还需要担负大量紧张、复杂的社会工作。不妨说,他就是一位善于处理诗与生活之间关系的高手。

可以说,我对哑地诗歌的阅读,既不存在"前阅读"的任何预设,也绝没有莫名的成见。这就让我从他的诗句里，能够得以自由地、尽力"本色"地、无拘无束地进入没有"附加"因素的理解和阐释中。我一直在猜测诗人"哑地"这个笔名的由来，他与那位叫作"高岩"的法官之间究竟有着怎样的联系。但我想，这中间必然会经历过无数次深刻的精神转换。也许，在这里我们可能忧虑哑地的写作会出现某种"滞空"状态，因为文本必须要严格地区分作为心灵的语言与作为现实感受语言之间的巨大分歧。诗能否再现出那种为理性所不能洞察、抵达的诗性力量，铸造出理性和感性高度兼容的诗学形态，是考量诗人及其诗歌最基本的精神、灵魂、激情的重要尺度。但对于哑地，至少现在我还看不出来在诗歌与生活之间有着怎样的突兀和分野，以至于产生阅读、理解层面的某种"割裂"。我也能感受到他精神自传意义上的自我，在阅读中，或追问，或辨认自我，或沉浸，或困惑，或反省、体味他对生活、存在、事物所进行的诗性描摹。我试图甄别那些具象和抽象的"反刍"，最终怎样成为哑地诗歌的超越经验，使得他开辟出与现实不断圆融、不断延伸的通道。

其实，哑地所沉浸其中的生活和写作状态，就是要从存在的表象中看到实质。诗人也要建立一个超越俗世生活情境的拟象的空间，这是诗歌写作的终极趋向。于是，"二次成像"就成为一次次有难度的与生活的共舞、共生。显然，在生活中，我们目睹的直接现实是极其有限的，更多的则是从不同途径获取的图像和间接经验，而对这些"原材料"做去粗取精的"提纯"，从对大千世界的感性现象中获取理性、理念的升华，则是考量诗人修辞水准的关键。

我感觉，哑地是一位喜欢从容地生活、平静地思考人生的人，尽管我还无法判断和了解他在现实中是什么样的存在状态。也许，这并不重要。我认为，对一位诗人的终极审美判断，并不在于他在具体生活里的存在形态，而是要通过文本考量、洞悉他对整个世界的基本态度。写作与现实有着密不可分的关系，尽管这是一个古老的话题，但也是一个无法回避、常说常新的话题。这对于写作者尤其是诗人而言，更是富有挑战性的问题。那么，如何在生活、个人经验与词语之间建构起某种独特的语境，则是由诗人的写作伦理决定的。哑地乐于在诗歌文本中建立起属于自己的文本现实，本然地确立自己的写作方向，而且他能够冷静地沉潜生活底部，搭建诗歌的"内心花园",竭力建构具有个性化的诗歌美学精神,这也是我们不能随意地从社会学的角度来讨论哑地诗歌写作的原因。

二

读哑地的诗,仿佛置身于他精心结构并赋予其心灵修辞、审美修葺的一座花园。而哑地自己却已经在这座心灵花园里徜徉了近三十年。可以说,这座花园也是哑地内心与现实生活、存在世界对话的"小径分岔的花园"。

实际上,每一首诗的诞生都是各种力量的汇合、"合谋"之后的创生。这里,既包括诗人的感悟力、内心的承载力、词语的构造力,也包括对存在世界表象的穿透力和解构力,还包括诗人对诗歌文本的精神结构和语词语境的建构力。诗歌与生活世界之间,有承续,有延宕,有断裂,也有"反转"。我认为,在哑地的诗歌"文本库"里,"内心"构成抒写情感、情怀、思想的巨型磁场或场域。可以说,哑地矢志不渝营构的就是一座内心花园。记得阿多尼斯有一首诗《今天,我有自己的语言》,抒怀"我自己的疆域、土地和禀赋",实际上,仅此一句,就已经包含阿多尼斯诗学的全部精神视域。对于阿多尼斯来说,他抒怀的可能是"我的孤独是一座花园",聚焦的是自己内心的孤独,以及这种孤独映射出的尊严和情感的安放形式。而对哑地而言,他的诗歌也在很大程度上体现出一种孤独行者的气质。他可以在自己的"内心花园"里,锻造出自足而沉郁的精神、心理和灵魂的独特场域,获得生活和审美的内在平衡。

我认为,写于二十年前的《内心花园》这组短诗,是哑地重要的诗作之一。初读这首诗的时候,我就思忖哑地为何将一次送葬的过程写成一首诗,并将其命名为《内心花园》。我感到,这首诗应该说就是哑地的一次情感"反转",是对生命的一次哲性玄思。死亡是生命的终结,送葬成为最后的仪式。那么,如何在生者和死者的边界,延宕出令人意想不到的纠结点,生发出存在的沧桑感和对生命本质的感悟,则是令许多诗人沉迷的境界。在这里,诗人选择一个"内在视镜",指涉出与生活表象视镜的对峙。哑地首先将一个公共场域发生的死亡、送别事件,直接带入个人语境,一种自我意识到的情境。他试图要在两者之间消除掉死生契阔所仅有的那一点点模糊的界限。或者说，这仿佛是一场生死对话，诗句在生死边界的缝隙里，挤压出语言的张力，这也就使得哑地的诗句产生双向延伸的冥想气质。

  把乌鸦掖于腋下
  把苍白的纸花，在胸口
  和心脏对折
  让两种颜色相互悼念

  死者，在所有送殡人的脸上
  索回他一生的微笑
  而园中的花朵，却依然
  笑着各自认为可笑的事情

  显然，乌鸦在这里被处理成不祥之物，它需要暂时被藏匿起来，追悼时张扬的纸花之白与乌鸦之黑，无非仅是视觉意义上的呈现。而纸花的"苍白"，已然不是颜色的辨识和对比。"和心脏对折"简直就是一次残酷而悲凉的自我拆解、自我解剖。"对折"，肯定不是词语的相互折叠和语义的肆意滑移，我更为延伸的理解是逝者和生者的一次生死对话，是各自对"本色"的追问和勇敢的醒悟。也许，问题还在于，"死者，在所有送殡人的脸上"要"索回他一生的微笑"，生死两界，阴阳转换，死者再无法诉诸世间的一切，与生者竟然如此委屈、如此清晰地纠缠在一起。是否能这样诠释"索回"：这是对以往存在意义和价值的终极性否定，以往的虚伪性，再也无法对质的沮丧，让逝者和生者从此"一刀两断"。我感到，这里恰恰是诗人最用力、最清醒、最坦率的地方。"对折"的隐喻性异常突出，因为哑地并不想单向度表达、描述某种"意旨中心"，而是想让死者在现实中生者的幻象里，重新"起诉"自己的人生缺憾或过失。这是一种非诗意的诗学命意，很深的幻想从词语中发散出来，即使有些含混，仍然具有极强的箴言品质。我们固然不必夸大对词语的多重理解，但是，此时诗歌的暧昧性已经充分地涨溢出来，可见哑地的"切换"能力非常了得。

尤其是，他竟然瞬间将生死与"园中花朵"拉到一处，使得它们在一种工具理性的博弈声音里，让生者转向对亡灵世界的倾听之中。这也可以视为对"园中花朵"的"依旧笑春风"样态，表现出一种毫不掩饰的吊诡式寻访。在这里，哑地再次将逝者与"未亡人"——送殡人的真实处境，一并幽微地呈现出来。在殡仪馆这样逼仄、冰冷的空间里，逝者残留的气息即将弥散殆尽之际，唯有"那缕青烟"就像"生长的植物"，"高过"园中的树木和梦境；火葬场的烟囱，"勃起""插入"天空，像是"一个手势或路标"。很明显，这两种镜像具有深刻的隐喻性和引申义。哑地采取为死亡赋形的方式，让"勃起"的烟囱成为矗立园中的僵硬的手势、无字的路标，张扬着生命力最终的徒劳。这种描摹将两类截然不同的、具有深刻"异质性"的事物及其存在方式，纳入进一种新的视野和格局里。哑地在表现这种生死之间的本相和形态时，采取互文或"切换"的方式，甚至不惜选择"中介"来过渡，继而显现出语词的暗示性本义。其实，生命的消殒像是一缕青烟，它沿着火化场的烟囱，如同向上延伸至没有深度的梦境。烟囱像是随意性的手势，或者是不具确定性的路标，事物和存在的虚无品质以及不确定性，由此展露出来。之后，在"花园里"再"把一块矩形的黑夜从左臂上扯下，又把那个挂在胸口外面的复制品，丢进企鹅的嘴里，南极没有垃圾"，将死亡喻为"矩形的黑夜"，以左臂的黑纱标识出来，并非本小节的目的。而深刻地意识到"纸花"是一种虚伪的"复制"，它遮蔽或覆盖了事物最真实、最诚实的一面，才是对灵魂做出的第二次成像。无疑，诗对葬礼的仪式感、场景、情境、意义做深度追问，也是哑地修辞的真正诉求。

可以这样讲，人类进入现代社会之后，把握现实的方式可能需要具有"高端"的隐喻性。隐喻现实，意味着另一种对现实、事物的层叠式打开，这是诗人所选择的真正能抵达现实、存在的重要路径之一。或许，世界唯有以隐喻、比拟或者寓言的方式存在，其意义和价值才具有可描述性，事物在词语中的涌现，也才构成存在世界进入诗人内心的深度。当然，这同样适用于叙事文学的虚构性，对小说家而言，唯有小说文本才能发现其他途径和手段难以发现的本相。所以，无论是诗人还是小说家，内心的文学花园，终究是世界在内心的镜像或"倒影"，其虚拟存在世界的动力，主要还是情感和信念。那么，哑地诗歌的"内心花园"，不仅是一种自我认知过程，实际上也是依据对人性、存在、生命的拆读和呈现，是摆脱现实焦虑和困境，对人类事物虚无性的重新发现或释义。

三

我所理解的哑地的诗，从整体上讲，可以概述为"内心花园"。前面解读的那首《内心花园》，仅仅是哑地诗歌重要的文本个案。而他几十年来游走于重重个人生活、存在的缝隙，并不断体悟、描摹、抒写那些充塞于抒情主客体之间生生不息的力量，体现出诗人哑地自我精神的整饬和突围。他凭借诗歌强大、经典、个性的隐喻，在具象的生活与抽象的意绪两种存在之间极其自觉、自如地转换。我们能感受到他文本审慎的、敏感的、解析性的、具有情感"自传性"的种种祈愿。他更愿意放逐日常生活状态里的"挫败感"，并且写出内心的负重，探索人性、生活、人类经验中的幽微和神秘，传达出或沉郁、或内敛、或充满哲理的情思。诗人通过灵魂的自我审视和督察，对自然和社会的辨识和厘定，以及现实中自我和精神的自传性，都在诗歌写作过程里丰沛地呈现出来。诗中的事物大多被哑地的"兴"，自然地赋予理性的品质，并在本体意义上实现重构，从而抵达人与大千世界相通相融的境界。

《春》，是诗人在季节的轮回里，竭力发掘自然万物的气息，展现自然界不断自我更生的力量的文本。哑地选择的抒情视角，体现出对大自然空间的审美延展，他以一种新的时间观、新的生存节律，特别是借季节轮回捕捉存在世界细部褶皱的变化，表达具有复苏力量的蕴蓄。"一块石头的睡眠更像睡眠"，是一个奇妙的句子。石头，一个最没有生物意识、活力和生机的固化性事物，无法"化腐朽为神奇"，是"睡死了"的载体。而"我懒于说出，也懒于梦见"它，是对于没有生命的、缺少生机、僵死事物的拒斥，也是对真正有活力生命的敬畏和期待。接下来的"土地""道路""花木""种子""阴影"，诗人试图使词语站立起来，"土地藏好皱纹，道路藏好足迹，花木藏好微笑，种子藏好力气，阴影藏好自己"，这些具有"硬品质"的词句，正可谓"从形而上到形而下"，是一次"灵与肉的旅行，很难分清，谁是乘客谁是行李"，这是诗人对生命轮回、转换的另一种诠释。如此简洁的"综述",将季节、自然的人文意义呼唤出来,引向超越自然秩序层面的语义涵容性、暗示性和间接性。词语以适合自己的方式剔除了艰涩,组装成新的关于现象世界的阐释框架。

> 谁都知道,冰是水的骨头
> 使水站立,又使水瓷器一样
> 易碎。从水到云,再
> 由云到雨,水的一生
> 没有开始和结局
>
> 玫瑰花体内的精血
> 情人眼里的清泪。这
> 最柔弱的部分,却坚不可摧
> 让日子滴进石头。水
> 在自己的身体里走来走去
>
> 在这个夜色很好的晚上
> 我企图给水重新命名,被
> 激怒的水,一泻千里,她的目光
> 像无数根银针,准确地
> 将我的穴位刺中。此时
>
> 我知道,水在哑地笔下
> 又遭到了一次不公正的比喻
> 试想,在这个世界上,除了水
> 还有哪些是一生都在赶路
> 却不是为了抵达的事物

这首《关于水的比喻》,是诗人哑地的一次具有"元叙事"情境的自我抒怀,也是对水这种事物的深情感悟。它让我想到博尔赫斯那句著名的

"水消失在水中"。博尔赫斯以水来比喻水，省略掉中间的事物，令本体本身成了喻体，这完全是经典的博尔赫斯式的语词。在小说《十三步》中，莫言曾说过："所有的比喻都是徒劳的，但没有比喻又无法反映世界。"我还想到日本学者江本胜那本著名的专著《水知道答案》，借助数万次耐心、倾心的水实验，竟阐释出令人惊异的水的品质，以及那些灵异的表现。而在哑地的这首诗里，水则再次获得一次审美的具有精神指涉意义价值的"重构"，在超越日常意义层面一次次拟人性、哲思性现身。诗的描摹，从水的自然性到形态转化，直抵水的"通灵"之变——"玫瑰花体内的精血 / 情人眼里的清泪。这 / 最柔弱的部分，却坚不可摧 / 让日子滴进石头"。这时，水的隐匿的那部分形态被真正地发掘出来，水的自我蜕变性和伸缩性，也升华到离开原初无形特征后的"转世"形态，这无疑是水无数种现身的可能性个案。"水在自己的身体里走来走去"是最不可忽略的对于水的一次"厚描"，实际上恰恰暗合了博尔赫斯的"水消失在水中"。水的洁净、透明、包容性、隐而不显、不排斥性，彰显出其自身的隐喻和寓言品质。现在，我们重新回到水的起点和终点，"在这个世界上，除了水 / 还有哪些是一生都在赶路 / 却不是为了抵达的事物"。哑地自谦地称自己的诗句让水"遭到了一次不公正的比喻"，无非是诗人试图从虚构和想象的语词，让水返回到它自己的真实状态。修辞让水这个事物，对人的功利性目的做出轻微而得体的嘲讽。简言之，这是一首哲理诗，"比"和"赋"，让"兴"的环节实现了关于水的"精神分析"的延伸和变形。

《阅读彩虹的一些章节》，是一首既简单又复杂的诗。清晰明快的描述线路，"阅读"中潜隐许多异质性的、不可缩略的潜能，给我们提供了开放阅读的无限可能性。诗从大千世界的感性现象中取材，将抒情主体的遐思嵌入现实的精神情境，在事物的具象与抽象这两种存在之间，自如地链接和转换。我感到，这首诗在平实的外表下，始终在寻找一个喻体，并且竭力通过"彩虹"表达出思想性与抽象性品质。从可见的事物——大自然呈现的现象学，爬梳、求证"彩虹的全部细节"与"彩虹出现前的雷鸣、电闪、疾风、暴雨"。"我想，说不定彩虹就是界限，一次争取自由独立的斗争 / 或圈地运动"，显然，这是抒情主体自我性的凸现，对"彩虹出现前"种种物象形态的推导、索隐，让我们感受到诗人接近于"问天"的思索者形象。

　　从另一个层面看，这首诗仍然在寻求"比喻"的修辞学意义与美学价值、精神价值的双重获得。"彩虹就像彩虹，本身就是形象／所以，她不需要比喻"，其实，这是"自说自话"式诗歌写作的自我期待。但是，"在我长久的注视里／彩虹开始消亡"，"也许我看到的／只是一道伤疤，常常在雨后发炎罢了"，这些句子的出现，我们便意识到诗人此前所有的有关"彩虹"的思辨被彻底颠覆，令人无奈。同时，可以看到，诗在结句里所显露出的颇费思量的悖论式张力，恰恰表明哑地在诗歌里谋求、构建"深度模式"探索的决心，当代诗歌写作应有的生长性、内蕴性、思辨性意义空间，由此再次显现。最后，诗人精细的感受力，在"逆转"中被强大的理性"收编"。尽管彩虹的消逝被描述为一道雨后发炎的伤疤，却获得一种仪式化的诗学秩序。富有沧桑感的词语，让我们在诗里感觉到冷暖的对比度，无疑也是诗人本人的心灵和修辞态度的折射。

　　在对哑地诗歌阅读的过程中，我也不断反思当代诗歌读法等问题。其中，对于诗歌写作中有关当代生活复杂性、个人经验，必然会牵扯出几代人的记忆和认知状况，个人语境如何面对公共语境，诗人的写作伦理，甚至诗歌中诗人精神自传性、多义性、含混性、拟象性。因此，当代诗学形态不仅表现在修辞层面，还聚焦于心理、精神、灵魂的现实构造。我们看到，哑地这一代诗人，在20世纪70年代末以来"众声喧哗"、粗粝驳杂、意味横生的诗歌语境中出生、成长乃至开始诗歌写作，他们较少被现实意识形态浸染，保有独立思考、个性审美判断的坚执。他们也不缺乏细部的感受力、思考力，对事物不确定性和表象的洞察，都体现出对感性、理性进行整合的能力。

　　在即将结束本文的时候，我收到哑地刚刚写就的一首长诗《雁叫的碎瓷》。在这首长诗里，我感受到哑地对自己的记忆、经验及其"意识到的历史内容"等存在世相，再次做出了经验性整合。看得出来，哑地已经开始深度反思，因为在某种程度上，曾有的"碎片化"思维衍生出凌乱、焦虑所导致的无法看到的实质性盲点，迫使诗人需要进一步自我"重构"："谁一生只听见自己的声音。"显然，这又是一次不乏自责的追问。而那首短章《布丁的快乐》，则成为长诗的"起兴"基调。"布丁就是补丁"，一只金毛狗和"自己出窍的灵魂",居然能够彻底改变一个人的生存方式。直至他继续慨叹"从形而上到形而下,究竟还要多久",这些确实拉近了表象与内里的巨大距离。我想,哑地的这首长诗,使用的虽然是"拼贴画式"的对部分"旧作"的重新整理,却具有超越个人性的诗意方式。而"雁叫的碎瓷",本身就是一个意象,包容了诗人重现事物的多重性维度。这首长诗虽然尚没有构成"史诗性"规模和品性,但是它明确表明,哑地已经向现实和未来展示出开放性、拓展性的诗学姿态。

"命运是废墟的倒影"

——读班宇的诗

读班宇诗歌的时候,脑子里却总是想着他的小说,我几乎无法将它们分开,无法肆意地将他的诗和小说"割裂"开来。

班宇是小说家,是近十年来出现的为数不多的好小说家。我这里所说的"好小说家"的特征,不仅是指他的文字,还有他作为一位小说家的天分、个性和令人信赖的人品。这是一个小说家能写出好作品的理由。就像这首《人之影》里隐逸的、潜在的自言自语:我究竟是谁?谁是我的"心的影子"?我相信,班宇清楚自己文字、叙述的现在和未来将会在何处,到底能够写出什么样的文本。他深知,写出好作品是一个小说的使命和宿命。

既然,已经意识到"命运是废墟的倒影","那就闭起眼睛,聆听彼此轻微的叹息",我感觉《人之影》里这句诗,就像是班宇的自画像。一方面,班宇在小说叙事中以虚构的方式,呈现业已深深刺激和打动自己内心的残酷现实;另一方面,他还在不断地求助于自己的内心,寻找凭借隐喻在具象与抽象这两种"事实"之间的自如转换,最终越过小说叙述的边界,在诗歌中建构另一种隐喻的现实。像这样隐喻的现实,不仅仅呈现在心灵的修辞层面,它还可以与叙事性文本所构造的"赤裸裸"的寓言化现实相互类比、映照,形成"互文"。无论是叙事性文本——小说,还是抒情性文本——诗歌,它们把握现实的方式都必须是隐喻的,能超越现实本身。因此,从这个角度讲,好的小说家都应该是优秀的诗人。我从已经阅读到的班宇小说看,他的小说兼具外在气度的"坚硬"和内在质地的"柔软",我认为可将其美学风貌概括为:坚硬如水。也许,这一点多少能够体现班宇内心有关世界的基本图像,并体现其审美判断力的、经验的、内省的、个人才华和个人精神自传的特性。

或许,像班宇这样喜欢在小说里直面现实的人,也愿意绕开一般意义层面的"现象学"纠结,在诗歌里更加执着于对世界发出整体性的追问。但是,在容易部分地丧失总体性的现实逻辑里,这可能正是诗人或哲学家难以完成的任务。生活的"碎片化"和时代的"多重性",可能让人的内心变得极其焦虑,思索就不免陷入不可思议的细枝末节,产生新的感受、判断和审美新维度。那么,叙述和抒情究竟如何呈现世界、生活或事物的总体性秩序,以及多层次状态下的诗学意义,就成为诗人不可或缺的诉求。短诗《白城》就像一座环形城堡,一下子托出"3+1"个问题:"离开""留在""离开的时间"都是什么?第四个问题是"问不到"的问题。在这里,关键的问题,是对人的存在可能性和基本精神形态的追问:白城里面到底有没有白城人?实际的情形可能是,在白城的人可能不是"白城人",而且在白城的白城人同样无法预知自己的命运,但"对别人的命运都有着十足的把握"。当然,这是一种以时间的名义渴望建构灵魂空间的书写策略。发问者是一个虚拟的、暧昧的存在,是对真实生活和存在哲学的双重借用。班宇诗作像他的小说一样,有着强烈的精神、情感的虚构性质。同时,这与他对真实的"现实"的借用,又常常纠缠一处。我隐约地感觉到,质疑和诘问取决于班宇的个人气质和行文风格。"白城"究竟埋藏着什么秘密并不重要,关键是,历史的秘密、现实的秘密、事物的秘密、思想的秘密,甚至发问和无法回答的秘密,都不是对常识的阐释欲望,而是对"命运"的浓厚兴趣。但是,"对别人的命运都有着十足的把握",果真如此吗?真实的问题是否应该考量如何理解人与白城的关系,因为,真的现实在它不存在的地方,是它原本不是的样子或状态。班宇用"反义"或"反词"表达了人对自己命运无从把握的程度,以及对一种幻想的绝对否定。

我们可以将另一首《石头记》作为《白城》的"互文",或者"引证"。这首短诗依然是班宇试图超越空间囚笼和时间断层的一次自我盘诘。"遗产"是什么?"遗产上的光"是什么?按照汉语思维的套路,"铁中之铁"和"血中血",原本暗合了"铁血""铁马",可是,这些仅仅像一个信号,旋即又转到另一个语义层:石头、星云、雾、树荫、心底的水草。于是,秘密被重新"编译"，石头上的纹理能否记载遗产背后应该现身的故事，不得而知。命意为"石头记"的含义和引申义，就在于"禁语"——"我怎么就变成了个哑巴？"之前，纹理在星云、雾和树荫里，已经变得更加模糊不清。这些物象、意象似乎要将"铁血"统统化解掉，因为"我"实在是不想在一块石头面前忍气吞声——失语。由于历史和现实都是秘密，"骑雾赶路"就不再仅仅是对现实的迷惘，这里面仍然有一种探索存在真相的渴望和冲动。无疑，这是"我"所面临的一种历史、现实处境，以及由此带来的诘问和行动的悖论。

我不知道这首取名《马耳》的诗写于何时何地何种背景之下。这是一首颇费思量的诗歌。班宇再次写到"废墟"，而且是"铺设废墟"。"实施者""客体""闯入者"纷纷出现，"山中雨拾起精神和谷物"，"鼓胀的染技"，看上去像是一种修辞用法上的故意夸张，以此解决实施者与客体就某种诺言所产生的分歧，并弥补两者可能发生或业已存在的物质变形。"白石"被"封印"，"没人在意危机"，在此，似乎危机是常态，"常态"自身成为"闯入者"，竟然不知如何摆脱虚妄和修饰。有人用"马耳"形容某人对一句话或忠告不以为然，视为"耳边风"。我感觉，这首诗似乎在隐喻某种"诺言"的脆弱或无效，有意想制造某种警示的意义，竭力去寻找开阔、开放的空间，为事物的虚妄性祛魅。我们无法弄清楚潜在的对话者都是谁，尽管"宿雾"和"沃地"之间达成协议或者合谋，造成了没有结局的主体性空缺。最终，这些语词是否就是想表达群体的强大、个人性的声音微弱，不得而知。如果这样理解的话，"马耳"意象，反射出的则是人的主体意志和自主性精神的缺失状态。

从某种意义上讲，班宇对于诗和生活的理解，一定是受到严格的心灵的自我规约和伦理的限制，这无疑会涉及他写作的精神信念。最初，我在阅读班宇小说时，我就能够感觉到他对现实世界的分析、体悟、判断，以及对未知世界的敬畏，对残酷现实的极端理解。然而，他能够如此从容地超越自身经历的局限和写实的考验，使自己在文本世界里对生活的审美把握与恪守内心的执念保持着至关重要的精神平衡，令我惊异。但我也相信，小说家的理性与虚构、杜撰之间一定存在一个宽阔的、妙不可言的绿色地带，这条道路的长度，体现着班宇对生活、现实做出抒情反应和美学处理的能力。

唯有大海不沧桑

——读马强的诗

马强是一位生于海岛、长于海岛、守望着海岛五十余年的地道的海岛人。我想，当年我这个来自"黑土地"的人，在大连第一次看见大海的时候，马强早已经在那两座叫"大长山"和"小长山"的海岛上，在一个个风清月朗的日子里，娴熟而从容地"碰海"了。第一次见到马强，我立刻感觉到自己可能遇到了一位"典型"的海岛人。以往对海岛人的想象，一下子在马强身上获得了非常契合的求证。他的面貌和表情，他的声音、语调和语速，他待人接物和喝酒的方式，断然不是一个"爽"字可以囊括。仔细想想，马强竟然还是我第一位真正交往并成为朋友的海岛人，他令我倍感亲切，这些年来与他交往，让我感到无比轻松、愉快。尤其他稳健、真实、豪气、不藏心机的品质，格外吸引我，因为这是当代社会现实生活中极为稀缺的存在。而且，他对自己所从事的海产品养殖和加工事业，信心满满。他清楚，自己是一生也离不开大海的人，他对大海充满了"心思"和感恩，我猜测，这可能正是他要写诗的理由之一。

后来，当我读到马强的一些诗歌时，我似乎又很难将这位淳厚、坦诚、旷达的海岛硬汉，与那些细腻的、充满激情和"古道侠肠"的诗句联系在一起。这让我体悟到马强的另一面，就是多年以来，他的身体、意志力、韧性等，被海风、海浪的粗粝撞击后生成的隐忍和无畏的品质。我感到，在属于自己的时间的静默里，马强不仅可以从容地面对大海，也能够沉郁地面对自己的内心，并记录下自己在海滩上留下的足迹，让"联想"起的事物"照亮"出海浪的"故事"。

> 后浪总是把前浪说成故事
> 在长海人的词典里
> 不断修正着陈年的爱
> 一把沙子，一粒尘埃
> 都能攥出一片海
>
> 浪里低沉又豪放的号子
> 早已从苦难和血泪中抽身
> 面对这蓝色的液态火焰
> 你能联想起什么
> 它就能照亮什么

我们看到这首《在浪里》，马强执意将"长海人"植入他的抒情话语系统，建立起自信和自尊。实质上，这也是他将自己作为抒情主体的一种精神自觉。这里面，必然隐藏着诸如人生、命运和信念的题旨。而那些被马强命意的"蓝色的液态火焰"的海浪，一次次地"不断修正着陈年的爱"，还有"将岸边远眺的双眼 / 定义成不灭的灯盏"，"把风浪纳入怀中"这些构成马强诗歌的意象群落，显然，这是大海撞击、拍打、洗刷以及轻抚的力量之和。

当然，从触摸、亲近大海到感悟大海，从捕捞者到"海岛诗人"，从生活到艺术，这中间的里程并不像我们想象得那么简单。一方面，"诗是经验"，但是，另一方面，经验和感受不可能自动地生成诗句。所以，怎样将丰厚的、独特的个人经验转化为诗歌，怎样以语言整饬、唤醒暂时处于"捕捞休眠期"的经验，对于马强是最具有挑战性的问题。而这一点，其实也正是诗歌的秘密所在。我认为，如果一个人想要成为一个诗人，一定具备某种神奇的力量，这种神奇之力可能来自某种感动、某种机缘、某种来自外部的冲动和"引诱"。于是，他曾经熟悉的生活、记忆、时间和空间，开始摆脱惯性，重构世界的形象。对于马强来说，他将大海作为惯性思维的起点，将自己置身于记忆、想象、词语或意象的原野，这时，波涛便化作一股股巨大的想象的活力，冲决而出。因此，我也好奇，一个纯粹的海岛人怎样面对大海、面对自己的内心，选择写诗来"摆渡"生活、心理和精神的间隙，在一个自己并不十分熟悉的层面梳理自身。

那么，回头来看，马强最初写诗的"原动力"和"情结"究竟是什么呢？或许，在马强自己看来，写诗并没有什么特别的"缘起"，他是一个没有丝毫"矫情"的朴实的人，绝不会以写诗作为解决心理困惑的途径。我相信，马强写诗，没有丝毫个人的现实功利心可言，而且俗世意义的"知识""学历"之于马强，早已不再是涂抹文化光环或向往的荣耀。在海岛上，似乎一切都变得比"陆地"简洁，大海的浩瀚所给予人的只有开阔和宽容。在这里，我们不排除马强对于精神性、文化价值的崇高的敬仰，以及他对生活、事物的内在性执拗的思考。他在拥抱俗世美好的同时，他不时地一次次唤醒自己隐秘而充满激情的浪漫。我在《一张旧书桌》里，"考古"出他的文化理路和写诗的"夜景图"。我无法猜测，卧室的角落里，那张静立多年、过了时的"来自学校的单人的旧书桌"有过什么样的故事，它的"来龙去脉"已不可知，但"我们彼此心照不宣"，而且，"每个写诗的夜晚/桌面上暗红的纹路/如新娘脸庞羞涩的红晕/偶尔泛起枝繁叶茂的往事/都让轻浮的鸟鸣无地自容"。我们可以想象，桌面上"暗红的纹路"显然是漫长的、岁月沧桑的记忆，更重要的是，诗人对书桌的刻骨铭心的记忆，已经成为一种鞭策性力量，"只有看着你/才感觉自己/曾经是个读书的人"。显然，写诗之力首先从内部获得。原来，马强守望的不仅仅是波涛的记忆，还有对岁月慨叹之后对"读书""知识"的执迷，并且渴望如叶芝所说的那种"随时间而来的智慧"。那些潜隐于灵魂深处的"暗红的纹路""枝繁叶茂的往事"，一起构成存在性隐喻。另一首《写诗的夜晚》，是对《一张旧书桌》诗意的阐释性铺展。"我的眼中经常有泪/潮湿而温暖/我整夜在心里写诗/只是为了一遍一遍地怀念/不知何时/你的白发会在我的皱纹里搁浅"，无疑，这首诗写出了生活和内心的沧桑感。我觉得，任何一个人在特定的属于自己的时间和空间里，都有可能是一个思想者。尤其岛上的环境，可能会生成相对独特的语境，它就像一面镜子，折射出"异质性"的生活状态和存在感。实质上，对于马强来说，这也极为可能生成很纯粹的、唯一可以与现实情境潮涨潮落的"落差"，构成诗性的回应。大海的喧嚣令人悸动,书桌则让马强平静,而置身于波浪中的诗歌"漂流瓶",一定会减缓生活的存在性压力,释放出直面生活时的紧张和孤独。

马强有相当一部分诗歌试图"破译"大海,倘若以"大海的思维"破译大海,这必定是件极其有趣的事情。应该说,马强那些写大海的诗,更显示出质朴有力的遒劲,而且其中不乏重温旧时记忆,对自己的思想、感情、往事做一次认真的清理,也看得出他情感的满足和欣悦。除了《在浪里》,我更喜欢《沙滩上,渔船的残骸》和《过长山大桥》这两首诗,它们试图以更为放达的情怀,写出人生的别样滋味。大海整体的轮廓,通过"沙滩上"渔船的残骸的驻足和"我穿过大桥时"的"视角",以及那种被"拉长"的瞬间,让时间、历史和现实情境聚焦一处,使得曾有的一切都染上沧桑的容颜。我认为,这正是作为"捕捞者"的海岛诗人马强,打开尘封岁月,在叹息、感伤、坦然与宁静的"慎独"中,求证自己踏实的心境。其实,马强在"破译"大海的时候,就是在解析和整理自己内心的坚信和省悟。马强相信这一切都暗合着命运,也像是直面生活、饱经生活磨砺的海岛人,终于得以在世俗生活中,在诗歌里找到温馨的家园,看上去,在《沙滩上,渔船的残骸》里,渔船作为"残骸",在"最后的安静"里唱起伤感甚至绝望的挽歌,吟咏"自我":"乘风破浪已是回忆中的往事","只与身边的沙子慢声细语/交流着彼此在心底的重量"。实际上,这才是一位没有"挫败感"的碰海者内心从容的自白。如同《在浪里》中那句"每滴水都像是紧握的拳头/不断捶打着岩石的真相",无论遭遇怎样的困境,潜在的力量总令人在面对阻力时不折不挠,纵然是悲壮的洗礼,也能传达出鲜明的个人性精神和美感追求:

  悲的天,被雁阵一次次剪开
  缝进贯穿南北的隐痛
  悯的人,匆匆远去
  决绝如浪花的背影
  让一声声呐喊隐喻为悲怆的曲调

  在浪里,每一支倔强的橹橹

都可以把风浪纳入怀中
也可以再随性地甩出去
每一个字，每一个气息
都持续加深着自己的含义

　　如果说，诗歌是在试图还原事物的"本相"，那么，这种"还原"则是基于对世俗的反叛，或者对某种惯性思维逻辑之谬的警醒、修复。因为诗是个性化需求向世界的求证，它终究不是为了张扬某种东西或存在价值，而是回到某种事物。像"书桌""渔船""残骸""樯橹""星辰"这些极其普通常见的事物，在每一首诗各自的语境里，都可能成为有情感、有精神意味的意象或寓言，在不同寻常的命运和历经忧患的历程中，建立起壮美的诗意。或许这样，词语在生发、升华的状态里，才能实现超越被日常塑形的事物表象，抵达或重返事物本身。

　　马强的诗，少有矫情的乌托邦想象，也绝少猎艳般的传奇性诉求，而是更多地"白描"存在世界、现实和内心最本色、最卑微、最执着的那部分。我知道，纯朴的马强只相信品质或勇敢、坚忍的力量，他崇尚的是"波涛野性的头颅"，需要"一只倔强的樯橹"，因为他所要塑造的是一个"浪里的汉子"的形象。他并不想刻意将自己装扮成诗人的角色，他只是让生存经验与现实再度产生切实的摩擦，以此获得存在感和真实的可靠性。就是这些几乎不见任何诗歌修辞策略的词句，凭借非技术的手段，完成了自我经验的不断生长、呈现和演化。在一定程度上，诗在马强这里，俨然已经成为某种重现生活的神秘力量，且不为他自己所左右，但是，他那些耐人寻味的诗意却呈现出一个向内的深度。

　　现在，我对马强的诗，以及对他整体的感受就是：马强本身就是一座岛屿。